經典傳世版

文學珍藏 100

# 中國文學植物學

文學珍藏 100

**中國文學植物學（經典傳世版）**

作　　者　潘富俊
選 書 人　陳穎青
責任編輯　陳怡琳、莊雪珠、謝宜英
校　　對　潘富俊、李鳳珠、莊雪珠
內頁構成　健呈電腦排版股份有限公司（初版）、張靜怡（經典版）
封面設計　吳文綺

行銷業務　鄭詠文、陳昱甄
總 編 輯　謝宜英
出 版 者　貓頭鷹出版

發 行 人　涂玉雲
發　　行　英屬蓋曼群島商家庭傳媒股份有限公司城邦分公司
104 台北市中山區民生東路二段 141 號 11 樓
畫撥帳號：19863813；戶名：書虫股份有限公司
城邦讀書花園：www.cite.com.tw　購書服務信箱：service@readingclub.com.tw
購書服務專線：02-2500-7718~9（周一至周五上午 09:30-12:00；下午 13:30-17:00）
24 小時傳真專線：02-2500-1990；25001991
香港發行所　城邦（香港）出版集團／電話：852-2877-8606／傳真：852-2578-9337
馬新發行所　城邦（馬新）出版集團／電話：603-9056-3833／傳真：603-9057-6622
印 製 廠　成陽印刷股份有限公司
初　　版　2011 年 6 月
三版二刷　2023 年 9 月
定　　價　新台幣 540 元／港幣 180 元
I S B N　978-986-262-405-0



讀者意見信箱　owl@cph.com.tw
投稿信箱　owl.book@gmail.com
貓頭鷹知識網　www.owls.tw
貓頭鷹臉書　facebook.com/owlpublishing

【大量採購，請洽專線】(02) 2500-1919

城邦讀書花園
www.cite.com.tw

國家圖書館出版品預行編目資料

中國文學植物學 / 潘富俊著 . -- 三版 . --
臺北市：貓頭鷹出版：家庭傳媒城邦分公司發行 , 2019.12
面；　公分 . --（文學珍藏；100）
ISBN 978-986-262-405-0（平裝）

1. 中國文學 2. 植物學

820　　108018294

經典傳世版

# 中國文學植物學

潘富俊◎著

貓頭鷹

【推薦序】

# 有夢，什麼都會發生！

黃生（國立台灣師範大學名譽教授）

賞詩的人不一定是詩人，愛花的也不一定是植物學家。

西周有個南國，南國有個美女，美女自然有君子追求，他思念她已到了輾轉難眠的境地，看見順著水流搖曳的荇菜，就想見她的款擺腰肢……。

《詩經》裡盡是草木蟲魚之名：荇菜、蒹葭、蟋蟀、黃鳥……。詩經說草木蟲魚用寫實的手法，寫它的體態美；另一方面，說人間事便寫它的意態美，人物只見君主、淑女、之子、靜女等「代名詞」。說到情切處，就只用一個「子」字、「女」字，引出幽思悄然、情不可遏的深愛。這是人文，是人類的文化，表現的是多麼自由的思想，在那個時代。

一本《紅樓夢》，盡是才子佳人情事，寶玉、黛玉、寶釵、湘雲，人名不再以代名詞呈現，個個有愛相隨。大觀園裡花木扶疏，算算七八十種，種種都有借喻相伴，誰是松？誰是竹？誰是芍藥？誰是玫瑰？有沒有玫瑰？在那個時代，是多麼開放的意態情懷啊！

《詩經》也好，《紅樓夢》也好，書裡畫裡都是人間有愛、草木有情的現象世界和實體世界的組合，其實這就是人與自然的關係。人們在現象世界這一邊待久了，就會想到實體世界裡去看看，仔細看看荇菜的實體、芍藥的實體。要真想兩個世界都倘伴一番，就得跨越一座現象與實體之間的橋，橋在哪裡？

搭這座橋需要三個基礎，人文、科學和藝術。人文就是人類的文化，是詩書禮樂，化成天下；科學是有系統的知識，窮理致知，創造人類的福祉；藝術是涵養心靈，追求美麗與尊嚴的境界，追求理想和夢的世界。這三個基礎中，尤以藝術最是關鍵，正如美國詩人桑柏格（Carl Sandburg）說的：

「除非先有夢，什麼事都不會發生！」

我相信潘富俊博士是個熱愛古典文學的科學家，或許我們之中有不少和潘富俊博士一樣的人，只是他比我們多了一個夢，想把我們幾千年來文學（現象世界）裡的植物（實體世界）弄清楚，他的逐夢方式也和多數人不一樣，他不是以夢逐夢，而是滿山遍野地跑，在浩瀚古籍裡找，終於圓了他的夢——搭成了跨越現象世界和實體世界的橋，寫成了一本《中國文學植物學》。他帶著我走過這橋，進到大觀園裡看花花草草和樹，告訴我「你相不相信植物會告狀，它們說紅樓夢不是曹雪芹一個人寫的」，還告訴我「別小看那西門慶，他的院子裡也種了四十種植物」。

我相信！我相信他又圓了夢，他讓《詩經》、《楚辭》裡的植物重現的夢想成了理想，也實現了理想。我很想猜猜，像他這樣一位熱愛古典文學和藝術的科學家，還會再有什麼夢？

「除非先有夢，什麼事都不會發生！」

【作者序】

# 戀戀文學與植物，傳唱千古的雋永關係

少年時期國文課本的《水經江水注》說到長江巫峽，有「春冬之時，則素湍綠潭，迴青倒影，絕巘多生檉柏……」一句，山峰上的「檉」和「柏」讓人嚮往之。當時校園中到處是龍柏，「柏」的形象馬上在腦海中形成，但什麼是「檉」，則無從知曉，疑惑困擾多年。讀到古詩「上山採蘼蕪，下山逢故夫」，知道「蘼蕪」是一種植物，查遍所有該字句的註解，大都是一句「香草也」應付了事。至於「蘼蕪」的枝葉形態如何、有何用途、有什麼特殊文學意涵，則一概無法得知。古人詩文用字向來精省，流傳下來的文句字字都是珠璣。閱讀古典詩詞歌賦，如有一字不解，意境就可能失之千里。

大學以後，讀的雖然都是植物科學相關的科系，但仍舊無法忘懷詩文歌賦，特別是古典小說與詩詞。課餘之暇，大都沉浸在書桌上的故紙堆與古人神遊。此時開始嘗試去比對古文中植物所指為何，古人所言、所見之植物形態逐漸在腦中浮現。由於古今植物名稱大都有異，限於當時的知識條件與圖書設備，多數古文提到的植物種類還是無法在書房中「格物致知」，獲得答案。以植物學為專業的人，都無法順利地解讀古文植物字句了，更何況是一般對植物懵然不知的普羅大眾呢？深感責任重大。

十二年前，有機會負責台北植物園的規畫整建，為了使植物園的植物解說生活化、趣味化，因而設置了「詩經植物」、「成語植物」等貼近民眾的專題植物展示區。貓頭鷹出版社總編輯謝宜英小姐獨具慧眼，前來探詢將詩經植物、成語植物以文字圖片展現的可能性。於是，催生了一系列的中國古典文學植物圖鑑，包括《詩經植物圖鑑》、《楚辭植物圖鑑》、《唐詩植物圖鑑》、《紅樓夢植物圖鑑》等書陸續問世。這些都是單一文獻或總集的植物解說，對於解讀浩瀚中國古典文獻，助益還是有限。

離開植物園後，在任教的大學開設「植物與文學」相關課程，修習的學生除植物學相關科系的景觀系、園藝系、森林系，以及和文學相關的中文系、日文系、歷史系之外，也有物理系、化工系、企管系、會計系、經濟系等與植物、文學毫無相關的莘莘學子。另外，也常常應邀到各大學商學院、醫學院、文學院各科系、各金融機構、各地中小學，演講「中國文學中的植物」、「詩經的植物」、「紅樓夢的花花草草」。其中印象最深刻的是，承老同學張武訓處長邀約，多次到台北捷運局工程處分享上述講題。面對著數百位總是興趣濃厚、專長工程的大男生，以及熱烈提問的氣氛，心中有莫名的感動。可見文學與植物都是人類共同的資產，喜愛文學與愛戀植物是可以和各行各業並存的。這些都成為我寫這本書的最大動力。

撰寫本書，為的是能夠和多數讀者共享植物與文學的樂趣。希望有系統地介紹中國古典文學作品中所引述植物的今名、現狀。因此，本書著重在古典植物名稱的辨識，對於常出現植物名稱的古今演變、植物的文學意境、易於混淆的植物種類等，多有著墨。古典文學中的野菜、蔬菜、瓜果、穀物、庭園觀賞植物、藥用植物，均有專章陳述。此外，自古畫家都能文，許多詩人同時也是知名畫家，國畫和古典文學之間並無明顯界線。國畫中有很多種植物，表達畫家的情意和志趣。毫無疑問，國畫也是文學的一部分。由於古代的禮儀制度影響中國人的思想與文學創作，了解歷代禮儀常使用的植物，有助於理解文學內容。因此，本書對重要國畫及禮儀植物亦略有敘述。最後，為方便讀者進行更深入的古典文學植物研究，專章扼要介紹歷代植物專書及辭典。但限於個人學養，本書仍有許多不完善之處，未來會更努力，盡量搜羅更多資料，補充現況之不足，請讀者不吝指正。

特別感激貓頭鷹出版社的編輯群，特別是莊雪珠和陳怡琳小姐，一方面忍受我交稿日期的一再延誤，一方面發揮其編輯及審稿專業（當然，還有催稿功力），才能使本書順利出版。

# 目次

# 第一章 緒論

## 第一節 中國古典文學的分期

遠古時代的文學作品能留存的機會很小，能保存的作品都可視為稀世珍寶。中國古典文學作品最早可遠溯到遠古時代，目前出土或保存的最古老文學作品有葛天氏的〈樂歌〉、伊耆氏的〈臘祭辭〉、黃帝的〈斷竹歌〉等，都是唐虞以前的作品，而且都是斷篇殘句。另外，又有唐堯時代的〈擊壤歌〉、〈康衢謠〉，虞舜時代的〈南風歌〉、〈股肱元首歌〉等，大概都是全世界最早的文學文獻了。

春秋時代的代表著作為《詩經》。《詩經》共有三〇五篇，內容主要是春秋時代十五個國家民歌的總集，即「十五國風」，少部分是貴族的樂歌。《詩經》的詩歌大都發生在周代的黃河流域，小部分在長江流域的楚國。《楚辭》則是戰國時代的代表作，和《詩經》一樣，也是中國文學史上最經典的著作之一。《楚辭》主要是屈原所作的〈離騷〉，加上宋玉、東方朔、劉向、王逸等作家的作品，內容都發生在南方的長江流域。「詩」和「辭」都是可以歌唱的文體。

到了漢代，這段期間留存下來的文學作品也不多。在詩歌方面，有賦、樂府詩等，可以《漢賦》、《樂府詩集》為代表。「賦」是漢代文人所作的一種「不歌而誦」的文體，內容亦詩亦文，是一種半詩半文的混合體。「樂府詩」也是民間歌謠，《樂府詩集》蒐羅五代以前，包括漢代的樂府歌辭，是一本較為完備的樂府總集，足以代表漢代的樂府詩。

魏晉南北朝最特殊的文體，是「駢體文」。駢體文又稱駢儷文，簡稱駢文。駢文排比整齊，每兩句必須對稱，亦即要文法平行、詞類相稱、音韻協調。駢文起自東漢、魏晉，而盛行於南北朝，用詞綺靡豔麗，音節鏗鏘，這是其長處；但病在作者常炫耀才學，過分使用艱深古僻的典故或詞彙，文章內容非常難懂。因此，常失之造作。時至今日，駢文尚在某些場合使用，特別是「應酬文」，如現在仍在使用的祭文。另外，志怪小說也是這個時期的文學主流之一，晉代干寶所著的《搜神記》，是這類小說中價值最高的代表作，內容為鬼神靈異的各種傳說故事，或古今神異人物的事蹟。駢文中，最令人耳熟能詳的是陶淵明的〈桃花源記〉。

漢代已有詩歌，但詩發展到唐代才被認為成熟，後世都說，唐朝是詩的極盛時代。律詩體的格式在唐代確立，有許多著名作家，如詩仙李白、詩聖杜甫，還有白居易、王維、孟浩然、岑參、韋應物、柳宗元等。詩文之外，傳奇小說也在這一期有所發展。傳奇小說依內容可區分為神怪小說、戀愛小說、武俠傳奇小說等，其中著名的神怪小說有王度的《古鏡記》、李朝威的《柳毅傳》、李公佐的《南柯太守傳》；戀愛小說有蔣防的《霍小玉》、白行簡的《李娃傳》、元稹的《鶯鶯傳》（又名《會真記》）；武俠傳奇小說則有裴鉶的《崑崙奴》、袁郊的《紅線傳》、杜光庭的《虬髯客傳》等。

詩的發展到律詩已至頂點，繼而成為詞。其實，早在中唐時期即有詩人偶然寫詞，如張志和所作、國人多能琅琅上口的〈漁歌子〉：「西塞山前白鷺飛，桃花流水鱖魚肥。青箬笠，綠簑衣，斜風細雨不須歸。」就是其中的代表作。但直到宋代，詞才發展成熟。因此，詞的黃金時代在宋朝，詞是代表宋代的時期文學。北宋著名的大詞人有晏殊、晏幾道、柳永、張先、秦觀、蘇東坡、周邦彥、李清照等，都是後世熟悉的作家；南宋則有辛棄疾、江夔等。宋代雖然以詞著稱，但詩作的境界亦高，作品也很豐富，不遜於唐代。宋代流傳下來的詩有二十萬首之多，著名詩人有梅堯臣、林逋、蘇東坡、黃庭堅、陸游、楊萬里、范成大等。宋代也有小說，但僅《京本通俗小說》、《清平山堂話本》、《雨窗欹枕集》等傳世。

元代歷史僅短短的九十八年，卻產生了中國文學史上「戲曲」的黃金時代。元代的雜劇是以北京為中心而發展的，所以被稱為「北曲」。北曲格式比較嚴格，每一部戲（本），只能有四折（相當於現代所稱的幕）。這時期的代表作品，有王實甫的《西廂記》、關漢卿的《蝴蝶夢》、馬致遠的《漢宮秋》等。元代的小說，最具代表性的是《水滸傳》。由於戲劇流行，元人將南宋的平話《宣和遺事》中描寫梁山泊英雄好漢的故事，一段段編成劇本，最後由羅貫中和施耐庵整理編寫，成為今日流傳的章回小說《水滸傳》。

明代的文學作品以通俗小說、小品散文為主，散曲方面也有獨特的發展。南宋時，南方已經有了戲曲，後來發展成南曲，明朝中葉時大盛，成了文學創作的主流。南曲的「折」叫做「齣」，每部戲的齣數不限，有時可多達五十多齣。著名的南曲有高明的《琵琶記》、湯顯祖的《玉茗堂四夢》（即《紫釵記》、《牡丹亭》、《南柯記》、《邯鄲記》四部作品）、徐仲由的《殺狗記》等。這時期的章回小說以吳承恩的《西遊記》、羅貫中的《三國演義》、蘭陵笑笑生的《金瓶梅》最為著名。另有短篇小說集，馮夢龍編選的「三言」：《喻世明言》、《警世通言》、《醒世恆言》；凌濛初編寫的「二拍」：《初刻拍案驚奇》、《二刻拍案驚奇》等，都是明代的代表作品。

到了清代，無論是詩、詞或通俗小說都蓬勃發展。清代文人的詩、詞集流傳下來的很多，其中不乏膾炙人口的著作。戲曲方面，創作不少，如孔尚任的《桃花扇》、洪昇的《長生殿》等，都是傳世之作。清代小說更是汗牛充棟，著名的有曹雪芹的《紅樓夢》、蒲松齡的《聊齋誌異》和西周生的《醒世姻緣》、吳敬梓的《儒林外史》、李汝珍的《鏡花緣》、劉鶚的《老殘遊記》、李伯元的《官場現形記》等。小說的內容和寫作技巧都比前代有所改進，題材也比較豐富。

## 第二節　中國古典文學與植物

歷代詩詞歌賦、章回小說的內容，無論是神怪傳說或吟詠感物的作品，大都有植物的描寫。有些以植物啟興，有些則以植物取喻，更多是直接對植物的吟誦。換句話說，各類文學的內容總離不開植物。表1為漢唐以後較具代表性的詩詞總集，內容跨越宋、元、明、清各代，由不同朝代學者選錄的詩詞集。以研究文學植物的觀點而言，這些總集的編輯者雖基於主觀的文學判斷而選取作者，但編選時，都不是以詩中植物的有無或植物的種類為準據，合乎統計學上取樣（sampling）的原則，出現的植物都極具代表性。各選集除了《唐詩三百首》和《玉臺新詠》之外，含有植物種類詞句的詩詞，都占全書詩詞首數的一半以上。換句話說，就是在每兩首詩中，至少有一首詩提到確切的植物名稱。表中所列的植物種類數均為可鑑定出名稱的植物種類數，詩文中未指明種類的植物，如煙樹、黃葉、花草等則不予計數。《唐詩三百首》樣本數太少，僅有三一〇首詩，但也有一三六首詩提到植物，占全書的四三・九%，算是歷代總集中詩文出現植物比率最少的了。

**圖 1**　古詩句「上山採蘼蕪，下山逢故夫」，提到的蘼蕪即今之芎藭。

**圖 2**　古詩文中提到的「蒲」，常指香蒲。

《玉臺新詠》是古詩選本，由魏晉南北朝時代陳國的徐陵（孝穆）所編選，選錄漢至梁時期各體詩七六九首，其中三六二詩首含植物名稱，占比四七・一%，就和《唐詩三百首》一樣，是總集中少數含植物詩篇數少於五〇%者。《玉臺新詠》選錄的詩均為描寫閨情豔歌的名篇，凡不涉及女性者，一概不取，卷首即收錄中國最知名的古詩之一〈上山採蘼蕪〉：「上山採蘼蕪，下山逢故夫。長跪問故夫，新人復何如。」詩中的「蘼蕪」毫無疑問是一種植物，但究竟為何，

**表1　中國歷代詩詞總集所含植物種類數量示例**

| 書名 | 編纂者 | 詩詞總首數 | 具有植物首數 | 占比 | 植物種類 | 備註 |
|---|---|---|---|---|---|---|
| 玉臺新詠 | 南朝陳・徐陵 | 769 | 362 | 47.1% | 113 | 含《續玉臺新詠》 |
| 唐詩三百首 | 清・蘅塘退士 | 310 | 136 | 43.9% | 81 | |
| 花間集 | 五代・趙崇祚 | 500 | 327 | 65.4% | 84 | |
| 宋詩鈔 | 清・吳之振等 | 16, 033 | 8, 449 | 52.7% | 260 | |
| 元詩選 | 清・顧嗣立 | 10, 071 | 5, 507 | 54.7% | 301 | |
| 明詩綜 | 清・朱彝尊 | 10, 132 | 5, 087 | 50.2% | 334 | |
| 清詩匯 | 民國・徐世昌 | 27, 420 | 15, 145 | 55.2% | 427 | |

歷代的注釋者均以「香草」來概括之。其實，蘼蕪又名江蘺，就是現今著名的中藥材植物芎藭（圖1）。

另外一首和植物內涵意象相關的詩句，為〈孔雀東南飛〉的片段：「君當作磐石，妾當作蒲葦。蒲葦紉如絲，磐石無轉移。」「蒲葦」是兩種植物，蒲是香蒲（圖2）或蒲草、葦即蘆葦（圖3），分布大江南北，是古今到處可見的草類，莖葉纖維強韌，用以借喻堅貞的愛情。

《唐詩三百首》是大家熟悉的一本詩選，由清．蘅塘退士（孫洙）選輯，入選的詩作只有三一〇首，都是經過千年洗練淘汰、歷代公認的好詩。

圖 3　蘆葦莖葉強韌，用以借喻堅貞的愛情。

《花間集》為現存最早的詞總集，五代後蜀趙崇祚所編。收錄晚唐至五代的詞作五百首，多為豔情冶遊、飲宴享樂之作；部分描寫男女情愛及離情別愁。

圖 4　詩詞中常以梨花的白色形容月光或雪景。

圖5　梧桐是古典文學作品中常出現的植物。

因此，詞作多富麗輕巧、描寫細膩，其中有引述到植物的詞句共有三二七首，占全書六五．四%。可見植物是詩人描述情感、表達情境不可或缺的內容。重要的如溫庭筠〈菩薩蠻〉：

滿宮明月梨花白，故人萬里關山隔。金雁一雙飛，淚痕沾繡衣。小園芳草綠，家住越溪曲。楊柳色依依，燕歸君不歸。

詞中用梨花的白色（圖4），形容月光的慘白和鬱抑的心情；用楊柳表達胸中的離情，充分利用植物的形態和意涵抒情寄愁。

《宋詩鈔》共選出宋詩一萬六千零三十三首，其中八四四九首有植物名稱，占五二．七%，出現植物共二六〇種。《元詩選》選詩一萬零七十一首，五五〇七首有植物，占五四．七%，植物三〇一種。《明詩綜》詩一萬一百三十二首，五〇八七首出現植物，占五〇．二%，植物三三四種。《清詩滙》有詩二萬七千四百二十首，出現植物的詩篇有一萬五千一百四十五首，占五五．二%，植物種類四二七種。以上各選輯都是選錄當代作品精華，選擇標準雖不是以植物種類或數量為依據，而是以內容來衡量，但每本總集所顯示含植物的篇數都在五〇%以上。《詩經》三〇五篇中，一五三篇有植物名稱，亦占五〇．二%。歷代章回小說，每本幾乎回回有植物。

十三經是中國先秦時代文化紀錄的總彙，內容包括文字、史學、經學、藝術、禮俗制度等，是傳統教育必讀的大部頭叢書，

圖6　酸棗古稱棘或樲棘，屬有刺灌木。

影響極為深遠，古典文學作品處處可見到十三經的引述。把經典古書列為讀書人必修課程之「經」始於漢代，當時只列五經，即詩（《詩經》）、書（《尚書》）、禮（《儀禮》）、易（《周易》）、春秋。唐代加入《周禮》、《禮記》及解釋春秋義例和史實的《公羊傳》、《穀梁傳》和《左傳》，成為九經。宋代又合《論語》、《孟子》、《孝經》、《爾雅》，變成十三經。

十三經中，除了《孝經》之外，經經都有植物。《爾雅》是解經詞典，內容本來就有〈釋草〉、〈釋木〉專篇，解讀古籍經典植物名稱。目前確切能辨別植物種類的條目共有二五四種。其餘各經所引述的植物種類，則從十一種到八十八種不等（表2）。記述古代禮儀、祭典的《周禮》、《儀禮》、《禮記》所涉及的植物種類很多，固不待言；連記載孔孟言論的《論語》、《孟子》亦有植物相關章句，其中最著名的有孔子所言之「松柏後凋於歲寒」。《孟子．告子章》也有「舍其梧檟，養其樲棘」，梧、檟、樲棘都是植物，梧即梧桐（圖5）、檟是楸樹、樲棘是酸棗（圖6）。由此可知，植物在經文的表現上，同樣占有極重要的地位。

表2 十三經所述及的植物統計表

| 書名 | 全書植物種類 | 植物種類舉例 | 備註 |
|---|---|---|---|
| 周易 | 14 | 楊、竹、桑、棘、杞、蓍、蒺藜 | |
| 尚書 | 33 | 黍、粟、桐、梓、橘、柚 | |
| 詩經 | 137 | 荇菜等 | |
| 周禮 | 58 | 梅、桃、榛、菱、芡、蕭、茅等 | |
| 儀禮 | 35 | 蒲、栗、葛、棗、茅、葵等 | |
| 禮記 | 88 | 桑、柘、蓍、竹、莞、麻、菅、蒯等 | 原經文5種 |
| 春秋左氏傳 | 53 | 竹、桃、桑、棠棣、粟、黍、麥、稻等 | |
| 春秋公羊傳 | 11 | 李、梅、菽、粟、黍、麥等 | 原經文5種，內文8種 |
| 春秋穀梁傳 | 16 | 李、梅、菽、粟、黍、麥等 | 原經文5種，內文12種 |
| 論語 | 12 | 松、柏、竹、栗、麻、瓠、瓜、藻、稻、黍、粟、薑 | |
| 孝經 | 0 | | |
| 爾雅 | 254 | 山韭等 | 〈釋草〉188種；〈釋木〉66種 |
| 孟子 | 23 | 杞柳、竹、童、木秋、酸棗、棗、粟、黍、稻等 | |

# 第二章 歷代詩詞歌賦的植物概況

## 第一節 賦

辭賦出現的時間很早，大約在戰國中期之後即已發軔，後來產生了《楚辭》。此期被稱作是辭賦時代，又稱為古賦時代。漢代，辭賦繼承《楚辭》的傳統風格，發展成兩漢四百年間最流行的文體。大部分的漢賦，完成於西漢武帝至東漢中葉這一時期。值得注意的是，賦不止存在於兩漢，漢代以後的南北朝、唐、宋、元、明、清均有辭賦名家。

漢賦作品原本分散於各書，在中國文學史研究中從未受到應有的重視。近年來，北京大學出版的《全漢賦》，成為研究漢賦最重要的總集。該書收錄漢賦二九三篇，作者八十三位，其中僅存目者二十四篇，內容在八句以下的殘篇有四十三篇，餘二二六篇完整或屬於稍具內容的殘篇。其中一五六篇的內容提到一種以上的植物，占全部的六九%，可見植物在《漢賦》上也扮演舉足輕重的地位。《全漢賦》現存的篇章中，可確定的植物種類有一九一種，未知所指何物的種類有三十二種，合計二二三種。其中出現次數最多的植物是竹，共二十一篇；其次是桑，共十九篇；其他出現較多的植物，還有柳（十四篇）、松（十二篇）、桂（十四篇）。全書出現十種植物以上的篇章有十六篇，二十種以上植物的有八篇。例如，枚乘的〈七發〉篇中就有二十五種植物、司馬相如的〈子虛賦〉及〈上林賦〉各有四十八種及五十六種植物、揚雄的〈蜀都賦〉有七十八種、劉歆的〈甘泉宮賦〉有二十種、張衡的〈兩京賦〉及〈七辯〉

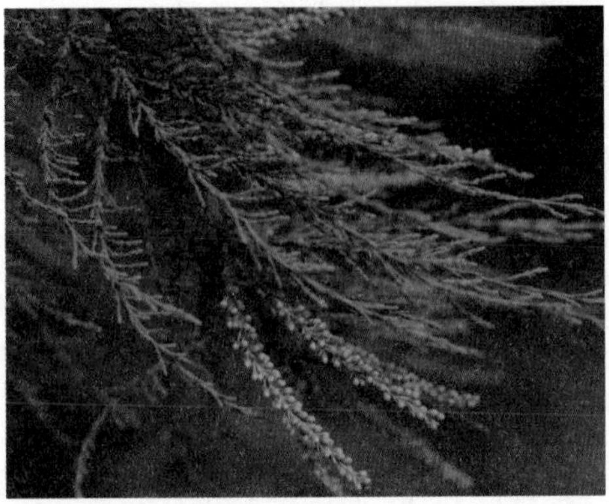
圖1 〈南都賦〉提到的「檉松楔櫻」，其中的檉就是檉柳。

各有四十三種及二十種。單篇中出現植物種類最多的是張衡的〈南都賦〉，至少有八十一種植物。

圖 2　野櫻桃。

以下摘錄〈南都賦〉部分內容，以顯示植物名稱如何影響漢賦的文體和內容。東漢時，河南的南陽稱為南都，是漢光武帝祖陵所在地。張衡用此賦詠頌皇帝此一「龍飛之地」豐富多彩的植物相，粗體字都是植物名稱：

……其木則**檉松楔**榎，**槾柏杻檀**，**楓柙櫨櫪**，帝女之**桑**，**楈枒栟櫚**，**柍枳檍檀**；……其草則**藨苧蘋莞**，**蔣蒲蒹葭**，**藻茆菱芡**，**芙蓉**含華；……其原野則有**桑漆麻苧**，**菽麥稷黍**……。若其園圃，則有**蓼蕺蘘荷**，**藷蔗薑韭**，**菥蓂芋瓜**，乃有**櫻梅山柿**，**侯桃梨栗**，**梬棗若留**，**穰橙鄧橘**……

上述植物有野生，也有栽培者。野生植物，如檉（檉柳，圖1）、松、楔（野櫻桃，圖2）、楓、櫨（黃櫨）、櫪（麻櫟）等，目前均可在野地找到；栽培植物，如蓼（水蓼）、蘘荷（圖3）、藷蔗（甘蔗）、芋、瓜、梨、栗等，大多數至今仍有栽培。古典辭賦中的記載，不但具有文學價值，也是很好的植物文獻資料。

圖 3　襄荷是園圃中的栽培植物。

## 第二節　詩

從中國文學上最早的詩歌總集《詩經》，到兩漢民謠和樂府民歌，均可看出植物如何影響詩歌內容，例如《古詩十九首》的〈青青河畔草〉：「青青河畔草，鬱鬱園中柳。盈盈樓上女，皎皎當戶牖。」柳樹是詩詞吟誦最多的植物，早在漢代之前，就代表著悲愴和憂愁，這首詩中的柳就帶著濃濃的

圖 4 〈隴西行〉：「天上何所有，歷歷種白榆」的白榆。

離愁。另《古樂府詩》之〈隴西行〉：「天上何所有，歷歷種白榆。桂樹夾道生，青龍對道隅。」白榆是黃土高原少數生長的闊葉喬木（圖4），人們的用材多取之於此。

漢代以前的詩集，蒐集最完備的是《先秦漢魏晉南北朝詩》，共收錄九七四七首詩，由近人逯欽立纂輯。全書一共出現二五六種植物（表1），這個時期出現的植物多屬日常生活中的食用、藥用植物，以植物啟興或暗喻的詩篇較少，大都為詠植物詩，如梁．簡文帝的〈詠薔薇詩〉：「燕來枝益軟，風飄花轉光。氤氳不肯去，還來階上香。」

《先秦漢魏晉南北朝詩》出現最多的植物，依次為蘭、荷、柳、松、竹（表2）。蘭是古代的香草，用以佩帶驅邪及沐浴，和古人生活息息相關。後代詩篇使用很多的梅樹，全書只出現九十五首，在詩中首數尚非前十位，僅屬第十四位。當時栽植梅樹當果樹用，而非如宋代以後專以賞花為主，如鮑照的〈代挽歌〉句：「憶昔好飲酒，素盤進青梅」和〈代東門行〉句：「食梅常苦酸，衣葛常苦寒。」兩首詩所言之梅，均為梅實（圖5）。梅實為當時極重要的食物調味品，功用有如今日之醋。

這期間有一則著名的故事，說晉時的大司馬齊王聘請張翰到洛陽做東曹掾（官名）。後來張翰「見

圖5 唐代以前，詩文中所言之梅，大都指梅實而不是花。

圖6 晉代張翰「見秋風起，思吳中菰飯、蓴羹、鱸魚鱠」，遂而辭官返鄉。這是蓴羹的原料蓴菜。

秋風起，思吳中菰菜、蓴羹、鱸魚鱠」，感嘆說：「人生貴得適意爾，何能羈官數千里以要名爵。」想念起蓴菜（圖6）等家鄉味，因此作詩歌吟誦，立即辭官返鄉。此歌即〈思吳江歌〉：「秋風起兮佳景時，吳江水兮鱸正肥。三千里兮家未歸，恨難得兮仰天悲。」

唐代是詩的極盛時代。《全唐詩》原收錄四萬八千九百多首詩，作者二千二百多人。後來根據《全唐詩逸》、《補全唐詩》、《敦煌唐人詩集殘卷》、《全唐詩補逸》等書，完成了目前五萬三千首的《全唐詩》。比起《先秦漢魏晉南北朝詩》，《全唐詩》的植物多了一四二種，共三七九種。柳樹是《全唐詩》引述最多的植物，一共出現三四六三首（表2）。王維的〈渭城曲〉：「渭城朝雨浥輕塵，客舍青青柳色新。勸君更進一杯酒，西出陽關無故人。」即其一例，渭城在今西安市西北。竹、松代表氣節，在唐詩中也占重要地位，《全唐詩》引竹和松的詩篇有三千餘首，分居二、三位。菊和苔開始進入最多的前十種植物，梅的地位也開始攀升（表2）。

唐代版圖擴大，文化燦爛，中西文化交流密切，也反映在詩中所引的植物種類之中。例如，桄榔（圖7）、沉香、龍腦香、婆羅蜜，原產熱帶亞洲的印尼、馬來半島；而黃瓜、棉花、罌粟、胡麻、波斯棗等，則是產自印度、西亞或非洲的植物。中國境內的熱帶植物，如榕樹（圖8）、橄欖、刺桐（圖9）等，也開始在詩句中湧現。

宋代以後，各朝代的詩均屬於文學的主流地位，詩作很多。《全宋詩》收錄有二十四萬首詩，為《全唐詩》的四倍多。連北方的遼金等非漢人為主的地區和政權，也產生不少詩篇，《全遼金詩》就收有一萬一千六百六十二首詩。唯北方的植物相較單純，詩人所吟詠或引述的植物種類都較同期的宋詩、元詩為少。宋代，特別是南宋時代，政治、經濟中心南移，文人的見識和引用的植物種類不但較前期北宋多，也比同期的北方文人多，共有六三二種。《宋詩鈔》選錄一萬一千二百八十九首詩，植物出現三六一種，以竹、柳最多，梅則躍升到第三位（表2）。

梅大量出現在宋詩，與宋代蒔花藝草的風氣有關。茅（白茅）自宋代開始在詩文中就被大量引述，從此歷久不衰，元、明、清詩都名列在出現最多植物的前十位。茶在《先秦漢魏南北朝詩》僅出現四首，尚未當成飲料，如晉·孫楚的〈出歌〉詩句：「薑桂茶荈出巴蜀，椒橘木蘭出高山。」《全唐詩》有茶詩五五六首，雖然未在前十多之內，但已相差不遠。由於《茶經》作者陸羽為唐時人，足見茶作為中國人的飲料在唐代已逐漸普及。茶在宋詩已進入植物總出現數的第七多（表2）。

元詩據估計有十三萬餘首，以目前蒐羅到的元時詩人別集，合計詩作七萬零九百八十七首中，引

圖7　唐代詩文提到的桄榔，原產熱帶亞洲，隨著中西文化的交流而引進中國。

圖8　熱帶植物榕樹已在唐代詩句中出現。

**表1　現存歷代詩總集或別集詩之數量及植物種數概況**

| 總集名稱 | 朝代 | 詩之首數 | 植物種類 |
|---|---|---|---|
| 先秦漢魏晉南北朝詩 | 漢代以前 | 9, 747 | 256 |
| 全唐詩 | 唐、五代 | 53, 000 | 379 |
| 全宋詩 | 宋代 | 240, 000 | 632 |
| 全遼金詩 | 遼、金 | 11, 662 | 298 |
| 元詩別集 | 元代 | 70, 987 | 466 |
| 明詩別集 | 明代 | 177, 118 | 507 |
| 清詩別集 | 清代 | 286, 854 | 543 |

用植物種類四六六種，較《宋詩鈔》有所增加（表2）。《元詩選》收錄元詩一萬零七十一首，亦以柳、竹、松出現最多，荷、梅、桃次之，苔、茶、菊又次之，但仍居前十名（表2）。

圖 9 刺桐是分布在華南的熱帶植物，唐詩中引述甚多。

**表2 中國歷代詩總集出現植物之統計**（括號內為植物出現首數）

| | | 先秦漢魏晉南北朝詩 | 全唐詩 | 宋詩鈔 | 元詩選 | 明詩綜 | 清詩滙 |
|---|---|---|---|---|---|---|---|
| 詩總首數 | | 9,147 | 49,036 | 11,289 | 10,071 | 10,132 | 27,420 |
| 植物種類 | | 256 | 398 | 361 | 345 | 334 | 427 |
| 出現次數前十植物種類 | 1 | 蘭 (465) | 柳 (3463) | 竹 (1411) | 柳 (809) | 柳 (748) | 松 (2275) |
| | 2 | 荷 (353) | 竹 (3324) | 柳 (1042) | 竹 (772) | 竹 (607) | 竹 (2146) |
| | 3 | 柳 (313) | 松 (3018) | 梅 (888) | 松 (660) | 松 (504) | 柳 (2025) |
| | 4 | 松 (290) | 荷 (2071) | 松 (794) | 荷 (483) | 荷 (352) | 荷 (1097) |
| | 5 | 竹 (284) | 桃 (1324) | 荷 (504) | 梅 (402) | 茅 (273) | 梅 (936) |
| | 6 | 桂 (256) | 苔 (1348) | 茅 (470) | 桃 (345) | 桃 (270) | 苔 (859) |
| | 7 | 桑 (184) | 桂 (1224) | 茶 (444) | 苔 (252) | 菊 (189) | 桃 (757) |
| | 8 | 桃 (173) | 蘭 (996) | 菊 (411) | 茅 (237) | 梅 (184) | 桑 (710) |
| | 9 | 桐 (114) | 梅 (877) | 桃 (389) | 茶 (192) | 桑 (179) | 茅 (658) |
| | 10 | 藻 (111) | 菊 (822) | 桑 (328) | 菊 (186) | 苔 (178) | 茶 (629) |

全明詩估計也有二十餘萬首。依明代詩人出生年，從西元一四〇〇年每隔五十年選取代表詩人別集，統計詩句內容引述的植物種數。一四〇〇年以前，選取王恭、楊士奇、薛瑄等三十人；一四〇

一至一四五〇年，有沈周、陳憲章、程敏政、李東陽等三十九人；一四五一至一五〇〇年，有楊一清、李夢陽、王廷相、何景明等五十五人；一五〇一至一五五〇年，有李開先、茅坤、李攀龍、于慎行等三十二人；一五五一至一六〇〇年，有胡應麟、徐熥、謝肇淛、袁宏道等三十五人；一六〇一年以後，為陳子龍、余懷等十三人，合計十七萬七千一百一十八首詩，共引用五〇七種植物。（表1）《明詩綜》選錄明詩一萬零一百三十二首，全書植物三三四種，仍以柳、竹、松出現最多，荷、茅、桃次之，梅、茶、菊又次之，僅順序和《元詩選》稍有不同（表2）。

全清詩數量很多，有學者估計清代流傳下來的詩作有百萬首至四百萬首之多。經審慎挑選清代各時期的代表作別集，和明代一樣，也依清代詩人出生年，從西元一六〇〇年每隔五十年選取代表詩人別集，統計詩句內容引述的植物種數。一六〇〇年以前，選取錢謙益、陳洪綬、丁耀亢等六人；一六〇一至一六五〇年，有傅山、吳偉業、施閏章、王士禛等七十二人；一六五一至一七〇〇年，有納蘭性德、

圖 10　歷代詩總集的植物中，竹是出現首數最多的植物之一。

圖 11 詩文多以松樹喻德明智，是歷代詩文中引述最頻繁的植物之一。

圖 12 柳樹是歷代詩詞出現頻率最高的植物。

湯右曾、厲鶚、汪由敦等三十人；一七〇一至一七五〇年，有全祖望、袁枚、蔣士銓、洪亮吉等二十五人；一七五一至一八〇〇年，有張問陶、舒位、鄧湘皋、何紹基等二十五人；一八〇一至一八五〇年，有李慈銘、王闓運、樊增祥、黃遵憲等三十一人；一八五一至一九〇〇年，有陳三立、范當世、易順鼎、趙熙等五十二人，合計得二十七萬五千三百六十八首詩作，統計植物五四三種。《清詩匯》選詩二萬七千四百二十首，共有植物四二七種，松、竹、柳出現首數占前三名，分別為二二七五、二一四六、二〇二五首，差異不大。荷、梅、苔、桃、桑、茅、茶分居前四至前十名（表2）。

由表1及上述資料得知，自先秦至清代，歷代詩作所出現的植物種類，每個朝代大都較前朝為多，說明了各代利用及引用植物的種類均有逐年增加之勢。歷代詩總集的植物統計，以竹（圖10）、松（圖11）、柳（圖12）出現詩首數最多。自《全唐詩》以來，宋、元、明、清各代的詩總集莫不如此，而《先秦漢魏晉南北朝詩》則以蘭、荷出現最多。歷代詩出現次多的植物為荷、梅、桃，自唐代進入前十多植物以來，梅在詩的地位從來沒有消退過，《宋詩鈔》更達到前三。苔自從在唐詩被大量引述後，也一直出現在詩篇中，僅在《宋詩鈔》居第十一，其餘各代總集均在前十之列。蘭（澤蘭）在《先秦漢魏南北朝詩》位居首位，《全唐詩》退至第八，宋詩以後則光景不在，排名在十一至十七之間。茅自《宋詩鈔》以來，歷代均出現在前十。菊和桑也是歷代詩總集、全集最常引述的植物，大部分文獻都在前十之內。另外，茶在詩中出現的頻率雖不如上述其他植物，但穩定成長，各詩集均在前二十之內，《宋詩鈔》、《清詩匯》甚至進入前十。

## 第三節 詞

詞起源於唐代，盛於宋代。唐代寫詞的文人都是詩人，作詞大都只是茶餘飯後偶一為之，如張志和、韋應物、王建、戴叔倫、劉禹錫、白居易等有名詩人均有好詞傳世。宋太祖趙匡胤以「杯酒釋兵權」方式削弱武將權力，鼓勵官員「廣治莊園、田產、舞榭歌臺，蓄歌伎、養樂工，縱情聲色」。城市呈現鶯歌燕舞的繁榮景象，與宴飲歌舞相關的詞曲藝術得到長足發展。其後的元、明、清各代，詞的成就雖有高低，但每個朝代均出現不少詞作。清代以前的詞總集有《全唐五代詞》、《全宋詞》、《全金元詞》、《全明詞》，但是論創作成就，宋代被公認最高。

《全唐五代詞》收錄詞作共二六三七首，植物一三〇種。柳樹獨領風騷，出現三四一首。其餘各植物均出現在百首以下，荷有九十八首，居第二位；桃、竹、梅、杏分居第三至第六，唯篇首數相差不大。此外，蘭（澤蘭）、梧桐、木蘭、松等植物，都是本期詞篇常出現的植物（表3）。

圖 13 「碧雲天，黃葉地，秋色連波」，葉色金黃的銀杏是秋季黃葉的代表植物。

《全宋詞》共收錄二萬零三百三十首詞，有植物三二一種。其中亦以柳樹引述最多，出現三七六〇首詞；梅次之，二八八三首詞中有提到；荷、竹、桃、菊又次之，出現詞篇數一五三〇至一〇二四；其他出現百首以下的植物，則有桂、蘭（澤蘭）、松、杏（表3）。

柳樹用來敘說離情別緒，自來詞章用得極多，如周邦彥的〈蘭陵王・柳〉：「柳陰直，煙裡絲絲弄碧。隋堤上、曾見幾番，拂水飄綿送行色。登臨望故國，誰識京華倦客？長亭路，年去歲來，應折柔條過千尺。」使用荷、松的名句、名詞也不乏其數，如柳永描寫杭州句：「重湖疊巘清嘉。有三秋桂子，十里荷花。」辛棄疾的〈西江月．遣興〉：「昨夜松邊醉倒，問松我醉何如？只疑松動要來扶，以手推松曰去！」范仲淹過的是軍旅生涯，所展現的詞作內容，具有沉鬱蒼涼的風格，如〈蘇幕遮〉：「碧雲天，黃葉地，秋色連波，波上寒煙翠。山映斜陽天接水，芳草無情，更在斜陽外。黯鄉魂，追旅思，夜夜除非，好夢留人睡。明月高樓休獨倚，酒入愁腸，化作相思淚。」秋季滿山遍野的黃葉，說的是梧桐、銀杏（圖13）等植物。

《全金元詞》收詞七二九三首，其中金詞的創作者大都是滯留北方的宋人，有大量的優秀作品，如宇文虛中、蔡松年、元好問等人；又以王惲、劉敏中、許有任、張翥等人的著作較豐。本期的詞植物總數二五三種，亦以柳出現最多，竹、松、梅、桃、荷次之，也多菊、桂、茅、靈芝等（表3）。

明代的詞量傳世亦多，《全明詞》共收詞二萬二千四百一十二首，引述植物的種類數較宋、元時期大增，共有植物四五一種（表3）。出現數柳樹一枝獨秀，共有四一〇五首；竹、梅、荷、桃、松次之，出現一八八四至一二〇八首；菊、茶、桂、梧桐更次之，有八七三至六八三首（表3）。

清代詞創作數量龐大，流派眾多，名家輩出。據估計清詞總量多於二十萬首，可能十倍於宋詞。

**表3 歷代詞總集出現頻率最高的前十種植物**

| | | 《全唐五代詞》 | 《全宋詞》 | 《全金元詞》 | 《全明詞》 |
|---|---|---|---|---|---|
| 全書首數 | | 2,637 | 20,330 | 7,293 | 22,412 |
| 植物種數 | | 130 | 321 | 253 | 451 |
| 出現次數前十植物種類 | 1 | 柳 (341) | 柳 (3760) | 柳 (586) | 柳 (4105) |
| | 2 | 荷 (98) | 梅 (2883) | 竹 (400) | 竹 (1884) |
| | 3 | 桃 (58) | 荷 (1539) | 松 (369) | 梅 (1796) |
| | 4 | 竹 (49) | 竹 (1520) | 梅 (363) | 荷 (1686) |
| | 5 | 梅 (42) | 桃 (1482) | 桃 (343) | 桃 (1240) |
| | 6 | 杏 (40) | 菊 (1024) | 荷 (315) | 松 (1208) |
| | 7 | 蘭 (35) | 桂 (728) | 菊 (263) | 菊 (873) |
| | 8 | 梧桐 (27) | 蘭 (723) | 桂 (164) | 茶 (706) |
| | 9 | 木蘭 (23) | 松 (625) | 茅 (145) | 桂 (704) |
| | 10 | 松 (22) | 杏 (544) | 靈芝 (133) | 梧桐 (683) |

詞在全清一朝，又以順治、康熙兩朝最為鼎盛，重要作者有吳偉業、朱彝尊、納蘭性德等。清代中期詞人的代表有厲鶚、蔣士銓、黃景仁等；後期亦人才輩出，鄧廷楨、龔自珍、朱孝臧等都是佼佼者。

歷代詞總集中，柳樹是出現最多的植物，而且出現頻率遠高於其他植物。梅、竹、荷、桃次之。松在歷代詩是出現前三多的植物之一，在詞則多退居第六到第十位。其餘歷代詞總集中出現較多的植物，還有菊、桂、蘭（澤蘭）、梧桐、杏、茶等，其中杏在詞使用的頻率遠高於詩。

## 第四節　曲

散曲源於詞，所以散曲又稱「詞餘」，元曲有許多曲牌出自於唐宋詞牌，可以為證。散曲包括小令和散套：小令是獨立的曲，原是流行於民間的詞調和小曲，有時被稱為「街市小令」，其句調長短不齊，而且幾乎每句都要押韻。散套又稱「套數」，起源於宮調，是由兩首以上同一宮調的曲子（小令）聯成的組曲，要一韻到底。

元代是中國戲曲史上的黃金時代，由於取消科舉，使得眾多文人參與散曲創作，散曲得以蓬勃發展。眾多才華橫溢的劇作家，寫出許多迴腸盪氣的不朽篇章，奠定了戲曲在中國文學史上的至尊地位。元曲和唐詩、宋詞、漢賦，並稱為中國文學上最絢麗的四大文體。

植物常在曲中起興、隱喻、暗示情節，歷代曲作內容引述植物的情形甚多。《全元散曲》總曲數四四六四，引述二六八種植物，柳樹仍是元曲出現最多的植物（表4）。元代散曲的著名作家，有關漢卿、白樸、馬致遠、張可久等人，作品豪放清麗，音律優美，意境高超，並充

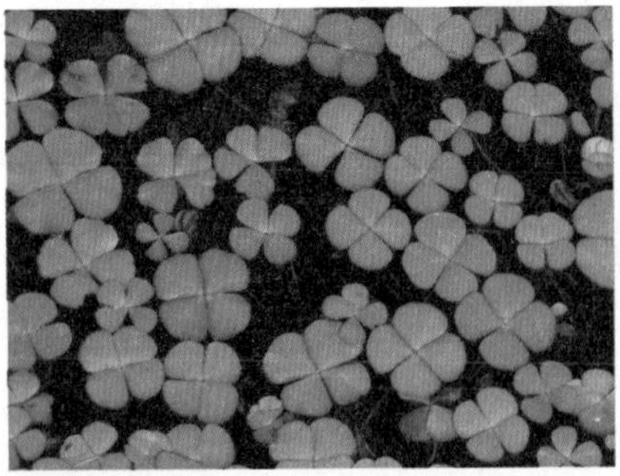

圖14　南國田字草就是古詩文中經常提到的蘋或白蘋。

分利用植物寫實或抒情。例如，馬致遠的〈越調．天淨沙〉：「枯藤老樹昏鴉，小橋流水人家，古道西風瘦馬。夕陽西下，斷腸人在天涯。」枯藤和老樹構成一幅蕭瑟的畫面，也是作者淒涼心境的寫照。白樸的〈雙調．沉醉東風〉：「黃蘆岸白蘋渡口，綠楊堤紅蓼灘頭，雖無刎頸交，卻有忘機友。點秋江白鷺沙鷗，傲殺人間萬戶侯，不識字煙波釣叟。」黃蘆即蘆葦，白蘋是南國田字草（圖14），綠楊為垂柳，和紅蓼（圖15）都是水邊湖岸的植物。關漢卿的〈雙調．碧玉簫〉則寫紅葉、黃菊的秋景：「秋景堪題，紅葉滿山溪，松徑偏宜，黃菊繞東籬。」

圖 15　紅蓼常生長在湖岸、渡口等水域，秋季開紅花。

明代散曲作家大都兼擅詩文，詩人幾乎都寫曲。《全明散曲》共收錄曲一萬二千六百七十首，植物種數三二一種（表4）。傳世的散曲作家，有李東陽、祝允明、文徵明、王世貞、湯顯祖、馮惟敏、梁辰魚等，都是著名的詩人或畫家，全都擅長在曲文中引述植物。例如，馮惟敏的〈北雙調折桂

**表4　歷代散曲總集出現頻率最高的前十種植物**

| | | 《全元散曲》 | 《全明散曲》 | 《全清散曲》 |
|---|---|---|---|---|
| 總曲數 | | 4464 | 12, 670 | 4380 |
| 植物種數 | | 268 | 321 | 253 |
| 出現次數前十植物種類 | 1 | 柳 (819) | 柳 (2,128) | 柳 (897) |
| | 2 | 荷 (362) | 荷 (1,024) | 荷 (472) |
| | 3 | 梅 (354) | 桃 ( 950) | 桃 (399) |
| | 4 | 桃 (253) | 梅 ( 779) | 梅 (395) |
| | 5 | 竹 (230) | 竹 ( 762) | 竹 (373) |
| | 6 | 茶 (205) | 松 ( 539) | 茶 (246) |
| | 7 | 松 (198) | 茶 ( 525) | 松 (241) |
| | 8 | 菊 (186) | 菊 ( 486) | 蘭 (209) |
| | 9 | 梨 (140) | 梧桐 (383) | 菊 (174) |
| | 10 | 茅 (127) | 蘭 (374) | 梧桐 (135) |

令·焚柏子〉寫「焚香」：「翠巍巍柏子浮煙，清似雞舌，潤比龍涎。芸草窗中，芝蘭砌畔，椿桂堂前。」句中提到的柏子、雞舌（雞舌丁香，**圖16**）、芸草（芸香草，**圖17**）、芝（靈芝）、蘭（澤蘭）、桂均為香木香草，或古時常用的薰香材料，單看文字敘述就能感受到滿室馨香。梁辰魚的〈南雙調孝南歌·庚午初秋悼亡改定舊曲〉，用植物寫秋、寫淒涼心境：「梧桐清影涼，人孤夜長。鞋拆金蓮，鏡破菱花樣。香冷萸囊，被捲芙蓉帳。掩綺窗，倚繡床，思憶雪衣娘、在何方。」有象徵秋天的梧桐、萸（食茱萸），也有閨房內代表悲愁的植物名稱器物菱花鏡、芙蓉帳等。

圖 16　雞舌丁香是古代常用的香料植物。

圖 17　芸香草是古代用來驅蟲的香草。

清代曲作多模仿元、明作家作品，《全清散曲》收有四三八〇清曲，內中植物二五三種（**表4**）。著名的曲作家有沈自晉、朱彝尊、沈謙、徐旭旦、厲鶚等人，都精於以植物寫景、借喻，實例有朱彝尊的〈北雙調·沉醉東風〉：「香茅屋青楓樹底，小蓬門紅板橋西。雖無蔗芋田，也有桑麻地，野薔薇結個笆籬。更添種山茶綠萼梅，這便是先生錦里。」厲鶚的〈北雙調清江引·麴院風荷〉，寫西湖景：「風漪四圍深院宇，荷氣銷炎處。斜明柳外虹，亂點萍間鷺，來看翠盤高下舞。」

**表4**歷代散曲總集的植物種數統計，顯示歷代散曲的植物仍以柳樹出現頻率最高，且總出現曲數遠多於其他植物。荷、桃、梅、竹次之，茶、松、菊又次之。比較歷代詩、詞、曲的植物引用，種類大同小異，但出現的頻率不同。歷代詩中常引述的苔和茅，在曲中出現次數明顯減少；竹和松是詩出現前三多的植物，在曲中則退居第五之後。歷代詞常見的杏，曲中也出現較少。

## 第五節 歷代詩人對植物的認識

從前面所列舉歷代詩詞的內容可知，植物的名稱內涵與寓意組成中國文學不可或缺的重要部分。可以說，沒有植物就沒有詩詞。歷代詩人大都對處於周遭的植物具有感情，常常形之於詩、詠之以情。著名詩人對植物的認識，常較同時代的其他文人深入，對植物隱喻的掌握度較成熟，所引述的植物種類也比較多。

表5為唐代詩人傳世的別集中，所引述植物種類與數量的簡單統計。根據這個統計，可以發現似乎有傳世詩首數越多，所提到的植物種類也較多的趨勢。例如白居易的《白氏長慶集》共收錄詩二八七三首，為唐人中數目最多者，共引述植物二〇八種，植物的種數也居冠。杜甫則在兩方面都次之，其總集《杜少陵集》有詩一四四八首，植物有一六六種，都僅次於白居易。除上述的白居易與杜甫外，全詩引述植物百種以上者，均為唐代詩文成就很高的名家，如王維、李白、柳宗元、韓愈、元稹、李賀、溫庭筠、李商隱、劉禹錫、貫休、陸龜蒙等。值得注意的是，韓愈傳詩不到五百首（為四一五首），引用的植物種類卻有一二九種，為唐人中第四高者；

**表5 唐代詩人傳世別集所引植物種數舉例**

| 作者 | 生卒年 | 別集名稱 | 詩篇總數（首） | 植物種類 |
|---|---|---|---|---|
| 王維 | 692～761 | 王摩詰全集 | 479 | 102 |
| 李白 | 701～762 | 李太白全集 | 1, 052 | 127 |
| 杜甫 | 712～770 | 杜少陵集 | 1, 448 | 166 |
| 韓愈 | 768～824 | 韓昌黎詩集 | 415 | 129 |
| 白居易 | 772～846 | 白氏長慶集 | 2, 873 | 208 |
| 柳宗元 | 773～819 | 柳河東全集 | 158 | 105 |
| 錢起 | 約720～約783 | 錢起詩集 | 502 | 96 |
| 孟郊 | 751～814 | 孟東野詩集 | 507 | 87 |
| 元稹 | 779～831 | 元氏長慶集 | 824 | 143 |
| 李賀 | 790～816 | 昌谷集 | 229 | 107 |
| 杜牧 | 803～852 | 樊川文集 | 519 | 92 |
| 劉長卿 | 726～790 | 劉隨州詩集 | 509 | 91 |
| 溫庭筠 | 約801～866 | 溫飛卿詩集 | 348 | 113 |
| 李商隱 | 813～858 | 李義山詩集 | 609 | 119 |
| 韋應物 | 739～792 | 韋蘇州詩集 | 569 | 67 |
| 劉禹錫 | 772～842 | 劉賓客文集 | 819 | 128 |
| 貫休 | 832～912 | 禪月集 | 731 | 124 |
| 許渾 | 約800～858 | 丁卯詩集 | 535 | 96 |
| 陸龜蒙 | 約835～881 | 甫里集 | 601 | 123 |

柳宗元的《柳河東全集》詩僅有一五八首，出現植物卻也有一〇五種，是唐詩中引述植物頻率最高者。

圖 18　枯萎時全株呈白色的白草，花序亦呈雪白色。

表 6　宋代詩人傳世別集所引植物種數舉例

| 作者 | 生卒年 | 別集名稱 | 詩篇總數（首） | 植物種類 |
|---|---|---|---|---|
| 林逋 | 957 ～ 1028 | 林和靖集 | 305 | 65 |
| 宋庠 | 996 ～ 1066 | 元憲集 | 828 | 118 |
| 宋祈 | 998 ～ 1061 | 景文集 | 1, 625 | 178 |
| 梅堯臣 | 1002 ～ 1060 | 宛陵集 | 2, 722 | 222 |
| 歐陽修 | 1007 ～ 1072 | 歐陽文忠公集 | 1,033 | 143 |
| 韓琦 | 1008 ～ 1075 | 安陽集 | 693 | 108 |
| 劉敞 | 1019 ～ 1068 | 公是集 | 1, 631 | 148 |
| 曾鞏 | 1019 ～ 1083 | 元豐類稿 | 406 | 99 |
| 司馬光 | 1019 ～ 1086 | 傳家集 | 1, 225 | 150 |
| 王安石 | 1021 ～ 1086 | 臨川文集 | 1, 615 | 171 |
| 蘇軾 | 1036 ～ 1101 | 東坡全集 | 2, 823 | 256 |
| 蘇轍 | 1039 ～ 1112 | 欒城集 | 1, 277 | 172 |
| 黃庭堅 | 1045 ～ 1105 | 山谷集 | 1, 837 | 228 |
| 秦觀 | 1049 ～ 1100 | 淮海集 | 518 | 120 |
| 張耒 | 1054 ～ 1114 | 柯山集 | 2, 242 | 174 |
| 李綱 | 1083 ～ 1140 | 梁谿集 | 1, 589 | 183 |
| 陳與義 | 1090 ～ 1138 | 簡齋集 | 642 | 110 |
| 王十朋 | 1112 ～ 1171 | 梅溪集 | 2, 146 | 201 |
| 陸游 | 1125 ～ 1210 | 劍南詩稿 | 9, 213 | 281 |
| 范成大 | 1126 ～ 1193 | 石湖詩集 | 1,918 | 221 |
| 楊萬里 | 1127 ～ 1206 | 誠齋集 | 4, 258 | 253 |
| 樓鑰 | 1137 ～ 1213 | 攻媿集 | 1, 165 | 142 |
| 趙蕃 | 1143 ～ 1229 | 淳熙稿 | 2, 908 | 163 |
| 韓淲 | 1159 ～ 1224 | 澗泉集 | 2, 606 | 156 |
| 劉克莊 | 1187 ～ 1269 | 後村集 | 1, 569 | 152 |

許多詩人對植物的生態、生理性狀了解深刻，適切地引述植物於詩句中，如岑參的〈白雪歌送武判官歸京〉：「北風捲地白草折，胡天八月即飛雪。忽如一夜春風來，千樹萬樹梨花開。」大部分的草類凋枯時成黃褐色，稱為「枯黃」，只有白草枯萎時全株白色，所以名為白草（圖18）。本詩用秋枯的白草和春天成片果園的梨花形容飛雪的顏色和情境，也只有熟悉這兩種植物形態特徵的詩人，才能寫出這樣的詩句。另外也有對植物所代表的意涵、典故知之甚深，應用於詩句中，如杜甫的〈蜀相〉：「丞相祠堂何處尋，錦官城外柏森森。映階碧草皆春色，隔葉黃鸝空好音。」柏「後凋於歲寒」，是《楚辭》重

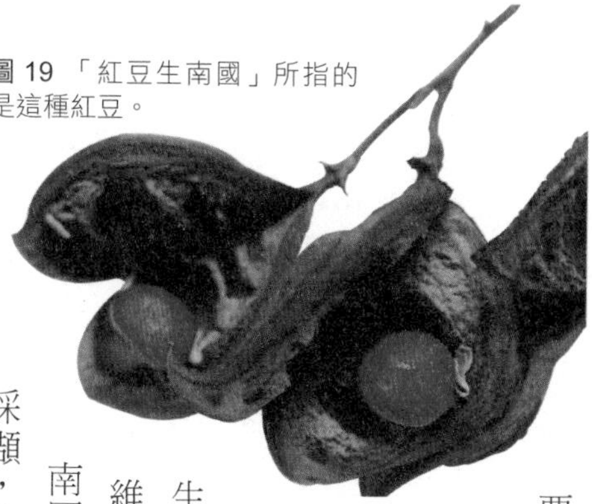
圖 19 「紅豆生南國」所指的是這種紅豆。

要的的香木，自古即代表堅貞。劉備墳前由諸葛亮手植的柏木林，正足以象徵諸葛亮的忠心。

有些詩中敘述的植物象徵意義，一直對後世產生巨大的影響力，譬如王維的〈相思〉：「紅豆生南國，春來發幾枝。願君多採擷，此物最相思。」「紅豆」（圖19）象徵離別及相思自王維此詩始，是詩人的創意；此後《紅樓夢》曹雪芹的〈紅豆詞〉句：「滴不盡相思血淚拋紅豆」，更以紅豆刻畫深沉的思念之情。又如杜牧的〈贈別〉詩：「娉娉嫋嫋十三餘，豆蔻梢頭二月初。春風十里揚州路，卷上珠簾總不如。」杜牧在雲南結交紅粉知己，以當地盛產的豆蔻花（圖20）形容心目中的「天人」，臨別的植物句意成為後世「豆蔻年華」成語的典故。

宋代文風更盛，詩人更多，詩人認識的植物種類也比唐代多（表6）。陸游的《劍南詩稿》收錄詩九二一三首，引述的植物種類有二八一種之多，不但傳下來的詩最多，植物種類也是宋代詩人中最多者。蘇軾流傳下來的詩有二八二三首，次於楊萬里及趙蕃（表6），但植物種類卻僅次於陸游，有二五六種，這與其仕途坎坷、足跡遍及大江南北有關。楊萬里詩四二五八首，引述植物亦多達二五三種，僅次於陸游和蘇軾。宋代其他著名詩人，如梅堯臣、黃庭堅、王十朋、范成大等，詩作中描述植物的種類均超過兩百種。比較之下，唐代僅白居易的詩超過兩百種植物，顯示宋代詩人所知道的植物種類普遍比唐代詩人多。其餘著名的宋代文人，如司馬光、王安石、蘇轍、張耒、劉克莊等，別集中的詩作所出現的植物都超過一五〇種（表6）。

植物的描述詞句影響後代很深的作品，首先是北宋林逋的〈山園小梅〉：「眾芳搖落

圖 20 詩人杜牧用豆蔻花形容美人。

獨暄妍，占盡風情向小園。疏影橫斜水清淺，暗香浮動月黃昏。」林逋終生未娶，執著於「梅妻鶴子」的生活，他留下的詩作不多，但都清新雋永，如本首詩用疏影橫斜、暗香浮動形容梅的姿態，成為梅的代名詞，廣為後世詩文及畫作所引用。其他用植物寫景、寫意的著名詩篇，還有陸游的〈春殘〉：「苜蓿苗侵官道合，蕪菁花入麥畦稀。倦遊自笑摧頹甚，誰記飛鷹醉打圍？」范成大的〈夏日田園雜興〉：「晝出耘田夜績麻，村莊兒女各當家。童孫未解供耕織，也傍桑陰學種瓜。」楊萬里的〈曉出淨慈寺送林子方〉：「接天蓮葉無窮碧，映日荷花別樣紅。」以及〈閒居初夏午睡起〉：「日長睡起無情思，閒看兒童捉柳花。」

元代出色的詩人也不少，方回和王惲傳世的詩分別有三七九九首和三三六九首，是元代最多產的詩人。方回的《桐江續集》引述的植物種類有二三一種；其他引述植物在兩百種以上的詩人，尚有謝應芳、王逢等（表7）。元代文人多寄情於山水，寫景的詩很多，如楊維楨的〈漫興〉：「楊花白日緜初迸，梅子青青核未生。大婦當壚冠似瓠，小姑吃酒口如櫻。」一首七言絕句，卻引述了四種植物，每句一種，分別為楊花（柳）、梅、瓠、櫻（櫻桃），都是古人生活周遭常見的植物。另一首方回的〈秀亭秋懷〉：「老懷幸無事，何用知秋風。團團

**表7 元代詩人傳世別集所引植物種數舉例**

| 作者 | 生卒年 | 別集名稱 | 詩篇總數（首） | 植物種類 |
|---|---|---|---|---|
| 耶律楚材 | 1190～1244 | 湛然居士集 | 803 | 132 |
| 方回 | 1227～1307 | 桐江續集 | 3, 799 | 231 |
| 胡祇遹 | 1227～1295 | 紫山大全集 | 1, 040 | 104 |
| 王惲 | 1227～1304 | 秋澗集 | 3, 369 | 192 |
| 劉因 | 1249～1293 | 靜修先生文集 | 844 | 108 |
| 趙孟頫 | 1254～1322 | 松雪齋集 | 507 | 111 |
| 柳貫 | 1270～1342 | 待制集 | 517 | 144 |
| 虞集 | 1272～1348 | 道園學古錄、道園遺稿 | 1, 597 | 171 |
| 薩都拉 | 1272～1343 | 雁門集 | 1, 323 | 127 |
| 李孝光 | 1285～1350 | 五峰集 | 702 | 116 |
| 許有壬 | 1287～1364 | 至正集 | 1, 830 | 170 |
| 謝應芳 | 1296～1392 | 龜巢稿 | 1, 320 | 202 |
| 袁桷 | 1266～1327 | 清容居士集 | 1, 492 | 174 |
| 楊維楨 | 1296～1370 | 東維子集、復古詩集 | 669 | 83 |
| 吳萊 | 1297～1340 | 淵穎集 | 267 | 135 |
| 倪瓚 | 1301～1374 | 清閟閣全集 | 1, 105 | 139 |
| 傅若金 | 1303～1342 | 傅與礪詩集 | 888 | 104 |
| 王逢 | 1319～1388 | 梧溪集 | 1, 277 | 217 |
| 吳師道 | 1283～1344 | 禮部集 | 610 | 105 |

烏桕樹，一葉垂殷紅。」一般詩人描寫的秋葉都是楓紅，烏桕是少數熱帶低海拔地區可見的秋紅植物之一。倪瓚的〈田舍二首〉：「映水五株楊柳，當窗一樹櫻桃。灑埽石間蘿月，吟哦琴裡松濤。」每句也都包含植物一種，其中五株楊柳是採用陶淵明「不為五斗米折腰」、門前栽五柳以明志的典故；聽松濤為隱逸者的象徵。全詩表面看起來是寫景，字裡行間卻充滿著有志難伸的無奈。

明代詩作最多的是晚明文學家、史學家王世貞，別集共錄詩七〇六二首，所引述的植物種類也是元、明兩代詩人中最多者，總計有二八六種（**表8**）。其他在詩作別集中提到植物種類超過兩百種的詩人，還有劉嵩、何白、徐渭、湯顯祖、袁宏道、劉基等；著名的明代詩人高啟、李東陽、李夢陽、唐寅、謝榛等，詩中提到的植物種類都超過一五〇種（**表8**）。明人受到前期古人的影響甚深，也多能充分掌握植物的特性以入詩，如汪道昆的〈冬日雜詩為仲氏作〉：「寧為蘭與芷，湓

**表8 明代詩人傳世別集所引植物種數舉例**

| 作者 | 生卒年 | 別集名稱 | 詩篇總數（首） | 植物種類 |
|---|---|---|---|---|
| 劉基 | 1311～1375 | 誠意伯文集 | 1, 371 | 203 |
| 貝瓊 | 約 1316～1378 | 清江詩集 | 618 | 125 |
| 劉嵩 | 1321～1381 | 槎翁詩集 | 2, 513 | 227 |
| 胡奎 | 1335～1409 | 斗南老人集 | 1, 971 | 174 |
| 高啟 | 1336～1374 | 大全集、鳧藻集 | 1, 833 | 164 |
| 楊士奇 | 1365～1444 | 東里詩集 | 1, 451 | 121 |
| 薛瑄 | 約 1392～1464 | 敬軒集 | 1, 405 | 129 |
| 沈周 | 1427～1509 | 石田詩集 | 1, 018 | 141 |
| 陳獻章 | 1428～1500 | 陳白沙集 | 2, 014 | 120 |
| 程敏政 | 1445～1500 | 篁墩文集 | 2, 578 | 189 |
| 李東陽 | 1447～1516 | 懷麓堂集 | 1, 456 | 160 |
| 唐寅 | 1470～1524 | 唐伯虎全集 | 1, 085 | 164 |
| 文徵明 | 1470～1559 | 甫田集 | 741 | 113 |
| 李夢陽 | 1473～1530 | 空同集 | 2, 228 | 173 |
| 邊貢 | 1476～1532 | 邊華泉集 | 1, 577 | 130 |
| 謝榛 | 1495～1575 | 謝榛全集 | 2, 428 | 157 |
| 李開先 | 1502～1568 | 李中麓閑居集 | 1, 230 | 125 |
| 李攀龍 | 1514～1570 | 滄溟集 | 1, 438 | 112 |
| 梁辰魚 | 1519～1591 | 鹿城詩集 | 1, 090 | 142 |
| 徐渭 | 1521～1593 | 徐渭集 | 1, 447 | 216 |
| 汪道昆 | 1525～1593 | 太涵集 | 1, 591 | 131 |
| 王世貞 | 1526～1590 | 弇州四部稿 | 7, 062 | 286 |
| 焦竑 | 1540～1619 | 澹園集 | 635 | 122 |
| 湯顯祖 | 1550～1616 | 湯顯祖全集 | 2, 290 | 207 |
| 胡應麟 | 1551～1602 | 少室山房集 | 4, 054 | 192 |
| 何白 | 1562～1642 | 何白集 | 1, 999 | 222 |
| 袁宏道 | 1568～1610 | 袁中郎全集 | 1, 675 | 204 |
| 袁中道 | 1570～1627 | 珂雪齋集 | 1, 397 | 154 |
| 譚元春 | 1586～1637 | 譚元春集 | 1, 460 | 125 |

死有餘芳。毋為桃李華，灼灼徒春陽。」蘭和芷都是《楚辭》的香草，夭桃穠李是《詩經》顯示華貴豔麗的花木，但開花後花瓣迅速凋落，因此本詩可視為警世詩。劉基的〈旅興〉：「鳳凰翔不下，梧桐化為枳。傷懷不可道，憂念何時已。」前兩句說的是《莊子》「鳳凰非梧桐不棲」的傳說，梧桐變成長滿棘刺的惡木枳殼（圖21），鳳凰自然不會有棲息意願。大詩人王世貞不但懂植物，也愛植物，他在《弇州四部稿》四十三卷中有專詩吟誦梅花、桃花、玉蘭、海棠等四十種花木，四十四卷詠佛手柑等七種植物，四十九卷題詠凌霄花等六種花草。

清代因為印刷技術及書籍保存方法比起前代更精進，詩文佚失較少，詩人及詩作都遠比前數代為多。加上世界貿易逐漸發達，中國和外界接觸機會增多，引進的植物種類也比前朝更龐雜，詩人所認識的植物也多有增加。樊增祥的《樊樊山詩集》共有五四九六首詩，植物種類共有三五一種，大概是歷代詩文中引述植物種類最多者（表9）。另外詩集

**表9 清代詩人傳世別集所引植物種數舉例**

| 作者 | 生卒年 | 別集名稱 | 詩篇（總數首） | 植物種類 |
|---|---|---|---|---|
| 錢謙益 | 1582～1664 | 錢牧齋全集 | 2, 483 | 213 |
| 吳偉業 | 1609～1671 | 吳梅村詩集 | 980 | 174 |
| 錢澄之 | 1612～1693 | 田間詩集、藏山閣集 | 3, 207 | 187 |
| 施閏章 | 1618～1683 | 施閏章詩 | 3, 282 | 215 |
| 王士禎 | 1634～1711 | 王士禎全集 | 4, 722 | 284 |
| 查慎行 | 1650～1727 | 敬業堂詩集 | 4, 515 | 301 |
| 鄭燮 | 1693～1765 | 鄭板橋集 | 608 | 118 |
| 劉大櫆 | 1698～1780 | 海峰詩集 | 913 | 130 |
| 袁枚 | 1716～1798 | 小倉山房詩集 | 4, 105 | 229 |
| 蔣士銓 | 1725～1785 | 忠雅堂集 | 4, 869 | 271 |
| 趙翼 | 1727～1814 | 甌北集 | 4, 831 | 285 |
| 王文治 | 1730～1802 | 夢樓詩集 | 1, 884 | 202 |
| 李調元 | 1734～1802 | 李調元詩 | 1, 353 | 241 |
| 洪亮吉 | 1745～1809 | 洪亮吉詩 | 4, 477 | 273 |
| 黃景仁 | 1749～1783 | 兩當軒集 | 1, 180 | 165 |
| 張問陶 | 1764～1814 | 船山詩草 | 2, 928 | 181 |
| 阮元 | 1764～1849 | 揅經室集 | 1, 045 | 197 |
| 鄧湘皋 | 1778～1851 | 南村草堂詩鈔 | 1, 559 | 171 |
| 龔自珍 | 1792～1841 | 龔自珍全集 | 754 | 119 |
| 魏源 | 1794～1857 | 魏源集 | 900 | 128 |
| 鄭珍 | 1806～1864 | 巢經巢詩鈔 | 860 | 205 |
| 樊增祥 | 1846～1931 | 樊樊山詩集 | 5, 496 | 351 |
| 黃遵憲 | 1848～1905 | 人境廬詩草 | 1, 156 | 161 |
| 陳三立 | 1853～1937 | 散原精舍詩文集 | 2, 315 | 199 |
| 梁鼎芬 | 1859～1920 | 節庵先生遺詩 | 1, 159 | 140 |
| 連橫 | 1878～1936 | 劍花室詩集 | 915 | 109 |

出現三百種植物以上者為查慎行，二五〇種以上者有王士禛、蔣士銓、趙翼、洪亮吉。引述植物種類超過二百種者，都是清代大文豪或以詩文著稱於世者，除上述作者外，還有錢謙益、施閏章、袁枚、李調元、王文治等（表9）。其中蔣士銓的《忠雅堂集》有詩四八六九首，植物種類有二七一種；趙翼的《甌北集》有詩四八三一首，引述的植物種類有二八五種，均僅次於樊增祥、查慎行。詩人的作品成就，幾乎與引述植物種類多寡有極大的相關性，再次印證了上文「沒有植物則無以成詩」的論述。植物在歷代詩詞的創作和詩意的鋪陳上，是無可取代的元素，試舉以下諸例：王士禛的〈廣州竹枝〉：「梅花已近小春開，朱槿紅桃次第催。杏李枇杷都上市，玉盤三月有楊梅。」和〈戲示老圃〉：「語君種梧桐，君嫌少顏色。莫種薔薇花，歲寒足荊棘。」前詩以植物寫景，每句至少有植物一種，有些句植物三種，共引述植物七種；後者是善於用植物典故入詩的詩例。查慎行對植物有特殊感情，其〈留別潤木即次弟送行原韻〉詩句：「桐為先世成陰樹，桂是吾家及第花。」懷念先君子手植梧桐，及鍾愛科舉及第之兆的桂溢於字句之中。趙翼是「有乞詩文者不許通報，惟酒食相招則赴之」的詩人，可見其不拘小節的一面，其〈紀夢一笑〉詩句：「卅年屏跡隱蒿萊，夜夢無端見斗台。」敘述其志趣。句中的蒿萊代表野草，指偏遠無人跡處。樊增祥不但植物種類引述最多，也是當代最熟悉植物的詩人，從〈題陳曼生畫冊十二首〉詩描述紅梅、繡球、紫藤等十二種花木的內容可看出他豐富的植物知識。他的〈寄調爽翁〉詩：「玉腕新承櫛，黃綢夙放衙。窗臨交讓樹，屏畫合歡花。」是適切運用植物名稱雙關語的作品。

圖21 枳殼全株具刺，古人歸類為惡木。

# 第三章 詩經植物

## 第一節 前言

《詩經》是中國最古老的詩歌集，也是世界上碩果僅存的古老詩集之一。戰國以前，稱「詩」或「詩三百」，實際有詩三〇五首，漢朝時開始被尊為經。《詩經》傳播很廣，對後世的影響很大。自古以來，上自宮廷官邸之宴會、典禮，下至百姓的日常生活，以及國與國之間的外交往來，都需要「賦詩言志」，連孔子都說：「不學詩，無以言。」從春秋時代開始，經《左傳》、《國語》以至漢代之後所有的文學和歷史作品無不引用《詩經》，也無不受到《詩經》的巨大影響。不讀《詩經》，很難真正了解古代詩詞和其他古典文學作品。時至今日，《詩經》的影響還是無所不在，從以下直接引用《詩經》的詞句而成為今日常用語，就可見一斑：

- **桃之夭夭**〈周南・桃夭〉
- **不忮不求**〈邶風，雄雉〉
- **暴虎馮河**〈小雅・小旻〉
- **如臨深淵，如履薄冰**〈小雅・小旻〉、〈小雅・小宛〉
- **小心翼翼**〈大雅・大明〉、〈大雅・烝民〉
- **自求多福**〈大雅・文王〉
- **不可救藥**〈大雅・板〉
- **殷鑑不遠**〈大雅・蕩〉
- **聽我藐藐**〈大雅・抑〉
- **夙興夜寐**〈大雅・抑〉
- **投桃報李**〈大雅・抑〉
- **進退維谷**〈大雅・桑柔〉
- **兢兢業業**〈大雅・雲漢〉
- **明哲保身**〈大雅・烝民〉
- **不稂不莠**〈小雅・大田〉

《詩經》記述動植物種類繁多，因此古人說讀

《詩經》可以「多識草木蟲魚之名」。以植物而言，《詩經》記載許多與古人生活相關的作物，也描繪不少當時分布在華北地區的天然植被。因此除了上述的成語和常用詞彙，由《詩經》內容，特別是由《詩經》植物所衍生出來的成語也有很多，可印證《詩經》對中國文學和民眾生活的影響力，試引以下數端：

・**敬恭桑梓**，語出〈小雅・小弁〉：「維桑與梓，必恭敬止。」

・**葑菲之采**，語出〈邶風・谷風〉：「采葑采菲，無以下體。」

・**甘棠遺愛**，典出〈召南・甘棠〉：「蔽芾甘棠，勿翦勿拜，召伯所說。」

・**甘心如薺**，典出〈邶風・谷風〉：「誰謂荼苦？其甘如薺。」

・**夭桃穠李**，出自〈周南・桃夭〉：「桃之夭夭，灼灼其華」及〈召南・何彼穠矣〉：「何彼穠矣，華如桃李。」

・**麥秀黍離**，語出〈王風・黍離〉：「彼黍離離，彼稷之苗。」

・**綿綿瓜瓞**，語出〈大雅・綿〉：「綿綿瓜瓞，民之初生，自土沮漆。」

・**摽梅之候**，典出〈召南・摽有梅〉：「摽有梅，其實七兮。」

・**采蘭贈芍**，語出〈鄭風・溱洧〉：「士與女，方秉蘭兮……維士與女，伊其相謔，贈之以芍藥。」

・**萱草忘憂**，典出〈衛風・伯兮〉：「焉得諼草？言樹之背。」

由於《詩經》內容複雜，且製作年代久遠，有許多詞意深奧難懂的章節、不易了解的詞句背景典故，還有大量的動植物及其他「名物」詞彙。這些動植物名彙所指的種類，其形態、生活習性，以及代表的含意為何，均非一般詞書所能檢索得知，對研讀、理解《詩經》形成一定程度的障礙。認識《詩經》中的植物，辨別植物名稱、形態性狀、生態特性等，有助於體驗當時民眾生活周遭的環境和文化背景，能幫讀者正確理解《詩經》詩文的意涵。

《詩經》植物：遠志。

## 第二節 《詩經》的內容和《詩經》植物

周朝各諸侯分封的地區稱作「國」，「風」指民俗歌謠的詩。諸侯在各領地內採集民俗之詩歌獻給天子，天子將這些詩歌列於樂官，用以考察各地民俗風尚的好惡，而得知施政得失。因此，國風所呈現的題材、情緒、景物等富有多樣性，且地域性非常高。《詩經》有十五國風，共一六〇篇，包括周南十一篇、召南十四篇、邶風十九篇、鄘風十篇、衛風十篇、王風十篇、鄭風二十一篇、齊風十一篇、魏風七篇、唐風十二篇、秦風十篇、陳風十篇、檜風四篇、曹風四篇、豳風七篇。十五國風中，出現植物的篇章共八十六篇，占五三・八%，表示一半以上的國風詩篇都有植物。

雅的篇章都是所謂的「正樂之歌」，包括大雅及小雅。小雅是宮廷樂歌，主要是在宴會時演唱，屬燕饗之樂，共七十四篇，有四十四篇出現植物，比率高達五九・四%。大雅同樣是宮廷樂歌，用於較隆重的宴會和典禮，屬會朝之樂，共三十一篇，其中十四篇有植物，占四五・二%。

圖1　桑是《詩經》出現篇章最多的植物。

「頌者，宗廟之樂歌。」說明「頌」是讚美詩，用於宗廟祭祀，有些還兼作舞曲，包括周頌、魯頌和商頌。〈頌〉出現植物篇章的比率最少，在全部四十首詩中，植物僅出現九首，占比為二二%。周頌共三十一篇，有植物者六篇；魯頌有四篇，有植物者四篇；商頌共五篇，僅一篇出現植物。

圖2 黍是古代主要的穀類之一，《詩經》有十七篇提到。

圖3 「蕭」即白蒿，是《詩經》中出現最多次的蒿類植物。

總計在《詩經》的三〇五首詩中，有一三五篇出現植物，占五〇・二一%，即一半的《詩經》篇章內容提到或描述植物，其中多數篇章以植物來「賦、比、興」。

《詩經》各篇章中出現植物種類最多者為〈豳風・七月〉，一首詩就有二十種植物；其次為〈小雅・南山有臺〉和〈大雅・生民〉，各出現十種植物；〈大雅・皇矣〉有九種植物，排名第三；出現六種植物的有六篇，分別是〈鄘風・定之方中〉、〈唐風・山有樞〉、〈唐風・鴇羽〉、〈小雅・黃鳥〉、〈小雅・四月〉、〈魯頌・閟宮〉；出現五種植物者有三篇：〈陳風・東門之枌〉、〈大雅・緜〉、〈大雅・旱麓〉。以上均為研究《詩經》植物非常重要的篇章。其餘一首詩中出現四種植物的有十五篇，出現三種植物的有二十二篇，出現兩種植物的有四十篇，而大部分詩篇（共六十三篇）只出現一種植物。

在所有的《詩經》植物中，出現篇章數最多者為桑（圖1），共有二十篇；黍類（圖2）次之，共出現十七篇；棗又次之，出現十二篇。其他出現篇次在五篇以上者，有小麥九篇；葛藤、蘆葦、柏類、葫蘆瓜、松、大豆及柞木等各七篇；黃荊、棠梨、大麻、稻、粟、枸杞各六篇。這些出現篇數較多的植物，都是詩經時代和人類關係較深的植物，其中黍、麥、稻、粟、大豆、葫蘆瓜均為當時主要的糧食作物及蔬菜；桑、大麻、葛藤等則與衣著有關；松、柏、柞木是分布普遍的用材樹種；棗（棘）、蘆葦則屬分布範圍廣泛，為當時最常見的植物之一。「蕭」（圖3）是菊科蒿類中被提到最多的植物，共有五首詩篇出現此植物。「蕭」除供為野菜及牲畜飼料外，也是古代祭祀時常用的植物，較之其他蒿類更受到古人的歌頌和敬畏。其他出現次數較少的植物，有些屬於地域性分布，有些則屬於特殊用途，或用途較少。

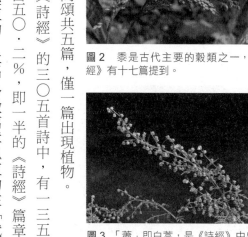

# 第三節　《詩經》植物的用途類別

## 一、食用植物

《詩經》中出現的植物，應該都是當時一般人所熟悉的，其中種類最多的是食用植物，包括野菜類、栽培蔬菜類、栽培穀類及水果類等。

### (一)野菜類

〈周南．關雎〉：「參差荇菜，左右流之。窈窕淑女，寤寐求之。」句中的「荇菜」，即現今的莕菜（**圖4**），是生長在水塘中的浮水植物，先民

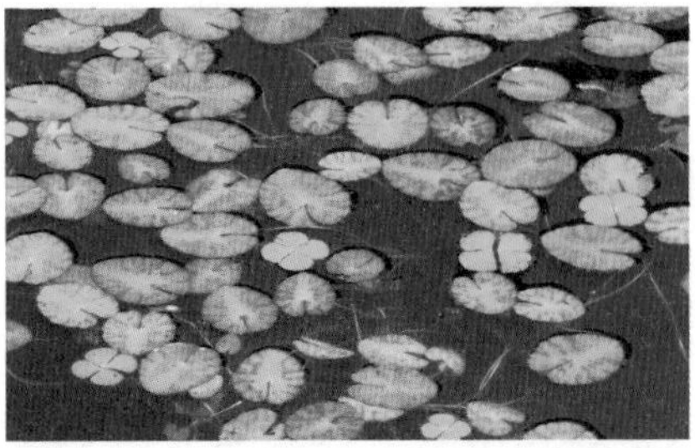

圖4 〈周南．關雎〉：「參差荇菜，左右流之」提到的荇菜也稱莕菜。

圖5 蘿藦即詩文中常引述的「芄蘭」。

採集供為蔬菜。《詩經》植物中，野菜種類至少有三十種，包括蒼耳（卷耳）、車前草（芣苢）、蒿類（蔞、蘩、艾、蒿、蔚）、蕨、野豌豆（薇）、田字草（蘋）、蘊藻（藻）、苦菜（荼）、薺菜（薺）、萹蓄（竹）、荻（菼）、蘿藦（芄蘭，**圖5**）、甘草（苓）、錦葵（荍）、冬葵（葵）、紫雲英（苕，**圖6**）、香蒲（蒲）、栝樓（果蠃）、藜（萊）、播娘蒿（莪）、苦蕒菜（芑）、羊蹄（蓫）、旋花（葍，**圖7**）、水芹（芹）、石龍芮（堇）、水蓼（蓼）、蓴菜（茆）等。其中有些野菜比較可口，至今民間仍採集或栽培食用的有苦菜、冬葵、薺菜、水芹、蕨、蓴菜等。其餘野菜味道大都不美或氣味特殊，必須經過處理才可進食，只有糧食欠收的荒年或特別地區才會採食。

### (二)栽培蔬菜

古代的食用蔬菜，大都以採擷野生植物為主，栽培蔬菜極少。《詩經》偶有篇章載錄栽培蔬菜，如

〈邶風・谷風〉：「采葑采菲，無以下體。德音莫違，及爾同死。」葑與菲都是栽培蔬菜，葑即蕪菁，菲即蘿蔔，後者是目前全世界都在食用的菜蔬，前者在華中、華北仍為重要根菜。其他只有少數植物，如匏瓜（匏）、荷花（荷）、大豆（菽）、韭菜（韭），出現在《詩經》的詩篇中。這些植物目前都是重要蔬菜，推測詩經時代已廣為栽培。

### (三) 栽培穀類

《詩經》時代栽培較廣的糧食作物有六種，即小麥（麥、來）、大麥（牟）、黍（稷）、稻、小米（粟）和大豆（菽）。其中出現篇章最多的糧食作物是黍（稷），共十七篇，如〈王風・黍離〉：「彼黍離離，彼稷之苗。行邁靡靡，中心搖搖。」說明黍類為當時北方最普遍的穀類作物。小麥雖非原產，但應早在周朝以前就引入中土。稻出現在《詩經》中，表示稻米在周代已從長江流域成功引種到黃河流域了。各種穀類經過長期栽培，均培育出不同的變種或栽培種，如黍在當時已有稷、秬、秠等品種；粟（小米）有粱、糜、芑等不同品種。大豆在古代，

圖 6 《詩經》提到的「苕」，今名紫雲英，是野蔬也是綠肥植物。

圖 7 旋花普遍分布於華北地區，和甘薯同科，膨大的貯藏根可食。

歸類在穀類。

### (四)水果類

〈鄭風．東門之墠〉：「東門之栗，有踐家室。豈不爾思，子不我即。」栗即板栗，為當時常見的樹種，其堅果稱為栗子，是歷代主要的乾果類，也是詩經時代重要的澱粉來源。〈鄘風．定之方中〉篇「樹之榛栗」的「榛」為榛子、「栗」是板栗，都是當時廣為栽培的果樹類植物。其他出現在《詩經》中的重要果樹或生產水果的栽培植物，還有桃、豆梨、棠梨、梅、李、棗（棘）、木瓜、木李、獼猴桃（萇楚）、野葡萄（薁，圖8）、甜瓜（瓜）、枳椇（枳）等。〈小雅．信南山〉的「中田有廬，疆埸有瓜」句，瓜指甜瓜，說明甜瓜在詩經時代也是栽培作物。上述桃、棠、梨、梅、李等果樹，有時尚栽培供觀賞用。

圖8 《詩經》稱野葡萄為「薁」，是古人常採食的野果。

## 二、衣用植物

### (一)纖維植物

棉花在隋唐以後才傳入中國，在古代只有貴族及五十歲以上的老人才可以穿絲織品。一般民眾的衣物，主要來自三種植物纖維，《詩經》亦僅提到這三種，即葛藤（葛）、紵麻（紵）、大麻（麻）。如〈周南．葛覃〉所言：「葛之覃兮，施於中谷，維葉莫莫。是刈是濩，為絺為綌，服之無斁。」絺為細葛布，綌為粗葛布，說明葛皮纖維是當時主要的織布原料。葛皮也用以製鞋，如〈魏風．葛屨〉「糾糾葛屨，可以履霜」句中，葛屨即當時的葛鞋。

紵麻則出現在〈陳風．東門之池〉篇：「東門之池，可以漚紵。彼美淑姬，可與晤語。」其中的紵即苧麻。同篇的「東門之池，可以漚麻」句中，

圖9 古代用來染製帝王衣物的藎草，可染黃、染綠。

圖10 蓼藍是古代衣物染藍、染靛的原料。

漚（長時間浸泡）的則是大麻，描述的是織布前的處理過程。其中紵麻和大麻纖維，近代亦有人使用，織成布帛或供為繩索。

### ㈡染料植物

為了美觀或顯示地位，衣著有染色需求，染料也成為《詩經》時期的時尚。〈小雅・采綠〉：「終朝采綠，不盈一匊……終朝采藍，不盈一襜。」綠為藎草（圖9），藍即蓼藍（圖10），都是採來染製衣服的草本植物。藎草染黃、染綠，而蓼藍染靛、染藍。草本植物中還有一種紅色染料，專供染御服之用，即〈鄭風・出其東門〉所言：「縞衣茹藘，聊可與娛。」茹藘即現在所稱的茜草（圖11），以其根部萃取紅色色素用以「染絳」。

其他作為染色的木本植物，還有〈小雅・南山有臺〉篇中「南山有枸，北山有楰」的「楰」，今名鼠李（圖12），取其未成熟的核果及樹皮製作黃色及綠色染料。另外〈大雅・皇矣〉篇「攘之剔之，其檿其柘」之「柘」，為今之枳樹，樹幹心材黃色，可提製染料，專用在染製黃色衣物。

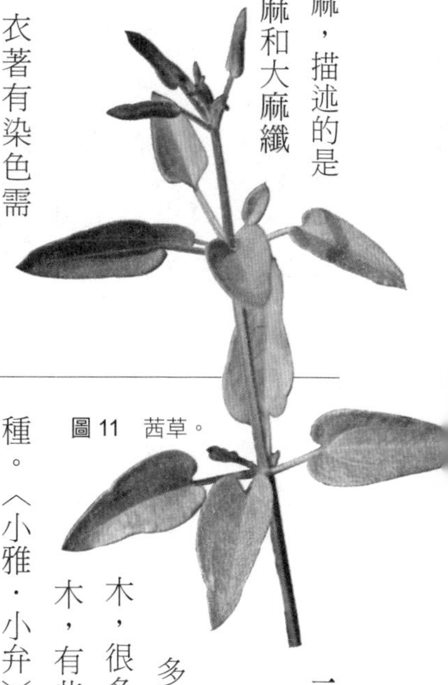

圖11 茜草。

## 三、器用植物

### ㈠建築、舟車器具用材

自古以來，中國的房舍建築多使用木料。《詩經》所出現的喬木，很多是當時住宅旁最普遍栽植的樹木，有些則是天然生長、分布廣泛的樹種。〈小雅・小弁〉「維桑與梓，必恭敬止」句中，「梓」即梓樹，其木質輕且加工容易，自古就是主要的造林樹種，木材供建材、家具之用，也用來製造樂器。其他如側柏（柏）、楸（椅）、泡桐（桐）、梓樹（梓）、圓柏（檜）、松、青檀（檀，圖13）、刺榆（樞，圖14）、榆楊、梧桐等，都是古代的建築材料。除了房屋建築，家具、舟車、棺木等也多使用上述植物，如〈邶風・柏舟〉之「汎彼柏舟，亦汎其流。」及〈鄘風・柏舟〉：「汎彼柏舟，在彼中河。」說明柏木（或側柏）是詩經時代用來造船的材料。另外〈衛風・竹竿〉：「淇水悠悠，檜楫松舟。」提到松樹也

圖12 〈小雅・南山有臺〉：「南山有枸，北山有楰」的「楰」，即今之鼠李。

用來造船，檜（圓柏）則製作船槳。

### ㈡木材以外的用具

白茅（茅）、蘆葦（蘆）是蓋房子及編織圍籬或屋牆的材料。〈豳風・七月〉：「晝爾于茅，宵爾索綯。」意為白天上山割茅草，晚上搓繩索，白茅主要用來搭蓋屋頂。黃荊（楚）用來製作刑具及女人的髮釵，漆（圖15）是重要的木竹器塗料。製作草席、墊子或編織籃筐等民生常用器物，則用蒲草（蒲）、薹草（臺）、莞、柳等植物。

## 四、觀賞植物

《詩經》各篇章中提到的，還有花色豔麗的灌木花卉唐棣、木桃、木瓜、木槿（舜）、郁李（鬱）；攀緣藤本植物的凌霄花（苕，圖16）；草本花卉如荷、芍藥等，這些植物自古即栽植在庭院中觀賞，主要是觀花，有些則栽植為庭園樹，應該也是詩經時代貴族、官宦之家廣為栽種的庭園觀賞植物。值得注意的是，《詩經》和《楚辭》中尚未出現牡丹。

《詩經》中的植物，大部分種類的用途不止一項，多數植物都具有多種用途，譬如枸杞自古即作為菜蔬，又是有名的藥用植物；桃是果樹，可收成果實，也是觀賞植物，又為辟邪象徵。即使是日常食用的五穀類作物，如大麥，一方面是糧食，一方面也利用為養生藥材。表現出古人對植物的利用情形，也反映出詩經時代各地的民情風俗。

圖 13　青壇是《詩經》時代重要的建築材料。

圖 14　《詩經》所言的「樞」即刺榆。

圖 15　漆樹汁液取用作木竹器的塗料。

圖 16　花色豔麗的凌霄花自古即栽培為觀賞植物。

# 第四節 《詩經》的象徵性植物

## 一、辟邪用的植物

〈召南．采蘋〉篇中「于以采**藻**？于彼行潦」之「藻」，主要是指蘊藻、馬藻等常聚生在水邊及湖中的水藻。藻為水草，具有厭辟火災的象徵意義，數千年來，上自皇宮、廟殿，下至民宅，都會在屋梁上雕繪藻紋用以壓制火災。《詩經》〈召南〉及其他〈小雅〉、〈魯頌〉各篇所提到的藻，都與防辟火災的象徵意義有關。

〈鄭風．溱洧〉篇中「溱與洧，方渙渙兮。士與女，方秉**蕑**兮」之「蕑」，為今之澤蘭。「蘭」香在莖葉，佩在身上可辟邪氣，即《楚辭．離騷》所謂的「紉秋蘭以為佩」。植株煮湯沐浴，即「蘭陽沐浴」。婦人以澤蘭和油澤頭，稱「蘭澤」，有淨身和祛除不正之氣的效果。

## 二、比喻依附的植物

著生或附生在其他樹木的寄生植物，在《詩經》的詩句中被用來比喻依附，此類植物有松蘿（女蘿）、桑寄生（蔦）、菟絲子（唐）等。

〈小雅．頍弁〉：「豈伊異人？兄弟匪他。蔦與女蘿，施于松柏。」所言女蘿即松蘿。松蘿「色青而細長，無雜蔓」，植物體基部固著在樹木枝幹上，其他部分亦僅附著其上，並未吸取樹木養分，屬於著生植物（植物體自行光合作用，和所著生的樹木並未發生營養關係）。《楚辭》〈九歌．山鬼〉的「被薜荔兮帶女蘿」、杜甫〈佳人〉的「牽蘿補茅屋」句中，女蘿和蘿均指松蘿（圖17）。

《詩經》提到的「蔦」則為桑寄生類植物（圖18），以吸收根伸入寄主維管束內吸取養分與水分，常見寄生在寄主的樹幹、樹枝或枝梢上，遠望有如鳥巢或草叢。

圖 17 《詩經》提到的「女蘿」即松蘿。

常見被寄生的寄主有楓、桑、柿、殼斗科等植物，有楓寄生、桑寄生、柿寄生、槲寄生等名稱，松類也常可見到桑寄生植物，稱為松寄生。

蔡元度《名物解》說明〈小雅．頍弁〉：「蔦與女蘿，施于松上」，「蔦」之施於松柏，是比喻異姓親戚必須依賴周天子的俸祿之意，如同「蔦」之寄生；而「女蘿之施於松柏」，則比喻同姓親戚只須依附周王，因女蘿是附生植物，自營生活，不像蔦必須靠吸取寄主養分而存活。

〈鄘風．桑中〉：「爰采唐矣？沬之鄉矣。」據《爾雅》說法：「唐，唐蒙也。」「唐」一名「菟蘆」，即現在所稱的菟絲子，為常用中藥材，「汁去面䵟」，菟絲汁液可用來去除臉上的黑色素，為古代的「美白」材料，也是滋養性強壯藥，所謂「久服明目，輕身延年」。菟絲為藤蔓狀的寄生植物，攀附在其他植物體上，本身無葉綠素，必須以吸收根伸入其他植物的維管束中吸收水分及養分，無法脫離寄主自立。《詩經》有許多篇章以採集植物來起興，而所採植物均應與當時生活有關，或是菜蔬，或是藥材。而中國古詩詞中更常用植物來比喻、影射事物或心情，如《古詩十九首．冉冉孤生竹》：「與君為新婚，菟絲附女蘿。」菟絲和女蘿都必須依附在其他植物體上生長，詩中用以比喻新婚夫婦相互依附。

圖 18　桑寄生。

## 三、象徵善惡的植物

《詩經》也利用有刺或到處蔓生的植物來象徵不好的事物，例如〈齊風．甫田〉：「無田甫田，維莠驕驕」和〈小雅．大田〉：「既方既皁，既堅既好，不稂不莠」，所言「莠」與「稂」均象徵惡事。《爾雅翼》云：「莠者，害稼之草。」莠即今之狗尾草（**圖19**），幼苗期形似禾稼，苗葉及成熟花穗都類似小米。孔子說：「惡莠，恐其亂苗也。」狗尾草根系深入土中，不易防除，屬於惡草，不但農民痛恨，連詩人也憎惡之。所以〈齊風．甫田〉才會有「維莠驕驕」、「維莠桀桀」之語，表示田地太廣，除草不及，使雜草遍地叢生。〈小雅．大田〉之「不稂不莠」，原指田中已無稂（今之狼尾草，**圖20**）與狗尾草，後人引喻為人不成材，沒有出息。

〈鄘風．牆有茨〉：「牆有茨，不可埽也」、「牆有茨，不可襄也」、「牆有茨，不可束也」提到的「茨」，即今之蒺藜。在乾燥的荒廢地，常見蒺藜蔓生，繁生的果實布滿銳刺，常刺傷人足。〈鄘風．牆有茨〉篇，言蒺藜（圖21）是不祥或不佳之物，人皆欲除之而後快。《楚辭．七諫》曰：「江離棄於窮巷兮，蒺藜蔓乎東廂。」東廂是宮室最嚴的地方，也是禮樂根本所在，卻為蔓延的蒺藜所占，而香草江離卻被棄於窮巷，以喻小人當政。後人因此用蒺藜以嘲諷時事，如《瑞應圖》云：「王者任用賢良，則梧桐生於東廂。今蒺藜生之，以見所任之非人。」蒺藜所代表的也是負面意涵。

圖 19 「莠者，害稼之草」，指明莠是田中雜草，莠今名狗尾草。

圖 20 狼尾草古稱「稂」，和狗尾草都是田中雜草。

圖 21 到處蔓生的蒺藜，果實布滿銳刺，古人視為不祥或不佳之物。

棘是酸棗或長滿棘刺的灌木，常傷人手足，象徵惡兆或不正當事物，《詩經》引述「棘」詩篇大都具諷刺內涵。例如，〈唐風．鴇羽〉篇「肅肅鴇翼，集於苞棘」，譏諷當政者失職，導致人民流離失所；〈陳風．墓門〉篇「墓門有棘，斧以斯之」，暗喻心懷不軌的野心家；〈曹風．鳲鳩〉篇「鳲鳩在桑，其子在棘」，諷刺在其位不謀其政的當權者。

### 四、思親

〈小雅・蓼莪〉：「蓼蓼者莪，匪莪伊蒿。哀哀父母，生我劬勞。蓼蓼者莪，匪莪伊蔚。哀哀父母，生我勞瘁。」莪今名播娘蒿（圖22），嫩莖葉可食，引申為有用的人才；「蒿」和「蔚」都是野生雜草，引申為不堪造就的庸才。全句意為父母希望我能成才，我卻不能成器，太辜負父母的期望，強烈表現出對父母的悲悼與懷思。《晉書》記載王裒博學多才，悲痛父親死於非命，避官隱居，開班授徒，每講到《詩經》〈蓼莪〉篇中「哀哀父母，生我劬勞」，無不痛哭流涕。後來門人授業者決定略去〈蓼莪〉之篇，稱「蓼莪廢講」。

圖22 〈小雅・蓼莪〉提到的「莪」，今名播娘蒿，嫩莖葉可食。

## 第五節 《詩經》植物的特色

### 一、以中國北方的植物區系為主

《詩經》是中國北方的文學作品，描述以黃河流域為主，植物多以華北地區為分布中心。草本植物如蘩（白蒿）、牛尾蒿（蕭）、飛蓬、甘草、貝母、荻、蘿藦（芄蘭）、茜草、芍藥、粟、蓍草、遠志、籟蕭（苹）、蔓葦（芩）、莪等；灌木如唐棣、酸棗（棘）、榛、木瓜、木桃、木李、枸杞、枳椇、鼠李、山桑等；喬木如柏木、楸樹、梓、漆、圓柏（檜）、青檀、刺榆、白榆、椴樹、青楊、樺木等，都主要分布於北方。

## 二、廣泛分布型植物亦在所多有

《詩經》各篇章中出現的植物屬世界性的廣布種，分布涵蓋歐亞大陸的有蘆葦、蕨、羊蹄、苦菜、狗尾草、車前、蒼耳等；分布華北、華中、華南至臺灣者，有田字草、白茅、藜、水芹、薺、益母草、艾、黃荊、柞木、臭椿、構樹、梧桐等；而能同時野生於華北、華中者，則有荇菜、葛藤、葛藟、蔞蒿、荷、烏斂莓、梅、松、麻櫟等。

## 三、採集野生植物的章句很多

《詩經》有許多必須彎腰採集的小型植物，常伴隨「采」字，前後一共十九篇。採集的植物大部分是食用植物，以及極少數的染料植物。如〈周南・芣苢〉：「采采芣苢，薄言采之」、〈召南・采蘩〉：「于以采蘩，于沼于沚」和〈召南・草蟲〉：「陟彼南山，言采其蕨」，採的是野菜車前草（芣苢）、白蒿（蘩）和蕨。〈邶風・谷風〉：「采葑采菲，無以下體。」採的是蔬菜蔓菁（葑苢）和蘿蔔（菲）。〈鄘風・載馳〉：「陟彼阿丘，言采其蝱。」採集的是藥草貝母（蝱）。〈小雅・采菽〉：「采菽采菽，筐之筥之。」採收栽培的農作物是大豆（菽）。也有如〈小雅・采綠〉篇「終朝采綠，不盈一匊」一樣，採摘染料植物如藎草（綠）者。

## 四、多數為經濟植物

黃河流域氣候乾燥，植物生長期短，植物相單純，糧食生產不易。《詩經》詠頌食用植物的篇章特別多，如〈鄘風・載馳〉篇「我行其野，芃芃其麥」，描述生長茂盛的麥田；〈小雅・甫田〉篇「黍稷稻粱，農夫之慶」，顯現預期豐收的歡欣情境；〈大雅・生民〉篇「荏菽旆旆，禾役穟穟」，歌頌農作豐產等。其他各篇章所記載描述的植物，大都與生活相關。在一三五種（類）植物之中，幾乎全部都有經濟用途。

## 五、植物生育環境的描述

山坡地和山谷低濕地生態環境不同、土壤的生育條件有異，自然會生長不同的植物。山脊、山坡的植物耐旱耐瘠，而山谷低地的植物需水量大。《詩經》記載了當時中國北方植物的生態分布，如〈邶風・簡兮〉篇「山有榛，隰有苓」、〈鄭風・山有扶蘇〉篇「山有扶蘇，隰有荷華」及「山有喬松，隰有游龍」等，可歸納出山坡地耐旱的植物有榛、唐棣（扶蘇）、松、刺榆（樞）、毛臭椿（栲）、漆、櫟、桑；山谷或平原地區需水量較大的植物，則有榆、栗、木薑子（駮）、豆梨（檖）、杞柳（杞）、苦櫧（栜）、楊等。山脈的南、北向坡受光量不同，所分布的植物種類也會有差異，〈小雅．南山有臺〉也有記錄：「南山有臺，北山有萊」、「南山有桑，北山有楊」、「南山有杞，北山有李」、「南山有栲，北山有杻」、「南山有枸，北山有楰」，以上可知南向坡（南山）的植物：薹（臺）、桑、枸杞（杞）、毛臭椿（栲）、枳椇（枸）；北向坡（北山）的植物：藜（萊）、楊、李、椴樹（杻）、鼠李（楰）等。

## 六、詩經時代的造林

古代人口不多，生活用材多直接取自居家附近的天然森林，原無造林必要。其後生齒日繁，用量浩大，而林木本非取之不盡的資源，特別是中原地區的黃河流域，乾燥和寒冷的氣候原本就不利於林木的天然更新。森林伐採之後，恢復極為緩慢，樹木生長的速度遠不及人口增加速率。加上戰爭頻繁，耕地需求代代增長，人類又有放火燒山的習慣，森林逐漸在黃河流域消失。此後對木材的需求，只能依賴人工造林供應，中國早期的造林並無可靠的文獻紀錄，但《詩經》的記載，卻能提供早期人工造林梗概。例如，由〈鄭風．將仲子〉篇「將仲子兮，無踰我里，無折我樹杞」、「將仲子兮，無踰我牆，無折我樹桑」、「將仲子兮，無踰我園，無折我樹檀」句，和〈小雅．鶴鳴〉之「樂彼之園，爰有樹檀，其下維蘀」句，可知春秋時代中國北方曾像栽種桑樹般地大量種植杞柳（杞）、青檀（檀）。其他比較重要的經濟造林樹種，還有〈鄘風．定之方中〉：「樹之榛栗，椅桐梓漆，爰伐琴瑟。」提到楸樹（椅）、泡桐（桐）、梓樹和漆樹，前三種均為優良的建築及家具用材，且能長成大喬木；漆樹則提供保護家用器物、延長使用年限的漆液。〈小雅．鶴鳴〉：「樂彼之園，爰有樹檀，其下維穀」句，和〈小雅．巷伯〉之「楊園之道，猗于畝丘」句，則說明除青檀和上述樹種外，構樹（穀）和多種楊樹也是當時重要的造林木。

# 第四章　楚辭植物

## 第一節　前言

戰國時代楚國的範圍，從現在的湖北省到達長江、淮河流域一帶。這意味著楚人的活動區域和《楚辭》產生的背景地區，有別於《詩經》的黃河流域。

《楚辭》首先由西漢中葉的大學者劉向校訂皇宮的藏書，編輯屈原等人的作品成為專書，內容包含離騷、九歌、天問、九章、遠遊、卜居、漁父、九辯、招魂、大招、惜誓、弔屈原、鵬鳥、招隱士、七諫、哀時命、九懷、九嘆、九思等篇章。其中為屈原所作的篇章有離騷、九歌、天問、九章、遠遊、招魂等篇，其餘作者包括宋玉、淮南王、賈誼、東方朔、莊忌、王褒、劉向、王逸等。另外，有些作品是西漢時期模仿楚人之作。各篇章寫成年代大都超過兩千年，是《詩經》以外，最古老的中國文學總集。

如《隋書．經籍志》序云：「楚辭者，屈原之所作也……蓋以原楚人也，謂之楚辭。」但《楚辭》並非一人作品。在《楚辭》各篇章的作者中，只有屈原、宋玉是楚人，其他作者均非楚人，如東方朔是山東（平原）人、王褒是四川人、賈誼是洛陽人、莊忌為浙江（會稽）人，可知《楚辭》並非指「楚人的作品」。綜合各家意見，《楚辭》應該是詩人以楚國地區特有的音律、動植物、詞彙（即宋代黃伯思所言之「書楚語、作楚聲、紀楚地、名楚物」），用以發抒文人情感、寄寓心情的詩歌。因此，《楚辭》是從楚國發展出來的一種特殊的文學體裁，而賈誼、東方朔等人的作品都是模仿屈賦，故名為《楚辭》。

《楚辭》對後世文學的影響和《詩經》相同。從漢代以降，至於魏晉南北朝、隋、唐、宋、元、

《楚辭》植物：杜衡。

明、清以迄今，歷代文人皆從《楚辭》中擷取精華。漢賦、駢文、七言詩，宋、元、明、清的詞、曲、歌，形式和內涵無不受到《詩經》和《楚辭》的影響。如同《詩經》，《楚辭》所述及的古代「名物」也很多，特別是植物名稱和近代名稱常不相類似，常造成研讀古典文學的困擾。《楚辭》中的植物種類近百種，了解各種植物的形態和特殊意涵，對研讀《楚辭》和後世文學作品絕對有其必要性。

## 第二節 《楚辭》的內容與植物

歷代研究《楚辭》植物的著作，有宋代吳仁傑的《離騷草木疏》、宋代謝翱的《楚辭芳草譜》、明代屠本畯的《離騷草木疏補》、清代祝德麟的《吳仁傑離騷草木疏辨證》及周拱辰的《離騷草木史》等。吳仁傑的《離騷草木疏》，雖名為「離騷」，但是實際考證的植物並不限於〈離騷〉篇，而是包含〈九歌〉、〈九章〉、〈招魂〉、〈大招〉等屈原所著的各篇章，但未包括賈誼、東方朔、宋玉、莊忌、王褒等人所續的《楚辭》各篇詩文。

圖1 《楚辭》中提到的芷、芳、茝、藥這四種名稱，指的其實都是白芷。

《離騷草木疏》一共有四卷，考釋五十九種植物名稱，對解讀《楚辭》植物貢獻很大，後來的文獻大都根據本書解讀《楚辭》植物。明代屠本畯的《離騷草木疏補》和清代祝德麟的《吳仁傑離騷草木疏辨證》，都在補充前書之不足。以現代研究「文學植物」的觀點而言，《離騷草木疏》對《楚辭》多數植物的考證都是正確的。其中，芷、芳、茝、藥這四種名稱指的其實都是同一種植物，即白芷（圖1）；蓀、荃指的都是菖蒲；蘼蕪、江離指的都是芎藭。因此，本書一共敘述五十四種植物。但本書對揭草、留夷解為何種植物，語焉未詳。另外，〈遠遊〉篇的「微霜降而下淪兮，悼芳草之先蘦」句中，

表1 《楚辭》各篇章出現植物種數統計表

| 篇名 | 章名 | 植物種數 | 篇名 | 章名 | 植物種數 |
|---|---|---|---|---|---|
| 離騷 | | 28 | | 怨世 | 10 |
| 九歌 | | 28 | | 怨思 | 4 |
| | 東皇太一 | 5 | | 自悲 | 9 |
| | 雲中君 | 2 | | 哀命 | 2 |
| | 湘君 | 8 | | 謬諫 | 3 |
| | 湘夫人 | 16 | 哀時命 | | 7 |
| | 大司命 | 2 | 九懷 | | 15 |
| | 少司命 | 6 | | 匡機 | 6 |
| | 東君 | 2 | | 通路 | 3 |
| | 河伯 | 1 | | 危俊 | 1 |
| | 山鬼 | 12 | | 昭世 | 0 |
| | 國殤 | 0 | | 尊嘉 | 6 |
| | 禮魂 | 3 | | 蓄英 | 1 |
| 天問 | | 10 | | 思忠 | 2 |
| 九章 | | 21 | | 陶壅 | 0 |
| | 惜誦 | 5 | | 株昭 | 2 |
| | 涉江 | 1 | | 亂曰 | 2 |
| | 哀郢 | 1 | 九嘆 | | 32 |
| | 抽思 | 1 | | 逢紛 | 9 |
| | 懷沙 | 0 | | 離世 | 0 |
| | 思美人 | 5 | | 怨思 | 10 |
| | 惜往日 | 2 | | 遠逝 | 1 |
| | 橘頌 | 2 | | 惜賢 | 11 |
| | 悲回風 | 10 | | 憂苦 | 3 |
| 遠遊 | | 3 | | 愍命 | 12 |
| 卜居 | | 1 | | 思古 | 3 |
| 漁父 | | 0 | | 遠遊 | 3 |
| 九辯 | | 6 | 九思 | | 23 |
| 招魂 | | 14 | | 逢尤 | 0 |
| 大招 | | 7 | | 怨上 | 3 |
| 惜誓 | | 1 | | 疾世 | 1 |
| 弔屈原 | | 0 | | 憫上 | 7 |
| 鵩鳥 | | 0 | | 遭厄 | 0 |
| 招隱士 | | 4 | | 悼亂 | 5 |
| 七諫 | | 29 | | 傷時 | 4 |
| | 初放 | 5 | | 哀歲 | 2 |
| | 沉江 | 4 | | 守志 | 2 |

作者將「蘦」解為甘草，但按詩文此字宜解成「凋零」，上下句才成對仗，「蘦」並非植物。

《楚辭》各篇章中，出現植物種類較多的有〈離騷〉、〈九歌〉、〈九章〉、〈七諫〉、〈九嘆〉、〈九思〉等，各篇出現二十一至三十二種植物（表1）。其中〈九歌〉的十一章之中，又以「湘夫人」出現十六種、「山鬼篇」出現十二種最多；〈九章〉共九章，出現植物最多的是「悲回風」，有十種；〈九嘆〉共九章，植物種類超過十種的篇章有「怨思」、「惜賢」、「愍命」等章。各篇章之中，

圖2 澤蘭是《楚辭》中引述最多的香草植物。

僅〈漁父〉、〈弔屈原〉、〈鵬鳥〉等三篇，以及〈九歌〉中的「國殤」、〈九章〉中的「懷沙」、〈九懷〉中的「昭世」、「陶壅」，〈九嘆〉中的「離世」、〈九思〉中的「逢尤」、「遭厄」等八篇七章未出現植物之外，其餘十六篇四十章均出現為數不等的植物。無論從統計數字或植物本身所具有的內涵來說，《楚辭》植物在各篇章之中都具有重要地位。

在所有的植物之中，《楚辭》詩文中出現次數最多的是「白芷」和「澤蘭」。白芷自古即為重要藥材，全株具香味，是《楚辭》各篇章作者最喜歡引用的植物之一，在十九篇中，有九篇十五章二十六句提到白芷。澤蘭（圖2）為有名的香草，可做香料，並用來驅邪，《楚辭》中有九篇十五章三十句引述澤蘭，也是各代詩詞歌賦吟詠最多的植物之一。另一種出現次數很多的植物是薰草（蕙），共有八篇十五章二十六句。其他出現次數較多的植物有：芎藭，共出現九句；花椒共出現十四句；肉桂出現九句；荷花出現七篇七章十一句；菖蒲出現十句。這些在《楚辭》出現次數較多的植物，大部分為香草或香木，可以看出《楚辭》詩文中最常以香草香木作為隱喻對象。研究《楚辭》植物、了解《楚辭》所提到各植物的形態、生態特性，所引喻的事物才能得到明確領悟。所以，認識《楚辭》植物，在「覽其昌辭」之外，正可領會古人「竭忠盡節」之意。

## 第三節　《楚辭》的香草香木植物

《楚辭》各篇章出現的植物共九十九種（類），王逸《楚辭章句．離騷序》有言：「離騷之文，依詩取興，引類譬喻，故善鳥香草，以配忠貞；惡禽臭物，以比讒佞……」《楚辭》之中，寄寓言志的植物特別多，以「香木、香草」比喻忠貞、賢良，而以「惡木、惡草」數落奸佞小人，是《楚辭》植物最大的特色。植物的「香」、「惡」與植物的特性有關，一般說來，植物體全部或某些器官（如花、葉、果）有香氣的植物，都是《楚辭》引喻的「香草」。繖形花科的植物大都具有特殊香味，例如常見的蔬菜類芹菜、香菜、當歸等，《楚辭》中許多香草都是本科植物，如芎藭、白芷、柴胡、蛇床等。〈七諫．怨思〉：「江離棄於窮巷兮，蒺藜蔓乎東厢」句，「江離」是香草，對應惡草「蒺藜」。〈離騷〉：「扈江離與辟芷兮，紉秋蘭以為佩」中，江離、芷、蘭都是香草，象徵君子。江離今名芎藭，植物體含芬香的揮發油、生物鹼和多種酚類，自古即為重要的香科植物，「其葉香，或蒔於園庭，則芬馨滿徑」。芎藭的植株含有香味，古人在農曆四、五月間發苗時會採葉做羹或飲料，即宋代宋祈〈川芎贊〉所云：「柔葉美根冬不殞零，采而掇之，可糝於羹。」古稱更多，除江離外，還有蘼蕪、芎等，古詩「上山采蘼蕪，下山逢故夫」句中的「蘼蕪」即芎藭。除了食用，古人也常隨身佩帶芎藭，「蘼蕪香草，可藏衣中」，曹操（魏武帝）就常將芎藭（蘼蕪）藏在衣袖中，浸染香草的芬芳。芎藭也是重要藥材，在《神農本草經》中列為上品，用九月、十月採的根治療婦人不孕，又可用於治療中風、頭痛寒痺。《本草綱目》說：「人頭穹窿高，天之象也，此藥上行專治頭腦諸疾，故名芎藭。」凡治療半身不遂、腦中風的中藥中，大都含有芎藭成分。根研磨成粉末，可「煎湯沐浴」。

白芷（圖3）在《楚辭》各篇章中共使用六種不同名稱：芷、茝（音彩）、藥、虈（音消）、白芷和莞，是《楚辭》中出現次數最多的香草之一，〈九章〉共有二十六句提到這種植物。《爾雅翼》說：「《楚辭》以芳草比君子，而言茝者最多。」以〈離騷〉而言，提到的辟芷、芳芷、白芷、芳香、芳，指的都是「芳香的白芷」。白芷「根長尺餘，白色」，故稱為「白芷」，植物體含揮發油及多種香豆精衍生物。葉名「蒚麻」，古代用來沐浴，因此說「蘭湯兮沐芳」，其中「蘭」指澤蘭、「芳」指白芷。王逸說：「行清潔者佩芳，德仁明者佩玉，能解結者佩

圖3　白芷具有特殊香味，是《楚辭》提到的代表香草之一。

觿，能決疑者佩玦，故孔子無所不佩。」其中「芳」指白芷，可以想見孔子身上也常佩帶白芷。《禮記．內則》記載：古代婦女經常接受父母長輩賞賜的飲食、衣服布帛及「茝蘭」，說明白芷是主要的香草之一，是日常生活中不可缺少的植物種類。

澤蘭類植物的葉子有香味，可煎油做香料。古人用於殺蟲及祛除不祥之物，又用澤蘭植株燒水沐浴，或佩帶在衣服中除臭味，為著名的古代香草。《楚辭》中一共有十八章三十句提到「蘭」，單是〈離騷〉一章就有七句以「蘭」為香草。在屈原的作品中，常以香草喻君子，而香草中又以「蘭」出現頻率最高。在古代，只有道德高尚的君子，才有資格佩蘭。

圖4　木蘭花大而豔，又有香氣，是《楚辭》植物中最典型的香木。

《楚辭》全書提到的香草有二十三種，除上述三種之外，還包括蕙、芍藥、珍珠菜（揭車）、杜衡、菊、大蒜、柴胡、蛇床、菖蒲、杜若、蘋、石斛、大麻、靈芝、芭蕉、荷、藁本、紅花（焉支）、射干等，均為一年生至多年生草本，大部分種類植物體全部或花、果等部分具特殊香氣。

圖5　肉桂的枝葉、樹皮均有香味，常出現在詩文中。

木蘭科植物大都具有顏色鮮豔或香氣濃郁的花，特別是木蘭屬（*Magnolia*）、木蓮屬（*Manglietia*）、含笑花屬（*Mechelia*）等植物，均開芳香豔麗的花朵，都可稱為「香木」。如〈離騷〉：「朝搴阰之木蘭兮，夕攬洲之宿莽」和「朝飲木蘭之墜露兮，夕餐秋菊之落英」，以及〈九嘆．憂苦〉：「葛藟虆於桂樹兮，鴟鴞集於木蘭」。在古代文學作品中，木蘭（圖4）最常與桂（肉桂，圖5）配對，如《楚辭．九歌》以「蘭枻楫」配「桂櫂（棹）」及「蘭橑（椽）」配「桂楝」；上述的〈九嘆〉也是以木蘭配肉桂。肉桂、木蘭及〈九章〉中的花椒（椒，圖6）均為香木，象徵君子和忠臣。

圖6 花椒全株有香氣，果自古即為香辛食品。

有些植物，如甘棠、女貞、薜荔等，植株並無特殊香氣，但仍被援引成香木，有些是具有忠貞、廉潔的意涵（如女貞），有些則是有特殊典故、傳說，如《詩經》〈召南・甘棠〉。古人常詠物寄志，屈原以〈橘頌〉中橘「受命不遷」、「根固難徙」的特性，來表達自己雖遭讒謗卻仍守志不移的情操。東方朔的〈七諫・初放〉也是藉屈原之口，以「斬伐橘柚，列樹苦桃」（意為砍伐可口的橘柚去栽植苦桃）這種比喻，來闡述對時政不滿的心態。〈七諫・自悲〉：「雜橘柚以為囿兮，列新夷與椒楨。」以種植柚橘和辛夷、花椒等佳木或香木，寫出自己堅定執著的心志。因此，在《楚辭》各篇章中，橘和柚都被視為忠貞的象徵。

香木另有花椒、薜荔、柚、桂花、竹、柏等十二種。有些為木質藤本，有些為灌木及喬木，植物體至少某些部位有香氣。《楚辭》的香草、香木合計三十五種。

## 第四節 《楚辭》的惡草、惡木

臭草、惡木有令古人覺得不快、憎惡的特性，被《楚辭》用以比喻讒佞小人。蒺藜（圖7）是特性最顯著、文學上引述最多的惡草，由於果實具刺，會刺人，古人多引喻為不祥的事物。《易經》裡有「據于蒺藜」句，說「蒺藜之草，有刺而不可也，有凶傷之兆。」〈離騷〉：「薋菉葹以盈室兮」，薋即蒺藜，和其他兩種植物蓋草（菉）、蒼耳（葹）一同被屈原視為惡草，用以比

圖7 蒺藜因果實布滿銳刺常刺傷人，是詩文中最常引述的惡草。

喻小人。〈七諫〉篇「蒺藜蔓乎東廂」的「東廂」，原是「宮室所言，禮樂所在」，但卻長滿了蒺藜這種惡草，表示禮樂已失，且所用的人均為小人。蒺藜也用以指示旱年的凶兆，如《博物志》所言：「歲欲旱，旱草先生，旱草謂蒺藜也。」蒺藜一般生長在開闊的生育地，在土地荒廢處也常見其蔓生，古人用以比喻荒年乾旱之兆，如唐代姚合〈莊居野行〉詩：「我倉常空虛，我田生蒺藜。」

蒼耳（圖8）每年春季結實，夏秋成熟，果實外被倒鉤刺，形如婦人裝飾用的「耳璫」，又稱為「耳璫草」。植株常結實無數，成熟子實數量繁多，經常黏附牲畜皮毛，隨著動物移動遷移而藉以傳播。蒼耳生育不擇土性，乾燥潮濕地區均可隨處生長，傳入中土後，即大量在中國各地繁衍，成為難以防治的雜草，因此〈離騷〉、〈九思〉用以喻小人。

圖 8　蒼耳果實形如婦人裝飾用的耳璫，故又名「耳璫草」。

圖 9　竊衣的果實具刺，常黏附在動物毛皮上。

《楚辭》的惡草部分尚有竊衣、藎草、野艾、蕭、馬蘭、葛、蓬、澤瀉、野豆（菽）等共十一種，其中的蒺藜、蒼耳、竊衣（圖9）都是果實具刺的種類；藎草、野艾、蕭、馬蘭、蓬則屬於到處蔓生、妨礙作物生長的常見雜草；葛和野豆為蔓藤類。

惡木是指枝幹或植物體某部分具棘刺的木本植物，如酸棗（棘，圖10）。古文或詩詞之中，「棘」常和其他植物一起出現，如荊棘、枳棘、藜棘等。「荊棘」指黃荊和酸棗；「枳」是有刺灌木，枳棘的「棘」則是泛指包括酸棗在內的有刺灌木。因「棘」

圖 10　枝幹具刺的酸棗，古人視為惡木。

圖 11　詩文中提到的「枳」常指枳殼，全株具棘刺。

多刺，《楚辭》多用以形容奸佞醜婦，如〈九嘆．思古〉之「甘棠枯於豐草兮，藜棘樹於中庭。西施斥北宮兮，仳倠倚於彌楹。」用甘棠喻美女西施，以藜棘喻醜女仳倠。其中「北宮」指冷宮，「彌楹」意為充滿庭柱。〈九思．憫上〉：「鵠竄兮枳棘，鵜集兮帷幄。」其中鵠（天鵝）喻君子，鵜（水鳥）喻小人，意思是君子被趕進棘叢刺林之中，小人卻在帷帳中安身享樂，用「枳棘」喻險惡環境，此「棘」指一般的有刺灌木。

惡木另有棗、苦桃、黃荊、葛藟、枳殼等五種，其中棗和枳殼全株具刺（圖11）；苦桃果實苦澀，黃荊到處可見，葛藟則為木質藤本。另外，也有數種植物非惡草惡木，但詩人用來反襯，隱喻負面意義，如箭竹、款冬、藜、藿等四種。

## 第五節 《楚辭》的寫景、寫物植物

除了香草香木、惡草惡木，《楚辭》也不乏寫景寄寓心情的植物。有水毛花（薠草）、蘆葦（葦）、芒、青莎等。前二者為水生植物，在華中、華南的水澤地常呈大面積生長；後二者為旱生植物，經常在平野及山坡地生長。《楚辭》以此類植物寫景，如〈招隱士〉：「青莎雜樹兮，薠草靃靡。」用青莎和雜樹描寫陸地上的景色，以水毛花（薠草）形容沼澤描寫水景。

古人歌頌竹類堅強不屈的特性，如清．鄭燮〈竹石〉：「咬定青山不放鬆，立根原在破岩中。千磨萬擊還堅勁，任爾東西南北風。」竹類枝幹挺拔，寧折不屈，文人常以竹之虛心有節，喻人虛心自持的美德，或比喻自己剛直不阿、氣節高尚的品格。所謂「玉可碎而不可改其白，竹可焚而不可毀其節。」〈七諫．初放〉：「便娟之修竹兮，寄生乎江潭……孰知其不合兮，若竹柏之異心。」關於竹的引述，有氣節自持的含意。其他以物喻情的植物，還有松蘿、水藻、荷等。自《詩經》以下，詩詞歌賦常以松蘿起興或比擬，如〈九歌〉「被薜荔兮帶女羅」句，所言女羅即松蘿，楚人用披著松蘿的山神

（山鬼）來表示心中山神的形象。另外〈離騷〉「製芰荷以為衣兮」句，用出污泥而不染的荷花形容自身潔白無瑕，也是以物喻情的實例。

見景思情的植物，如〈九章．哀郢〉：「望長楸而太息兮，涕淫淫其若霰。」楸樹的葉片形大，秋季時變黃脫落，故謂之楸。自古以來，楸樹就是著名的觀賞樹木，古代常有栽植，到處可見。屈原在被流放之後，佇立在船上遠眺郢都，想起自己目前的遭遇，不禁「望長楸而太息」。

## 第六節 《楚辭》的經濟植物

《楚辭》植物中，有許多春秋戰國時代先民日常使用的經濟植物，包括用材樹木類、果樹、糧食（穀類）作物、特用植物等。唯《楚辭》的經濟植物，大都在祭祀的內容中出現，因此集中分布在〈天問〉、〈招魂〉、〈七諫〉等少數篇章中。有時寫景、有時寄寓，但絕少歌頌其經濟價值，即使是詠物的〈橘頌〉篇，頌揚的也是橘「堅貞不移」的特性，而非其經濟效益。屈原的〈離騷〉中植物種類甚多，但經濟植物卻少。

圖 13 《楚辭》是最早記載甘蔗的文獻，當時稱「柘」。

用材樹木類，以榆樹為例。榆樹木材紋理筆直、結構稍粗，自古即用來製作農具、車輛、家具，視為貴重木材之一。由於榆樹適應力良好，容易栽植，性耐寒、耐旱，住家附近多喜栽種，因此也像桑樹、梓樹一樣，都是住房附近常見的樹種，所以〈九嘆．怨思〉才有「鳴鳩棲於桑榆」之句。梓樹（圖12）是另一種詩文常出現的經濟樹種，如〈招魂〉：「鏗鍾搖簴，楔梓瑟些。」自古以來，梓樹就是重要的用材樹種，木材性質優良、紋理美觀且不易翹裂，雕刻、建築均適宜，為古代栽植最普遍的樹木之一。宋代大儒朱熹的《詩集傳》說道：「桑、梓二木，古者五畝之宅，樹之牆下，以遺子孫，給蠶食、器具用者也。」《楚辭》出現的經濟樹種，還有楸、柏、梧桐、楊樹等。

果樹方面，有柚、橘、板栗、榛、菱、甘蔗等。其中最值得一提的是甘蔗（圖13），出現在〈招魂〉篇：「胹鱉炮羔，有柘漿些。」所言柘漿就是甘蔗汁。兩漢之前，「柘」指的是甘蔗。除《楚辭》外，漢代《郊祀歌》中「泰尊柘漿」的「柘」也是甘蔗。〈招魂〉篇中有鱉、羊（羔）等奉食，又有甘蔗汁，是非常豐富的祭禮。《詩經》及其他最古的書籍均未提過甘蔗，因此中國最早記載甘蔗的文獻應為本篇。本篇也說明，戰國末期，楚國已經將甘蔗汁當飲料了。

另外〈七諫・自悲〉：「雜橘柚以為囿兮，列新夷與椒楨。」說明戰國時代，柚和橘、桃等，同為華中地區的時令水果，且橘、柚已大面積栽植，栽種在有圍籬的果園（囿）中。〈招隱士〉：「虎豹穴，叢薄深林兮人上栗」和〈九思・憫上〉：「叢林兮崟崟，株榛兮岳岳」等，則顯示板栗（圖14）和

圖 12　梓樹是詩文中經常出現的經濟樹種，木材用於雕刻、建築。

榛（圖15）已普遍栽種。

《楚辭》主要的糧食（穀類）作物有黍、粟、稻、麥、菰。〈招魂〉「稻粢穱麥，挐黃粱些」句中，有稻、粢、穱、麥、粱五種作物，其中的粢和穱是黍的不同品種，而麥是小麥、粱是小米。在古代的各種祭祀典禮中，稻是最重要的祭品之一，《禮記》的祭祀宗廟之禮，祭品就選用稻米，且稱稻為「嘉蔬」。《禮記．月令》也提到「季秋之月，天子乃以犬嘗稻，先薦寢廟。」不但在貴族的祭禮，連平民祭祖敬神等各種祭儀，稻也是主要祭品，如《禮記．王制》所言：「庶人春薦韭，夏薦麥，秋薦黍，冬薦稻。」〈招魂〉的祭禮之中，用稻、麥、粟（黃粱）當祭品，而又以稻為先。

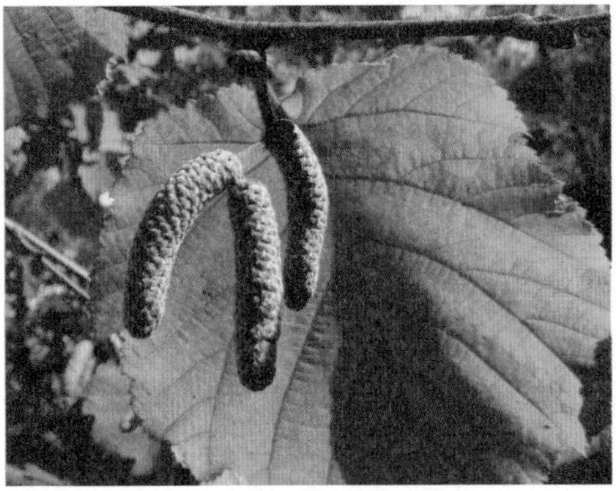

圖 15　榛樹在戰國時代已普遍栽種，圖為雄花序。

圖 14　板栗。

「菰」是茭白（圖16）的古稱，會開花結實，古時採收其種子，稱「菰米」，又稱「雕胡米」，是重要的穀類植物。《周禮》中將菰米和稻、麥、黍、粟並列，可見古時將菰米當成主食。杜甫詩有「波漂菰米沉雲黑」和「滑憶雕胡飯，香聞錦帶羹」句，可見唐人也喜歡吃菰米煮的飯。菰米飯香脆可口，是當時王公貴族食用的珍品。《楚辭．大招》：「五穀六仞，設菰粱只。」顯示祭壇上的祭品有菰米等物，均是當時的主食。

野菜類和蔬菜類有馬蘭（圖17）、萹蓄、野豌豆（薇）、苦菜、薺菜、蔞蒿、水蓼、冬葵、藜、旋花（藑茅）、石龍芮（堇）、匏等。〈七諫．怨世〉：「桂蠹不知所淹留兮，蓼蟲不知徙乎葵菜。」蓼

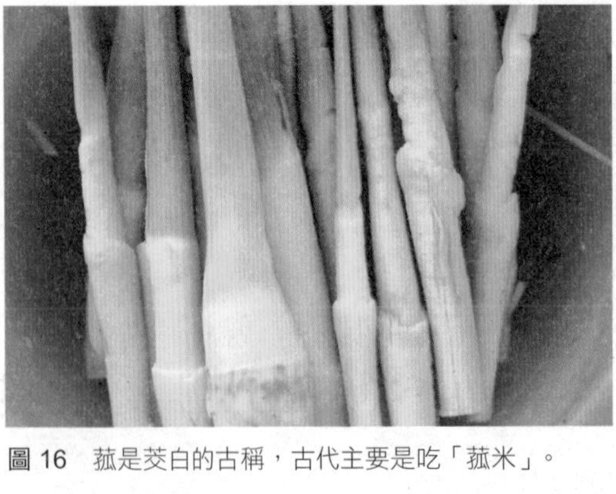

圖 16　菰是茭白的古稱，古代主要是吃「菰米」。

即水蓼（圖18），水蓼味辣，葵菜味甘，生長在水蓼葉上的蟲不會遷移至葵菜葉上，此為生物生存的自然法則。在蔥、薑尚未在中原地區使用之前，有強烈辛辣味的水蓼葉片是烹煮肉類的主要去腥調料，此即「鶉羹、雞羹、鴽釀之蓼」的意思。《禮記》也說：「烹雞、豚、魚、鱉，皆實蓼于其腹中，而和羹膾亦須切蓼也。」煮食雞、豬、魚、鱉時，必須以水蓼摻和（塞入腹中）；喝羹湯料理時，亦要放入切碎的水蓼葉。主要目的是減少或除去腥羶味，和現代的香菜、蔥、薑等功用相同。

圖 17　馬蘭是古代華中地區的野蔬之一。

〈七諫．怨世〉中的葵菜，指的是冬葵（圖19），《詩經》〈豳風．七月〉：「卻烹煮葵及菽」的「葵」同樣是冬葵，是當時重要的菜蔬，即《爾雅翼》所說：「葵為百菜之主，味尤甘滑。」古代蔬菜種類少，相較於其他各種野菜，冬葵誠然是蔬茹之上品。

另外，〈大招〉：「醢豚苦狗，膾苴蓴只。」所言「苴蓴」是《楚辭》植物中較特殊的一種，即現今所稱的蘘荷。《楚辭》以蘘荷為香料，用來烹煮豬肉、狗肉（醢豚苦狗），也當成香草。《荊楚歲時記》記載：華中、華南地區，古人常在仲冬時儲藏蘘荷，作為「防蟲」之用。南方多瘴氣蟲毒，常用蘘荷根攻蠱。

圖 18　水蓼味辣，古時用於食品去腥。

圖 19　冬葵是《詩經》、《楚辭》時代的重要菜蔬。

# 第七節 《楚辭》植物的特色

## 一、中國南方的植物區系

《楚辭》中的植物以華中長江中游地區的植物為主，全書共出現九十九種。《詩經》中的植物則以華北地區之黃河流域為主，全書共有一三五種（類）植物。《楚辭》寫作的背景在華中及華東，除經濟植物外，其他大部分是當地常見或具特殊用途的植物。

《楚辭》和《詩經》一樣，所提及的植物有全中國廣泛分布的種類，如白茅、澤蘭、荷、麻、松、薺菜等。但《楚辭》產生的背景在華中，有許多植物僅產於華中，有些則分布延伸到華南，這類華中、華南特有的植物共有二十六種，占《楚辭》植物的四分之一強。這類植物，包括芎藭（江離、蘼蕪）、木蘭、肉桂（箘桂）、莽草（宿莽）、杜蘅（蘅、衡）、薜荔、扶桑、食茱萸（榝）、高良薑（杜若）、辛夷、石斛（石蘭）、靈芝（芝）、芭蕉（芭）、橘、桂花、甘蔗（柘）、楓、茭白（菰）、蘘荷（苴蓴）、柚、女貞（楨）、箭竹（菎蕗）、刺葉桂櫻（檡）、蓴（屏風）、射干、華榛（榛）等二十六種。在以上特產於華中、華南的植物，《詩經》中只有提及一種，即〈魯頌・泮水〉篇「思樂泮水，薄采其茆」中的「茆」，今名蓴菜。本植物原產華中、華南，自古即為著名的菜蔬，和水稻一樣，大概在周代以前即傳布到華北。

## 二、《楚辭》和《詩經》有許多相同的經濟植物種類

《楚辭》中的經濟植物共三十四種，大部分種類曾在《詩經》出現過，特別是分布全中國的特用樹種及用材樹種，如桑、板栗、柏、梧桐、楊、榆、梓等；還有黍、粟、稻、麥等春秋戰國時代長江流域及黃河流域經常栽植的穀類。

在野菜類方面，兩書均有出現的種類也不少，包括野豌豆（薇）、苦菜、薺菜、蔞蒿、水蓼等十二種。我們可以這樣說，《楚辭》和《詩經》雷同的植

物種類，大都為經濟植物。在經濟植物中，《詩經》未曾提及的僅有六種，即樹木類的楓及刺葉桂櫻（橝），而穀類中的茭白（菰）僅產於華中、華南。值得注意的是，楚辭時代茭白栽種的目的是採收種子（穎果）作飯食用。菱是水生植物，雖然《周禮》中已當成祭品，但《詩經》未記載。甘蔗、紫草也未在《詩經》中出現。

## 三、以香木、香草比喻忠貞，對後世文學作品的影響極大

《楚辭》的香木、香草類共有三十五種，占全數植物的三分之一強；惡草、惡木共二十種。《楚辭》中用以寄情寓意的草木合計五十五種，已占全書總植物數的一半以上。這些用以比喻忠貞、廉潔的植物，後來在歷代文詞中也紛紛被引用，顯見《楚辭》中以植物擬喻心情的寫作手法，影響後世極巨。例如，宋代辛棄疾的〈沁園春〉：「秋菊堪餐，春蘭可佩」，即典出〈離騷〉「夕餐秋菊之落英」和同篇之「紉秋菊以為佩」；范成大〈南柯子〉「悵望梅花驛，凝情杜若洲」，以及張孝祥〈水調歌頭〉「回首叫虞舜，杜若滿芳洲」等句，應出自〈九歌．湘君〉的「采芳洲兮杜若」和〈九歌．湘夫人〉的「搴汀洲兮杜若」。

## 四、歌頌糧食及收穫的篇章極少

受到地理環境的影響，楚國所處的南方主要是長江流域，土壤肥沃、物產豐饒，食物不虞匱乏，因此詠頌經濟植物、崇拜糧食植物的篇章極少。各篇章中出現次數最多的大都為香草、香木這類隱喻性的植物，經濟植物反而零星散布在多數篇章的文句中。

《詩經》不同於《楚辭》，所處的背景是中原地區的黃河流域和黃土高原。中原地區「土厚水深」，糧食生產不易，民性多尚實際，對生活所依賴的經濟植物及收穫季節，多所頌揚。所以《詩經》多詠

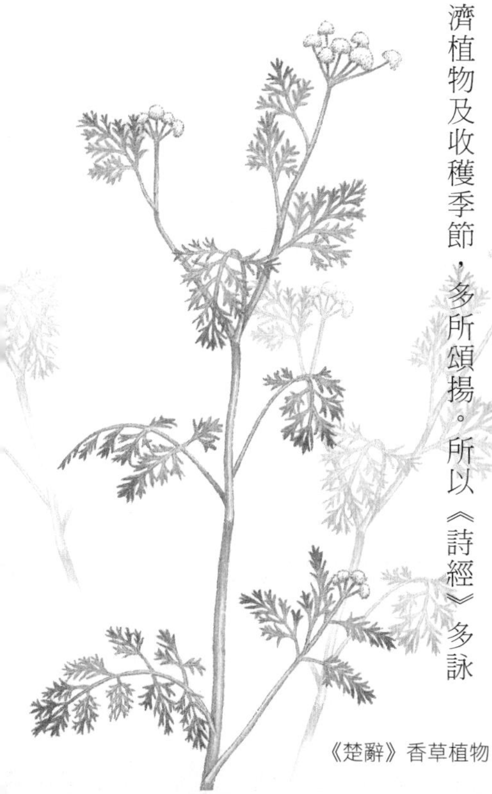

《楚辭》香草植物：蛇床。

頌糧食的篇章，在詩文中出現次數最多的均為黍、麥、粟、稻等糧食作物，以及桑、棗、葛藤、瓜、大豆、大麻等經濟植物。

## 五、出現甘蔗的最早文獻

甘蔗原產熱帶地區，包含華南地區。《詩經》並未提及，中國最早記載甘蔗的文獻為《楚辭》的〈招魂〉：「胹鱉炮羔，有柘漿些。」其中的「柘」即今之甘蔗，這表示春秋戰國時代，楚地已出現甘蔗。甘蔗原是熱帶植物，亞熱帶至溫帶的華中地區原不是天然分布區域，可能先民早已嘗試從天然甘蔗族群中選拔耐寒的單株加以培育，將甘蔗的生育環境成功地推延到華中地區。至少在春秋戰國的楚地，已有局部地區栽培甘蔗。到了漢代，司馬相如的〈子虛賦〉已記載雲夢大澤（位於現今湖北省境內）生產「諸柘巴苴」，諸柘即甘蔗。

## 六、受到《詩經》影響的《楚辭》植物

《楚辭》中引用的許多譬喻，都是依《詩經》中的詩來起興的，有時也依託《詩經》來建立內容上的義旨。《楚辭》產生的背景和內容形式、文字風格，雖然和《詩經》有許多不同之處，但文史學家都承認《楚辭》確實受到《詩經》的影響。這個事實，可從歷史背景和文字形式看到一脈相承的痕跡，也可以從所使用植物欲表達的意念或特殊含意得到驗證。例如，〈九嘆・思古〉篇中「甘棠枯於豐草兮，藜棘樹於中庭」的甘棠代表香木，此含意無疑來自《詩經》〈召南・甘棠〉篇：「蔽芾甘棠，勿翦勿伐，召伯所茇……」周人懷念召伯治績所延伸出來的「甘棠遺愛」。《詩經》〈周頌・載芟〉：「有椒其馨，胡考之寧。」意思是「花椒的香馨之味，使老人享受安寧的生活」，花椒在此被視為香木。《楚辭》許多篇章，如〈離騷〉、〈九章〉、〈九諫〉、〈九嘆〉、〈九思〉等，共十章十四句提到花椒，也均以花椒為香木。

蒺藜在《詩經》中稱為「茨」，如〈鄘風・牆有茨〉：「牆有茨，不可埽也……」蒺藜果實具刺，在荒地到處蔓生，常刺痛行人腳踝，惹人憎恨，周人用來諷刺宮闈亂倫醜聞。《楚辭・離騷》之「薋菉葹以盈室」、〈七諫・怨思〉之「江離棄於窮巷兮，蒺藜蔓乎東廂」、〈九嘆・思古〉之「藜棘樹於中庭」，亦視蒺藜為惡草，比喻小人或惡人。

# 第五章 章回小說的植物

## 第一節 章回小說概論

章回小說是中國古代長篇小說的重要表現方式，以分章標回方式鋪陳小說內容。每一回或每一章都有一個中心內容，並以標題勾勒主題內容。但早期章回小說的回目標題都比較簡單，每一回都只有單題目；後來發展到雙句，每回目字數不等到字數統一、對仗工整、平仄協調的偶句。回目之間，有些小說故事雖看似獨立，但情節結構卻保持連續性，如《三國演義》；有些則回回之間故事緊密相接，讀之欲罷不能，如《紅樓夢》。另外，也有回回獨立成篇，自成一個個故事的小說，如《今古奇觀》、《聊齋誌異》等。

中國的章回小說，都是從宋元說書者講故事的「話本」發展而來，明清兩代的長篇小說均以此種形式呈現。第一批的章回小說，可推至元末明初的《水滸傳》、《三國志通俗演義》等，到了明代嘉靖、萬曆時期，章回小說的格式開始定型，且發展到繁

**表1 中國歷代章回小說示例**

| 小說名稱 | 作者 | 朝代 |
|---|---|---|
| 水滸傳 | 施耐庵 | 元 |
| 三國演義 | 羅貫中 | 明 |
| 西遊記 | 吳承恩 | 明 |
| 封神演義 | 不詳 | 明 |
| 金瓶梅 | 蘭陵笑笑生 | 明 |
| 醒世姻緣傳 | 西周生 | 清順治年間 |
| 聊齋誌異 | 蒲松齡 | 清康熙年間 |
| 儒林外史 | 吳敬梓 | 清 |
| 紅樓夢 | 曹雪芹 | 清嘉慶年間 |
| 鏡花緣 | 李汝珍 | 清道光年間 |
| 兒女英雄傳 | 費莫文康 | 清光緒年間 |
| 官場現形記 | 李伯元 | 清光緒年間 |
| 老殘遊記 | 劉鶚 | 清光緒年間 |
| 孽海花 | 曾樸 | 清光緒年間 |

章回小說植物：蘆葦。

榮昌盛時期。因此，這時期產生的著名章回小說很多，如《西遊記》、《金瓶梅》、《封神演義》等。到了清代，小說的題材和內容更為豐富，撰寫小說的技巧也更趨成熟，有些小說則發展至最高的藝術成就，如清乾隆時期的《紅樓夢》。清代的章回小說內容龐雜，呈現各種題材，除《紅樓夢》外，較著名的小說尚有《儒林外史》、《鏡花緣》、《醒世姻緣》、《兒女英雄傳》等，清末則有《官場現形記》、《孽海花》、《老殘遊記》等（**表1**）。

## 第二節　重要章回小說的植物統計

以五種最膾炙人口的章回小說為例，統計各小說通行本的出現植物種類及回數，如**表2**。《儒林外史》和《水滸傳》全書內容，前者有九十九種植物，後者有一〇二種植物。《金瓶梅》、《紅樓夢》及《西遊記》植物更多，均為前二本章回小說的一倍以上，《金瓶梅》有二一〇種植物、《紅樓夢》二四二種、《西遊記》二五三種。從**表2**可知，出現在章回小說的植物，以茶（**圖1**）最多。《儒林外史》五十五回

**圖1**　在五本最出名的章回小說中出現的植物以茶最多。圖為茶的新葉。

**表2　重要章回小說出現最多之十種植物統計**

| 小說名稱（總回數） | 儒林外史（55） | 金瓶梅（100） | 水滸傳（100） | 西遊記（100） | 紅樓夢（120） |
|---|---|---|---|---|---|
| 植物種數 | 99 | 210 | 102 | 253 | 242 |
| 植物出現回數前10名 *（）內為總回數 | 茶 (50) | 茶 (100) | 柳 (58) | 茶 (60) | 茶 (100) |
| | 柳 (15) | 柳 (65) | 蘆葦 (45) | 松 (59) | 竹 (38) |
| | 竹 (15) | 桃 (44) | 茶 (43) | 柳 (56) | 荷 (38) |
| | 荷 (10) | 瓜 (40) | 麻 (40) | 竹 (52) | 柳 (37) |
| | 人參 (9) | 梅 (33) | 松 (34) | 桃 (48) | 桃 (26) |
| | 桃 (7) | 竹 (32) | 荷 (31) | 荷 (37) | 梅 (24) |
| | 桑 (6) | 荷 (31) | 竹 (27) | 梅 (28) | 桂 (22) |
| | 蘆葦 (6) | 蘭 (25) | 梅 (18) | 藤 (27) | 稻 (18) |
| | 稻 (6) | 杏 (25) | 棗 (17) | 柏 (25) | 杏 (17) |
| | 茅 (5) | 桂 (18) | 桃 (15) | 匏 (16) | 松 (15) |

中，茶一共出現五十回；《紅樓夢》也是茶出現頻率最高，全書一二〇回中就有九十七回有茶；《金瓶梅》更是回回皆有茶，一百回中全都出現。就連以西天取經為故事主軸的《西遊記》，在西域那種風塵僕僕的沙漠乾旱地區，茶也是所有出現植物中占最多回數者，在一百回中占了六十回，居然高於松、柳、竹（表2）。五本小說中唯一的例外是《水滸傳》，茶僅在一百回中出現四十三回，次於柳和蘆葦，占第三位。大部分小說出現的植物頻率，除了茶之外，仍以柳最多。其他經常在章回小說出現的植物，還有松、竹、梅、荷、桃、杏等（表2），和詩詞歌賦常出現的植物種類多有雷同。

五種章回小說之中，大部分章節均有植物出現，《儒林外史》僅一回（第三十二回）、《紅樓夢》僅三回（第一百、一〇六、一〇七回）全然沒有任何植物，各本小說各回出現的植物種數均以少於十種為最多。《儒林外史》的植物種類較單純，出現植物種類最多的是第三十五回，但也僅有十五種；《水滸傳》亦然，植物種類最多的是第六回，也僅十七種。《西遊記》有十五回出現二十種以上的植物，《金瓶梅》有十三回，而《紅樓夢》則有十回。《西遊記》第八十二回植物有六十二種，《金瓶梅》第十九回有四十一種，《紅樓夢》第十七回有六十二種植物，均為描述特定植物的章節，例如《紅樓夢》該回是記述大觀園內出現的所有植物（表3）。

**表3　重要章回小說植物種數在各回的分布**

| 出現植物種數 | 儒林外史 | 水滸傳 | 金瓶梅 | 紅樓夢 | 西遊記 |
|---|---|---|---|---|---|
| 0 | 1 | 0 | 0 | 0 | 3 |
| 1～5 | 28 | 13 | 38 | 23 | 52 |
| 6～10 | 21 | 40 | 42 | 37 | 36 |
| 11～15 | 5 | 24 | 18 | 22 | 15 |
| 16～20 | 0 | 8 | 2 | 5 | 4 |
| 21～25 | 0 | 6 | 0 | 4 | 6 |
| 26～30 | 0 | 6 | 0 | 1 | 2 |
| 31 以上 | 0 | 3 | 0 | 8 | 2 |
| 平均 | 5.7 | 12 | 7 | 12.4 | 8.4 |

各本章回小說出現植物的龐雜度不同，除了上述植物在各回出現的頻率差異外，每回平均植物種數也有差別。五種章回小說中，《儒林外史》和《水滸傳》，不但全書植物總種數較少，平均每回植物數亦少，兩者分別為五·七種及七·〇種。而《金瓶梅》和《西遊記》總種數較多，平均每回植物種類分別為十二·〇和十二·四種；《紅樓夢》平均每回植物種類為八·四種，介於中間。

# 第三節 章回小說的植物特點

## 一、善用成語典故

章回小說多能嫻熟地使用植物成語典故，並適切融合在故事情節的發展中。例如，《儒林外史》第二十回仁厚愛才的李本瑛，關切孝子匡超所說的一段話：「恁大年紀，尚不曾娶，也是男子漢摽梅之候了。」「摽梅」典出《詩經．召南》之「摽有梅，其實七兮」句，原意描述少女見日益成熟稀少的梅子，感傷年長未嫁的焦急心情。小說中的談話意為對方老大不小，應該早點結婚。

苜蓿（圖2）原是牛馬飼料，小官生活清苦，只能以苜蓿嫩芽或幼苗佐餐。典出唐代薛令的自傷詩：「朝日上團團，照見先生盤。盤中何所有？苜蓿長闌干。」引申為「苜蓿生涯」、「苜蓿盤空」、「苜蓿堆盤」的成語，意思是官小家貧。《儒林外史》第四十八回，余大先生說道：「我們老弟兄要時常屈你來談談，料不嫌我苜蓿風味怠慢你。」也是自謙之詞。

圖2　苜蓿原是牛馬飼料，貧苦人家亦採嫩芽或幼苗佐食。

## 二、詳實記載古代的庭園植物

章回小說中有關明清各代的庭園植物種類非常豐富，是研究中國傳統庭園景觀植物及庭園設計的最佳材料。以成書於明末的《金瓶梅》而言，描述的是宋代的庭園植物，以西門慶住宅庭院的植物為例，至少有四十種（表4）。同時，也能由出現植物的種類，了解作者描繪小說內容原型所處的地區，也間接反映作者的生活體驗或籍貫所在，提供研究章回小說作者的背景資料。依表4所列植物種類，此庭園所處位置應在華中地區。

圖3　花有黃白兩色，故名金銀花。

圖4　章回小說常出現的觀賞花卉鳳仙花。

《紅樓夢》的成書背景是清康熙年間，全書敘述大觀園中栽種或自生的植物共七十八種，其中松、楓等庭園樹共二十五種，梨、枇杷等果樹類六種，薔薇、金銀花（圖3）等藤蔓類觀賞植物共十五種，草本植物包括鳳仙花（圖4）等花卉及黃連、白芷等藥用植物共二十三種，水生植物六種，自生（非栽培）的苔蘚類植物三種。其中第十七回大觀園所出現的植物種類最多，共有四十一種活植物，其餘三十六種庭園植物散見在各回。大觀園內的植物充分反映出中國庭園的特色及中國文化傳統，大部分植物都出現在歷代名園之中。許多植物的配置，仍為近代中國庭園建築所採用，例如代表文人堅毅不屈的「歲寒三友」配置在寶玉居住的怡紅院之中；文學象徵的

**表4 《金瓶梅》的庭園植物**

| | |
|---|---|
| **喬木類** | 合歡、銀杏、竹、柳、梅、梧桐、榆、槐、松、海棠 |
| **灌木類** | 辛夷、木槿、木芙蓉、石榴、牡丹、瑞香、夾竹桃、丁香、紫荊、紫薇、棣棠、桂花、狀元紅、臘梅、滿天星 |
| **蔓藤類** | 木香、荼蘼、薔薇、玫瑰、黃刺薇、茉莉、凌霄花、金銀花 |
| **草花類** | 蜀葵、金斛花、金盞花、雞冠花、芍藥、鳳仙花、玉簪、金燈花、百合 |

芭蕉、梧桐也在適當的院落、園景中出現。其他如楓香、桃、杏等亦然。

## 三、豐富的藥用植物種類

古代文人大都精通醫藥醫理，自然會在作品中反映其醫學知識。出色的章回小說均不乏藥用植物種類（表5），如《紅樓夢》不但藥用植物種類繁多，全書還使用「人參養榮丸」等三十種中藥方劑於不同的病症上。有時也參與小說情節的診病醫療，如第五十一回晴雯傷風感冒，咳嗽、頭疼腦熱，大夫胡君榮診斷是外感內滯，算是個小傷風，開了兩副藥方。寶玉看時，藥方開的有紫蘇、桔梗、防風、荊芥等，還開了枳實（圖5）、麻黃（圖6）這兩種專來破氣的峻猛藥，吃下會有副作用。這讓寶玉嚇了一跳，認為這位大夫開錯藥了。另外找人去請常來賈府看病的王大夫，看診後，所說的病症和前面的庸醫不同，藥方上果然沒有枳實、麻黃，另外還有當歸、陳皮、白芍等。

圖5 「枳實」是枳殼的果實，芳香而苦，是常用的中藥材。

圖6 麻黃是中藥材中的峻猛藥。

表5 章回小說中的藥用植物

| 小說名稱 | 藥用植物種類 |
|---|---|
| 儒林外史 | 人參、附子、黃連、半夏、貝母、細辛、茯苓、阿魏等八種 |
| 金瓶梅 | 紅花、薄荷、地黃、甘草、甘遂、芫花、烏頭、三七、當歸、牛膝、大戟、半夏、天麻、巴豆等十四種 |
| 紅樓夢 | 人參、附子、地黃、甘草、川芎、砂仁、紫胡、茯苓、當歸、荊芥、防風、黃連、知母、白芷等十二種 |

有些則利用藥材特色來安排故事情節，如《三國演義》第七十五回描述關公刮骨療傷的過程：（關）公袒下衣袍，伸臂令佗看視。佗曰：「此乃弩箭所傷，其中有烏頭之藥，直透入骨。若不早治，此臂無用矣。」說明關公是中了沾有劇毒植物烏頭（圖7）的箭。

## 四、應用植物的特殊意涵安排小說情節

入秋以後，多數植物的花均已凋落，只有菊花

（圖8）盛開獨秀。由於菊花開於深秋霜凍之時，不畏霜寒的特性象徵晚節清高，因此自古文人愛菊，除了晉・陶淵明種菊東籬外，唐宋詩人亦不乏愛菊者。《紅樓夢》中提到寧府和榮府都種有菊花，大觀園內栽種菊花的確實地點，書中沒有交代，但是菊花卻是書中情節發展的「樞紐植物」。仲秋時節，眾姊妹作了海棠詩，接著作菊花詩以應秋天景色。菊花詩一共十二題，由眾人各自選題創作，作出〈憶菊〉、〈訪菊〉、〈種菊〉、〈對菊〉、〈供菊〉、〈詠菊〉、〈畫菊〉、〈問菊〉、〈簪菊〉、〈菊影〉、〈菊夢〉、〈殘菊〉，每篇都是應時佳作。

圖7　烏頭。

作者安排第三十八回和第三十九回賞菊詠菊，成為全書故事的分水嶺。這兩回之前，寶玉和眾姊妹大致都生活在溫馨和樂的氛圍中，特別是寶玉，自進入大觀園後，每天享受著眾金釵的笑鬧歡娛，充實而滿足。接著是寒冬雪景的蘆雪庵聯句大會，到第五十三回賈府除夕、過年極其奢侈的拜年儀式，到元宵夜宴等，達到高潮。在此用菊花的盛開和凋零，暗示賈府家運由盛而衰的發展脈絡，從第五十五回起，賈府總管鳳姐病倒，賈府病象已開始顯現。後來雖然有探春的興利除弊措施，卻也無法挽救賈府外強中乾的敗象。接著寧府的大家長賈敬去世，大觀園內部大抄檢，賈府的氣象和故事的發展急轉直下。

圖8　入秋以後，菊花盛開獨秀，詩文用以象徵晚節清高。

中國人的墓地一向有種植封樹的傳統習俗，王公貴族大都選用松（圖9）、柏類（圖10）植物栽種；而平民百姓則多種植易於扦插繁殖的白楊木，鄉間墳場多散布白楊，因此白楊代表死亡或墳墓。詩文中出現白楊的章句，都代表悲愴、死亡，章回小說亦不例外，如《水滸傳》第四十六回：楊雄早來到那翠屏山上，但見：「漫漫青草，滿目盡是荒墳；裊裊白楊，回首多應亂冢。」暗示該回潘巧雲的慘死。

## 五、植物特性與小說人物個性

《紅樓夢》主角寶玉所居住的怡紅院，種有「歲寒三友」松、竹、梅。松、竹經冬不凋，而梅則寒冬開花，均不畏霜雪，故稱「歲寒三友」，用以表示堅貞不屈的氣節，向為文人所重。其中松樹樹姿蒼鬱，古人視為君子的象徵，所謂：「歲不寒無以知松柏，事不難無以知君子。」書香宅第中絕對少不了松樹，大觀園自然不可能有例外。寶玉身上的玉不見了，妙玉請來扶仙，示語中出現「青埂峰下倚古松」（圖11）句，隱指寶玉未來的命運就像深山幽谷中的松樹一般。

圖9　分布中國大江南北的馬尾松。

圖10　柏木代表貞節、永恆，是古時王公貴族選用的墓地封樹種類。

圖 11 「青埂峰下倚古松」暗示寶玉出家的命運。

《紅樓夢》的作者，擅長利用植物的特性襯托不同人物的個性特質，暗喻小說人物的結局，例如以瀟湘竹（圖12）代表林黛玉，表現黛玉愛掉淚的個性，最終也和傳說中的瀟妃、湘妃一樣，含恨流淚而死。湘雲的個性開朗如盛開的芍藥（圖13）作者安排醉臥芍藥花下的情節，也在暗示湘雲會離寶玉遠去，因為芍藥又名「將離」，是古代臨別相贈之物，但離開後仍會返回的象徵性植物。另外，作者也善用植物四季枯榮變化的性質以對應故事情節的發展，最顯著的例子就是以上所言之菊。如此善用植物特性融合故事情節的作品，在中國歷代文學中可說是無出其右者。

圖 13 芍藥。

圖 12 傳說舜帝之瀟湘二妃淚血濺成的瀟湘竹，今名斑竹。

## 六、以植物的生態習性描述小說情境

植物各有其不同的生境，有些植物適合生長在水塘或沼澤；有些植物則屬於生態上的先驅植物，在荒廢土地上生長茂盛。這些植物特性，都是文學作品中用以襯托或描述故事情節發生地點的特殊環境。如《水滸傳》描寫破落的古寺：「鐘樓倒塌，殿宇崩摧。山門盡長蒼苔，經閣都生碧蘚。釋迦佛蘆芽穿膝，觀世音荊棘纏身。」（第六回）其中的苔、蘚顯示當地環境潮濕（圖14），而「荊」為黃荊，「棘」指酸棗或其他有刺灌木，兩者均在荒廢土地生長，並成為該地的優勢種。形容破敗的寺廟，用這兩種植物恰如其分。

## 七、記錄已消失的古老習俗

許多古老的植物利用方式，目前已經罕見或甚至消失了，但仍可在各代小說中再現，提供中國民俗研究的基本資料。以通草（圖15）為例，原是中國使用歷史悠久的花飾材料，用以製造少女髮飾及室內飾品，《爾雅》稱之為「活脫」，其他古籍稱為「寇脫」或「通脫木」。

自唐晉以來，民眾常取通草髓心，用以製造各種飾物。唐代成書的《酉陽雜俎》就記載通脫木「心中，中有瓤，輕白可變，女子取以飾物」，後世已少有使用此物了。但《儒林外史》第二十一回敘述結婚典禮：「到晚上，店裡拿了一對長枝的紅蠟燭點在房裡。每枝上插了一朵通草花，央請了鄰居家兩位奶奶把新娘子攙了過來，在房裡拜了花燭。」說明在明代通草仍是民間重要的飾物材料。

圖 14　苔蘚類常生長在潮濕的生育地。

圖 15　通草的髓心是古代普遍使用的髮飾及室內飾品材料。

## 第四節　植物與章回小說研究

《西遊記》第一回對花果山的植物描述如下：「擺開石凳石桌，排列仙酒仙餚。但見那：鮮龍眼，肉甜皮薄；火荔枝，核小囊紅……紅囊黑子熟西瓜……椰子、葡萄能做酒，榛松榧柰滿盤盛，桔蔗柑橙盈案擺。」龍眼（圖16）、荔枝、椰子（圖17）、甘蔗等均產於熱帶或亞熱帶。表示熟悉這類植物的作者，應有在長江流域或流域以南生活的背景。《西遊記》曾被認定為元代丘處機所著，但丘

圖 16 龍眼是原產於華南熱帶地區的果樹。

處機原為棲霞人（今山東），大半輩子在西域工作，按理來說，不太可能有上述的植物體驗。而另一個被提及的《西遊記》可能作者吳承恩是山陽人（今江蘇淮安），四十歲考得歲貢生之後，曾在南京謀事，又任浙江省長與縣丞。這個背景使得吳承恩有接觸到上述熱帶、亞熱帶植物的可能性，進而可推測吳承恩比較可能是《西遊記》的作者。

今日通行的一二〇回本《紅樓夢》的作者身分也曾經有過長達兩百年左右的爭論，主要有三種說法：其一，全部一二〇回均為曹雪芹所撰；其二，前八十回為曹雪芹所寫，後四十回係曹雪芹殘稿，後人補寫完成；其三，前八十回為曹雪芹所寫，後四十回為他人所續。《紅樓夢》一二〇回剛好可區分成三部分：第一回到四十回為第一個四十回，第四十一回到八十回為第二個四十回，第八十一回到一二〇回為第三個四十回。第一及第二個四十回即前八十回，第三個四十回即後四十回。比較三個四十回每回出現的植物種數，會發現一個有趣的現象：前八十回每回出現的平均植物種數多於後四十回。第一個四十回每回出現的植物種類平均為十一．二種，第

圖 17 椰子。

**表 6 紅樓夢前八十回與後四十回的植物種數比較**

| | 出現的植物總數 | 每回出現的平均植物總數 |
|---|---|---|
| 第三個四十回 | 61 種 | 3.8 種 |
| 第二個四十回 | 161 種 | 10.7 種 |
| 第一個四十回 | 165 種 | 11.2 種 |

二個四十回平均每回出現一〇・七種，僅相差〇・五種。到了第三個四十回，平均每回的植物種數只有三・八種，與前二者分別相差七・四種及六・九種，差異不可謂不大。

植物出現在各回的種數，以十種為間距，《紅樓夢》全書三部分，每四十回植物種樹分布頻率：前八十回，回回有植物，後四十回中有三回未出現任何植物（第一百回、第一〇六回、第一〇八回）。出現一至十種、十一至二十種及二十種植物以上的回數，前兩個四十回分布圖形相似，兩者出現十一至二十種的回數均為九回；僅在一至十種的分布中，第二個四十回比第一個四十回多了一回；二十種以上的回數，第一個四十回反而比第二個四十回多了一回。相反的，第三個四十回中有三十六回植物在十種以下，占絕大多數；出現十至二十種的亦僅有一回（第七十八回，有十種植物）；而且全部四十回中並無出現二十種以上植物的回數。可見，前八十回和後四十回植物種樹的分布大不相同。

以四十回為單元，計算每部分出現的植物總種數，也出現相似的結果。第一個四十回共出現一六五種植物，第二個四十回有一六一種，兩者植物數僅差四種。第三個四十回僅出現六十一種植物，和第一、第二個四十回相差百種以上。而後四十回的植物，不是常見的蔬菜、藥材，就是引自歷代詩詞典故的植物，不像前八十回文章作者植物知識的廣博，以及對植物在小說情節應用之獨到。

根據以上分析，無論是每回植物的種類，植物種數分布的頻率，或是植物在單元內出現的總數，第一個四十回和第二個四十回非常類似。以統計觀點來說，兩者並無差異。然而，後四十回不但每回平均植物種數和單元內植物總種數遠少於前兩個四十回，植物種類分布頻率也完全不同。以作者對植物熟悉的程度，和植物意涵在文章內容的運用上，前八十回亦遠勝於後四十回。本項研究結果，可以推論第一個和第二個四十回應為同一作者所撰，而後四十回則顯然出自第二人之手。本結論支持前八十回的作者為曹雪芹，後四十回為他人所續之觀點。

# 第六章　中國成語典故與植物

## 第一節　前言

成語經歷代文人和一般百姓的試煉，已形成中華文化和受到漢文化影響的國家語言邏輯中重要的組織成分。在語言或文字的表達過程中，適當地引用成語，可使文詞形象生動、收言簡意賅之效。高明的作家都會在行文之際，恰當地使用成語。成語在今人的語彙之中，仍扮演著畫龍點睛的效果。

中文成語數量龐大，根據已出版的成語詞典、辭海，成語總數約有三萬七千條。其中大都為四字成語，少數為多至十字的諺語，如「啞子吃黃連，有苦說不出」等，包括含意相近或相同，字序或同義不同字的同義成語。前者如**春風桃李**和**桃李春風**；後者如**攀葛附藤**、**攀藤附葛**、**攀藤攬葛**等，可知歷代中文成語數之多，可謂「汗牛充棟」。

在三萬多條成語之中，有八百多條以特定的植物為組成內容，共使用一百二十種植物名稱，這些成語可謂之「植物成語」。統計常用的植物成語中，出現最多的植物為桃（圖1），共組成**桃李門牆**、**門牆桃李**、**桃李成蔭**、**桃李滿門**、**投桃報李**、**夭桃穠李**、**桃源避壽**、**人面桃花**、**桃之夭夭**等二十條成語。其次為柳，組成十八條成語。柳是栽植於水岸的觀賞植物，栽種歷史悠久，且各地都有分布，是歷代中國人都很熟悉的植物，因而形成不同性質的成語，有頌人成語，如**陶潛五柳**、**人柳三眠**、**柳如張緒**；有頌景的成語，如**傍花隨柳**、**花光柳影**、**花紅柳綠**、**柳暗花明**；有傷

圖1　常用的植物成語中，出現最多的植物是桃。

別的成語，如**灞橋折柳**；也有譏諷的成語，如**殘花敗柳**、**尋花問柳**等。

其餘出現較多成語的植物，依次為李十五條、蘭（澤蘭）十五條、竹十三條、桑十二條、蓬（飛蓬）十一條、粟（小米）十條，以及茅（白茅）、棘（酸棗）、荊（黃荊）豆、匏、瓜等均出現九條。這些多次出現在成語中的植物均為歷代普遍栽植者，如桃、李為果樹，桑、竹為農村住宅必種的經濟植物。比較常見的成語植物，尚有荷，組成**出水芙蓉**、**步步蓮花**、**並蒂芙蓉**、**藕斷絲連**、**輕薄蓮花**等成語；豆，組成**不辨菽麥**、**煮豆燃萁**、**目光如豆**、**種豆南山**等成語。可見植物在中國成語中，占有相當大的地位。

白茅。

## 第二節　植物成語的來源

和其他多數成語一樣，「成語植物」的來源出處，可歸納成以下數類：

### 一、詩詞、歌、賦

包括《詩經》、《楚辭》、《漢賦》、《古樂府》及歷代詩、詞、曲等，占所有植物成語的三三％，其中又以源自《詩經》的成語最多。例如，**華菅茅束**源自《詩經》〈小雅・白華〉之「白華菅兮，白茅束兮。之子之遠，俾我獨兮。」翻譯成白話是：菅草開的是白花，用白茅來纏縛。你已離棄了我，使我一人孤獨啊！後來，用「華菅茅束」表示夫妻離異。**手如柔荑**語出《詩經》〈衛風・碩人〉之「手如柔荑，膚如凝脂」句。初生之茅稱作「荑」，色白而柔軟，因此形容美人纖纖白手謂「手如柔荑」，後用以稱讚女子貌美。**投桃報李**是近代常用的成語，意思是人家「送我桃子，我以李子回報」，比喻禮尚往來，互相贈答，同樣出自《詩經》〈大雅．抑〉：「投我以桃，報之以李。」

植物成語中與《楚辭》相關的有**沅芷澧蘭**或**澧蘭沅芷**，用以比喻高潔的人品或高尚的事物。出自〈九歌．湘夫人〉：「沅有芷兮澧有蘭，思公子兮未敢言。」王逸注：「言沅水之中有盛茂之芷，澧水之內有芬芳之蘭，異於眾草，以興湘夫人美好亦異於眾人。」**春蘭秋菊**也是常用成語，意為春天的蘭花、秋天的菊花雖然開放季節不同，卻都很美麗，用以比喻在不同的時期或領域中各有出色的人物，語出《楚辭》〈九歌．禮魂〉：「春蘭兮秋菊，長無絕兮終古。」

成語源自歷代詩、詞、曲的例子也不少，如**柳嚲鶯嬌**形容春天的景色，語出唐代岑參〈暮春虢州東亭送李司馬歸扶風別廬詩〉：「柳嚲鶯嬌花復殷，江亭綠酒送君還。」**柳暗花明**形容綠柳成蔭、繁花似錦的景象，也比喻在錯綜複雜的狀況中忽然出現解決問題的方法，出自宋．陸游〈遊西山村〉：「山重水復疑無路，柳暗花明又一村。」比喻婦女不守婦道的成語**紅杏出牆**，則源自宋．葉紹翁〈遊小園不值〉詩句：「春色滿園關不住，一枝紅杏出牆來。」《樂府詩集卷》二十八古辭〈雞鳴〉：「桃生露井上，李樹生桃旁。蟲來齧桃根，李樹代桃僵。樹木身相待，兄弟還相忘。」古時在露天的水井邊種桃樹和李樹，發生蟲害時，旁邊的李樹往往先遭啃食，替代桃樹受災僵枯而死，稱之為**李代桃僵**，比喻兄弟相愛相助，後引申為互相頂替或代人受過。

## 二、史書

含植物名稱的成語出自正史的歷史故事者，占三一%，包括《史記》、《漢書》、《宋史》、《晉史》、《三國志》等。例如**夷齊采薇**或**不食周粟**，原用以頌揚忠貞不渝的節操，現多指思想固執，行為保守。「夷齊」指節操高尚的隱士。或以「採薇」、「食薇」指隱士的生活，也指人恪守清高節操。漢代司馬遷《史記．伯夷列傳》記載：周武王滅商後，伯夷、叔齊逃到首陽山上，不領周朝俸祿（義不食周粟），採集野豌豆而食，以表示對周朝的忠貞。**拔葵去織**，意指官吏不與百姓爭利，出自《漢書．董仲舒傳》：魯國宰相公儀子勤政愛民，休了在家織布的妻子，拔去庭院裡種的冬葵，因為當時人民以織布、種葵為生，他不願與民爭利。**屑榆為粥**語出宋代歐陽修等《新唐書．陽城傳》：「歲饑，屏跡不過鄰里，屑榆為粥，講論不輟。」意即饑荒的歲月，陽城藏跡在家不出門，以榆皮屑煮粥，仍舊講學不倦，現用以指荒年或窮厄時的困苦生活。另外，比喻孝心的**陸績懷橘**則根據晉代陳壽《三國志》〈吳書．陸績傳〉的記載：陸績有孝名，六歲時在九江謁見袁術，袁術以橘招待，陸績在懷中偷藏了三顆要帶回去給母親吃，離去時向袁術拜別，橘子掉了出來而說出上情。

## 三、諸子百家

出自歷代知名學者的專著，包括《孟子》、《論語》、《莊子》、《荀子》、《韓非子》、《淮南子》等，共占十七%。松科、柏科植物大都分布在高海拔及緯度較高的地區，較其他植物耐寒，嚴冬亦不落葉，《論語．子罕》有「歲寒，然後知松柏之後凋」一句，遂有**歲寒知松柏**或**歲寒松柏**的成語，比喻在堅難困苦的逆境裡，才能看出一個人堅持節操的品格。人性善惡由後天的教養和習染所致，就如同杞柳可彎曲成各種形狀一樣，因此用**性猶杞柳**喻人性本無善惡之分，語出《孟子．告子》：「性猶杞柳也；義，猶桮棬也。以人性為仁義，猶以杞柳為桮棬。」**桑樞甕牖**指用桑木做門軸、破甕做窗子，比喻貧寒人家，典出《莊子．讓王》：「蓬戶不完，桑以為樞而甕牖，二室，褐以為塞。」**桑榆暮景**描寫落日餘輝照在桑榆樹梢上，比喻人已到了垂暮之年，語出漢代劉安《淮南子》：「日西垂景在樹端，謂之桑榆。」

## 四、歷代小說

包括《金瓶梅》、《紅樓夢》、《儒林外史》、《兒女英雄傳》、《三國演義》、《水滸傳》等章回小說及其他志怪小說、筆記小說等，共占六%。例如**指桑罵槐**，意為指著桑樹罵槐樹，比喻表面上罵甲，實際卻在罵乙。語出清代曹雪芹《紅樓夢》第十六回：「咱們家所有的這些管家奶奶，哪一個是好纏的？錯一點兒他們就笑話打趣，偏一點兒，他們就指桑罵槐的抱怨。」第五十九回：「那是我們編的，你別指桑罵槐的。」第六十九回：「除了平兒，眾丫頭媳婦無不言三與四，指桑罵槐，暗相譏刺。」**青梅煮酒**本為古代一種煮酒方法，引申為集會共論天下事，羅貫中《三國演義》第二十一回：漢末，曹操邀約劉備至相府外的小亭邊賞梅飲酒，曹操談到「望梅止渴」的故事，又值煮酒正熱，曹、劉二人在此共論天下英雄，故謂「青梅煮酒論英雄」。**竹籃打水**，用竹籃打水比喻勞而無功，結果落得一場空，出自明代蘭陵笑笑生《金瓶梅》第九十一回：「閃得我樹倒無蔭，竹籃打水。」

### 五、其他

《周易》、《禮記》、《孝經》等經書，《世說新語》、《清異錄》、《太平御覽》、《太平廣記》、《酉陽雜俎》、《昭明文選》等著作，共占二三%。例如**黃楊厄閏**，語出宋代陸佃《埤雅．釋木》：「黃楊性木堅致難長，歲長一寸，閏年倒長一寸。」形容人遭遇困厄，受到挫折；或指詩文沒有長進。**桃弧棘矢**意思是用桃木為弓、棘為箭，辟邪之意，語出《左傳》：「桃弧棘矢，以除其災。」古人以為桃木有辟邪功能，用桃木製弓當成辟邪驅鬼之物。南朝宋劉義慶《世說新語．儉嗇》：「王戎有好李，賣之，恐人得其種，恆鑽其核。」此即成語**賣李鑽核**出處，說有人賣李之前先鑽破李子的硬核，使別人無法得其良種繁殖，形容極端自私的行為。

## 第三節 植物的生態特性與成語

黃荊古稱「荊」（圖2），酸棗古稱「棘」，均屬於乾燥氣候的樹種，常生長在土壤不肥沃的石礫地和廢棄地。因此，**荊棘叢生**就是道路上困難很多，阻礙很大之意；**荊天棘地**意為到處是艱險處境，令人行動不得；**披荊斬棘**比喻在創業過程或前進的道路上清除障礙、艱苦奮鬥的情形。其他類似的成語還有**被苦蒙荊**、**荊棘載途**等，都是用來比喻創業艱難或處境艱險。

圖2 黃荊常生長在乾燥環境的石礫地或廢棄地。

**南橘北枳**或**淮橘為枳**，比喻環境的變化使事物性質也跟著改變，古人認為橘樹生長在淮河以南成為橘，移植到淮河以北就變成了枳樹。橘和枳的葉子形態類似，但果實味道不同，因為生長地方不同之故，即《周禮．考工記》所說：「橘逾淮而為枳……此地氣然也。」**草菅人命**源自《漢書．賈誼傳》：「故胡亥今日即位而明日射人，忠諫者謂之誹謗，深計者謂之妖言，其視殺人若艾草菅然。」芒草（圖3）花序呈圓錐狀，小花極多，結實後呈黃褐色，果極小，能隨風飄散。由於其適應環境範圍大，生長不擇土性，在開闊地、石縫及耕地到處繁生，成為農民嫌惡的雜草，時時欲除之而後快，因此用「草菅人命」形容把人命看得像野草一樣，任意殺害。

圖3　芒草結實量大，適應性強，能到處蔓生，是農民嫌惡的雜草，欲除之而後快。

圖4　蒲柳是入秋最早落葉的樹種之一。

生態環境或特殊習性的植物還有許多，如冬葵的葉會隨著太陽移動，古人用**葵藿傾葉**來表達臣子對國君的忠心；蒲柳（圖4）是秋冬最早落葉的樹種之一，以**蒲柳之姿**喻人體早衰；浮萍（圖5）形體極小，無固著根，植物體漂浮在水面上隨波逐流，因而有**萍水相逢**、**萍蹤浪跡**等成語。鐵樹（蘇鐵，圖6）在北方不易開花或完全不開花，因此難以做到或不可能實現的事物，就稱**鐵樹開花**。

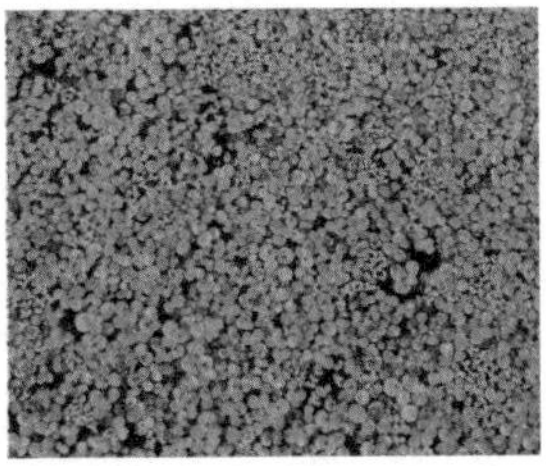

圖5　浮萍形體極小，漂浮在水面上隨波逐流。

圖6　鐵樹是熱帶或亞熱帶植物，在北方不易開花。

## 第四節 植物的形態特徵與成語

古人觀察到植物的特殊形態，應用到語彙中表達特別意涵，常有畫龍點睛之妙，以下舉葛藤、飛蓬及白茅為例。葛藤是中國最早利用的纖維植物（圖7），每年夏天採其蔓莖，用熱水煮爛，在流水中捶洗風乾後供紡織葛布之用。古代上至天子下至庶人，都是穿葛衣，只不過貴族及有錢人穿細葛衣（謂之絺），而貧賤者穿粗葛衣（謂之綌）。《越絕書》記載：「句踐罷吳，種葛，使越女織治葛布，獻於吳王夫差。」《書經．禹貢》中的**島夷卉服**，「卉」指的也是葛類植物。葛亦曾列入貢賦，有些地方以葛布代替賦稅納貢，可見古代葛藤的經濟價值及葛布使用之廣。葛藤是藤本植物，長可達十數公尺，纏結地面或攀纏在樹上，因此常用「葛藤」比喻事情糾纏不清，**攀葛附藤**則是形容拉攏關係、趨炎附勢的常用成語。

圖7　葛藤。

飛蓬（圖8）植株矮小，枝葉胡亂著生，因此形容一個人不修邊幅，就稱之為**蓬頭垢面**。秋冬之際，飛蓬遇強風則連根拔起、隨風滾動，故用**飄蓬斷梗**、**飛蓬隨風**、**秋蓬離根**等成語來形容飄泊無常、身世飄零的經歷，或人無處安居、行蹤不定。白茅又名茅草或茅，根狀莖甚長、強韌有節，常在地表的土壤中橫亙交錯，謂之「茹」，俗稱「絲茅」（圖9）。各節處會萌生新筍莖稈，因此在拔除茅草時，根會隨著莖葉一同被拔起，所以有**拔茅連茹**的成語，用以比喻氣味相投的一群人，若有一人被提拔時，會相互引薦出仕。

圖8　飛蓬枝葉胡亂著生，遇強風則連根拔起。

有些植物的枝幹、花、葉、果實、種子等具有特殊香氣或惡臭，此一特徵也常為古人所引用。自春秋戰國時代的《楚辭》以下，歷代詩詞不乏詠頌香草香木、貶抑惡草惡木的篇章，由是產生與氣味相關的成語。桂花香氣濃郁，常在中秋節前後盛開，有**桂子飄香**以喻佳景怡人；**蘭桂騰芳**的「蘭」指澤蘭，也是香草，用蘭桂之芬芳，比喻子孫昌盛。常和蘭並提的「蕙」、「芷」（白芷）等也是古代著名的香草，相關的成語有**蘭心蕙性**、**沅芷澧蘭**等，用香草的香氣表示善良高潔的心性或事物。肉桂和薑全株有香辣味，古今都視為調味料，而且越老的植株香味越濃，所以用**薑桂之性**以喻人越老越堅強耿直。

**圖 9**　白茅開白色花，根狀莖甚長，強韌有節，謂之茹。

香木香草外的其他的植物氣味，比如植株惡臭的蕕（**圖10**），則被用來反襯香草，薰蕕放置一處時，蕕的臭味會掩蓋香草薰的香味，即所謂「**一薰一蕕，十年尚猶有臭**」，比喻善易消失而惡難滅除。水蓼全株具辣味，是古代的香辛調味料，**含蓼問疾**意思是口含辣味的蓼葉來驅除疲勞，又不辭勞苦地去慰問傷病的人民，形容體恤民間疾苦。黃蘗樹皮極苦，古人用**飲冰茹蘗**（喝冷水、吃苦物）表達境遇困苦的心情，後多用以稱婦女耐苦守節。

**圖 10**　蕕植株味臭，用來反襯香草。

## 第五節　植物的用途與成語

重要的民生經濟作物或林木，也常應用到語彙之中。例如枝條細長堅韌的杞柳，可彎曲成各種形狀編製簍筐等器物（**圖11**），古人用**性猶杞柳**來比喻本無善惡的人性，可用教育方法改良。常見的經濟林木桑、樟、槐、榆等也經常出現在成語中，如**指桑罵槐**、**敬恭桑梓**、**桑榆暮景**等，這些植物極為普遍，所形成的語彙也相對繁多。相同的情況，還有桃、李、梅等果樹，豆、麥、粟等糧食作物。與前者有關的成語很多，如**桃李門牆**、**夭桃穠李**、**投桃報李**、**摽梅之候**、**青梅煮酒**等三十餘條；後者有**不辨菽麥**、**布帛菽粟**等二十餘條。

在古人眼中毫無用途的植物也有成語，如樗樹，又稱「臭椿」（圖12），與香椿（圖13）外形相似，但樗木皮粗、木材肌理稀鬆色白，葉有惡臭；香椿皮細、木材肌理堅實而稍有赤色，葉甘香，為重要的香料植物。樗樹木材無用，如《莊子．逍遙遊》所說：「其本臃腫而不中繩墨，其小枝卷曲而不中規矩。」幹不通直、小枝彎曲，木材又容易腐朽，長在路邊，木匠也不屑一顧，用途只能如《詩經》所云：采荼薪樗，拿來當材燒。

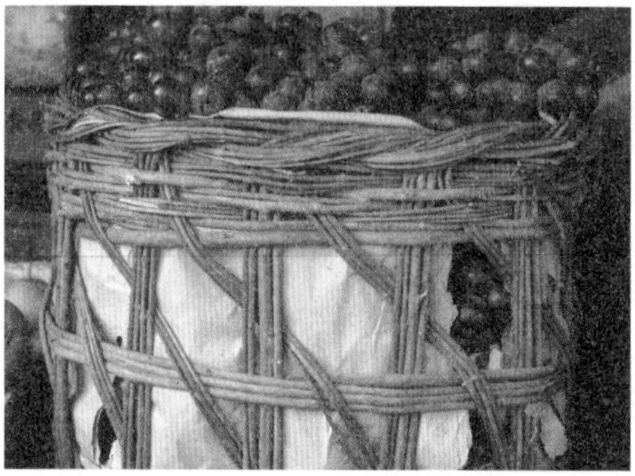
圖 11　柳條編製的簍筐。

殼斗科植物「櫟」同樣也被視為無用之木，在中國境內的麻櫟屬（*Quercus*）植物共有五十種，古籍提到的「櫟」當不只一種，不乏樹幹粗大通直的樹種，也有分枝多、樹幹彎曲、樹姿扁扇形的樹種，其中以麻櫟（圖14）分布最廣、最常見。長久以來，「櫟」被認為不合世俗所用，因此古人常用樗櫟自謙，謂之**樗櫟之才**或**樗櫟之身**。例如，唐代才子歐陽詹的〈寓興〉詩：「桃李有奇質，

圖 12　樗樹又名臭椿，葉惡臭，古人視為無用之物。

圖 13　香椿為落葉橋木，葉甘甜，是少數樹葉可以食用的香料植物。

樗櫟無妙姿。」及蘇東坡詩〈和穆父新涼〉：「常恐樗櫟身，坐纏冠蓋蔓。」都以無用「樗櫟」自謙。事實上，櫟（麻櫟）的用途極廣，木材堅硬，耐磨、耐擦，是製作車轂、各種家具及器具的良材，歐美酒桶也多以櫟類（橡樹）植物木材為之，而唐至清代的木梳也多以櫟木製作，樹皮和殼斗還可製染料。此外，櫟實味苦，但「換水浸煮十五次，淘去澀味」後仍可食之。所以，櫟木類並非全為無用之材。

圖 15 「七年之病求三年之艾」的艾草。

艾草（圖15）有許多用途，自有《神農本草經》以來，每個朝代的醫生都視艾草為良藥，「艾葉味苦……主灸百病……生肌肉，辟風寒，使人有子」，是針灸必備藥材。為了治病，古人很講究採收艾草的季節和時間，而有「三月三日、五月五日採葉或

圖 14 麻櫟是中國境內分布最廣的殼斗科植物（俗稱橡樹）之一，右上圖為橡實（麻櫟的果實）。

連莖割取，曝乾」，且「經陳久方可用」，所以會有**三年畜艾**或**三年之艾**的成語，意為事先儲備；語出《孟子．離婁上》：「今之欲王者，猶七年之病求三年之艾也。苟為不蓄，終身不得。」艾草越乾越好，三年之艾（即久乾之艾）非一時可求，而七年之痼疾必須用久乾之艾針灸，方可見效。

榆樹自古以來就是重要的用材樹種，用於建築和製作農具、車輛、家具等，主要分布在北部地方，如《爾雅翼》所云：「秦漢故塞，其地皆榆。榆，北方之木也。」兩漢時曾是漢天子的「社木」，《漢書．郊祀志》云：「高祖禱豐枌榆社。」文中提到的枌、榆均為白榆，此句意思是漢高祖以白榆為社神，祈禱物產豐收。榆樹的嫩葉、果實、樹皮是荒年的救饑食物：嫩葉做羹或熱水淘洗後炒食；果為翅果，形狀如古時的銅錢，又名「榆錢」（圖16），初生之果也可作羹，成熟果實則可釀酒或製成「榆仁醬」，是北方常見的食品。最奇特的是，樹皮剝下來後，刮除表面粗糙的外皮（圖17），曬乾後搗磨成粉可蒸食或做成各種燒餅。《本草經．木部上品》也說：「榆皮味甘平……久服輕身，不饑。」無論是葉或果，食之「酣臥不欲覺」，有安眠作用，如成語**豆重榆瞑**（豆類吃多了會增加體重，榆葉榆果吃多了能使人睡眠不醒），原指飲食不宜有害身體，後來用於比喻物各有性、本性難改；語出晉．嵇康〈養生論〉：「豆令人重，榆令人瞑，合歡蠲忿，萱草忘憂，愚智所共知也。」還有前文提到的**屑榆為粥**，原指荒年時藏跡在家不出門，以榆皮屑煮粥，仍舊講學不倦，後用以指荒年或窮厄時的困苦生活。

圖 16　榆樹的果實環生果翅，形如古銅錢，謂之「榆錢」。

圖 17　榆樹粗糙的外皮下含有澱粉量極高的皮層，是古代的救荒植物。

## 第六節　民俗植物與成語

古人相沿成習所產生的植物特殊意涵或信仰，在成語的形成過程中亦有其重要性。菊花不畏寒霜，常在秋霜季節盛開，古代文人常用以自我期許或自況，如晉·陶淵明愛菊、宋·周敦頤稱菊為「花之隱逸者」。成語**黃花晚節**，代表晚節高尚；**傲霜之枝**喻堅貞傲骨，堅忍不屈。菊花是秋天的應時花卉，如漢代崔寔《四民月令》所言：「九月九日，可采菊華（花），收枳實。」古人於九九重陽節賞菊、飲菊花酒（採菊花瓣飲酒），如唐·孟浩然〈過故人莊〉：「待到重陽日，還來就菊花。」成語**明日黃花**的「明日」就是指重陽節隔天，「黃花」即菊花（**圖18**），重陽節次日的菊花，比喻過時的事物。

**圖18**　重陽節隔天的菊花，稱為「明日黃花」，比喻過時的事物。

古時以黃荊木材當作刑具，形成一種制度和習慣，後世遂視黃荊木為刑罰象徵，有如今日的「藤條」。成語**負荊請罪**或**肉袒負荊**，是形容知道過錯後，虛心認錯賠罪，典出漢·司馬遷《史記·廉頗藺相如列傳》：趙國大將廉頗對上卿藺相如不服氣，多次驕橫無禮。藺相如認為將相不和對國家不利，一再退讓。廉頗知道藺相如的用心後深深悔悟，就裸露上身揹著荊杖去見藺相如，虛心認錯，請求責罰。

**圖19**　萱草又叫忘憂草。

萱草《詩經》稱「諼草」，《說文》謂「忘憂草」，《本草綱目》謂「療愁」、「丹棘」，名稱雖異，但均認為此草可以「利心志」，令人「好歡樂」及忘憂。晉代崔豹《古今注》說：「欲忘人之憂，則贈之以丹棘。」丹棘即萱草（**圖19**）。《詩經》〈衛風·伯兮〉說：「焉得諼草？言樹之背。願言思伯，使我心痗。」唐韋應物〈對萱草〉詩：「何人樹萱草，對此郡齋幽。本是忘憂物，今夕重生憂。」

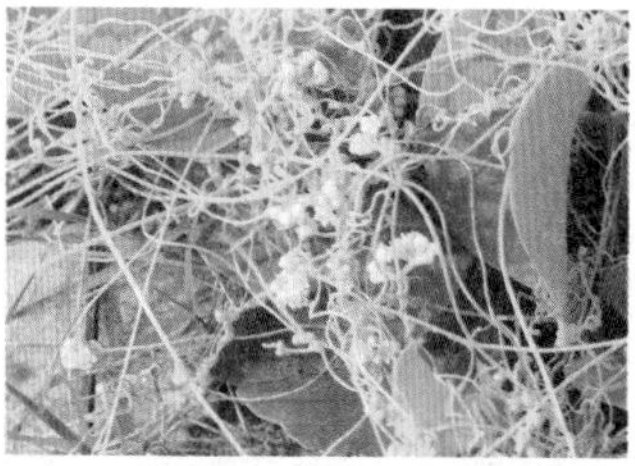

圖 20　菟絲有「絲」之名，但不能當成織物。

宋．王十朋也有詩：「有客看萱草，終身悔遠遊。向人空自綠，無復解忘憂。」故有成語**萱草忘憂**，形容有寄託以排遣憂愁。

植物名稱的諧音，也常被應用到詩詞歌賦的遣詞用句之中，有時是雙關語，其中詩人使用最多、應用最廣的例子是垂柳。垂柳簡稱柳，樹枝柔弱下垂，姿態宛如妙齡少女；而「柳」與「留」同音，古人送別時習慣折柳枝相贈，取其「留客」及「留念難捨」之意。成語**灞橋折柳**即送別之意，古代長安東有灞水，水上有灞橋，送客至此有折柳贈別的習俗，如李白詩曰：「年年柳色，灞陵傷別。」

菟絲不是絲，燕麥不是麥，成語**菟絲燕麥**用以比喻有名無實，語出《魏書．李崇傳》：「今國子雖有學官之名，無教授之實，何異兔絲燕麥、南箕北斗哉。」菟絲為植物體柔軟纖細的藤蔓狀寄生植物（圖 20）；燕麥指的是一年生的野燕麥（圖 21），果實極少，一般不收成其果實，僅採收植物體當作牲畜飼料。古人認為菟絲有「絲」之名而不能當成織物使用，野燕麥有「麥」之名而不能收成當穀物食用，因此用「菟絲燕麥」表示有名無實。

圖 21　燕麥有「麥」之名，但不是古代的穀物。

# 第七節　植物的典故

歷史上最著名的植物典故，不外乎「甘棠」。甘棠即棠梨，又稱杜梨、杜棠。果實紅色者，稱杜、杜梨或杜棠，果實又澀又酸，不適合生食，但是樹幹的木理堅韌，可用來製作弓弩。果實白色者，稱棠、甘棠或棠梨，果「少酯滑美」，外形似梨而小，可生食，為古人常吃的水果。野生的棠梨分布極廣，山區常見，一般使用棠梨植株當作各種栽培梨的砧木。棠梨適應性強、樹形美觀，自古以來被栽植成庭院樹或綠籬。西周時代的召伯到南國傳布文王德政，曾經在甘棠樹下休息，後人懷念他的恩德，想盡辦法保護這棵甘棠樹，此即《詩經》〈召南．甘棠〉所說的：「蔽芾甘棠，勿翦勿拜，召伯所說（悅）。」後世以「甘棠」比喻卸職後的地方長官，用**甘棠遺愛**或**甘棠之愛**來形容人民對卸職地方長官的懷念，有時也用在對卸職地方長官的頌詞。與《詩經》有關的著名植物典故，還有**摽梅之候**。

**摽梅之候**指女大當嫁或男大當婚的年齡，常被應用在歷代文學作品上，典出〈召南．摽有梅〉：「摽有梅，其實七兮；求我庶士，迨其吉兮。」

正史上耳熟能詳的植物典故也不少，例如「薏苡」

圖 22　薏苡的果實形如珠子，灰白色至青白色。

（圖22）。薏苡又名回回米、西番蜀秫、草珠，葉形如黍，開紅白色花，農曆五、六月間結實，果實灰白色至青白色，形如珠子，鄉間小孩以線穿連如串珠，當作戲耍玩具。《群芳譜》記載：薏苡「處處有之，交趾者子最大，出真定者佳」，而薏苡「舂米為飯，甘美」，但也造成歷史上的奇冤巨案。根據《後漢書．馬援傳》記載：東漢名將馬援任職交趾時，喜歡當地薏苡滋味，返國時載滿一車的薏苡子返鄉，卻被誤認所載者為珠寶，誣陷他搜括民脂民膏，而株連妻室兒女；並衍生出成語**薏苡興謗**、**薏苡明珠**（把薏苡錯當明珠），比喻故意顛倒黑白。歷代詩詞中使用此典故的詩詞很多，如唐．元稹〈送崔侍御之嶺南二十韻〉：「珠璣當盡擲，薏苡詎能讒」及宋．劉克莊〈湘中口占〉：「書生行李堪抽點，薏苡明珠一例無。」

出自諸子百家、經書的植物典故，則有以下諸例。**二桃殺三士**，比喻用計謀殺人，典出《晏子春秋．內篇諫下》：春秋時，公孫接、田開疆、古治子三人臣事齊景公，都以勇力聞名，但互相爭功。齊相晏子謀除之，請景公拿兩個桃子贈給三人，叫他們論功吃桃，結果三個人都棄桃而自殺了。**餘桃啖**

君，比喻愛憎喜怒無常，典出《韓非子．說難》：衛國法律規定，偷駕駛國君馬車的人，其罪斷足。衛彌子瑕母親生病，於是假託君王之命駕車出去。衛國國君知道了，說：「真是孝順，為了探望母親忘了斷足之罪。」次日，彌子瑕與國君遊於果園，吃了甜美的桃子，剩一半給衛君吃，衛君說：「你對我一片赤誠，知道桃子好吃，而讓我品嘗。」過了不久，彌子瑕失寵，衛君開始算起舊帳：「你以前偷駕我的車，又讓我吃你吃剩的桃子。」同樣一件事，從前受到稱讚，後來卻成了罪名，都是因為愛憎情緒改變的緣故。**望梅止渴**，意為憑想像或空想使自己感覺舒適，亦即自我安慰之意，典出《世說新語．假譎篇》：曹操行軍迷路，士兵又饑又渴，於是他對部隊宣稱：「前面有大梅林，結實很多，梅子味甘酸，可以解渴。」兵士聽到後，口皆出水，聊以解渴。**苞茅不入**，指興師問罪的藉口：茅草包成束，稱之為「苞茅」（苞同包），古人在苞茅上倒酒，使酒液滲透茅束去渣，以祭神示敬。春秋時，齊桓公以楚國不向王室進貢苞茅而妨礙周天子敬神為由，舉兵伐楚。

另外，還有源自詩詞的典故，例如**枇杷門巷**。枇杷（圖23）每枝結果多達數十粒，滿樹金黃，極為壯觀，即所謂「一梢滿盤，萬顆綴樹」，是招待客人的瓜果品。**枇杷門巷**原指唐代名樂妓（或女校書）薛濤的住所，後成為妓院的雅稱，出自唐．王建〈寄蜀中薛濤校書詩〉：「萬里橋邊女校書，枇杷花裡閉門居。」也有來自著名小說的典故，如《三國演義》的**初出茅廬**：三國蜀主劉備曾三顧茅廬請諸葛亮出山，諸葛亮上任後，即指揮三軍與曹軍作戰，以火攻敗曹軍，謂之「初出茅廬第一功」。後人用「初出茅廬」比喻初入社會，缺乏歷練。

圖23　枇杷結實時，滿樹金黃，極為壯觀。

# 第七章 國畫中的植物

## 第一節 前言

史前時代只有刻畫或繪在岩壁上的圖像才能留存下來，稱之為岩畫，其中多數為生活在邊疆地區的少數民族作品，如陰山的「狩獵圖」。史前人類文明發展到一個階段，生活內容由單純趨向複雜，逐漸發明生活工具、創作藝術品，用各種工具記錄生活周圍事物，如雕刻、繪畫等。在古人類遺址挖掘出來的文物，有許多食具彩陶上的繪畫，都很生動寫實。夏、商、周三代青銅器物上的裝飾畫，有貴族生活禮儀（宴樂、喪祭）、打獵、征戰等，統稱工藝圖案。夏、商、周已發展出壁畫，春秋戰國時期，壁畫尤其興盛，公卿祠堂及貴族府第皆以壁畫做裝飾。秦漢時壁畫亦很盛行，包括宮殿壁畫和墓室壁畫，部分保存至今還極為完好。另外，有刻畫在不易腐朽的硬物上，如流傳下來的繪畫石刻、磚刻畫等。石刻即畫像石，是漢代豪族祠堂、墓室等的石刻裝飾畫，用刀或其他堅硬器具在石面上創

圖 1　秦漢時代的「弋射收穫」畫像磚，畫有荷花及收割穀物場景。

作的繪畫。磚刻畫是秦漢時代的畫像磚，這些淺浮雕的畫像磚直接砌於磚造建築物中，如「弋射收穫」畫像磚，畫有湖中開花的荷、收割穀物場景等（圖1）。繪製在軟物件上的畫要保存下來不容易，最早的作品有戰國時期民間喪俗常見的陪葬物帛畫，是用毛筆在絹帛上繪製而成，如長沙馬王堆漢墓中的帛畫。絹畫、紙畫留下來的數量，各代均有差異：年代越古老，留存的畫作越少。五代、唐代的書畫，都是稀世珍寶；宋代、元代留下來的絹畫、紙畫數量開始增多，明代的畫作數量也不少，清代作品內容更豐富、流派龐雜，保存的數量更多，內容有佛畫、山水畫、人物畫、花鳥畫等。

自古詩、書、畫合一，古典文學和國畫之間有時並無明顯的界限。有些畫家也是著名詩人，如漢代的蔡邕、張衡均擅長詩畫，雖畫作因戰亂而流失，但有詩文傳世。唐代王維擁有詩文才華，

圖2　唐代詩畫家王維的「江山雪霽圖」。

懂音律、長書畫，《王摩詰全集》詩四七九首，最有名的山水畫是「輞川圖」、「江山雪霽圖」（圖2）。元代的倪瓚、黃公望、王蒙、吳鎮並稱「元末四大家」，是當代的文人畫家。明代的唐伯虎、沈周、文徵明、仇英為「吳門四家」，其中沈周精於山水、人物、花卉、禽獸各種畫法；文徵明為文天祥的後裔，詩、文、書、畫都極精絕。清代的文人畫家有王鐸、沈宗敬、吳偉業等，不但詩文傳世，繪畫書法俱成名家。

## 第二節　國畫植物的形式類別

### 一、遠山峻嶺類

以遠山為主，輔以湖泊、川流、樹石的山水畫，畫中植物形體較小，大都是只具冠形、幹形的樹木，葉形質地不易辨識。主要的植物種類有松柏類，或杉類、竹類、楓、槭等。山水畫在隋唐時代已經有長足發展，傑出畫家很多，如展子虔、李思訓、李昭道、王維等，只是流傳下來的畫作不多。展子虔的傳世之作「遊春圖」，為現存最早的卷軸山水畫，描繪達官貴人的野外踏青即景。畫中樹木、花草的形體均小，僅能從樹體枝條的伸展形態及花開狀態、顏色，隱約看出落葉的樹木為花朵盛開的桃、李，常綠樹則無法肯定是什麼樹種（圖3）。李思訓、李昭道的山水畫，色彩豐富、用筆綿細，被稱為「金碧山水」或「青綠山水」，如「江帆樓閣」圖軸。王維四十歲辭官歸隱，居住在今陝西藍田的輞川別墅中，以詩畫自娛，所畫的「輞川圖」詩意濃厚，在一系列的房舍屋宇之中穿插山石竹木，唯多數植物無法辨識。

圖3　隋代畫家展子虔的「遊春圖」，可看出花朵盛開的桃、李。

宋代山水畫有許多代表畫家及畫作，例如傳為董源所畫的「寒林重門圖」，用粗放水墨技法繪製，畫作適於遠眺，近觀則不成物形，植物更是僅具大致輪廓而已，無法指認正確植物名稱。范寬的「秋山行旅圖」和「谿山行旅圖」等，都是後人評為「視點極高，即使遠眺亦難置身山外」的山水畫。「谿山行旅圖」千仞峭壁上有成叢的灌木，溪谷兩岸有樹幹挺直的杉類，及粗幹短莖的闊葉樹，種類亦難辨識。此外，還有李成以黃土平原和丘陵為題材，用淡墨擦筆描繪的「平遠山水」，如「喬松平遠圖」等，植物僅能分辨出屬針葉樹、闊葉樹或單子葉草本植物。

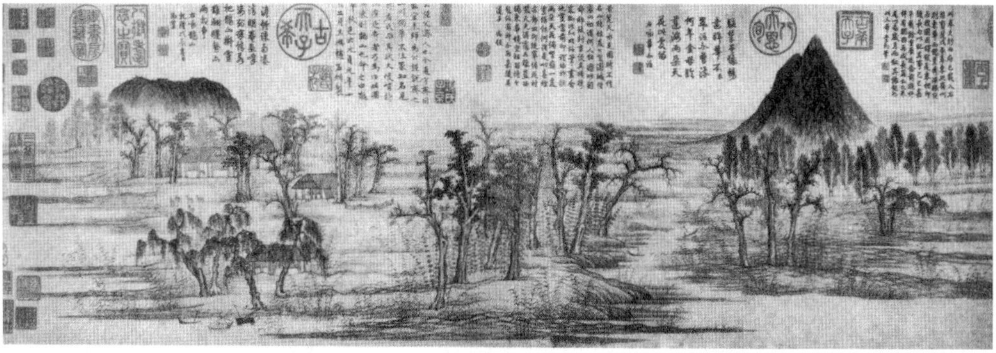

圖4 元代趙孟頫的山水畫「鵲華秋色」，仍是以植物為主要構圖。

元代之後，山水畫成為國畫主流。元代畫家多文人，在外族統治下，以遁隱山林為習尚。筆下的山水畫都是真山、真水、真樹，可以趙孟頫的青綠山水畫作「鵲華秋色」為代表（圖4）。趙孟頫常用「楓葉填朱」、「柳樹綠染坡堤」方式作畫，畫中樹姿樹勢較前人畫作清晰，種類也較容易辨認。明、清兩代著名的山水畫不少，近景植物種類大都接近寫實，如明代專畫江南風光的吳偉，其「江山漁樂圖」前景的梅、柳極易辨識，但遠山的灌木花草種類則無法分別。

圖5 北宋蘇漢臣的畫作「秋庭戲嬰圖」，以石柱及木芙蓉為襯景。

## 二、樹石園景類

屬於局部的近景景物，以岩石、太湖石或庭閣腳柱、庭院欄杆為全景，四周配置草花或灌木等花木。植物形態、線條都比以往大比例尺的山水畫清晰、細緻，植物種類大都能輕易辨識。歷代圖畫中，用以配飾花園或庭院內石景、亭閣的植物，常見有竹、棘、木芙蓉、箬竹等。這些畫都是以石景、亭閣為主景，植物只是陪襯，如北宋蘇漢臣的「秋庭戲嬰圖」（圖

圖6 秋天開花的木芙蓉。

圖 8　石菖蒲是藥草、香料，也是觀賞花卉。

圖 9　蝴蝶花是庭園常見的花卉。

5），畫庭院內嬉戲的幼童，襯以石柱及秋天開花的木芙蓉（圖6）、菊花；元·趙孟頫的「秀石疏竹圖」（圖7），畫枯木、叢竹和數簇勁草圍繞大石，畫中的枯木為二或三樹種，可能是梅、辛夷、衛矛，所繪的竹形態類似唐竹，草則為石菖蒲（圖8）或蝴蝶花（圖9）。

元代的國畫中，樹石園景類的植物，竹類的畫作亦多。竹的種類多以樹形優美的孟宗竹（毛竹）、人面竹、唐竹、紫竹、箬竹為主。

## 三、湖泊水域類

遠景或近景的湖泊、河川、水塘，屬於濕生及水生環境，畫作中植物種類的變化與天然實景一樣，隨著水中、沼澤地至河岸的乾生環境而有所不同。生長於水體中的植物有沉水植物和浮水植物，沉水植物僅水域近景畫面才能呈現出來，譬如藻類、眼子菜等，浮水植物以荷花、菱、荇菜等出現較多。水體和岸堤之間大都屬於淺水或沼澤環境，畫中的植物以香蒲、蘆葦、蒲草、紅蓼、田字草（蘋）、慈姑等挺水植物為主。水域岸上

圖 7　元趙孟頫的「秀石疏竹圖」，畫竹、梅、辛夷及石菖蒲或蝴蝶花。

圖 10 五代趙幹的「江行初雪圖」，畫的是江南的湖泊山水，柳及楓樹清晰可辨。

圖 11 宋代劉松年的「四景山水圖」，岸上有松、梧桐、垂柳、梅；水中有荷、香蒲。

的植物，多屬耐水的旱生植物，如柳樹等，另外常配置不同季節開花或秋冬葉會變色的植物，如楓香、槭樹、梧桐等。例如，五代趙幹的山水多作江南景物，傳世作品「江行初雪圖」畫江南魚米鄉的湖泊江水、湖畔小橋、魚網行舟，還有生長在水中泥岸的蘆葦和柳、楓諸樹等（圖10），植物種類清晰可辨。又如南宋劉松年的「四景山水圖」，畫西湖的春、夏、秋、冬四景，山水樓閣之外，岸上的松、梧桐、垂柳、楓樹、梅、檜及水中的荷、香蒲等，都能輕易指認出來（圖11）。其他湖泊、溪流、池塘等水景，則常出現蘆葦、香蒲、菖蒲、柳等植物。

## 四、庭園景物類

元劉貫道的「消夏圖」，描寫士大夫閒逸的生活方式，可以清楚看出栽植在臥榻周遭的芭蕉、箬竹、梧桐或鵝掌楸。明．仇英的「貴妃曉妝圖」（圖12），是其代表作《人物故事圖冊》中的一幅，繪出傳統中國建築的官府宅第及庭院的植栽配置。庭院中所栽種的大樹是海棠（圖13），小灌木則為牡丹。

傳統的中國建築承襲中國文學藝術思想，有其獨特的園景設計方式，庭園植栽的配置和植物種類的選擇，都有脈絡可循，既反映在詩詞小說中，也在畫作中呈現無遺。現存的歷代國畫，宅院、宮殿、房舍周圍呈現的植栽，大部分是梅、海棠、梧桐、棕櫚、木蘭、辛夷、芭蕉等種類。

圖12　明．仇英的「貴妃曉妝圖」，庭院中的開花大樹是海棠，灌木則為牡丹。

## 五、仕女配飾類

國畫中仕女的頭飾、衣飾、配景之植物，有荷花、牡丹、薔薇等。唐代周昉擅長人物畫及佛畫，著名的「簪花仕女圖」，宮女頭上的花飾有鮮豔而大型的木蘭及荷花（圖14）。古代美女象徵的「壽陽梅妝」（即著名的梅花妝），在歷代仕女畫中也常見，如五代「浣月圖」。明人唐寅描繪蜀後主後宮的「王蜀宮妓圖」，畫中在宮廷遊樂、侍奉蜀王酒宴的宮妓「衣道衣、冠蓮花冠」，也是其例。

## 六、動物寫生類

這類國畫，主要是駿馬、狗、牛、羊等牲畜，

圖 14 唐代周昉的「簪花仕女圖」，頭上的花飾是木蘭及荷花。

或鳥、魚等寵物的寫生畫，配之以植物。在動物寫生畫中，植物只用來美化畫面，但所繪植物大都為特定種類，有時配置與動物性質相關的植物，如唐代韓滉的「五牛圖」，由五頭不同姿態的黃牛構成，右邊第一和第二頭牛之間的後側畫了一株棘（酸棗），一方面美化畫面，一方面顯示牛是對人類忠心的動物，因為棘木「赤心」，自古即象徵忠誠。五代林良的「雙鷹圖」，畫的是兩隻蒼鷹，鷹頭相對站在楓樹的樹幹上，畫中的樹只用來平衡畫面，可以是任何樹種，也可以是岩石或亭臺（圖15）。

圖 13 海棠花

清代著名的「西洋國畫家」郎世寧是義大利人，將西洋畫法融入國畫中。其作品獨樹一幟，所繪動物線條細緻、筆法細膩工整，動物周圍一定有植物圍繞，且每種植物的線條都刻畫清晰，種類均可清楚辨認，畫風屬於實景寫真，類似今日的攝影。如「竹蔭西狑圖」，畫的是黑白毛色的西洋犬，四周植物栩栩如生：上方有孟宗竹，纏繞在枝幹上的是苦瓜；下方有錦葵、馬蘭、蒼朮、沿階草等（圖16）。

## 七、植物寫生類

自唐代邊鸞的花鳥畫以來，國畫的植物寫生就獨樹一格。宋代徐熙的「沒骨畫法」花鳥畫中，植物的描繪技巧為後世所師法，他的「富貴牡丹圖」更是許多畫家摹寫的範本。植物寫生畫常以特定植物為對象，水果類有林檎、石榴、枇

圖 15 明代林良的「雙鷹圖」，兩隻蒼鷹站在楓樹上。

杷、葡萄等；花卉有牡丹、萱草、菊、水仙、薔薇等；蔬菜有芥菜、菘等，如南宋李嵩的「花籃圖」（圖17）。宋代以後，竹、蘭花、梅逐漸成為畫家主要的畫作題材，北宋文同就以畫竹著稱，所畫之竹寫實與意境兼具，成語「胸有成竹」指的就是文同畫竹。其作品之一「墨竹圖」，畫的是孟宗竹，神韻及酷似程度絕對不下今日的圖鑑或攝影寫真。同是宋代的楊無咎，則以畫梅知名，其「四梅花圖」畫出未開、欲開、盛開及將殘四個階段的梅花姿態，獨步畫壇。

有「禁中三絕」之稱的趙廉、蔣子成、邊文進，是明代花卉畫的代表人物。邊文進亦善詩文，植物寫生為宋元以後第一人。徐渭是文學家，有《徐渭集》傳世，書畫更是一絕，專畫花卉、石、竹。

圖 16　清．郎世寧「竹蔭西狳圖」西洋犬上方有孟宗竹，下方有錦葵、馬蘭、沿階草等。

清代的植物寫真畫作品更多，大多數作者以獨特的筆法和神韻獨步於世，如金農的《花果冊》，是清人植物寫生畫的代表作，圖18為其中一幅，畫的是枇杷。

圖 17　南宋中期畫家李嵩的「花籃圖」，圖中畫有石榴、夜合花、萱草及木槿。

## 八、動植物畫

植物與動物並重，畫作即以所繪的動植物為名，各代均有作品。如宋．黃伯鸞的「山鷓棘雀圖」，畫六隻姿態各異的山雀和主景植物棘（酸棗），另伴隨幾種次要植物箬竹、石菖蒲、山棕等。元代王淵的「山桃錦雞圖」，畫山桃和一隻錦雞為主景，配景植物有紫竹、沿階草等。明代邊景昭的

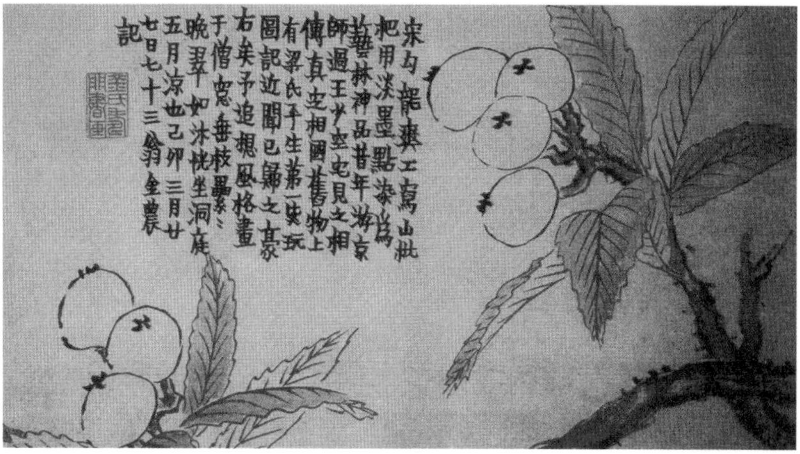

圖 18 清．金農的《花果冊》畫幅之一，畫的是枇杷。

「雪梅雙鶴圖」，畫傲雪白梅和兩隻丹頂鶴，畫中也出現箬竹、木芙蓉等植物。同期稍後的宮廷畫家孫隆有《芙蓉游鵝圖》，畫木芙蓉和一隻在湖面上悠游的公鵝，也有蘆葦等植物。清代郎世寧和其後的焦秉貞、冷枚師徒，都有許多動植物畫傳世，「梧桐雙兔圖」為冷枚作品，畫兩隻白兔及背景的梧桐林、桂花、菊花等植物。

## 九、言志類

自古文人多以薇、松、竹、菊、橘等象徵貞節品德的植物為詩文內容以明志，畫作亦然。南宋時期屢遭外族入侵，大半江山淪為異族統治，畫家李唐以商周時代伯夷、叔齊「義不食周粟」，隱居首陽山「采薇、采蕨」的氣節故事，作「采薇圖」藉古喻今，表達自己師法先賢的愛國情操。元代的宋朝遺民鄭思肖寄情詩畫，繪蘭花均不畫土，謂「土為番人奪去」，表達不忘「還我大宋舊疆土」的心志（圖 19）。松樹代表志節，古時文人常刻意栽植松林或憩息松樹下，聽松風、吟松樹，宋代馬麟的「靜聽松風圖」就畫了一羽扇綸巾的文士坐在松樹橫臥的樹幹上，側耳聆聽松風，即為文

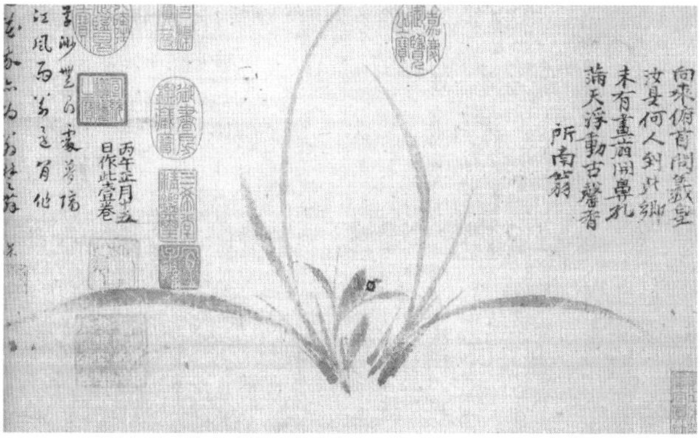

圖 19 元代的宋朝遺民鄭思肖繪蘭花均不畫土，表達不忘「還我大宋舊疆土」的心志。

人志節的表現。元代文人不滿異族統治，加上元人的政治歧視，多數讀書人無法致仕，只有隱居山林吟詩作畫明志，劉秉謙的「竹石圖」及李衎的「雙鉤竹圖」可為代表。

### 十、故事畫

早期和植物相關的故事畫，可追溯至南京西善橋墓室出土、屬於南朝時期的「竹林七賢壁畫」，畫的是魏晉名士阮籍、山濤、嵇康、向秀、阮咸、王戎、劉伶七人在竹林下任情酣飲的場面。畫中植物有銀杏、柳、松、梧桐等，皆清晰可辨，只是造型樸拙。唐．李昭道的「明皇幸蜀圖」，描述唐玄宗避安石之亂而入四川的歷史故事，同時也是一幅山水畫。由於畫作年代已久，畫中大部分植物的色澤失真，但所繪植物可辨識者有松樹、開白花的木蘭，其餘則難以辨別種類。

## 第三節　不同時期的國畫植物

### 一、唐、五代以前已經出現的國畫植物

綜觀出土的石刻畫像、漢唐宮殿墓室壁畫、戰國西漢帛畫、寺觀石窟壁畫，以及現存唐、五代的卷軸畫等，在唐、五代以前的繪畫作品中，已能辨識的植物種類已不下三十種。例如北魏的石刻畫像，已清晰刻畫出木蘭的植株和花；南朝時期的「竹林七賢和榮啟期磚刻圖」，則有銀杏、楊、柳、槐、竹等植物。其中大部分為中國原產的植物，只有石榴和棉是外來種：石榴是西漢張騫所引入，唐詩已大量出現，周昉的「簪花仕女圖」其中有個仕女手中拿著的花即石榴花；棉花則出現於西魏時敦煌的「釋迦多寶佛壁畫」。

唐和五代以前已經出現在各種畫作中的植物，可辨識的喬木類有松、杉、木蘭、銀杏、楊、柳、槐、楓等；灌木類有桑、桃、李、梅、杏、牡丹、棘（酸棗）、柘、竹、石榴、辛夷等；雙子葉草本植物有荷和棉；單子葉草本植物有麥、芭蕉（唐代孫位「七賢圖」）、蘆葦、香蒲（五代趙幹「江行初雪

圖一）；低等植物有松蘿、藻等。本時期的繪畫由於年代久遠，除少部分保存良好的大型畫作可分辨出植物形態外，其餘大多數畫作不是損毀嚴重，就是形象簡略到不易辨識。其中可辨識的種類，都已在《先秦漢魏晉南北朝詩》和《全唐詩》出現。

## 二、宋代主要的國畫植物

南宋的作品《百花圖》繪有六十種花卉，除了出現在上述唐、五代之前的畫作植物外，尚多了四十餘種宋代畫家經常摹繪的植物。此時期的畫作植物，以「四君子」之梅蘭竹菊或「歲寒三友」之松竹梅為主。文人栽梅蒔蘭的風氣自宋代開始，詠梅、蘭的詩句此期大量出現，國畫中的梅、蘭也自此期大量增加。海棠以四川產者最為著名，自唐代或更早之前即為中國庭院重要的觀賞花木，但唐詩僅零星出現，至宋詩、宋詞始大量湧現，宋代畫作海棠也逐漸普遍（如李安忠的「野卉秋鶉圖」）。

圖 20　元畫才出現的佛經植物「桫羅樹」或「娑婆樹」，今名七葉樹。

本時期主要的國畫植物，喬木類有海棠、蘋果、槲樹等；灌木類木本花卉有蠟梅、山茶、梔子、夜合花、丁香（如「夏卉駢芳園」、李嵩的「花藍圖」）、碧桃、木芙蓉、桂花、茶、木槿、枇杷、林檎、橘橙、枸杞、石榴、箬竹、觀音棕竹、南天竹；蔓狀及藤本類植物有薔薇、葡萄、南瓜、木香、牽牛花、血藤等；雙子葉草本花卉有雞冠花、雁來紅、石竹、鳳仙花、秋葵、馬蘭、菊、罌粟、蒲公英、雙瓶梅、紅蓼等；單子葉草本花卉有百合（山丹）、玉簪、竹葉草（鴨跖草科）、蝴蝶花、石蒜、蘭花等，都經常在宋代畫作中出現，如趙昌之的「竹蟲圖」。

## 三、元代主要的國畫植物

元代文人畫家常隱居山林，有機會接觸到寺廟栽種的植物，此類植物除松、柏、竹類之外，有佛

圖 21　虞美人原產歐洲，清畫中已開始出現。

經所稱的「桫羅樹」或「娑婆樹」，今名七葉樹（圖20），掌狀複葉由五至七小葉組成，極易從葉形分辨。羅漢松葉遠較松樹寬大，樹形樹姿類似松樹，也在此期大量出現，如曹知白「疏林亭子圖」和倪瓚「松林亭子圖」均繪有七葉樹和羅漢松。此外，棕櫚類的棕櫚，以及花木類的杜鵑、紫藤（如劉貫道「夢蝶圖」），草本植物的車前（陳琳「溪凫圖」）、蒲公英（王淵「竹雀圖」）、卜卦用的蓍草、水生植物的荸薺均已出現在元畫中。

元畫常見而前期畫作較少出現的植物，喬木類有羅漢松、七葉樹、棕櫚、檜木；灌木類有杜鵑；藤本類為紫藤；雙子葉草本植物有車前草、蒲公英；單子葉草本植物有荸薺等。

## 四、明代主要的國畫植物

明代的山水畫、庭園景物畫、山石畫等，所繪的植物種類更多，植物形態也更清晰易辨。此時的植物畫家更多，如陳粲「花卉圖」、周之冕「百花圖」等。吳門畫派的創始人沈周，除了山水畫，更精於花卉、果樹畫，專以植物寫生畫為主。此期主要的國畫植物，喬木類植物有柏、合歡（陸廣「五瑞圖」）；果樹有柿、荔枝、梨等；灌木花卉有紫薇、桂花、繡球、貼梗海棠（周之冕「杏花錦雞圖」）；藤本植物有凌霄花（王維烈「松鶴凌霄圖」）、苦瓜等。其他入畫的草本花卉蔬菜，包括菜花、諸葛菜、芥菜（郭詡《雜畫冊》）、蜀葵、秋海棠、錦葵（杜堇「玩古圖」）、鳶尾、玉竹等，也有水稻、高粱等作物。

## 五、清代主要的國畫植物

清代詩文均有發展，文人畫家認識及描述的植物種類較以前各時期均有激增。觀賞植物方面，大量從外國引進的植物開始在畫作中出現，如世界十大觀賞樹種之一的金松，原產日本，清代才引入中國，因此遲至清代中葉以後的畫作才開始出現。萬年青原產中國、日本，以前從未入畫，但已出現在蒲華的「天竺水仙圖」中。荷包牡丹原產日本、朝鮮半島、俄羅斯，引入中國時間不可考，應該也是在清代之際，在郎世寧所畫的花卉圖中已見入畫。虞美人（圖21）原產歐洲，由於花色豔麗，世界各地均引進作為觀賞植物，中國亦然；花和植株含多種生物鹼，也當作藥材栽培。明畫未見虞美人，但出現在清代陳卓的「玉堂富貴圖」及郎世寧的許多畫作中。七姊妹是薔薇的變種，明代以前的畫作從未見過，但在郎世寧的畫作中已出現七姊妹與黃刺玫（蘼）。另外，藥用植物入畫也是清代國畫的重要特點，種類有厚朴、人參、地黃、沙參、蒼朮、桔梗（惲壽平的「錦石秋花圖」、艾啟蒙的「畫風猩」）等。產自高海拔及高緯度的茶藨子及小蘗（圖22）亦僅出現在清畫之中。

圖22 小蘗。

總結來說，出現在清代畫作中且種類較特別的植物，喬木類有金松、沙柳、厚朴、櫻桃等；灌木類有茶藨子、南天竹、朱蕉、小蘗、佛手柑、棣棠等；藤本類植物有姊妹花、懸鉤子、黃刺蘼、葫蘆、北瓜等；蔬菜種類有葫蘆、北瓜、茭白等；雙子葉草本植物有荷包牡丹、沙參、藻、小苦菜、人參、地黃、蛇莓、報春花、虞美人、虎耳草、桔梗、蒼朮等；單子葉草本植物有芋、射干、茭白、稻、荻、萬年青等。各類別植物的種類都比前期要豐富許多。

# 第四節 國畫植物的辨識法

## 一、生育地類型

海拔高度會影響植物的生育，因此高山和低地所分布的植物種類不同。高海拔的植物大都是耐寒的針葉樹，如冷杉、雲杉、鐵杉等，有時會有松樹。闊葉喬木類大都不耐寒，能生長在高海拔地區的種類僅有樺木、楊樹等少數樹種；中海拔有杉木類、松類及槲櫟類、楓香、銀杏、槭類等；低海拔有梧桐、楠木類、榆樹、樟樹等。歷代畫作出現竹類的頻率很高，但不同的海拔高度卻適生不同的竹類。一般而言，中海拔或中緯度的竹類大都是散生竹，如毛竹（*Phylostachys* spp.），而低海拔則為叢生竹，如麻竹、刺竹、箬竹（**圖23、圖24**）等。國畫的山水景物，特別是遠景的山水畫，能顯示海拔高低差異的大型國畫，可用此法進行初步的植物辨識。

**圖23**　箬竹是小型叢生竹。

地形也會影響植物分布。山脊植物多耐風、耐旱，生長的植物大都是體型小的種類，即使是樹木也多形成灌木狀。配合海拔高度，可進一步辨別出植物種類。谷地陽光不足，常適生耐陰、好濕性植物，例如山谷陰涼處或山洞邊緣有濕氣處，常在岩石山或岩石縫叢生書帶蕨、鐵線蕨等蕨類植物，明代畫家陳裸的「深山群鹿圖」，畫中在瀑布處下垂的植物就是蕨類。

**圖24**　元·劉貫道的「消夏圖」，臥榻周遭有芭蕉、叢生竹的箬竹等植物。

各地水域、潮濕地、乾燥地等不同生育地，各有特定的植物生長。水域稍遠離岸邊處，多生長水生浮水植物，如荷、睡蓮、荇菜、菱等；近景水域或水族館式的畫面，生長的應為沉水植物，有藻、眼子菜等。近岸的沼澤地則生長挺水植物，種類不外乎蘆葦、香蒲、莞草，有時為荸薺、紅蓼、慈姑等；水面近處的岸上多為柳樹、木芙蓉等，有時配置秋天變色的烏桕、楓樹等。至於乾燥生育地，則常見到棘（酸棗）、枸杞，有時為白榆、楊樹等。

野地或庭園的植物種類，往往不一樣。庭園植物經常是栽培花木或果樹，如梧桐、海棠、桃、李、梅、林檎（蘋果）、梨等，有時還包括松樹、棕櫚等。遠景野外植物常是作者的寫意畫，多數不能辨識種類，僅能由樹形、冠形或葉的大小、質地及生育地類型，或作者想表達的情境去猜測。近景植物寫實寫意兼而有之，寫實的植物種類可根據植物體型、冠形、幹形、葉形辨識之。

江南或江北的植物種類也大不相同。根據植物天然的分布特性，以及作者作畫的地點，有助於辨識畫作中的植物種類。例如稻、芋、羅漢松、馬蘭、夜合花等產於江南；反之，適生寒冷環境的茶蘼子、小蘗、白草、白芷、報春花等則產於江北。

## 二、植物體型

國畫中的喬木，葉為小型之針形、線形、鱗片狀者，為松、杉、檜、柏等針葉樹種；葉片中等大小以上的闊葉喬木，有楊樹、楓樹、柳樹、梧桐、白榆、楠木類、七葉樹、海棠等。國畫中的灌木樹冠多呈扇形或傘形，分枝多者，有桃、李、梅等花木；葉形大者大都是木芙蓉，枝條長刺者為棘或柘樹；葉片羽狀裂、花色豔麗者可能是牡丹。蔓狀藤本植物不外乎玫瑰、薔薇、木香、茉莉、枸杞；藤本植物大都是紫藤、金銀花、凌霄花、牽牛花等。雙子葉草本植物以花卉為多，如雞冠花、雁來紅、菊、鳳仙花、蜀葵、錦葵等；單子葉草本植物，有蝴蝶花、鳶尾、蘭花、香蒲、菖蒲、蘆葦等。

## 三、樹形、幹形

具有特殊樹冠形的植物，比較容易鑑識出種類。國畫中常見的圓形樹冠植物，如女貞；扇形樹冠植物，如槭類、榆類、光臘樹等，傘形樹冠植物有馬尾松、黑松等；圓錐形樹冠植物，有杉類的杉木、水杉，松類的冷杉、雲杉等；不規則樹冠形植物，則多屬不易辨識的闊葉樹種。

大多數喬木的枝條上揚或平展，僅少數植物的枝條下延或下垂，此特徵是辨識國畫植物的重要線索。例如同是針葉樹，松柏及多數松類的枝條多在樹幹兩側呈上揚生長，僅冷杉類、雲杉類等植物枝條向下側生長；此一特徵從極遠處即可識別。樹木的幹形有挺直、彎曲之分，梧桐、楊樹及多數針葉樹主幹單一，幹形直而挺立；而多數闊葉樹及針葉樹的馬尾松、黑松等少數樹種，主幹多呈蜿蜒曲折狀（圖25）。

樹皮光滑或粗糙、深淺裂紋、特殊花紋等特徵，也是辨別樹種的一種方法。有些樹種如梧桐、楊樹等，樹皮表面平滑或紋理柔細；有些植物如馬尾松，樹皮呈龜殼狀裂紋；樟樹、鵝掌楸、銀杏的幹皮則是直紋深裂狀。這些特徵很容易從畫作中觀察到。

## 四、季節色彩

首先判別畫作中呈現的季節時序，這可從植物春芽春花的色澤、夏葉的深淺綠色、秋季枝葉的顏色、冬季常綠及落葉性等植物特性著手；或從畫中人物的衣著判斷。接著，再進一步由不同季節植物的芽、葉色、花形、花色等特色辨識畫中植物的種類。例如秋季葉片會變色的落葉喬木，葉呈金黃色者有銀杏、梧桐、楊樹、槲樹等；葉呈紅色者有楓、黃櫨、烏桕、槭樹等。極少數植物的開花季節不在春夏兩季，而在秋季或冬季開花，這種特徵是識別植物種類最有效的方法。例如秋季開花植物只有木芙蓉、菊等，冬花植物只有山茶、梅、臘梅、水仙等。

## 五、葉形與葉著生性質

葉形指葉片大小、形狀、全緣或缺刻等綜合特徵，例如梧桐葉多呈三至五裂（如清・焦秉貞「仕女圖」），鵝掌楸葉則呈鵝掌狀。夜合花葉大、橢圓形、全緣（如南宋「夜合花圖」）；葉歪形且不規則缺刻的是秋海棠等。單葉植物種類較多，而羽狀複

圖25　宋代馬麟的「靜聽松風圖」，松樹橫臥的樹幹很容易辨識。

葉、掌狀複葉的植物較少。羽狀複葉的國畫植物不外乎合歡、槐樹、食茱萸、南天竹、十大功勞等；掌狀複葉僅七葉樹等少數種類。

葉的互生、對生、輪生、叢生等性狀，有時是鑑別外形類似的植物種類唯一方法。如槭樹和楓香，兩者形態相似、葉均呈掌狀裂、秋葉同樣都會變紅，其中葉對生的是槭樹（郎世寧「畫白猿圖」及王翬「秋林圖」），而葉叢生或互生的則是楓香（南宋·李迪「楓鷹雉雞圖」）。

### 六、花果

傳世的國畫大都是彩色畫，畫中植物的花色、花形、大小，配合季節、葉形、植物體型和其他上述的植物形態、生態特性，是用來鑑識國畫植物種類最有效的方法。畫中開白色小形花的植物有李、梅、慈姑、水仙等，前二者是旱生的灌木，後二者為水生的小型草本植物；開中大型白花的植物有黃梔、玉簪等；開粉紅色小花的植物如桃、海棠、紫薇等；開大型紅色花的有木芙蓉、荷花；開磚紅色花的植物有石榴、凌霄花、射干等；開紫紅色花者有辛夷、紫藤、旋花；開鮮紅色花者有山茶、石竹、貼梗海棠；開黃色花的有棣棠、連翹、臘梅；開藍色花的植物有牽牛、沙參、桔梗、鳶尾等。其中藍色花植物入畫者種類極少，由花形、植物其他形態特徵等，可輕易辨別植物種類。

果形、果色、大小是輔助鑑定植物種類的重要依據，例如結小型紅果的植物有南天竹，成熟開裂顯現白色果仁者是烏桕；至於中大型果的蘋果、梨、楊梅、橘子、柿子、枇杷、葡萄等植物，則極易由植物形體大小及葉形辨識。

## 第五節 總論

國畫的植物種類雖然歷代有所不同，基本上都和文學作品《詩經》、《楚辭》及歷代詩詞歌賦有關，每個朝代呈現的畫作植物種類數也均比前代有所增加。歷代也多有相同的植物種類，例如表現生態特性的植物，有松、杉、柳、蘆葦、石菖蒲、荷花等。歷代國畫中的崇山峻嶺，分布的植物不出松、杉兩類，各代山水畫均不乏畫有松、杉。松的種類以分布最廣的馬尾松為主，也有分布在北方的油松。湖泊川流等濕地環境，陸地以柳樹為主，岸、水之間的沼澤地則多蘆葦、菖蒲，水面近景則以荷花為主。

國畫用以表彰氣節及寄寓心志的植物，主要以松、柏、竹、菊、棘等植物為多。松、柏歲寒不凋，喻寓君子在艱苦環境仍能屹立不搖；竹則「心虛有節」，象徵正人君子的謙虛美德及清高的志節；菊通常在冷涼的秋季開花，比喻臨難不變節、環境越艱困越顯現君子高貴的節操。棘就是酸棗，木材粉紅色，謂之「赤心」，比喻忠貞的心志。

《楚辭》所定義的香木香草，有木蘭、芍藥、荷、菊等。香木香草以喻君子，惡木惡草則以諷小人，是歷代文人師法《楚辭》寓意的表現，國畫中亦有所發揮。木蘭為落葉喬木，春初開白色花，全株植物均具香氣，自然成為香木的代表植物，至今中國庭園亦多栽植之。國畫的庭園植物或植物寫生畫，木蘭是主要植物之一。芍藥在《詩經》中即已提及，古時稱為「將離」，男女情人離別時互贈芍藥是自古就有的習俗，《楚辭》列為香草。菊、荷是常見的花卉，也是《楚辭》所稱的香草，都是國畫中經常出現的植物。

國畫中常見的花卉及觀賞樹種，有梧桐、楓、梅、桃、牡丹、荷、芍藥、菊、芭蕉、蘭花等，屬四季變化植物。梧桐因與祥瑞之鳥的鳳凰有關，所謂「鳳凰非梧桐不棲」，再加上具四季變化特色，即春葉、夏花、秋黃、冬落葉，受到文人墨客的喜愛，國畫中亦常出現。古時庭院中均會栽植四季有色彩變化的植物，除上述梧桐外，桃、牡丹、芍藥是春季開花的植物；荷則盛開於夏季；秋季有菊花、紅楓；冬季則有落葉的梧桐、楓、梅、桃和開花的梅等。歷代章回小說的庭院植物也多有此類植物的描述，梧桐、楓、梅、桃、牡丹、芭蕉等植物都是中國庭園的主要植物和代表植物，國畫中亦常出現。

# 第八章 古典文學中的植物名稱

自《詩經》、漢詩漢賦以下，經唐、宋、元、明、清之詩詞曲及其他文學作品，引用的植物名稱常隨著時間而改變。加上中國版圖又大，黃河流域、長江流域各有不同方言區域，植物名稱也隨著地區不同而異。即便是同一時代、同一地區，也出現同一植物不同名稱的現象。從歷代別集的詩詞作品中發現，同一作者在不同時期對同一種植物，也會使用不同的名稱；相反的，有時同一名稱卻指不同種植物。植物名稱的不統一、古今植物名稱的差異，對於了解歷代詩詞文義及解說經義都會造成困難，而這種情形，自古有之。

## 第一節 一名多種的植物名稱

古典詩詞有時會為了簡省字句，往往喜用單一字詞的名詞，其中也包括植物名稱。經常出現在文學作品的單詞植物名稱很多，有時多種植物同時使用同一字詞，混淆情況在所難免。一名多種的植物名稱，舉其常見者如下：

### 一、芙蓉

芙蓉原指荷花（圖1），即所謂「出水芙蓉」；有時也指木芙蓉（圖2）。荷花是水生草本植物，盛夏開花；木芙蓉是木本植物，屬落葉性灌木，秋天開花。由詩詞字句前後的內容用詞，可推斷所稱「芙蓉」所指為何。凡詩詞內容所言，屬夏季景觀或水生植物，則所言之「芙蓉」當為荷花。李商隱〈無題〉：「颯颯東風細雨來，芙蓉塘外有輕

圖1 荷花是盛夏開花的水生花卉。

雷」和杜荀鶴〈春宮怨〉：「年年越溪女，相憶采芙蓉」，所指均為荷花。另外，荷花一般一節著生一朵花，偶爾會出現同一節兩朵花，古人視之為吉兆，稱為「並蒂芙蓉」，如杜甫〈進艇〉詩句：「俱飛蛺蝶元相逐，並蒂芙蓉本自雙。」詩中所指即荷花。凡詩意可判斷所描述為秋季景觀、木本植物、生長在岸上，且和菊（黃花）或桂同時出現者，所言之「芙蓉」當為木芙蓉，如柳宗元〈芙蓉亭〉：「新亭俯朱檻，嘉木開芙蓉。」已言明此「芙蓉」為「嘉木」，指的是木芙蓉。而宋代劉兼〈宣賜錦袍設上贈諸郡客〉：「十月芙蓉花滿枝，天庭驛騎賜寒衣。」農曆十月是深秋，芙蓉花自然是指木芙蓉的花。

圖2　木芙蓉。

## 二、蘭

「蘭」是指有香味的植物，是中國文學作品中常出現的植物。但是在唐代以前絕大多數的蘭，指的卻不是後世所習見的蘭花，而是作為香料使用的澤蘭。澤蘭為好濕性植物，常生長在水邊沼澤地，故有「澤」之名，古代常摘取枝葉煮湯洗浴；有時也作為香草佩戴，專供配飾的澤蘭稱為佩蘭。詩詞之中，有香草之意、跟沐浴有關的「蘭」，前者如「芝蘭」、「蘭膏」，後者如「蘭湯」。白居易〈和錢員外早冬玩禁中新菊〉：「賜酒色偏宜，握蘭香不敵。」此「蘭」為香料，所言為澤蘭（圖3）。

木蘭是喬木類植物，材質優良，可供製舟、家具及其他木製品。相傳魯班刻木蘭舟而聞名，詩文中所提到的「木蘭」，均與「魯班刻木蘭舟」的傳說有關；亦即「木蘭」應為木高數丈、可以為舟的喬木，因《楚辭》引用為香木而著稱。詩文中凡有蘭舟、蘭槳、蘭橈或蘭枻者，如唐代劉禹錫〈竹枝詞〉：「日出三竿春霧消，江頭蜀客駐蘭橈。」所指為木蘭（圖4）。

圖3　生長在沼澤濕地的澤蘭。

蘭花在唐代前被視為野草，宋以後才成為「蒔花藝草」的對象而大量栽植。蘭花常生長在深山靜幽無人之處，因此稱「幽蘭」，僅花有香味。因此，宋代王禹偁〈寄金鄉張贊善〉：「種竹野塘春筍脆，採蘭幽澗露牙肥」詩句，所採的「蘭」應是蘭花（圖5）。澤蘭在潮濕地到處蔓生，極少進行人工栽植，開闢園圃刻意栽培者必是蘭花，例如宋·黃庭堅詩〈次韻奉送公定〉：「養蘭尋僧圃，愛竹到水湄。」

## 三、桂

「桂」在多數情形下，指的是桂花（圖6）。桂花在秋季盛開，因此常有秋桂之描述。從吳剛伐桂的傳說到「蟾宮折桂」之句，而用「折桂」代表金榜題名等，均為文學作品中常出現的詞句，如杜甫〈遣興〉詩「蘭摧白露下，桂折秋風前」等。張九齡〈感遇〉：「蘭葉春葳蕤，桂華秋皎潔。」按詩中句意，強調的是秋天開皎潔如月的白花，所指的桂應為桂花。

唐人杜荀鶴〈辭鄭員外入關〉：「男兒三十尚蹉跎，未敘青雲一桂科。」其中的桂和功名有關，也是桂花。

「桂」有時指的是肉桂（圖7）。肉桂樹皮含大量肉桂醛，自古即視為香料，為「燕食庶饈」的重要香料。桂片放入酒中，稱之「桂酒」。肉桂也有醫藥用途，漢代成書的《神農本草經》早有載錄。肉桂是食品中主要的辛香材料，經常和薑一起在文中出現，如宋代梅堯臣〈得王介甫常州書〉：「直須趁此筋力

圖4 木蘭是初春開白花的喬木花卉。

圖6 秋桂、折桂、桂魄等，所指都是桂花。

圖5 幽蘭及刻意栽培供觀賞的「蘭」，指的是蘭花。

圖 7　藥材、食品辛香料的「桂」，都是肉桂。

強，炊粳烹鱸加桂薑。」肉桂全株（含葉）均有香味，而桂花香氣只在花，因此李商隱〈無題〉詩：「風波不信菱枝弱，月露誰教桂葉香。」所指是肉桂。

## 四、葵

以葵命名的植物，植物體各部分大都具有黏液，有冬葵、落葵、蜀葵、露葵（蓴菜）等。古人以冬葵幼苗及嫩葉做菜，《爾雅翼》云：「葵為百菜主，味尤甘滑。」葵即冬葵。詩詞中作菜蔬、葵羹，或藜葵同時出現者，指的都是冬葵（**圖 8**），如蘇東坡〈新釀桂酒〉「爛煮葵羹斟桂醑，風流可惜在蠻村」詩句，葵羹是古代常見料理，用冬葵煮米摻和而成，是平民菜蔬。古人採食冬葵，多在太陽未出之前，趁嫩葉上沾有露珠時採集（一說待「露解」後採集），因此有時稱冬葵為「露葵」。王維〈積雨輞川莊作〉：「山中習靜觀朝槿，松下清齋折露葵。」及清・樊增祥〈李復堂草蟲〉「露葵黃煞四娘家，坐聽蟲聲到月斜。」詩句中的「露葵」都是冬葵。

古代視「葵」為忠誠的象徵，如《淮南子・說林訓》：「聖人之於道，猶葵之與日也。」葵葉隨著太陽移動而傾移，用以比喻聖人對於正道的傾慕和堅持。後人以「葵藿傾太陽」比喻臣子的忠君之志，劉長卿的〈詠牆下葵〉：「此地常無日，青青獨在陰。太陽偏不及，非是未傾心。」用以表達自己忠心卻不被信任的無奈，此葵亦冬葵。

圖 8　冬葵是古代重要的野菜。

落葵（**圖 9**）古稱藤菜，在中國栽培的歷史相當悠久，兩千多年前的《爾雅》已經有記載。植物嫩莖葉供為蔬菜，或湯或炒，極為滑潤。

圖 9 落葵古稱「藤菜」，常出現在唐宋詩文中。

唐宋以來，就經常出現在詩文之中，最著名的例子為蘇東坡〈新年〉詩：「豐湖有藤菜，似可敵蓴羹。」豐湖位於現今廣東省惠陽縣，盛產藤菜（落葵），蘇東坡認為其滋味可媲美蘇州的名產蓴菜。果實成熟時紫黑色，汁液紫紅色，古代婦女取做口紅，即「口紅藤菜子，不用市臙脂」。

蜀葵（圖10）有時稱紅葵、葵花，植株可高達二公尺。在四川發現最早，故名蜀葵，又名戎葵。本種花色豔麗，自古即為觀賞名花，古籍所言的葵花大都指蜀葵而言。花的顏色不一，主色為紫紅色，尚有粉紅、白色、紫黑等色。除花色繽紛外，根據花形還可區分為三大類型：一為堆盤型，外部有一輪大花瓣，中間聚集許多小花；二為重瓣型，花瓣多枚，排列成多層；單瓣型，植株低矮。初夏開花，花繁葉茂，是所有的夏季花卉中最絢麗的一種，即所謂「五月繁草，莫過於此」。歷代頌揚蜀葵的文章詩篇很多，如南北朝．梁王筠的〈蜀葵花賦〉、唐代岑參的〈蜀葵花歌〉、宋．司馬光的〈蜀葵〉等，及明代高磐的〈葵花〉詩：「豔發朱光裡，叢依綠蔭邊。夕同山蕣落，午並海榴燃。」而在宋．謝翱的〈種葵葡萄下〉詩：「戎葵花種葡萄下，年年葉長見花謝。」直指「葵」即戎葵；宋蘇舜欽〈暑景〉：「乳燕並頭語，紅葵相背開」則稱紅葵。

圖 10 蜀葵古名又稱「戎葵」，詩文多稱「葵花」，自古即為觀賞名花。

圖 12　山茱萸果實成熟時呈紅色，詩文中以「紅萸」稱之。

圖 11　唐代詩文所言之茱萸，多指食茱萸，即重陽節用於辟邪的應節植物。

## 五、茱萸

稱作「茱萸」的植物有三種：食茱萸、山茱萸、吳茱萸，大部分詩文所稱的茱萸指的是食茱萸（圖11）。從漢朝開始，農曆九月九日重陽節會用絳囊盛茱萸繫於臂上，登山飲菊花酒，以消除厄運、避開惡氣。古人也相信「懸茱萸於屋，而鬼不入」。食茱萸常與辟邪、佩帶、泡茶等內容同時出現在詩文中，不難辨識，如唐．王維〈九月九日憶山東兄弟〉：「遙知兄弟登高處，徧插茱萸少一人」，以及宋．范成大〈入秭歸界〉：「蚯蚓崇人能作瘴，茱萸隨俗強煎茶。」

食茱萸和吳茱萸的果實未成熟時都是綠色，成熟後為細小的開裂乾果。而山茱萸（圖12）果實紅熟在秋季，呈漿果狀，詩文中結紅色果實的「茱萸」，如唐．張籍〈吳宮怨〉：「茱萸滿宮紅實垂，秋風裊裊生繁枝」宋．李流謙〈送孫遠仲知錄解官歸洪雅〉：「細雨重陽好天氣，紅萸紫菊正思君」，明顯都指山茱萸。詩文中以「紅萸」稱山茱萸，而以「紫萸」稱食茱萸，如宋代胡寅的〈重九簡單令〉詩句：「買得紫萸虛市裡，種成黃菊小池邊。」

吳茱萸（圖13）是古今重要的藥用植物，古時栽植專供藥用。詩文中提到醫藥相關字句的茱萸，應

圖 13　吳茱萸供藥用。

圖 14　梧桐秋葉變黃，是古典詩文中最常提及的植物之一。

當是吳茱萸，如宋代朱松〈茱菊〉：「近墟買茱萸，枯顆出藥囊。」

## 六、桐

桐是古典詩文最常提及的植物之一，大部分詞句中所謂的梧、桐等，均指梧桐（圖14）。栽種在井旁的梧桐，謂之「井梧」或「井桐」，如杜甫〈宿府〉：「清秋幕府井梧寒，獨宿江城蠟炬殘。」葉秋季變黃，「梧桐一落葉，天下盡知秋」，因此和秋季相關的桐，指梧桐無疑，如宋．張耒〈秋雨小酌贈賈七〉：「堂前菊花日以好，落砌槭槭梧桐殘。」梧桐與秋菊一起出現。梧桐也與鳳凰、琴、令儀、相思、秋月等有關，古代傳說鳳凰「非梧桐不棲，非楝子不食」，《詩經》〈大雅．卷阿〉亦云：「鳳凰鳴矣，于彼高岡。梧桐生矣，于彼朝陽。」古人亦以梧桐木製作琴瑟及各種樂器，詩文所言與琴相關的桐木，都是梧桐。

梧桐花小，不具花瓣，只有黃綠色的花萼，絕無引人之處。相反的，泡桐（圖15）則於春季開花，花呈紫藍至紫黃色，具有先花後葉的特性，花開時滿樹皆花，花色豔麗動人，詩詞中常以「桐花」

圖15　泡桐花呈紫紅至紫藍色，豔麗動人，詩中常以桐花或紫桐稱之。

稱之，有時則直稱「紫桐」，如唐・元稹〈桐花〉：「朧月上山館，紫桐垂好陰。」而李頎〈送陳章甫〉：「四月南風大麥黃，棗花未落桐花長。」春季開的「桐花」，也是泡桐花。

## 七、薇

「薇」指紫薇或野豌豆。紫薇花色有多種，紫色花者稱紫薇、紅色花者稱紅薇、紫藍色花者謂翠薇、白色花者稱為白薇，都是花色漂亮的觀賞花木（圖16）。紫薇自古即是中國庭園的主要花卉，農曆四月開始開花，花期可延續到九月，由於花期甚長而俗稱「百日紅」，但主要花期是夏季。除植物名稱外，「紫薇」（亦作紫微）另有三種意義：一為星座名，在北斗之北，為天帝的住所；二為皇帝所在的都城；三為官名，紫微省即中書省，因唐代中書省多植紫薇。因此唐詩詠頌最多，如顧況〈訪邱員外丹〉：「試問先生住何處，云入山中采紫薇。」歷代詩文中提到夏季開花的「薇」，指的多是紫薇。

圖16　紫薇花色豔麗，自古即是庭園主要的木本觀賞花卉。

野豌豆（圖17）一名巢菜，古代也稱為「薇」。《詩經》〈小雅・采薇〉篇：「采薇采薇，薇亦作止」，及《史記・伯夷傳》所言：伯夷「隱於首陽山，采薇而食」，所指均為野豌豆，包含原產黃河流域、長江流域的許多種類。這些植物的莖葉氣味均類似時下

圖17　野豌豆古名「薇」，是古代著名的野菜。

名菜「豌豆苗」，亦可生食，是古代著名的野菜；嫩葉亦可做羹，即蘇東坡所謂的「元修菜」。後世用伯夷、叔齊的典故，以「采薇」作避世隱居之意，因此凡詩文中有隱居意涵的「薇」，都指野豌豆。如唐代詩人薛稷在〈秋日還京陝西十日作〉所言：「操竹無昔老，采薇有遺歌。」及嚴維〈留別鄒紹劉長卿〉詩：「待見干戈畢，何妨更采薇。」

## 八、藜

歷代詩詞所言之「藜」包括藜和杖藜。藜（圖18）是世界廣泛分布型植物，歐亞大陸普遍可見。由於不擇土宜，熱帶、亞熱帶及溫帶地區均可生長，常見於耕地周圍，入侵田圃與作物競爭，被視為田中雜草，廢耕地常成片生長。古時各地居民糧荒時或貧窮人家，常採集嫩苗供為菜蔬，和薇（野豌

圖 18 世界各地廣泛分布的藜，嫩苗可供為菜蔬。

豆）、薺、蒿等同為古人經常食用的野菜，也是極普遍的野菜，常和米湯煮成藜羹進食，即杜甫〈太子張舍人遺織成褥段〉詩所言：「振我粗席塵，愧客茹藜羹。」王維詩句「蒸藜炊黍餉東菑」，意為農家煮好藜菜及黍飯送到田間，可見藜在唐代被當作家常菜。由於藜隨處可見，杜甫的〈無家別〉說到：「寂寞天寶後，園廬但蒿藜。」用到處長滿蒿、藜來形容戰後田園的荒廢情況，也說明這兩種植物分布的普遍。

杖藜（圖19）是一年生的高大草本植物，高度

圖 19 杖藜是一年生高大草本植物，木質化的老莖有多種用途。

有時可達五公尺，古人採集其木質化的老莖作為手杖，稱之為「藜杖」；乾枯的莖枝是容易燃燒的燃材，即漢代《燃藜圖》所燃之藜。貧窮的人取杖藜莖編製臥床，因此「藜床」也用來形容家境困厄。詩文中，所有合乎上述特性的「藜」均指杖藜，如杜甫〈昔遊〉：「扶藜望清秋，有興入廬霍。」

紅藜（圖20）耐旱、耐冷，是古代邊疆民族的糧食作物之一，果穗呈深紅色。宋．王禹偁〈月波樓詠懷〉：「白亂蘆花散，紅殷藜穗稠。」所指的藜就是紅藜。

## 九、葑

古時「葑」指兩種植物：一為水生植物茭（圖21），古名又稱菰、蔣，其異常分裂的嫩莖即我們經常食用的茭白筍；另外一種為旱生菜蔬蕪菁。由詩文句意的生長環境，可以推斷所言之植物為何。宋．梅堯臣〈任適尉烏程〉：「葑上春田闢，蘆中走吏參。」田指出其水生的生育地，蘆是伴生的蘆葦，因此詩句中的葑所指為茭。所結的果實稱為菰米或雕胡，即杜甫詩「波漂菰米沉雲黑」和「滑憶雕胡飯，香聞錦帶羹」句，菰米飯香脆可口，加上產量不多，是當時王公貴族食用的珍品。

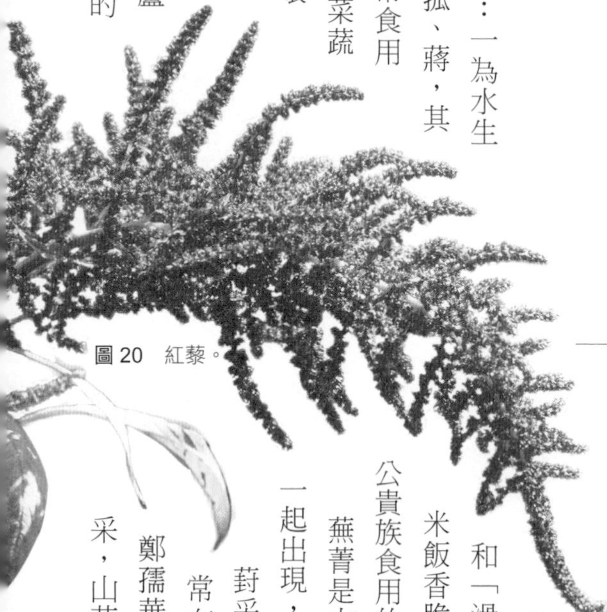
圖20　紅藜。

圖21　茭白植株，古名菰、蔣。

蕪菁是古代重要的菜蔬，常和菲（蘿蔔）一起出現，如《詩經》〈邶風．谷風〉篇「采葑采菲，無以下體」句。唐代之後亦常有詩人稱「葑」為蕪菁，如唐．鄭孺華〈賦得生芻一束〉：「葑菲如堪采，山苗自可逾。」

### 十、薝蔔

「薝蔔」之植物及名稱隨著佛教典籍引入中國，指木本香花植物，原指的應是開黃花的黃玉蘭（*Michelia chempaca*，圖22），種名 *chempaca* 是梵文名稱，接近中文「薝蔔」譯音。不過，中國文人往往以原產中國的梔子花為薝蔔。梔子花雖然是香花，但開的是白花。詩文中凡白色花的薝蔔指的都是梔子花，如宋·蘇東坡的詩句「遙知清虛堂裡雪，正似薝蔔林中花。」未顯示花色或表明黃色花的薝蔔，所言即黃玉蘭。

圖22　黃玉蘭花有濃烈香氣。

## 第二節　同類群的植物

### 一、竹

竹類利用的時代很早，殷周時代的先民用竹桿製箭、編製竹器，漢代用竹造書簡等，距今已有數千年的利用歷史。竹「虛心有節」，文人喜以竹比喻虛心自持、剛直不阿的美德，並用以自況，詩文畫作中常有竹的描述。但中國境內所產的竹類超過一五〇種，分布長江流域、華南、西南各地，要正確辨識種類非植物分類專家不能勝任，因此古人所言所繪的竹類，除苦竹、斑竹、紫竹等形態特殊的竹種以外，大都未言明是何種類。一般能從詩文作者或畫家描述的內容所在地區，推測所指的竹種類大概為：其一，分布長江流域及以北，或海拔較高的地區，多為散生竹類，有孟宗竹（毛竹）、剛竹（圖23）等；其二，分布華南地區之低海拔竹類多為叢生竹，常見的有慈竹、麻竹等。

### 二、松

全世界松類有八十多種，中國有二十二種及十變種，形態大都相近，不易鑑別，即使是專業的植物分類學者也難輕易區分。松類大都生長在坡度較大、土壤排水良好的乾燥地，許多種類能生長在懸崖峭壁上。松樹經冬不凋、四季常綠，象徵威武不屈的氣節，文人墨客常用以自況，自是多數詩人詠頌的植物。

松樹是松類植物的通稱，中國境內分布最廣的松樹林為馬尾松（圖24），是生長地區超過半壁江山的松類，範圍北達秦嶺，南至廣東雷州半島，西抵四川盆地西緣，東至浙江的舟山群島，是文人墨客筆下最可能的松樹種類。此外，華山松（圖25）分布範圍亦廣，華中、華南、華北、西南各地一千至二千公尺的山區均可見到，也可能是詩文所指的松樹。至於如果描述的是中國北方的松樹，分布較廣、數量最大的油松和白皮松，都可能是詩詞中描述的種類。

圖 23　竹虛心有節，文人喜以竹自況，象徵虛心自持、剛直不阿的美德。圖為剛竹。

有些詩文描述的松類性質特殊，屬於特定的松樹種類，如韋應物的〈秋夜寄邱二十二員外〉詩：「空山松子落，幽人應未眠。」描述在靜謐的山林中，松子掉落地面或其他硬物上發出的聲響，那麼此松必然是種子無翅的種類華山松。多數的松樹種類種子一端生有長翅以利散播，增加族群的擴張性；但少數松樹樹種的種子無翅，但種仁較大，可提供動物充分的食物，其種子不靠風力而靠動物來傳播，會掉落地面，如華山松種子就靠松鴉（一種鳥類）傳布。

圖 24　馬尾松具毬果的枝葉。

## 三、棘

棘原指酸棗，莖枝上長有很多長刺和短刺，分布在華北、華中、蒙古等地的向陽及乾燥山坡，荒地尤多，是大陸西北、華北地區相當普遍的灌木。棘常和荊（黃荊）一起生長在荒廢之地，因才有荊天棘地、披荊斬棘等成語。「棘心赤，其刺外向」，古時常用以象徵臣子對君主的赤誠，故詩文中常有「棘」字出現。周代外朝左右都要種九棘（九棵酸棗），提醒群臣時刻要以棘的象徵意義去規範思想行為。同樣的，強調立場公正無私的法官也要像棘的赤心一樣，懷著赤誠之心審理官司，即「樹棘槐，聽訟於其下」。另外，稱人子思親之心為「棘心」，如《詩經》〈邶風．凱風〉所言：「凱風自南，吹彼棘心。棘心夭夭，母氏劬勞！」唐宋以來，詩人有時也將枳殼等其他具棘刺的灌木稱為棘，這一類有刺的低矮灌木在形態及生態上都接近酸棗。

## 四、蒿

蒿類植物體含有揮發性精油，具特殊香氣，中國產的蒿屬植物（*Artemisia* spp.）有八十多種，大部分種類生長在陽光充足的荒廢地，屬於生態上的先驅植物，亦即蒿類植物通常是空地上首先出現的植物。詩文中多以「蒿」形容荒涼環境，或比喻卑賤的植物，如王昌齡〈塞下曲〉詩句：「黃塵足今古，白骨亂蓬蒿。」還有另一類植物蓬（飛蓬）也是描寫地境荒涼的植物。分布廣，

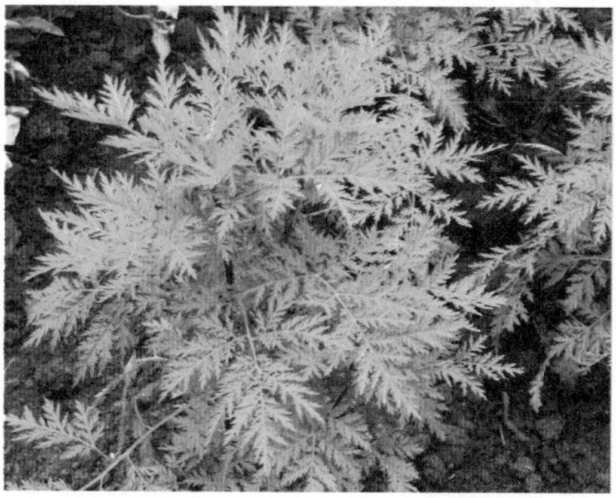
圖 26 青蒿是常用的中藥材，全株具強烈香氣。

圖 27 蔞蒿是古代重要的野菜。

圖 25 「空山松子落，幽人應未眠」提到的松是華山松。

圖 28　茵陳蒿分布大江南北，向陽處均可見。

各地常見的蒿類植物約有五種，包括青蒿（圖26）、白蒿、蔞蒿（圖27）、茵陳蒿（圖28）、牡蒿等。詩詞中的蒿類泛指這類植物，也可能指其他同屬植物。

## 五、芝

漢代以後，靈芝（圖29）被視為祥瑞之物，每有靈芝出現，官府必設宴慶賀，或上表皇帝歌功頌德，並鼓勵百姓獻芝，可見靈芝受到古人重視的程度。另外，古人還深信靈芝具有神奇的療效，方士引薦給漢武帝的長生不老之藥中就包括靈芝。詩文中常以「芝蘭玉樹」比喻教養良好的子弟，用「芝蘭之室」表示品德高尚者所居之處，其中的「芝」即靈芝，「蘭」則為澤蘭或蘭花。

所謂的「靈芝」，有丹芝、玄芝、青芝、黃芝、白芝及紫芝等多種多孔菌科植物，都生長在朽木枝幹上，也都是古人所言的仙草或瑞草。古人筆下詩文中的「靈芝」大都指丹芝或紫芝而言，有時也泛指黑色的玄芝、金黃色的黃芝、青藍色的青芝，以及全部子實體菌傘皮殼都呈白色的白芝。

## 六、柏

柏木類木材均緻密芳香，為良好的建築及雕刻用材，《詩經》〈邶風．柏舟〉提到「「汎彼柏舟，亦汎其流」，是描寫春秋時代伐柏木製舟的實錄，而歷代詩詞也不乏「柏木」詞句。柏自古即被視為忠貞的象徵，忠臣墓前都會栽植柏樹，如杭州岳飛墓的忠貞柏，以及杜甫〈古柏行〉和〈蜀相〉兩首詩中諸葛亮墓前的柏樹，都是著名的忠貞象徵（圖30）。後世也有在父母墳前栽植柏樹的習慣，表現出子女緬懷先人的孝心。柏木類也是著名的庭園景觀樹種，宮殿、廟宇及各地名勝皆栽有柏木，所謂「荒涼古廟唯松柏」即其寫照，如陝西黃帝陵前傳說是黃帝手植的千年古樹就是柏木。

柏木類一般生長在寒冷的北地或高山，跟松樹一樣都是「不凋於歲寒」的耐寒植物。中國文學作品中的「柏木」有兩種：一為側柏，一為柏木，都是黃河流域及長江流域常見的樹種。

## 七、豆

菽、豆原來是大豆的專稱。大豆原產東北，栽培歷史悠久，栽培地區廣大，全中國各地均有栽植紀錄。由於中國古代肉用牲畜不多，除祭祀、宴

圖 29　靈芝類生長在朽木枝幹上，本圖為紫芝。

圖 31　中國境內常見的青楊。

圖 30　成都「武侯祠」，祠內柏木森森，有諸葛亮手植柏樹。

客、年節以外極少吃肉，人體所需要的蛋白質主要來自豆類，而大豆為其大宗。國人嗜食的豆漿、豆腐、豆乾、豆皮、醬油等，無一不是取自大豆。豆類在古代被視為穀，是主食之一，如《詩經》〈豳風・七月〉的「七月亨葵及菽」和「黍稷重穋，禾麻菽麥」，歷代詩文也常提及。

除大豆外，詩文中所言的「豆」或「菽」，還包括許多在各地栽培的豆類，其中有刀豆、扁豆、綠豆、紅豆等在中國栽植歷史悠久的豆類。

## 八、楊

楊樹是溫帶樹種，在中國約有六十種，分布在北部地方，主要是黃河流域以北。性耐寒不耐陰，可生長在較乾旱的地區。北方的建築及其他用材所用的樹種不多，幾乎全用楊、槐、榆、柳這四種樹種，因此人工造林也多以這四種為主。楊木「性甚勁直」，即樹幹通直，且樹姿俊美，特別適合房屋建材，北方建造房屋多以楊木為主。自《楚辭》以下，各代詩詞均有引述楊樹篇章，但除指名白楊者外，其餘大都是通稱的楊樹。中國常見的原產楊樹類，包括青楊（圖31）、白楊、小葉楊（圖32）、山楊等。

圖 32　中國北方的常見景象：成片生長的小葉楊。

## 第三節　一物多名的植物

### 一、柳

古典文學作品中，出現次數最多的植物就是柳樹。柳樹類（*Salix* spp.）植物有許多種，分布較為普遍的種類有旱柳、沙柳等，但詩詞歌賦中所引述的柳樹，多數為今名「垂柳」的柳樹。垂柳枝條常下垂，向為文人墨客所愛，多見於具有雅趣意境的詩畫之中。

「垂柳」因枝條細長下垂而得名，也是現代植物學正式的中文名稱。自《詩經》以來，歷經漢、唐、宋、元、明、清各代，文人引柳傷情的詩詞篇章不勝其數，使用的名稱也多有差異。根據統計，中國文學作品中所用的柳樹有以下名稱：

• **柳**：出現次數最多的名稱，如唐代錢起〈贈闕下裴舍人〉：「長樂鐘聲花外盡，龍池柳色雨中深。」及韓翃〈送客之江寧〉：「春流送客不應賒，南入徐州見柳花。」高大的柳樹稱高柳、古柳或老柳；春季發新芽的柳樹名春柳、清柳或綠柳；而秋冬時樹葉落黃的柳樹，有秋柳、衰柳、殘柳、敗柳、弱柳、寒柳之稱。細雨氤氳下的柳樹稱為煙柳，風中搖曳的柳樹則謂之風柳。

• **垂柳**：垂柳雖被採用為現代正式名稱，但並非現今才有，如清代厲鶚〈晚春閒居〉：「青梅間青杏，垂柳復垂楊。」

• **楊柳**：據說隋煬帝遊揚州汴、渠兩堤時，御筆現賜堤岸上的垂柳姓楊，才有「楊柳」之稱，當然此說大有商榷餘地。春秋時代的《詩經》〈小雅．采薇〉篇已有「昔我往矣，楊柳依依」句，可見「楊柳」成為柳樹的正式名稱應與隋煬帝無關。其他稱「楊柳」的著名詩句，尚有唐．韋應物〈贈別河南李功曹〉：「今朝章臺別，楊柳亦依依。」以及王之渙〈涼州詞〉：「羌笛何須怨楊柳？春風不度玉門關。」等

• **楊**：楊（*Populus* spp.）和柳雖屬同科植物，但形態特徵有差異：柳葉狹長柄短，而楊樹葉闊柄長，極易從外觀辨別。楊樹多分布在北方，有些文人楊、柳不分，稱柳為楊，如王維〈早春行〉：「誰

家折楊女，弄春如不及。」及李白〈送別〉：「梨花千樹雪，楊葉萬條煙。」兩首詩的離情敘述與「萬條煙」的植物性狀，所指均是柳樹。

• **綠楊**：歷代文人也常以綠楊稱垂柳，如厲鶚〈任丘道中寄汪祓江〉：「綠楊風起狐狸淀，細草煙荒扁鵲祠。」

• **垂楊**：枝條下垂的楊樹，指的當然是垂柳，例子也很多，如李商隱〈無題〉：「斑騅只繫垂楊岸，何處西南任好風？」及厲鶚〈梅雨經旬得遣懷絕句〉：「舊種垂楊綠埽磯，北風將與上漁扉。」

• **楊花**：楊花之「楊」其實是柳樹，所以楊花也不是真正的花。垂柳雌雄異株，開柔荑花序的風媒花，雄花黃綠色、雌花綠色，均為色澤不明顯的小花，形態絕不醒目。清明節前後果實成熟開裂，釋放出具白色長毛的種子，隨風飄散，謂之柳絮。古人不察，以為是花或花瓣，沿習稱之為「楊花」。下列著名詩人的詩句所說的「楊花」均指柳樹的種子，即柳絮：王維的〈送丘為往唐州〉：「槐色陰清晝，楊花惹暮春。」和杜甫的〈麗人行〉：「楊花雪落覆白蘋，青鳥飛去銜紅巾。」

• **柔條**：垂柳具有細長下垂的枝條，隨風搖曳，稱之為柔條頗為貼切。如唐代韋應物〈春中憶元二〉：「雨歇萬井春，柔條已含綠。」稱柳樹為「柔條」。而清・查慎行〈楊花同恆齋賦〉：「微雨乍粘還有態，柔條欲戀已無端。」稱楊花為「柔條」，也可反證楊花即垂柳。

• **煙條**：生長在溪畔池邊的柳樹林，林冠上覆著水氣，因此垂柳有時也稱為「煙柳」或「煙樹」。結合煙樹及柔條，遂有煙條之稱，如唐代張旭〈柳〉：「濯濯煙條拂地垂，城邊樓畔結春思。」即為一例。

• **長條**：理由同上，如李白〈金陵白下亭留別〉：「吳煙暝長條，漢水齧古根。」垂柳象徵離別，李白這首留別詩，以長條稱之。

• **灞陵樹**：柳與留同音，古人送別時常折柳相贈，以示心中留戀難捨之情。從漢代起，就喜在長安城郊的灞橋設宴折柳送別，稱為「灞橋之柳」，象徵別情，後世沿襲之，並以「灞陵樹」稱垂柳，如元稹〈西還〉：「悠悠洛陽夢，鬱鬱灞陵樹。」

## 二、荷

荷花原產中國，《詩經》早已載錄之，如〈陳風・澤陂〉之「彼澤之陂，有蒲與荷」，及〈鄭風・

山有扶蘇〉之「山有扶蘇，隰有荷華」句，說明荷在中國栽培歷史悠久。荷的珍貴之處在於「出淤泥而不染」，象徵君子的品德及節操，受到歷代詩人文士的讚頌，名詩例句很多，也是中國文學作品中出現次數最多的植物之一。荷各部分器官都有特定名稱：葉柄稱「茄」、葉為「蕸」、花為「菡萏」、膨大的地下莖稱「藕」、不膨大而細長的地下莖稱「蔤」、果實稱「蓮」，種子稱「的」、種子內部的胚及胚根稱「薏」、果托稱「蓬」。除植物體各部位的特殊名稱外，出現在詩詞中的荷花名稱也有以下多種。

• **荷**：荷是本名，但只有葉及花能冠以「荷」字，即荷葉、荷花，其他各部分器官，如藕、子（果實）等通常不冠以荷字。根據統計，唐代以前的文獻多以荷為名，如孟浩然〈夏日南亭懷辛大〉：「荷風送香氣，竹露滴清響。」佛教傳入中國之後，蓮的使用才盛行起來。

• **蓮**：唐宋以後的詩詞，蓮、荷出現的次數已幾乎相等，如白居易〈龍昌寺荷池〉：「冷碧新秋水，殘紅半破蓮。」荷的各部器官均能冠以蓮字，如蓮葉、蓮花、蓮蓬、蓮藕等。就如上文所說，蓮一名的盛行可能與佛教傳入中國有關。

• **芙蓉**：芙蓉也是荷的古稱，《全唐詩》出現「芙蓉」的詩句篇章亦多，白居易的〈感白蓮花〉：「白白芙蓉花，本生吳江濆。」即為一例。

• **芙蕖**：根據荷開花已否，也有不同名稱：已開花者稱「芙蕖」，未開者謂「菡萏」，如厲鶚〈白蓮黃〉：「蕭條白芙蕖，池荒香不發。」然而，後世並未嚴格區分兩者，而且有時還要按詩詞格律平仄及音韻需要來使用。開紅花的荷，有時也稱紅蕖，如杜甫〈狂夫〉：「風含翠篠娟娟靜，雨裛紅蕖冉冉香。」

• **菡萏**：歷代以菡萏稱荷花的詩篇均較前四者少，但也不乏名句，如白居易〈題故曹王宅〉：「池荒紅菡萏，砌老綠莓苔。」

• **藕花**：荷的地下莖稱蓮藕，自古即為重要菜蔬，是中國食品料理的主要材料。因此詩詞中偶有以「藕花」稱荷的詩句，如唐．施肩吾〈贈女道士鄭玉華〉：「玄髮新簪碧藕花，欲添肌雪餌紅砂。」

此外，由於荷花「出淤泥而不染」的特性，自周敦頤的〈愛蓮說〉之後，也有詩人以「君子花」稱之。

## 三、食茱萸

食茱萸全株具香味，特別是枝葉部位更是香味濃郁，古人常取用為辟邪之物。每年九九重陽節登高日會佩帶食茱萸枝葉香囊禳災，平時也將之懸掛於房門，使鬼魅畏忌不敢入。食茱萸出現在詩詞篇章的頻度也很高，大都與秋季登高節日有關。其中最知名的詩句，就是王維的〈九月九日憶山東兄弟〉：「遙知兄弟登高處，遍插茱萸少一人。」指的就是食茱萸。

- **茱萸**：這是大部分文學作品使用的名稱。除上述的王維名句外，杜牧的〈吳宮詞〉：「茱萸垂曉露，菡萏落秋波。」也是一例，說的還是登高日秋季時節的食茱萸。
- **樧**：樧又稱艾子、欓子或辣子，指的是食茱萸的果實，辛辣如花椒，可做食品辛香料及入藥。《楚辭・離騷》有「椒專佞以慢慆兮，樧又欲充夫佩幃」句，大概是現存文學作品中最早以「樧」稱食茱萸者。其他如唐代薛逢〈九日雨中言懷〉：「單床冷席他鄉夢，紫樧黃花故國秋。」詩句中的「樧」，也同樣指食茱萸。

## 四、芎藭

芎藭（圖33）植物體含芳香的揮發油及多種酚類，是古今相當重要的香料植物。古人在農曆四

圖 33　芎藭古名不一，《楚辭》不同篇章就有蘼蕪、靡蕪、芎、江離等名稱。

月、五月發苗時，採嫩葉煮成羹或飲品。芎藭也是重要的根部藥材，專治頭腦諸疾；根研磨成粉末，可「煎湯沐浴」。除上述用途外，古人也常隨身配帶，以消除體臭。《楚辭》列為香草，用以比喻君子。芎藭以產四川者最為著名且藥效最好，故藥材多稱「川芎」，如宋代宋祈詩〈川芎贊〉。芎藭的古名稱法有多種，《楚辭》不同篇章就有蘼蕪、靡蕪、芎、江離等名稱。

- **芎藭、川芎、芎、山芎**：芎藭、川芎、芎、山芎大都用在藥名，即使是古典詩詞其意亦同，如宋歐陽修的〈乞藥有感呈梅聖俞詩〉：「君晚得奇藥，靈根斸離宮。其狀若狗蹄，其香比芎藭。」及蘇東坡「山芎麥麴都不用，泥行露宿終無疾」等句。

- **蘼蕪、靡蕪、蘼**：芎藭的枝葉稱「蘼蕪」，可知詩詞中的蘼蕪、靡蕪、蘼等指的都是佩戴或食用用途的芎藭，是很古老的名稱。《楚辭》〈九歌·少司命〉句：「秋蘭兮蘼蕪，羅生兮堂下」，以及〈九嘆·怨思〉之「菀蘼蕪與菌若兮，漸槀本於洿瀆」句都是。著名古詩句「上山採蘼蕪，下山逢故夫」，用的也是「蘼蕪」，可見指的都是嫩莖葉。歷代詩詞亦不乏蘼蕪字句，如唐代許渾〈寓懷〉：「春華坐銷落，未忍泣蘼蕪。」

- **江離、江蘺、江籬**：按古代通典《博雅》的說法：「苗曰江離，根曰芎藭。」江離指的是芎藭地上部的幼苗，也是古老的名稱。《楚辭》一共有九篇出現芎藭植物，其中有六篇用的是「江離」。唐詩、宋詩及後世詩詞也喜用，如李商隱〈九日〉：「不學漢臣栽苜蓿，空教楚客詠江蘺。」及王禹偁〈幕次閒吟〉：「江籬吟盡鬢成霜，謫宦歸來夢一場。」

## 五、茭白

秦漢以前，「茭」是穀類作物，南北朝以後才食用「茭白筍」。茭白筍是茭的嫩莖受到菰黑粉菌刺激而形成的肥大部分，當成菜蔬食用。但詩詞中使用「茭」的篇章反而少，多數詩句反而以「蔣」、「菰」、「葑」、「雕胡」等名稱出現。

- **茭**：詩詞中提到茭，大致是指「茭」這種植物而言，未言及其作為菜蔬或穀類等用途，如唐代陳標〈江南行〉：「曉驚白鷺聯翩雪，浪蹙青茭瀲灩煙。」

- **蔣**：常與「菰」同時出現，如白居易詩：「野風吹蟋蟀，湖水浸菰蔣。」及宋代程俱〈空相僧舍書事〉：「徐觀乃跛鼈，團團循菰蔣。」

•**菰**：古典文獻中，菰出現次數最多，但有時指菇菌類，有時指「茭」。根據詩詞文意，即可確知作者所言所指為何，如白居易〈湖上閒望〉：「藤花浪拂紫茸條，菰葉風翻綠剪刀。」水塘中的菰葉，因此指的是茭。宋．梅堯臣〈離蕪湖至觀頭橋〉：「江口泊來久，菰蒲長舊苗。」菰、蒲常一起出現，兩者均是水塘常見的植物，因此本句的菰指的還是茭。

•**葑**：葑有時指「蕪菁」，有時指「茭」，亦可視詩句前後文意決定，如唐代李郢〈陽羨春歌〉：「葑草青青促歸去，短簫橫笛說明年。」以及宋代謝翱〈送人歸鳥傷〉：「湖中葑田產菰米，菖蒲花開照湖水。」說的都是茭。

•**雕胡**：未受黑粉菌感染的茭能開花結實，「其實如米，謂之雕胡」，所以雕胡即菰米。《周禮》將菰米和稻、黍、稷、粱（小米）、麥並列，列為先秦時代的六穀之一。菰米「色白而滑膩」，是古代最可口的穀類之一，但產量不高，逐漸為其他穀類所取代。唐．皮日休〈魯望以躬掇野蔬兼示雅什用以酬謝〉：「雕胡飯熟餖飣軟，不是高人不合嘗。」所說的「雕胡飯」就是菰米煮成的。

## 六、大豆

大豆原稱「菽」，《詩經》所言之「菽」，皆指大豆，如〈小雅．小宛〉：「中原有菽，庶民採之。」至於「豆」原指祭祀用的盛器，漢代以後才成為植物名稱。因此先秦時代的文獻，「豆」均非大豆或其他豆類。

•**菽**：先秦時代大豆的專用名詞，漢唐後始由「豆」取而代之。但是在歷代文學作品中，仍舊菽、豆並用，如杜甫〈暮秋枉裴道州手札率爾遣興寄遞近呈蘇渙侍御〉：「烏雀苦肥秋粟菽，蛟龍欲蟄寒沙水。」

•**豆**：有時專指大豆，有時是豆類植物的總稱（圖34），如杜甫〈投簡咸華兩縣諸子〉：「南山豆

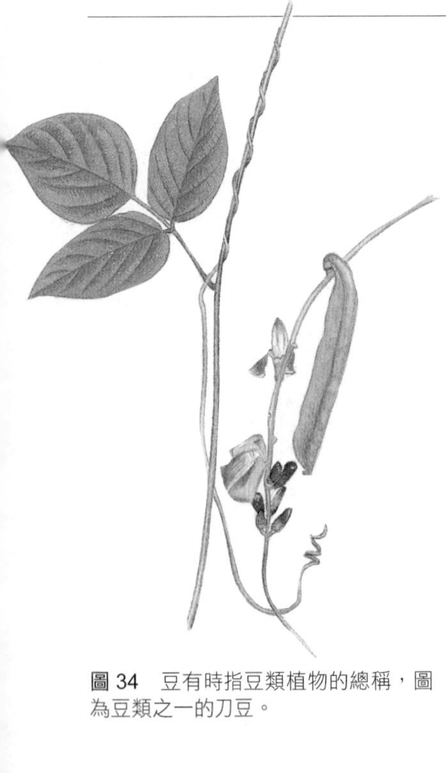

圖34　豆有時指豆類植物的總稱，圖為豆類之一的刀豆。

苗早荒穢，青門瓜地新凍裂。」

•**藿**：原是一般豆類的葉子，有時也用以稱大豆，如唐代嚴維〈酬諸公宿鏡水宅〉：「幸免低頭向府中，貴將藜藿與君同。」「藿」是指豇豆等具柔軟葉片豆類的葉子。唐・王績〈秋夜喜遇王處士〉：「北場芸藿罷，東皋刈黍歸」，及宋・晁補之〈原上〉：「久旱無場藿，重陽有野花」，詩句中的「藿」則解為大豆。

## 七、蘆葦

北半球所有陸域，包括歐洲、亞洲、非洲，幾乎都有蘆葦分布。蘆葦具粗壯的根狀莖，生長在河岸、湖邊、池塘及河流出海口，是耐熱、耐寒、耐鹽的濕生植物。中國西北荒漠地區只要有伏流或地下水，就會有蘆葦成群生長。敦煌月牙泉目前最優勢的植物，及樓蘭故地之鹽澤最後留存的植物，都是以蘆葦為主的沼澤植物。古人利用蘆葦稈蓋屋、織席、製窗簾、編簍；西北邊區河岸以蘆葦築牆及堤岸，採蘆葦嫩筍食用。蘆葦是古代用途極廣的植物，成為古典詩詞篇章及章回小說最常出現的植物之一，有多種名稱。

•**蒹葭**：「蒹葭蒼蒼，白霞為霜」，中國最古老的詩歌集《詩經》就已載有「蒹葭」一詞。唐宋以降，詩人偶爾也會使用該詞，如張詠〈訪人不遇〉：「雁響蒹葭浦，風驚橘柚村。」

•**葭**：同為《詩經》所用的蘆葦名稱，如〈召南・騶虞〉：「彼卓者葭，壹發五豝。」常與菼（荻）一同出現，如宋・孔武仲〈泊趙屯〉：「斜陽依依照草木，夾岸葭菼鋪書氈。」

•**葦**：蘆葦的簡稱，如宋・王禹偁〈泛吳松江〉：「葦蓬疏薄漏斜陽，半日孤吟未過江。」

•**蘆**：亦為蘆葦簡稱，如宋・王禹偁〈月波樓詠懷〉：「白亂蘆花散，紅殷蓼穗稠。」即為一例。

•**蘆葦**：直接使用蘆葦名稱的詩詞也不少，如宋代張詠〈闕下寄傅逸人〉：「疏疏蘆葦映門牆，更有新秋膾味長。」

## 八、芒草

芒草開花時花序繁盛，秋冬之際果實成熟，種子數量龐大，種子附生的長毛可攜帶種子四處飄散，因此芒草繁殖力強，適應力大，到處可見。莖稈古代用於製作臥席，稱菅席；製作草鞋，謂之芒鞋，均代表窮苦人家的用品。文學作品常用以比喻經濟拮据或家境窮苦的人物及其生活。芒草也常出現在文學作品中，使用以下名稱：

•芒：芒草莖叢生，深秋開花，花初開時粉紅色，果實成熟時轉為黃白色，《詩經》稱之為「白華」，即〈小雅．白華〉：「白葦菅兮，白茅束兮」句。唐詩人許渾〈金陵阻風登延祚閣〉：「葛蔓交殘壘，芒花沒後宮。」用處處叢生的開花芒草來形容廢棄宮殿閣樓的荒涼情景。宋代秦觀〈田居〉：「宿潦濯芒屨，野芳簪髻根。」芒屨即芒稈製成的鞋。

•菅：各代詩詞中，以「菅」稱芒草的詩篇最多，如唐詩人李嶸〈露〉：「菅茅豐草皆沾潤，不道良田有旱苗。」

•蓁：榛是荒地常見灌木，古人稱同在荒地到處蔓生的草為「蓁」。後代以「蓁」稱芒草，如南宋陸游詩句：「清溝東畔翦蓁菅，雖設柴門盡日關。」

## 第四節　特定植物的代稱

### 一、武陵花：桃花

陶淵明〈桃花源記〉創造出的避世仙境，寫的是「武陵人」誤入桃花源，因此所見之桃花稱為「武陵花」。後世詩文多有以「武陵花」稱桃花者，如唐代儲光羲〈玉真公主山居〉：「不言沁園好，獨隱武陵花」句。

### 二、檀欒

檀欒原是形容竹子美好的樣子，後來多用作竹的代稱。唐詩以檀欒稱竹的詩句很多，如王維〈斤竹嶺〉：「檀欒映空曲，青翠漾漣漪。」標題和詩句內容一致，說明「檀欒」就是竹；陸龜蒙的〈奉和襲美聞開元寺開筍園寄章上人〉：「春龍爭地養檀欒，況是雙林雨後看。」句中的「檀欒」也是竹。而晉．左思〈吳都賦〉則以「檀欒嬋娟」來詠竹。宋詩的「檀欒」詩句亦不少，如范浚〈頌茂安兄秀野亭〉之「側塞亂花紅被徑，檀欒高竹翠緣陂」即為一例，但此句是形容竹的美好貌。

### 三、煙樹、灞陵樹

柳樹樹冠上方常雲氣瀰漫，故稱「煙樹」；灞橋自古就是折柳送別之處，因此柳樹又稱「灞陵樹」。兩者均被後世視為柳樹的代稱，如宋代胡宿〈彭山贈貫之〉：「揚舲入空曠，煙樹散鵁鶄。」

### 四、巖花

桂花原產中國西南的乾燥岩壁上，野生桂樹多生長在陡峻的山石坡上。自古桂花就有巖桂、巖花等稱呼，而又以稱巖花者為多。宋．李九齡〈透明巖〉：「仙跡不隨巖桂老，禪心長共嶺雲閒。」所說的「巖桂」自是桂花。而晏殊〈留題越州石氏山齋〉：「岫柏亞香侵几席，巖花迴影入簾櫳」，以及釋德洪〈早春〉：「澗草殷勤綠，巖花造次香」等，都說明「巖花」是香花，與上一首的「巖桂」互參，即知「巖花」就是桂花。

### 五、黃花、東籬花、籬花

菊秋季開花，原種的菊花呈金黃色。唐代以後雖選育出各種顏色的菊花，如白菊、紫菊、紅菊等，但文人墨客還是視黃色為菊花的「正色」，稱菊花為「黃花」。詩詞中的「黃花」絕大多數指菊花，如宋代唐庚〈九日獨酌〉：「黃花空歲月，白首尚關河」句，「九日」係指九月九日重陽登高日，當日有佩帶茱萸、飲菊花酒的習俗，「黃花」自然指菊花而言。「東籬花」係源自陶淵明的〈飲酒〉詩之五：「採菊東籬下，悠然見南山。山氣日夕佳，飛鳥相與還。」後人以「東籬花」或「東籬」為菊之代名，如宋代華鎮〈奉酬劉令見懷〉：「爭知節物隨人冷，十月東籬未有花。」及吳則禮〈贈王子和〉：「采采東籬花，其香何揚揚。」有時也簡稱「籬花」，如宋代彭汝礪的〈次去華學士韻〉：「庭柏染霜千丈碧，籬花著雨一番黃。」

# 第九章　易於混淆的植物名稱

中國古典文學作品中，出現植物的種類超過六百種，植物字詞一千餘類。植物名稱有些古今相類，能夠輕易認定所指為何，但也有許多從字形或表面意義均無法判定是植物名稱的字詞。此類植物名稱有字義是動物或動物器官者，也有名稱是其他器物、神仙、星座等；也有與動物、器物共用名稱，必須從詩文內容才能得知真正的名稱所屬者。另外，古今植物名稱有異，各地也有慣用的不同植物名稱。因此研讀古典詩文，如不細究，無法得知作者所描述或暗喻的真正含意。

## 第一節　形義皆非的植物名稱

動物或動物器官名的植物，有雞頭、鴨腳、龍腦、雀舌、雞舌等；器物名的植物，有旗槍（鎗）、金弦等；由費解的詞彙所代表的植物名稱，有黃獨、巨勝等。

### 一、雞頭

「雞頭」即水生植物的芡，果實是著名的中藥，謂之芡實，江南水澤地多產之。花苞尚未開放的花萼連同花托，外形類似雞頭（圖1），可煮食之。正確來說，植物曰「芡」，果實曰「芡實」，花苞曰「雞頭」。詩詞之中多以「雞頭」稱之，本名芡反而少見，如唐詩人王建〈宮詞〉：「如今池底休鋪錦，菱角雞頭積漸多。」菱角、雞頭（芡）都是水塘中常見的浮水植物。清代洪亮吉的〈自新塘至伍浦溪行雜詩〉：「陸行富桑麻，水行富菱芡。」則用「芡」。

圖1　芡的花苞外形類似雞頭。

### 二、鴨腳

由於葉形酷似鴨腳而得

圖 2 秋季金黃葉的銀杏，古人多以「鴨腳」稱之。

名，即銀杏（圖2）。銀杏為落葉大喬木，原產華中、華東，先秦時代的詩賦中已有載錄。樹形、葉形美觀，為世界知名的孑遺植物及化石植物，被引種至世界各地的溫帶地區。葉扇形，先端淺裂，西洋人謂其形狀如貴婦人頭，在中國人眼中看來卻形如鴨腳。秋季葉色金黃，是具四季變化的景觀樹種，詩詞常引述的「黃葉」，本種即其一。唐、宋詩人多喜用「鴨腳」表示，如唐詩人皮日休〈題支山南峰僧〉：「雞頭竹上開危徑，鴨腳花中擿廢泉。」明、清以後兼用鴨腳與銀杏，如清代孫詔〈丁卯秋客揚州同阮梅叔小雲遊木蘭院〉詩用銀杏：「秋草寒煙響暗蛩，昔時人去渺無蹤。一株銀杏千年物，聽過闍黎飯後鐘。」

## 三、龍腦

「龍腦」是龍腦香（圖3）的省稱，既是植物名，也是其產品名稱。熱帶雨林的主要組成樹種以龍腦香科植物為主，龍腦香僅屬於其中一種，能長成五十至七十公尺的高大喬木。主產地在南洋的婆羅洲及蘇門答臘一帶，又名羅香、婆律香，中國漢代即有從爪哇及馬來半島進口的紀錄。龍腦香樹幹木質部受到傷害或有微生物侵襲，植物體會產生油脂保護其他健康組織，久之，樹脂在木材中成為白色結晶體，中藥謂之「冰片」或「龍腦」，是芳香、清涼的滋補劑，具通氣、祛暑作用，常與麝香共用，自古即為名貴藥品，過去富貴官宦人家常用來

圖 3 龍腦香是熱帶雨林的樹種，主產地在婆羅洲及蘇門答臘。

做薰香或芳香劑。唐代國勢興盛，勢力遠達南方，龍腦應是極普遍的芳香藥物，詩文記載很多，如唐人段成式〈戲高侍御〉詩句所引述之龍腦就當作薰香用：「欲熏羅薦嫌龍腦，須為尋求石葉香。」此「龍腦」指的是龍腦香產品。

## 四、躑躅

行走時，身子顛簸不平衡謂之「躑躅」。華中至華南山區有一種名為「羊躑躅」的杜鵑，開黃色花（圖4）。杜鵑類植物體中普遍含有劇毒，本來善於在陡坡行走的羊不慎誤食葉子後會導致無法正常步行，所以才有「羊躑躅」之名。杜鵑類植物超過八百種，在植物分類上稱二型葉且葉小型的種類為「杜鵑類」（Azalea）；而一型葉且葉大型的種類為「躑躅類」（Rhododendron）。但詩文中大都不加區分，所謂的「躑躅」未必指「羊躑躅」，而是泛指杜鵑類，如賈島〈酬棲上人〉「東林有躑躅，脫屣期共攀」詩句中的「躑躅」可能指杜鵑類，也可能是「羊躑躅」；但宋·韓維〈同曼叔遊高陽山〉「不見躑躅紅，西巖向人碧」所說的「躑躅」，則是指開紅花的杜鵑，而非羊躑躅。

圖4 杜鵑花「羊躑躅」。

## 五、黃獨

薯蕷（山藥）類植物，藤蔓狀地上部可卷附他物上升；地下部為貯藏根，球形或柱狀，內含澱粉。有一些種類長期為人類所利用，當成食物或藥材，有些種類可做染料。最常見的種類是山藥，兼做食物與藥材；一種稱為薯榔，是染製漁網最佳原料；另一種即「黃獨」。黃獨植株類似山藥，唯葉較寬，地下部貯藏根的形狀較小，是古代重要的澱粉植物（圖5），詩詞常引述，如宋代惠洪〈送元老住清修〉：「垂涕撥黃獨，糞火曾發哂。」烤黃獨的球形貯藏根食用。而清代曹禾〈送魏相國假還〉：「采藥正逢黃獨長，休糧重許赤松過。如何解得蒼生望，霖雨朝朝仰潤河。」所述的黃獨則當藥材栽培。

《紅樓夢》中寶玉用耗子精

故事中的香芋來調侃黛玉，香芋即黃獨。清代謝墉《食味雜詠》：「香芋：臘蔓生，味甘淡，別有一種香氣，可供茶料，故名香芋。蘇松人家尚之。」黃獨作為藥用，始載於宋代的《圖經本草》，使用部分是塊莖，切面黃白色、粉質，散布許多橙黃色斑點，稱為「黃藥子」，有解毒消腫、化痰散結、涼血止咳功效，用於治療甲狀腺功能亢進、甲狀腺腫大、咳嗽氣喘、咳血、吐血、產後流血過多等。

## 六、雀舌

茶樹枝條頂端尚未開的幼葉，摘採製茶，因茶葉形狀細短而稱為「雀舌」，產量稀少，相當名貴，如《宣和北苑貢茶錄》所述：「茶芽數品最上曰小芽，如雀舌、鷹爪，以其勁直纖銳，故號芽茶。」雀舌和鷹爪都是最上等的茶品，屬於「芽茶類」，產量稀少，宋代當成貢品上獻，可見其珍貴。各代都有詠雀舌的詩，如宋・黃裳〈次韻魯直烹密雲龍之韻〉：「春山椎鼓雀舌細，石澗垂絲魚肉豐。」及清・施閏章詩句：「軟揉碧玉作仙茶，雀舌新收雨後芽」，提到的「雀舌」都是當時名貴的茶葉。另一首宋詩則提到另一種芽茶「鷹爪」，即李彭〈廬山道中〉：「三年不飲虎溪水，一笑來嘗鷹爪芽。」

圖 5　黃獨是山藥類植物，別名黃藥子，球形貯藏根可供食用。

圖 6　茶枝條頂端未完全張開的第二至三片葉，稱為「旗槍」。

## 七、旗槍、旗鎗

生長在枝條頂端尚未完全張開的第二至三片葉所製成的茶，在枝條上生長的此類葉片形如三角旗，謂之「旗槍（鎗）」（圖6），也是名貴茶。《宣和北苑貢茶錄》說：「次曰中芽，乃一芽帶一葉者，號一鎗一旗。次曰紫芽，其一芽帶兩葉者，號一鎗兩旗。……故一鎗一旗號揀芽，最為挺特先正。」旗槍屬「揀芽類」茶，不論「一槍一旗」或「一槍兩旗」都是好茶。以下是兩首詠「旗槍」詩，分別是宋・晁補之的〈再用發字韻謝毅父送茶〉句：「煩君初試一旗槍，救我將隳半輪月。」以及明貢修齡〈江南春〉：「旗槍試火煎金井，嫩紅肥白點羅巾。」

## 八、金弦

菟絲為寄生植物，葉片退化成鱗片，枝條細長柔細，攀附在其他植物枝葉，伸入吸根吸取養分維生，無法脫離寄主自立（圖7）。全株不具葉綠素而呈金黃色，形似未上緊的琴弦，因而有「金弦」之稱，如唐．陸龜蒙〈奉和襲美題達上人藥圃〉：「教疏兔鏤金弦亂，自擁龍芻紫汞肥。」《爾雅》稱菟絲為「唐蒙」，一名「菟蘆」，「汁去面黚」，菟絲汁液可用來去除臉上的黑色素，為古代的美白材料；菟絲子則是滋養性強壯藥，所謂「久服明目，輕身延年」。

圖7　菟絲植物體細長柔細，呈金黃色，形如琴弦，故有「金弦」之稱。

中國古詩詞中常用植物來比喻、影射事物或心情，菟絲即為其一，如《古詩十九首》的名句「與君為新婚，菟絲附女蘿」，以及李白〈古意詩〉：「君為女蘿草，妾作菟絲花。輕條不自引，為逐春風斜。百丈托遠松，纏綿成一家。」菟絲和女蘿都是依附在其他植物體上生長，用以比喻新婚夫婦相互依附。

圖8　「巨勝」即胡麻，是重要的油料植物。

## 九、巨勝

「巨勝」即胡麻，如唐代曹唐〈小遊仙詩〉：「白羊成隊難收拾，吃盡溪頭巨勝花。」原產地在非洲，漢代張騫自西域引進中國，是重要的油料植物（圖8）。種子有豐富的脂肪、蛋白質，自古即榨油用之於食品、香料及醫藥。常見的麻油及香油即胡麻的種子油，含有亞麻酸，能控制血中的膽固

圖10 雞舌丁香乾燥的花蕾像雞舌。

醇。《本草經》說胡麻「主傷中虛羸、補五內、益氣力、長肌肉、填腦髓，久服輕身不老」，為傳說藥物。胡麻又稱芝麻，而「巨勝」是胡麻的一個品種。《神農本草經集注》曰：「莖方名巨勝，莖圓名胡麻。」《唐本草注》云：「以角作八棱者為巨勝，四棱者名胡麻。」意謂莖橫切呈方形、果外形八棱者稱「巨勝」，莖橫切方形較不明顯、果外形四棱者稱為「胡麻」。

## 十、雞舌

「雞舌」指雞舌丁香（圖9），是熱帶地區植物，主產馬來半島及非洲，廣東早年有引進栽培。乾燥的花蕾呈短棒狀，形如雞舌（圖10），就是自古即用為香料及藥材的丁香，「主溫脾胃，止霍亂，壅脹風毒諸腫，齒疳慝」。為了和庭園花木的丁香花區別，又稱為「雞舌丁香」或「雞舌香」。清代在中國工作的外籍勞工，工作時「口嘗含嚼以代檳榔」。自漢代至今，中國都有進口雞舌丁香，各代詩人應該都不陌生，如宋·薛季宣〈跋東坡詩案〉：「南方有佳木，遠在漲海涯。沉水產其節，雞舌生其肌。」雞舌丁香是當時普遍使用的藥材；而清·郭曾炘的〈題徐晴圃中丞從軍圖〉詩句：「唾手方看掃穴巢，含香雞舌還趨朝。」雞舌丁香在此則作為食用香料使用。

圖9 雞舌丁香又稱雞舌香或母丁香，是產自熱帶地區的香料及藥材，左上小圖為果實。

## 第二節　與他物共用名稱的植物

古典詩詞中動植物共用一個名稱的文句也不少，如杜鵑、珊瑚樹、鳳尾等。從詩文內容才能判斷所指為動物或植物。植物與神仙共用的名稱，則有水仙、赤松、喬松等；也有和星座同名的植物，如牽牛、紫微等。有些名稱原非植物，借用成植物名稱後就成為植物專屬名，如玫瑰、仙人掌等。

### 一、杜鵑

指杜鵑鳥或杜鵑花。傳說周末蜀王杜宇失國而死，靈魂化為杜鵑鳥。杜鵑鳥日夜悲啼，淚盡繼之以血，血滴落土中長出杜鵑花。杜鵑花和杜鵑鳥有相同的因果典故，都是源自蜀王杜宇，故杜鵑花有時稱「杜宇花」，如宋．郭祥正〈追和李白秋浦歌〉：「水有錦駝鳥，山多杜宇花。扁舟投夜泊，來自長風沙。」杜鵑花種類很多，分布最普遍的種類是「映山紅」（**圖11**），在農曆三月間開花，正是杜鵑鳥出現的季節。詩文中出現的杜鵑，必須以前後文來判定是鳥或花。例如，唐詩人張喬〈送蜀客〉：

**圖 11**　杜鵑花種類很多，分布最普遍的是這種「映山紅」。

「丹霄行客語，明月杜鵑愁。」借用杜鵑鳥啼血的典故來比喻離情，所言為鳥；而司空圖〈漫書〉：「莫怪行人頻悵望，杜鵑不是故鄉花。」提到的杜鵑毫無疑問是花。

## 二、珊瑚樹

珊瑚原指海洋中的腔腸動物，生長於熱帶海底，死亡後的骨架就是我們所說的「珊瑚」。珊瑚一般呈樹枝狀，有紅、黃、綠、紫、白各色，樹狀的大型珊瑚稱為「珊瑚樹」；但「珊瑚樹」有時也用於植物。北地冬季結冰的樹枝，遠望若白色珊瑚，詩詞中稱為「珊瑚樹」。分布華南至華中的忍冬科植物，春夏開白花、秋冬結果的小喬木，也稱珊瑚樹（圖12）。唐・李郢〈冬至後西湖泛舟看斷冰偶成長句〉：「雲母扇搖當殿色，珊瑚樹碎滿盤枝。」提到的珊瑚樹是指結冰的樹枝；宋・劉克莊〈扶胥〉：「一陣東風掃曀霾，天容海色豁然開。何須更網珊瑚樹，只讀韓碑也合來。」說的是海中的動物珊瑚；而宋・釋重顯〈頌一百則〉之一：「十洲春盡花凋殘，珊瑚樹林日杲杲。」所言則是植物了。

## 三、鳳尾

鳳尾原指鳳凰，是傳說中的祥瑞之鳥，詩文中常與梧桐一起出現。「鳳尾竹」簡稱「鳳尾」，宋代以後詩詞引述很多，如宋・秦觀的〈和孫莘老遊龍洞〉：「草隱月崖垂鳳尾，風生陰穴帶龍腥」；蘇東坡〈巫山〉：「翠葉紛下垂，婆娑綠鳳尾」；以及范成大〈步入衡山〉：「松根當路龍筋瘦，竹筍漫山鳳尾齊」等，一看即知所描述的「鳳尾」都是竹類，而且都是鳳尾竹。

圖 12　稱為「珊瑚樹」的植物，開白花，結紅果。

鳳尾竹是鳳凰竹的變種。原種較高大，高度二至三公尺，莖幹也較粗，葉較長。鳳尾竹是一種細矮竹類，所謂「長不盈丈，纖枝婀娜」，葉亦細小，在小枝上排成整齊的羽狀，外觀嬌美，自古就是一種觀賞竹類，常栽植在庭院中（圖13）。《竹

圖13 常栽植在庭園中的鳳尾竹。

譜詳錄》云：「鳳尾竹生江西，一如筀竹，但下邊枝葉稀少，至梢則繁茂，搖搖如鳳尾，故得此名。」由於葉排列宛若羽毛，可栽種在盆中賞玩，正如《花鏡》所言：「鳳尾竹高不過二三尺，葉細小而猗那，類鳳毛，盆種可作清玩。」或栽植牆頭，或叢植於石岩小石之畔，極其典雅幽致。鳳尾竹莖幹細緻，可密植、列植，且枝葉耐修剪，今人多栽植成綠籬，實用又美觀；有時植成盆栽，擺設在中庭或門口。「鳳尾」有時指鳳尾蕉，即今之蘇鐵。

## 四、水仙

「水仙」有琴曲名、特殊文體、神仙、水仙花等不同含意。水仙操是琴曲名，「操」的曲調淒婉憂傷，《風俗通》云：「其過閉塞憂愁而作者，名其曲曰操。」如清．施閏章〈西湖看月歌〉：「援琴欲鼓水仙操，鍾期既遠誰為聽？」另外，「操」和詩、歌、賦、辭一樣，也是中國文學發展史上獨特的文體，其文體近於騷，如孔子著名的〈猗蘭操〉。

其二，「水仙」指的是水中之仙。《天隱子》：「在天曰天仙，在地曰地仙，在水曰水仙。」伍子胥、屈原都被尊為水仙。明．梁辰魚〈顧仲修新造青蓮舫賦贈〉：「朝發吳山暮入楚，江東至今稱水仙。」指的是水神。

其三是指水仙花。水仙初春開花，自古即為春節的應時花卉，栽植在淺缽中，置於案上供賞玩（圖14）。詩文詠水仙花的篇章不少，如梁辰魚〈月下水仙花〉：「幽修開處月微茫，秋水凝神黯淡妝。」

## 五、玉簪

詩詞所引述的「玉簪」，可能指玉製髮簪，或植物玉簪花。杜甫名詩〈春望〉：「國破山河在，城春草木深。感時花濺淚，恨別鳥驚心。烽火連三月，家書抵萬金。白頭搔更短，渾欲不勝簪。」古人不分男女都用髮

圖14 真正的水仙花有白色花冠，金黃色部分稱「副花冠」。

簪，玉製髮簪就稱為「玉簪」，如明．胡應麟〈續三婦豔〉：「小婦處金屋，玉簪髻初束。」

李時珍說：玉簪花「本小末大，未開時正如白玉搔頭簪形」。花開時微微綻開，有微香，潔白如玉，故有「玉簪」美名（圖15）。相傳王母在瑤池宴客，眾仙女雲集歡宴，幾巡玉液瓊漿過後，仙女飄然入醉，雲髮散亂，玉簪掉落而化為玉簪花，即宋．黃庭堅詩所云：「宴罷瑤池阿母家，嫩瓊飛上紫雲車。玉簪落地無人拾，化作江南第一花。」玉簪又名白萼、季女、白鶴仙、內消花、問道花等，六、七月開花，花瓣朝放夜合，閉合時形如「玉春棒」，故又名「玉春棒」。自古即為重要的觀賞花卉，花園、庭院、道旁牆下多有種植。《長物志》建議栽植時「宜牆邊連種一帶，花時一望成雪」。宋代范成大〈初秋閒記園池草木〉：「醉憐金盞齊側，臥看玉簪對橫。」金盞是指菊科的金盞花，和玉簪對仗，故此處所指為玉簪花。

圖 15　未開的玉簪花苞形似髮簪，故有玉簪之名。

有時「玉簪」也指歌名，如明．胡應麟詩〈再贈小范歌玉簪〉：「不因趙氏連城在，那得尊前聽玉簪。」

圖 16　分布東北地區的赤松，樹皮紅褐色。

## 六、赤松

赤松是松樹的一種，也是古代傳說中的仙人（一稱赤松子），《列仙傳》云：「赤松子者，神農時雨師也。」詩文常引用作詠神仙的典故。松樹有多種，有樹皮黑色的黑松、樹皮白色的白皮松，以及樹皮棕褐色的赤松（圖16）。赤松分布於東北、朝鮮半島至日本，華北亦有栽種。詩文中的「赤松」只有少數指真正的松樹，大部分詩句所言都指神仙，如宋．張繼先〈金丹詩〉：「此中有路通天去，可把塵蹤繼赤松。」及胡應麟〈少保山東戚公繼光〉：「惜哉赤松遠，丹砂邈難成。」

## 七、喬松

「喬松」字面意義是指高大的松樹，但也指古代傳說中的兩大神仙，一位是王子喬，另一位是上述的赤松子，即《戰國策．秦策》云：「世世稱孤，而有喬松之壽。」後「喬松」引申為神仙之意，而詩詞小說裡的「喬松」大都是指「神仙」。宋．唐庚〈和觀文相公立春日示詩〉：「一盃願薦喬松壽，四海方依社稷臣。」即為一例。而明．程政敏〈金縷曲〉：「但祝年年春不老，比喬松、晚翠根盤鐵。」句中的喬松一語雙關，既指高大的松樹，也解為長生不老的王子喬和赤松子。

## 八、牽牛

「牽牛」指牽牛星，有時也指牽牛花（圖17）。詩詞中所指究竟是星座或牽牛花，很容易就可從詩句標題或詩句前後文得知。例如，明．胡應麟〈七夕〉：「牽牛與織女，欲渡愁無聊。」指的當然是星座；宋．范成大〈初秋閒記園池草本〉之「牽牛碧蔓自繞，雞聳朱冠欲爭」，及陸游之「青裙竹笥何所嗟，插髻燁燁牽牛花」，一看就知道指的是牽牛花。

圖 17　牽牛花為一年生纏繞性草質藤本，花開時熱熱鬧鬧，自古即栽植為觀賞花卉。

圖 18　紫薇花桃紅、粉紅或白色，是良好的庭園觀賞植物。

## 九、紫薇

「紫薇」有時作「紫微」，指星座、皇帝之住所、官名或紫薇花（圖18）。杜甫〈閬州奉送二十四舅使自京赴任青城〉：「如何碧雞使，把詔紫微天。」指的是皇帝住所；錢起〈見上林春雁翔青雲，寄楊起居、李員外〉：「顧影憐青籞，傳聲入紫微。」所言為星座；獨孤及〈奉和中書常舍人〉：「漢家金馬署，帝座紫微郎。」所指為官名。但宋．楊萬里〈凝露堂前紫薇花兩株每自五月盛開九月乃衰〉：「誰道花無百日紅，紫薇長放半年花。」詩中不但指明此「紫薇」是花木的紫薇花，還描述紫薇的花期，說明紫薇開花可達百日以上。

## 十、金粟

粟是小米，穎果細小，呈金黃色；但金粟有時會是指盛開的金桂花。桂花的花白色至金黃色，花細小；開白花者稱「銀桂」，金黃色者稱「金桂」，橙紅者為「丹桂」。盛開的金桂花遠望有如垂粟，因為「其色如金，花小如粟」而稱為「金粟」（圖19），如清．王士禎〈入春申礀第一曲訪愚公谷〉：「紅梅破珠林，叢桂飄金粟。」至於「丹桂」的花則另稱丹粟，如宋．林景熙〈陪王監簿宴廣寒遊次韻〉：「銀橋疑駕海天長，丹粟離離照翠觴。」

圖19 金桂。

「金粟」有時也指墳墓或墳場，如杜甫〈觀公孫大娘弟子舞劍器行〉：「金粟堆南木已拱，瞿唐石城草蕭瑟」；宋．林景熙〈夢中作〉：「昭陵玉匣走天涯，金粟堆前幾吠鴉」；以及宋．岳珂〈小墅桂花盛開與客醉樹下因賦二律〉：「金粟同瞻黃面老，玉枝爭擁碧霞仙」，以上的「金粟」均指墳墓。

## 十一、金蓮

金蓮原指古代女人的「三寸金蓮」，有時用作女人的代稱。如宋．李元膺〈十憶．憶行〉：「裙邊遮定雙鴛小，只有金蓮步步香。」指的是三寸金蓮。有些詩詞出現單純指植物的「金蓮」或「金蓮花」，如清．孫琮〈夜宿韜光山樓〉：「樓前澄泓水一窪，水中猶種

圖20 歷代詩文中所稱之植物「金蓮」，指的是開金黃色花的莕菜。

金蓮花。」指的是開金黃色花、葉似蓮葉而小的水生植物莕菜（圖20）。莕菜又稱「金蓮兒」，花開時常「彌覆頃畝」，在太陽照射下泛光如金，因此得名。葉形、生態習性近於荷花，又稱「水荷」，詩詞有時會借用荷的別稱，而稱金荷花、金芙蓉或金芙蕖。莖和葉均柔軟滑嫩，可供作蔬菜食用，以米和製成羹（糝），是江南名菜。

不過，有些詩文的「金蓮」，卻是指金屬製的蓮花形燭臺底座，如宋·汪元量的〈越州歌〉：「昔夢吳山列御筵，三千宮女燭金蓮。」

## 十二、玫瑰

玫瑰二字均不從草部、木部，而是以玉為部首。在先秦魏晉南北朝的典籍裡，「玫瑰」二字是指紅色玉石，後來才成為特種植物的專用名稱。例如，南朝梁·沈約的〈登高望春詩〉：「寶瑟玫瑰柱，金羈瑇瑁鞍。」及陳後主〈七夕宴樂脩殿各賦六韻〉：「釵光搖玳瑁，柱色輕玫瑰。」顯然所言「玫瑰」都是指玉石。到了唐代詩篇中，玫瑰或指玉石或指植物，而且往往同一作者在不同詩篇中所指不一，如溫庭筠〈織錦詞〉：「此意欲傳傳不得，玫瑰作柱朱弦琴。」此處的玫瑰是指玉石。溫庭筠的另一首詩〈握柘詞〉：「楊柳縈橋綠，玫瑰拂地紅。」所言玫瑰則是植物（圖21）。唐代另一位詩人徐凝〈題開元寺牡丹〉：「虛生芍藥徒勞妒，羞殺玫瑰不敢開。」在此玫瑰是花木名稱。宋代以後，玫瑰專指植物。

圖21　玫瑰原指紅色玉石，宋代以後才專指植物。

## 十三、仙人掌

仙人掌原產墨西哥北部，哥倫布發現新大陸後才逐漸傳布世界各地，成為眾人所知的觀賞植物。因此，明代以前詩詞文獻所言的「仙人掌」絕無可能是指今日的仙人掌，而是自然景觀，意為直立如手掌的山或岩石。例如，唐·竇牟〈晚過敷水驛卻寄華州使院張鄭二侍御〉：「仙人掌上芙蓉沼，柱史關西松柏祠。」此處的「仙人掌」指的是山頂聳立如手掌的山石。清·紀昀〈登華山未至莎蘿坪而返〉：「雲氣遮山腰，半入仙人掌」的「仙人掌」也是山石。

## 第三節　植物的古今異稱舉例

古今異稱的植物種類很多，詩詞小說及其他古典文學作品常見的植物種類如表1。其中重要者略述如下：

### 一、寒瓜（西瓜）

西瓜原產非洲，約在魏晉南北朝時引進中國。西瓜是夏季的時令水果，有消暑沁涼的效果，古人稱為「寒瓜」。魏晉南北朝詩已有寒瓜的記述，唐詩也有載錄，如著名文人柳宗元〈同劉二十八院長述舊言懷感時書事〉詩：「風枝散陳葉，霜蔓綖寒瓜。」及詩人李白〈尋魯城北范居士，失道落蒼耳中，見范置酒，摘蒼耳作〉：「酸棗垂北郭，寒瓜蔓東籬。」明代以後，相對於甜瓜，因其為「西來之瓜」，又名西瓜。明・徐渭的〈曇陽〉詩：「聞道居緜竹，看來幻落花。團團輪北斗，處處種西瓜。」已稱作西瓜。

圖22「榿木」今稱赤楊，樹皮淡紫褐色，分布普遍，歷代詩文均有引述。

### 二、榿木（赤楊）

赤楊類植物適應性極強，熱帶至寒帶均有分布（圖22），如臺灣赤楊之垂直分布從海邊（南澳）至中央山脈三千公尺，可見一斑。赤楊為落葉喬木，根有根瘤菌共生，能在極貧瘠地生長良好，古稱「榿」或「榿木」。赤楊是近代名稱，自唐詩至清詩均稱榿木，如唐詩人薛能〈春霽〉：「野芳榿似柳，江霽雪和春。」

### 三、斷腸花、斷腸草（秋海棠）

斷腸花、斷腸草均為詩詞中出現的植物名稱，古籍如清代《植物名實圖考》描述「斷腸草」云：

「斷腸草叢生，根如商陸，葉類蓼而大，莖有節，當心抽花，花蕊數十作穗，花淡紅色。」應為今之秋海棠（圖23）。秋海棠品種眾多，花色、形態不一，但都具有共同特色：莖葉肉質，外形柔弱。秋海棠傳說是古時一位被遺棄的姑娘淚血所變成的花草，故有「斷腸」之名。宋無名氏〈更漏子〉：「解語花，斷腸草。諳盡風流煩惱。」清．顧植〈春寒曲〉：「匆匆百五韶光老，惆悵心情向誰道？紅闌半落斷腸花，綠階未長忘憂草。」也有人認為，斷腸草是馬錢科藤本植物「鉤吻」。

圖23　秋海棠古稱斷腸花或斷腸草。

## 四、紅蕉（美人蕉）

美人蕉原產印度，葉大如蕉，高可達二公尺。由於栽植容易，是極為普遍的草花植物（圖24）。引進中國的時間很早，早期引進的品種為紅花種，而黃花種引進較晚，明代以前的文學作品均稱「紅蕉」，如唐．皇甫松〈江上送別〉：「別離惆悵淚，江路濕紅蕉。」直至近代才有「美人蕉」稱呼，如清末江南大儒錢振煌的詠美人蕉詞〈蝶戀花．細詠美人蕉〉、〈減蘭九月朔美人蕉遇雨〉，及易順鼎的〈蕉窗二首為張菉泉泰壽作〉：「紅美人花諸侍者，綠天庵主一枯僧」詩句。

圖24　美人蕉葉大如蕉，以紅花者居多，故有紅蕉之稱。

表1 文學作品常見古今異稱的植物

| 古名 | 今名 | 學名 | 科別 | 最早期文獻舉例 |
|---|---|---|---|---|
| 鴨腳 | 銀杏 | *Ginkgo biloba* | 銀杏科 | 唐詩 |
| 檜 | 圓柏 | *Juniperus chinensis* | 柏科 | 詩經 |
| 榎、檟 | 楸 | *Catalpa bungei* | 紫葳科 | 先秦詩 |
| 樗 | 臭椿 | *Ailanthus altissima* | 苦木科 | 詩經 |
| 榿（木） | 赤楊 | *Alnus* spp. | 樺木科 | 唐詩 |
| 夜合、青棠 | 合歡 | *Albizia julibrissin* | 含羞草科 | 唐詩 |
| 相思樹 | 石楠 | *Photinia scrrulata* | 薔薇科 | 唐詩 |
| 杪欏樹 | 七葉樹 | *Aesculus indica* | 七葉樹科 | 元詩 |
| 楷木 | 黃連木 | *Pistacia chinensis* | 漆樹科 | 元詩 |
| 樸、樸樕 | 槲樹 | *Quercus dentata* | 殼斗科 | 詩經 |
| 蕪荑 | 大果榆 | *Ulmus macrocarpa* | 榆科 | 唐詩 |
| 諫果 | 橄欖 | *Canarium album* | 橄欖科 | 唐詩 |
| 靈壽木、椐 | 蝴蝶戲珠 | *Viburnum plicatum* | 忍冬科 | 唐詩 |
| 宿莽 | 莽草 | *Illicium lanceolatum* | 木蘭科 | 楚辭 |
| 菴羅果 | 餘甘 | *Phyllanthus emblica* | 大戟科 | 明詩 |
| 蔦 | 桑寄生 | *Taxillus chinensis* | 桑寄生科 | 詩經 |
| 蘼蕪、江蘺 | 芎藭 | *Ligusticum chuaxiong* | 繖形科 | 楚辭 |
| 橦 | 棉 | *Gossypium* spp. | 錦葵科 | 唐詩 |
| 苹 | 籟蕭 | *Anaphalis* spp. | 菊科 | 詩經 |
| 蘩 | 白蒿 | *Artemisia sieversiana* | 菊科 | 詩經 |
| 荼 | 苦菜 | *Sonchus oleraceus* | 菊科 | 詩經 |
| 茨 | 蒺藜 | *Tribulus terrestris* | 蒺藜科 | 詩經 |
| 米囊花 | 罌粟 | *Papaver somniferum* | 罌粟科 | 唐詩 |
| 寒瓜 | 西瓜 | *Citrullus lanatus* | 瓜科 | 南北朝詩 |
| 菘 | 白菜 | *Brassica campestris* | 十字花科 | 先秦詩 |
| 斷腸花、斷腸草 | 秋海棠 | *Begonia* spp. | 秋海棠科 | 明詩 |
| 鬯 | 鬱金 | *Curcuma domestica* | 薑科 | 詩經 |
| 紅蕉 | 美人蕉 | *Canna indica* | 美人蕉科 | 唐詩 |
| 王孫草 | 重樓 | *Paris* spp. | 百合科 | 唐詩 |
| 菅 | 芒草 | *Miscanthus sinensis* | 禾本科 | 先秦詩 |

## 第四節 文學上的植物地名

詩詞中地名和植物名稱混淆的實例也不少，中國有許多地名都以植物命名（表2）。古代地理學著作，同時也是傑出的文學巨作《水經江水注》一共有四卷，記載全中國各地水系分布的地名地物。據統計，全書共出現植物一四五種，以植物為名的地名有四八〇種之多，包括河川、山嶺、城鎮、湖泊、各地縣城等。人類經常會使用生活周遭的景物來記錄文化，因此古代植物地名在許多程度上也反映了該地區的生態環境，但有時也會造成曲解詩詞文意的困擾，不得不明辨。

•**豫樟**：或作豫章，在今江西省南昌縣，古代產樟樹。詩文中的「豫樟」多數指地名，但有時也指樟樹，如唐·杜甫〈短歌行贈王郎司直〉「豫樟翻風白日動」句，就是指樟樹。

•**蒿里**：蒿是指菊科蒿屬，荒廢長滿蒿類之處可稱之為「蒿里」。但詩文中的「蒿里」卻是指山名，位於泰山之南，古代為死人埋葬之地，古人相信「人死魂魄歸於蒿里」。《漢書·武五子傳》：「蒿里召兮郭門閱，死不得取代庸，身自逝。」古代挽歌因以蒿里為名，後用作詠喪葬的典故，如宋·陳暘〈缺題〉：「白髮忽驚蒿里暮，青衫難問箬溪春。」及清·施閏章〈邊吏行〉：「莫從城烏宿，朝從蒿里行。」都是詠喪葬典故。

•**栗里**：在今江西九江縣西南，古代應有甚多板栗，詩文都說是晉·陶淵明的故鄉，因而知名。歷代詩詞引述甚多，以詠頌陶淵明或用以表示隱居之意，如明·林大同〈蝶戀花〉：「五柳莊深依栗里。解印辭官，高志疇能比。」

•**柴桑**：在今江西九江縣西南，靠近栗里，為晉代詩人陶淵明居住之處。詩文中往往用來表示隱居之意，或代指陶淵明，如宋·謝逸〈寄題黃文昌觴詠亭〉：「門前五柳陶淵明，酣臥柴桑呼不醒。錦官城西杜少陵，醉挹浣花溪水橫。」

•**扶桑**：歷代文獻中最早提到「扶桑」者為《楚辭》，古人視之為神木，長在日出之處。中國古老的神話說「金烏朝起扶桑，夜棲若木」，其中金烏是指太陽，日出之處有扶桑，日落之處有若木。後來也稱日出之國的日本為扶桑國，如唐·李德裕〈泰山石〉：「雞鳴日觀望，遠與扶桑對。」而唐·長孫佐輔〈楚州鹽壒古牆望海〉：「長風卷繁雲，日出扶桑頭。」提到的「扶桑」是指日出之處。扶桑也是熱帶和亞熱帶植物的名稱，又名朱槿、赤槿、日及，在中國已有千年以上的栽培歷史，清·樊增祥〈雪蛙〉：「心怯扶桑紅一點，譙門應遣六更遲。」此處的「扶桑」為植物。

•**桐柏山**：桐柏山在《尚書·禹貢》已有記載，

**表2　文學作品常見的植物地名舉例**

| 植物名稱 | 學名 | 科別 | 文獻示例 | 古名 | 今名及所在地 |
|---|---|---|---|---|---|
| 梧桐 | *Firmiana simplex* | 梧桐科 | 《漢書．地理志》、《尚書．禹貢》 | 桐柏山 | 河南桐柏縣西南 |
| 梧桐 | *Firmiana simplex* | 梧桐科 | 《左傳》 | 桐丘 | 河南扶溝縣西 |
| 松 | *Pinus* spp. | 松科 | 宋．黃庭堅詩 | 松風閣 | 湖北鄂城縣西樊山 |
| 松 | *Pinus* spp. | 松科 | 宋．黃庭堅詩 | 五松山 | 安徽銅陵東南 |
| 柏 | *Thuja orientalis* 或 *Cupressus funebris* | 柏科 | 《漢書．地理志》、《尚書．禹貢》 | 桐柏山、桐柏縣 | 河南桐柏縣西南 |
| 槐 | *Sophora japonoica* | 蝶形花科 | 唐詩、宋詩 | 槐里 | 陝西興平縣東南 |
| 榆 | *Ulmas pumilus* | 榆科 | 《漢書》 | 榆中、榆林塞 | 內蒙鄂爾多斯 |
| 楊 | *Populus* spp. | 楊柳科 | 《水經注》 | 長楊宮 | 陝西周至縣東南 |
| 梓 | *Catalpa ovata* | 紫葳科 | 唐詩 | 梓潼 | 四川梓潼縣 |
| 棠梨 | *Pyrus betulaefolia* | 薔薇科 | 《詩經》 | 甘棠 | 河南宜陽縣西 |
| 板栗 | *Castanea mollissima* | 殼斗科 | 宋．陸游詩 | 栗里 | 江西九江縣西南 |
| 榕樹 | *Ficus microcarpa* | 桑科 | 宋詩 | 榕城 | 福建閩侯縣 |
| 梅 | *Prunus mume* | 薔薇科 | 《左傳》 | 梅山 | 河南鄭縣西南 |
| 梅 | *Prunus mume* | 薔薇科 | 《三國演義》 | 梅山 | 安徽含山縣<br>安徽廬江縣 |
| 桂 | *Osmanthus fragrans* | 木犀科 | 唐詩、宋詩 | 桂林縣 | 廣西象縣東南 |
| 桃 | *Prunus persica* | 薔薇科 | 陶潛〈武陵記〉 | 桃源山 | 湖南桃源縣 |
| 黃荊 | *Vitex negundo* | 馬鞭草科 | 《水經注》 | 荊山 | 山東諸城縣東北 |
| 酸棗 | *Ziziphus jujube* var. *spinosa* | 鼠李科 | 《左傳》 | 酸棗縣 | 河南延津縣北 |
| 桑 | *Morus alba* | 桑科 | 《詩經》 | 桑中 | 河南淇縣南 |
| 桑 | *Morus alba* | 桑科 | 《左傳》 | 桑田 | 河南靈寶縣 (?) |
| 桑 | *Morus alba* | 桑科 | 《資治通鑑》 | 桑丘 | 山東滋陽縣西北 |
| 桑 | *Morus alba* | 桑科 | 《資治通鑑》 | 桑里 | 江蘇江都縣西南 |
| 柞木 | *Xylosma congestum* | 大風子科 | 《西京雜記》 | 五柞宮 | 陝西盩厔縣東南 |
| 冬葵 | *Malva verticillata* | 錦葵科 | 《左傳》 | 葵丘 | 山東臨淄縣 |
| 瓢 | *Laganaria sicerarica* | 瓜科 | 《漢書》 | 瓠山 | 山東東平縣北 |
| 瓜 | *Cucumis melo* | 瓜科 | 《元和志》 | 瓜州 | 江蘇江都縣南 |
| 茅 | *Imperata cylindrica* | 禾本科 | 唐詩 | 三茅山、茅山 | 江蘇金壇縣之茅山 |
| 蘆葦 | *Phragmites communis* | 禾本科 | 《華陽國志》 | 葭萌 | 四川昭代縣東南 |
| 蒲草 | *Schoenoplectus triqueter* | 莎草科 | 《春秋》 | 蒲 | 河北長垣縣 |
| 蒲草 | *Schoenoplectus triqueter* | 莎草科 | 《史記》 | 蒲山 | 山西永濟縣南 |
| 小麥 | *Triticum aestivam* | 禾本科 | 《史記》 | 麥丘 | 山東商河縣西北 |
| 小麥 | *Triticum aestivam* | 禾本科 | 《三國演義》 | 麥城 | 湖北當陽縣東南 |
| 小麥 | *Triticum aestivam* | 禾本科 | 《史記》 | 麥積山 | 甘肅天水縣東南 |
| 芒 | *Miscanthus sinensis* | 禾本科 | 《左傳》 | 菅 | 山東金鄉縣城武縣之間 |
| 蔥 | *Allian fistucosum* | 百合科 | 《漢書》 | 蔥嶺 | 新疆西南疏勒縣西 |

《漢書地理志》的記載更為詳細，都說桐柏山「峰巒秀麗」，山上多梧桐及柏木，後世詩詞皆有詠頌者。另外，天臺縣的紫霄、翠微諸峰，上面有唐代時興建的桐柏宮，為道教勝地之一。該寺因周圍多桐柏而得名，宮室內有「義不食周粟」的殷商遺民伯夷、叔齊石雕。

• **五松山**：因老松之五幹得名，位於今安徽省境內，背山面水，風景秀麗。唐時李白曾到此漫遊，留下「五松何清幽，勝境美沃州」、「要須回舞袖，拂盡五松山」等詩句。騷人墨客常慕名而來，吟詠甚多。

• **榆林**：根據《漢書》記載，秦代蒙恬築長城，在長城附近（今內蒙古境內）砌石為城，城外遍植榆樹，稱為榆林塞，或逕稱榆塞、榆林，是秦漢時期抵禦胡人的最北要塞。其他詩文常提及，多作邊塞的通稱，如唐・駱賓王〈送鄭少府入遼共賦俠客遠從戎〉「邊烽警榆塞，俠客度桑乾」詩句。詩文中的「榆林」有時指榆樹林，必須審慎分辨。

• **長楊**：秦漢宮名，以周圍多巨大楊樹而名之，位於長安附近，是皇帝打獵場所，後世用以表示「帝王遊獵」或「遊獵場所」；如揚雄諷諫漢成帝捕獵的作品〈長楊賦〉，而有「早歲長楊賦，當年諫獵書」詩句。後來用「賦長楊」比喻進獻給皇帝的作品或讚譽文才高超。而宋・李復〈周巨寺〉：「長楊夾通津，修竹帶北岡」，指的是高大的楊樹。

• **甘棠**：周武王時，封召公姬奭為西伯，西伯善於治理，曾在甘棠樹下休憩，後來人們為了紀念他而作〈甘棠〉詩篇頌詠。後世用甘棠作為稱頌好官、懷念美政的典故，目前河南宜陽縣的甘棠市，據說就是周時召伯聽政之處。

• **桃花源**：陶淵明的〈桃花源記〉，創造出一處隱居勝境且傳頌千年，被用來比喻仙境，或詠仙人下凡、人間豔情的典故。後世詠頌「桃花源」的詩篇不計其數，如王維的〈送錢少府還藍田〉詩：「草色日向好，桃源人去稀。」唐・李嶠的〈送司馬先生〉詩：「蓬閣桃源兩處分，人間海上不相聞。」今湖南等地有桃源縣。

• **桑中**：《詩經・鄘風》：「期我乎桑中，要我乎上宮，送我乎淇之上矣。」桑中是個地名，因《詩經》而聲名遠播，流傳至今。詩文中多有引述。

• **五柞**：即五柞宮，為西漢於正式宮殿外所築的離宮，因有五棵柞樹而得名，如筆記小說《西京雜記》所言：「五柞宮有五柞樹，皆連抱，上枝陰覆數十畝。」

・**葵丘**：春秋時代齊侯派大臣駐守的要地，位於山東臨淄縣境，至今仍有葵丘地名。由於《左傳》記載的緣故，後世詩文多有引述，用作詠將士征戍的典故。

・**瓜州**：歷代稱瓜州的地名有多處，原是產瓜之地。秦漢至唐代的瓜州在今甘肅敦煌縣，元代時在今甘肅安西縣又設置瓜州，清時在今玉門縣又設置新瓜州城。上述瓜州都毀於戰亂，今之瓜州在江蘇，已經不是單純種瓜的地方。

・**梅山**：山上多梅之處，常被稱為梅山，古代著名地理及歷史文獻上記載的梅山至少有三處：《左傳》所記梅山在河南鄭縣；《輿地紀勝》之梅山在安徽含山縣；《世說新語》中，曹操指山上之梅，以止軍士渴的梅山在安徽廬江縣；也有指此梅山為含山縣的梅山。

# 第十章 植物特性與文學內容

## 第一節 植物與借喻

利用植物特性與事物之間的關聯，直接代替所要敘述的本體事物，經常用在文學的表現上，修辭學上謂之「借喻」。這是一種形象含蓄、簡明洗練的比喻方式。中國古典文學作品，詩詞、辭賦、章回小說中均不乏以植物借喻生活事物的例子，所比喻的內容意涵，時至今日仍然沒有改變。常見的借喻植物如下：

### 一、白楊

中國自古即有堆土為墳、植樹為飾的傳統，在先人墓地種植「封樹」。王公貴族種的封樹大都是松樹或柏樹，而一般平民百姓則栽植白楊。白楊樹形高大挺直，分布於東北、西北，極易繁殖（圖1）。古人形容白楊：「其種易成，葉尖圓如杏。枝頗勁，微風來則葉皆動，其聲蕭瑟，殊悲慘淒號。」鄉間墳場的白楊櫛次鱗比，遠望蕭蕭森森，秋風一起，白

圖1　白楊櫛次鱗比，遠望蕭蕭森森，是一般平民百姓的封樹選擇。

楊葉變黃掉落，入冬後全株彷彿枯死，狀至淒涼，稱為「枯楊」，因此古詩有「白楊多悲風，蕭蕭愁殺人」的句子。文人常以白楊形容悲淒景物，或暗示死亡及墳地等意，如《古詩十九首》：「驅車上東門，遙望郭北墓。白楊何蕭蕭？松柏夾廣路。」白居易〈過高將軍墓〉：「門客空將感恩淚，白楊風裡一沾巾。」

章回小說描寫墳場，也多以白楊點綴，如《水滸傳》第四十六回的翠屏山有一段：「漫漫青草，滿目盡是荒墳；裊裊白楊，回首多應亂冢。」和前述詞句的淒涼氣氛相似。

## 二、柳

柳與留音同，古人常於送別時折柳相贈，表示心中的離愁別緒。詩文中亦常以柳樹暗示離別，最著名的有王維的〈陽關三疊〉：「渭城朝雨浥清塵，客舍青青柳色新。勸君更盡一杯酒，西出陽關無故人。」前句的柳即暗示本詩為一首送別詩。用柳來表達離別情境，從《詩經》〈小雅．采薇〉之「昔我往矣，楊柳依依」，至宋楊萬里〈舟過望亭〉：「柳線絆船知不住，卻教飛絮送儂行」，莫不如此。

## 三、黃楊

黃楊生長速度極慢，但木材紋理細膩堅緻，是優良的雕刻用材（圖2），民間用以雕刻神像、藝術品，也用來刻製印章。古人相信黃楊「歲長一寸，遇閏年則倒長一寸」，由於一般都認為閏年常發生旱災、蟲害或其他禍事，為不祥之年，因此有「黃楊厄閏」的說法。詩文中常用黃楊來表示際遇困頓、時運不濟，如楊萬里〈九月菊未花〉：「舊說黃楊厄閏年，今年併厄菊花天。」不但黃楊厄閏，九九重陽日菊花未開也被視為厄閏，一切都是閏年帶來的惡兆。生長速度緩慢的黃楊有時也暗指詩文或功夫沒有長進，如陸游〈春晚村居〉：「身世已如風六鷁，文章仍似閏黃楊。」

## 四、蒲柳

蒲柳即旱柳，性耐旱，適應性良好，容易栽植，可生長於沙地或河灘下濕地區、溪流旁（圖3）。由於其天然分布範圍廣闊，又適應各種氣候、土壤，中國各地均有栽植。蒲柳和其他落葉樹一樣，秋季開始落葉，冬季成乾枯狀；而蒲柳又是落葉樹中最早落葉的樹種之一，詩文中均用其早落葉的特性來比喻早衰或體質衰弱，如白居易〈自題寫真〉：「蒲柳質易朽，麋鹿心難馴。」及明・錢履的詞〈行香子〉：「蒲柳衰殘，薑桂疏頑。幸身安、且鬪尊前。」都用蒲柳自況。

## 五、采（採）薇

《史記・伯夷列傳》說「伯夷叔齊義不食周粟，隱於首陽山，采薇而食之」，最後死於首陽山。「薇」即今之野豌豆（圖4）和同屬其他植物，嫩莖葉味道似豌豆苗，可做蔬菜或入羹。中國各地到處可見，自古即作為野蔬採食，逐漸被視為貧窮人家的蔬菜。由於上述《史記》的典故，「采薇」原用以頌揚忠貞不渝的節操，在詩文中則多用來比喻隱居，如白居易〈送王處士〉：「扣門與我別，酤酒留君宿。好去采薇人，終南山正綠。」

圖2 詩文中常用黃楊來表示時運不濟。

圖3 蒲柳（右）是最早落葉的樹種之一，詩文中用此特性來比喻早衰或體質衰弱。

## 六、藜杖

杖藜植株高可達三至五公尺，分布範圍極廣，在荒廢地上成片生長。古人取其木質化的老莖做手杖，謂之「藜杖」，鄉間貧苦老人家常使用。藜杖或杖藜常出現在詩詞及章回小說中，而由於持杖者多為老人，故「藜杖」成為老人的代稱。詩人有時會倚老賣老，以「杖藜」自稱，如杜甫〈夜歸〉：「白頭老罷舞復歌，杖藜不睡誰能那？」

## 七、藜藿

「藜」俗名灰藋菜，生不擇地，隨處可見，自古即採食供菜蔬。春季時採食嫩葉，煮食蒸食均可，經常煮成羹。「藿」是指豆葉，泛指一切豆類的葉子，如赤小豆等，非專指某一種植物。古代衣食不足的貧苦大眾常採集野菜充饑，而藜和豆葉是到處都可見的野生或栽培植物，後人遂以藜藿代表粗茶淡飯，如白居易〈丘中有一士〉：「藜藿不充腸，布褐不蔽形。」

## 八、苜蓿

漢武帝從大宛取得汗血寶馬，同時引進飼料草苜蓿。苜蓿除供餵食牛馬之外，嫩芽幼葉也能煮食供作菜蔬；也大量使用在農業上當綠肥植物。因此栽植普遍，到處均可採集，且「年年自生，刈苗作蔬，一年可三刈」，常作為菜蔬不足時的應急食物。詩文中多用於表示粗食淡菜，如宋．汪藻〈次韻向君受感秋〉：「且欲相隨苜蓿盤，不須多問沐猴冠。」及劉克莊〈次韻實之〉：「向來歲月半投閒，莫嘆朝朝苜蓿盤。」

圖4　古詩文中的「薇」即今之野豌豆及同屬其他植物，嫩莖葉可做菜蔬。

## 九、芝蘭

「芝」指靈芝，「蘭」原指澤蘭，宋代後亦指蘭花。靈芝自古被視為仙草或瑞草，是珍罕之物，自漢代以來就受到重視。每有靈芝出現，必「設宴慶賀，或寫詩賦，或上表歌功頌德」。宋徽宗政和七年（西元一一一七年），各地徵集獻上的靈芝就多達三十七萬支。澤蘭和蘭花均為香草類，前者香在植株，後者香在花，古代用以比喻君子或有才能者。

因此詩人以芝、蘭比喻美好的事物，如唐·陳彥博〈恩賜魏文貞公諸孫舊第以導直臣〉：「雨露新恩日，芝蘭故里春。」

## 十、參苓、參朮

「參」是人參，「苓」指茯苓，「朮」指白朮或蒼朮，都是常用的中藥材（圖5）。《神農本草經》將人參列為上品，是最重要的補藥，「主補五臟，安精神，定魂魄……久服輕身延年」。茯苓是寄生在松樹根上的菌類，菌體鮮時柔軟，呈球形或不規則形狀，《神農本草經》也列為上品，具有「養心安神、健脾除濕、利尿消腫」等功效，也是珍貴的滋補佳品。白朮、蒼朮可「除濕解鬱，發汗驅邪，補中焦，強脾胃」，是古代常用的高級中藥材。三者均為世人所識，詩文中常用「參苓」或「參朮」代表醫藥，

圖5　白朮是常用的中藥材，有補脾健胃功效。

清·張穆〈送漁莊三兄歸里並寄呈家兄述懷〉詩句：「君歸善自保，努力視朮參。」及樊增祥〈後園居詩〉：「參苓謝補養，寒暑忘節宣。」「朮參」和「參苓」都指醫藥。

## 十一、椿萱

「椿」是香椿，「萱」即萱草。香椿屬於落葉大喬木（圖6），枝葉芬芳，枝幹挺直，可長成「棟梁之材」，自古以來就享有與松柏同等的地位與盛名。《莊子·逍遙遊》云：「上古有大椿者，以八千歲為春，八千歲為秋。」說明香椿為長壽之木，因此古人以「椿」喻父。萱草為多年生草本，有「忘憂」含意，花「蕙潔蘭芳，華而不豔，雅而不質」，古代常栽種在北堂庭園中觀賞（圖7），由

圖6　香椿為落葉大喬木，枝葉芬芳，枝幹挺直，蒴果長橢圓形。

圖7　萱草。

於北堂為母親住處，故以「萱」喻母。成語「椿庭萱堂」表示父母、「椿萱並茂」喻雙親健在。詩文中亦經常出現，如明代陳循〈金明池〉：「願景福隆長，椿齡永遠，賽過高年彭祖。」及程敏政〈念奴嬌〉：「奉萱堂上，人爭道，七十古來稀有。」

## 十二、蓼莪

蓼莪典出《詩經》〈小雅．蓼莪〉：「蓼蓼者莪，匪莪伊蒿。哀哀父母，生我劬勞」等二篇，意為「父母生我，望我成材，但我卻不成器，辜負父母的期望」，表現對父母的悲悼與懷恩。據《晉書．王裒傳》所載，王裒之父死於非命，悲痛之下避官隱居，開班授徒。每講授〈小雅．蓼莪〉篇必悲從中來，痛哭失聲，後世就以「蓼莪」表示思念父母，即成語「蓼莪之思」的意思。明．李東陽〈茅屋時思〉：「極德難忘寸草私，多愁常廢蓼莪詩。」表達思念父母而不忍吟詠〈小雅．蓼莪〉篇的哀痛心情。

## 十三、紫荊

紫荊在三、四月開花，先花後葉，花呈紫紅色，極為豔麗（圖8），是中國庭園不可或缺的觀賞樹木，各地花園及私人宅第多有栽種。南朝梁．吳均的志怪小說《續齊諧記》記載：有田氏兄弟三人，共議分家，決定將庭院的紫荊一分為三，不料紫荊立即枯死。三兄弟見狀有感「樹本同株，聞將分析，所以憔悴，是人不如木也」，遂決定不分家，紫荊隨即又恢復生機。這是「田家紫荊」的典故，後世用以比喻兄弟和睦相處，以「紫荊」代表兄弟情，如明．吳大經〈玉樓春〉：「田家兄弟知何處，留得紫荊花一樹。」

圖8 紫荊。

## 十四、棣萼、棣華

《詩經》〈小雅．常棣〉：「常棣之華，鄂不韡韡。凡今之人，莫如兄弟。」詩中的「常棣」即薔薇科的唐棣，又名枎栘。《詩經》以唐棣的花瓣、花萼相依比喻兄弟間的親密關係，後世因以棣萼、棣華來描寫兄弟和睦，如唐詩人岑參以〈送薛彥偉擢第東歸〉詩：「一枝誰不折，棣萼獨相輝。」讚美薛氏兄弟相繼及第；杜甫〈贈特進汝陽王二十韻〉：「自多親棣萼，誰敢問山陵？」讚揚汝陽王善待兄弟。

# 第二節　植物與女人

## 一、桃葉

「桃葉」原為晉・王獻之的愛妾，王獻之曾作〈桃葉歌〉迎接她：「桃葉復桃葉，渡江不用楫。但渡無所苦，我自迎接汝。」催促愛妾桃葉渡江相會。後來被用作詠頌歌妓的典故，或引申為風塵女郎的代稱，如唐・李涉〈寄贈妓人〉：「君到揚州見桃葉，為傳風水渡江難。」清・樊增祥〈送器之外舅還鄂〉：「檢點藥囊思壽世，伶娉桃葉伴還鄉。」及〈彩雲曲〉：「樓上玉人吹玉管，渡頭桃葉倚桃根。」都是。樊增祥的另一首詩〈贈蘭卿為子珍六兄屬賦〉：「打槳正當桃葉渡，彈詞偏愛牡丹亭。」所說的「桃葉渡」在今南京秦淮河畔，相傳為王獻之送愛妾桃葉於此而得名。

## 二、櫻桃

櫻桃古代稱為「含桃」，用以祭祀宗廟，可見櫻桃為古代珍果，唐代時已普遍栽植。櫻桃果實近球形，直徑僅約一公分，成熟時紅色。古人認為女人嘴唇宜小，最好圓如櫻桃，因而用櫻口、櫻唇、櫻顆名之，有如今日所說的「櫻桃小口」。宋趙福元〈鷓鴣天〉：「歌翻檀口朱櫻小，拍弄紅牙玉筍纖。」用「朱櫻」形容女子嘴唇，以「玉筍」比喻纖纖玉手。宋・吳禮之〈雨中花〉：「憶湘裙霞袖，杏臉櫻唇。」則稱「櫻唇」。宋・白玉蟾也以「櫻唇一點弄嬌紅」，形容女子的嘴小而紅潤。

## 三、柳

審美觀因時代而異，古今對女人五官之美的欣賞角度不同，古人以女人眉毛纖細、眼睛細長為美。柳葉細長，女人纖細的眉毛稱「柳眉」，單鳳眼謂之「柳眼」，如唐・李商隱〈和人題真娘墓〉詩：「柳眉空吐效顰葉，榆莢還飛買笑錢」；明・張廷玉〈憶秦娥〉：「春雲掠，芙腮柳眼休躭閣」，及夏完淳〈滿庭芳〉：「長堤路，桃花帶笑，柳眼自含悲」等。另外，柳枝（條）細軟搖曳，因此用「柳腰」來形容美女的細軟腰肢。

**四、桃**

古代女人化妝時都習慣畫腮紅，因此文人以粉紅色桃花來形容而稱之「桃腮」、「桃面」、「桃臉」等。例如，宋．韓滮〈浣溪沙〉句：「杏腮桃臉黛眉彎」及易祓〈喜遷鶯〉「帝城春晝。見杏臉桃腮，胭脂微透」等句。

**五、杏**

杏果呈圓球狀，因此用「杏眼」比喻水汪汪的眼睛；而杏花花蕾呈粉紅色，也用「杏臉」、「杏腮」來形容身體健康、顏面潤澤的年輕女人臉孔，如宋人韓滮〈浣溪沙〉：「雨濕杏腮疑淡淡，風迷柳眼半傚傚。」

**六、蔥、竹筍**

古時女子以手指細長、白皙為美，極似新鮮蔥白，因此名之曰「春蔥」、「蔥指」，如唐．白居易〈箏〉：「雙眸剪秋水，十指剝春蔥。」有時則以細嫩竹筍形容，謂為「筍指」，如明人瞿佑〈生查子〉：「杯持筍指纖，歌發櫻唇小。」形容美女細長尖白的雙手，有如剛剝殼的嫩筍一般。

**七、瓠、糯米**

女子牙齒以白為尚，謂之「瓠犀」或「糯米牙兒」。《詩經》〈衛風．碩人〉以「領如蝤蠐，齒如瓠犀」形容女子皓潔牙齒，瓠犀指瓠瓜之子。《朱熹集傳》：「瓠犀，瓠中之子，方正潔白，而比次整齊也。」例如，朱有燉散曲〈北越調柳營曲．詠風月擔兒〉：「涎乾了瓠犀齒，粉澆了旱蓮腮。」糯米為稻米的變種，色澤比粳稻更白，也用以形容美女皓齒。

**八、蓮、荷、芙蓉**

宋以後到民國之間，漢族女子一直有纏足習俗，雙腳越小越美，謂之「三寸金蓮」。詩文中的「金蓮」意指女子的小腳，有時也代稱女子，如宋人方千里〈虞美人〉：「吹鬢東風影，步金蓮處綠苔封。」女子臉部也以粉紅色荷花形容為「芙蓉頰」或「芙蓉腮」，如唐．白居易的〈簡簡吟〉：「蘇家小女名簡簡，芙蓉花腮柳葉眼。」及明散曲〈沈醉東風〉：「芙蓉頰檀口似櫻桃。」

# 第三節　代表季節的植物

## 一、春季

花期在春天或代表春季的開花植物種類最多，有柳、桃、杏、辛夷、櫻花、牡丹等，詩詞用以代春天或暗示春之季節。

・**柳樹（垂柳）**：初春開始開花，隨後才萌發綠葉。清明節左右果實成熟裂開，並釋放出長白細小的種子，形成「柳絮」。柳樹一切變化都發生在春季，詩人常以柳樹代表春季之樹，如明・陳于朝〈如夢令・春〉：「無算、無算，柳影隨鷗作伴。」

・**辛夷**：《楚辭》作「新夷」，是木蘭的一種，花大而豔，春季開深紫色花，又名「紫玉蘭」；花苞形似毛筆，又稱「木筆」，也是中國庭園常見的觀賞花木（圖9）。詩詞中出現的辛夷，描述開花時間是在春天，如唐・

圖 9　辛夷（紫玉蘭）是春季花卉。

圖 10　牡丹有「天香國色」之美稱，自古就是中國庭園不可或缺的名花。

錢起的〈暮春歸故山草堂〉：「谷口春殘黃鳥稀，辛夷花盡杏花飛。」寫的是春天辛夷先開花，然後才是杏花。

・**桃、杏**：農曆二至三月桃、杏花盛開，桃花色粉紅至紫紅；杏花花蕾粉紅色，花開時白色，兩者都是栽植普遍的庭園花木，也都代表春季之花。唐人盧綸〈送王尊師〉：「旌幢天路晚，桃杏海山春。」用桃、杏描繪海山的春天。

・**牡丹**：農曆四月開花，為春天之花，有「天香國色」之美稱，自古就是中國庭園不可或缺的名花（圖10）。《神農本草經》視之為藥物，南北朝時才成為名貴花卉。唐代栽植牡丹花的風氣極盛，如中唐詩人盧綸〈裴給事宅白牡丹〉詩句：「長安豪貴惜春殘，爭玩街西紫牡丹。」

圖 11　槐樹初夏開花，花呈淡黃色。

## 二、夏季

夏季開花的花木種類也不少，常出現在詩詞的夏季代表植物有槐、荷、石榴、木槿等。

・**槐樹**：初夏花盛開，花呈淡黃色（圖11）。科舉時代，常在農曆六月槐花開時忙著準備考試，故有「槐花黃，舉子忙」的說法。詩文以槐花季節代表初夏，如明・陳于朝〈如夢令・夏〉：「篁裡時禽兩兩，槐陰搖翠生香。荷葉倒催涼，琴與風聲亂響。」

・**荷花**：夏季開花的植物，最常見的應為水塘中盛開的荷花。荷花春季初萌新葉，夏初開始開花，仲夏最盛，秋季花葉開始凋萎，是典型的夏季之花。

圖 12　石榴花。

・**石榴**：原產西域，漢代張騫引進中土，唐代開始成為中國普遍栽植的觀賞花木，主要花色為紅色。花盛開時有如火燄，故曰「榴火」，也是盛夏重要的花木（圖12）。明人秦鏜〈千秋歲〉：「綠樹陰濃，正熟梅季節。藕花開，榴火赤。」說的是柳蔭濃、榴花赤、荷花（藕花）盛開的夏令季節。

• **木槿：**夏季池岸與荷花相輝映的花木，以木槿為主。木槿舊名「舜」，或稱「朝開暮落花」，常栽種於庭園或作為綠籬。花色有玫瑰紅、粉紅、黃紫、白色、藍色等多種，極為美觀（**圖13**）。《月令》以木槿花盛開時節為仲夏，且花期甚長，可長達四個月。唐人錢起〈避暑納涼〉：「木槿花開畏日長，時搖輕扇倚繩床。」以木槿花盛開來對應「避暑納涼」時節。

## 三、秋

詩詞中秋季的代表植物，有開白花至粉紅色花的木芙蓉、金黃色花的菊，以及開紅花的紅蓼等；也有葉色變紅的楓樹和葉呈金黃色的梧桐、銀杏等。

• **木芙蓉：**芙蓉有時指夏季之花的荷花，但說的若是秋天的「芙蓉」，毫無疑問指的是「木芙蓉」（**圖14**），如明人汪膺〈賀新郎〉：「嫋嫋芙蓉秋風裡，飛渡江南春色。」

• **菊花：**秋季開花的代表花卉，象徵晚節清高的隱逸者情操，因晉．陶淵明「採菊東籬」而馳名。

圖 13　木槿花盛開於仲夏，花期甚長，常栽種於庭園或作為綠籬。

圖 14 木芙蓉是秋天花卉。

菊花常用為秋天的代稱，是代表秋季時令的植物首選，明人陳于朝〈如夢令·秋〉：「共看明朝明月，踏過黃籬時節。」即是其中的代表作，句中的「黃籬」就是菊花。另外，唐人盧綸〈贈別司空曙〉：「有月曾同賞，無秋不共悲。如何與君別，又是菊花時。」也指出菊花是秋季花卉。

• **楓樹**：楓葉入秋經霜轉紅，「葉丹可愛」，向為詩人所偏愛，常以「楓林」一詞代表秋色，如唐人戴叔倫〈過三閭廟〉：「日暮秋煙起，蕭蕭楓樹林。」天氣越冷，楓葉越紅，詩句詠的當然是秋色。

• **紅蓼**：夏末初秋之際，紅蓼花穗隨風搖曳。花開時，「色粉紅可觀」，常成片生長於荒地、溪谷邊及濕地（**圖 15**）。唐宋詩有時稱蓼花或水葒，但大部分都稱紅蓼，如明人黃璽〈蘇武慢〉：「雲淡霜楓，水連秋壑，謾把小舟牢縛。紅蓼洲邊，綠楊陰處，結幾個漁樵約。」楓、蓼並提，指出兩者都是秋季植物的代表。

• **梧桐**：「梧桐一落葉，天下盡知秋」、「梧桐葉上秋先到」，梧桐自古就是秋季的代表植物。詩詞歌賦吟秋寄情的植物以梧桐為多，如宋人張耒〈晚歸〉：「學省歸來門巷秋，伴眠書史滿床頭。低雲漠漠梧桐晚，屏上江山亦解愁。」即為一例。

• **桂花**：中秋節前後桂花飄散香氣，喻佳景怡人，謂之「桂子飄香」。另外「桂子」也是對有才華者的美稱，「飄香」猶言顯達，語出唐人宋之問〈隱靈寺詩〉：「桂子月中落，天香雲外飄。」

圖 15 紅蓼常成片生長於荒地、溪谷邊及濕地，秋季花開時甚為可觀。

## 四、冬季

華中以北地區，冬季冷風瑟瑟，多數植物葉落呈枯死狀，常綠植物很少，開花植物更是稀罕。詩文中描述的冬季開花植物，大抵為冬末初春開花的梅花、山茶花。

・**梅：**枝幹蒼古、凌冬耐寒，花且有淡淡香氣，深受文人雅士喜愛。例如，明人陳于朝的詠時令詞〈如夢令・冬〉就以梅花為冬季的代表植物：「骨底一番寒透，春信無憑依舊。梅蕊放南枝，煙水凝香滿袖。」描寫的是梅歲寒開花。

・**山茶花：**以紅色為主色，花色另有白、粉紅及金黃等品種（圖16）。葉革質常綠不凋，不畏風寒，於冬季開花，詩詞中偶有篇章頌揚，南宋詩人陸游的〈山茶〉：「雪裡開花到春晚，世間耐久孰如君？」即為一例。

圖16　山茶花有多種花色，是冬季開花植物。

# 第十一章　古代禮儀的植物

中國一向是個多禮的國家，對於政府架構、社會組織及人民的生活等都制定禮制，以為運作的依據。國家的典章制度從周朝已開始完備，各朝代的統治也因「禮」而有所依循。中國數千年的歷史，受到儒家思想根深柢固的影響，成就中國成為長久以來一枝獨秀的文化內容。儒家思想的中心內容，歸根究柢，其實就是「禮」。「禮」是中國士大夫（讀書人）言行的依據，也是中國社會長期維繫不墜的重要因素。「禮」巨大的影響，成為歷代中國人生活起居的準則，不但影響中國人的言行思想，也深刻地反映在文學創作上。可以說，中國的文學內容離不開「禮」。

## 第一節　古代的禮儀

古代記述「禮」的文獻，較早的有《尚書》，其後有《周禮》、《禮記》、《儀禮》等，皆是以「禮」為書名，內容記述夏商周的社會典章制度、祭拜祖先神明的禮儀程序、生活起居準則等。古代禮的內容後世史書多有載錄，詩詞也多有引述，成為中國文學主要成分。以《詩經》而言，其中的〈周頌〉、〈商頌〉、〈魯頌〉三頌，主要內容都是祭祀祖先神明時演奏的雅樂。

古人相信「事死如事生，事亡如事存，孝之至也」。所以古代的祭祀大事，不外乎祭宗廟、祭社神、祭稷神、祭天地等。王公貴族祭宗廟，平民百姓祭祖先外，還要祭拜各種神明，如社神、稷神。祭祀祖先時，置供品於祖先靈前拜祭，謂之祭奠。祭品豐盛、典禮隆重，祭品的內容不外牲畜與古代菜蔬，但隨著祭拜對象不同，祭品內容也多有差異。此外，君王、士大夫、平民階級之間，祭拜程序和祭品內容都有嚴格的區分規定，祭服也有一定規格。合乎規定，才是「禮」。

每年定期舉行的還有祭天、祭地儀式。祭天即「郊之祭」，在郊外祭天，以報答上天的恩惠，是古代的大祭之一，由天子主祭，又稱為「禋祀」或「燔柴」。積薪壇上，放玉石及牲禮在薪上燃燒祭拜。祭地也是古代大祭，亦由天子行之，又稱為「瘞薶」。

一個人從出生、入學、長大行冠禮、嫁娶、到侍奉公婆，以至於送往迎來、贈送禮品，都有一定的禮儀規定。古代人最重要的禮儀是喪葬大事，主張「厚葬」，其禮儀規定多而繁瑣，從喪服、禮器到祭奠禮品、典禮場所擺設，甚至棺木用材都有一定的禮制。

## 第二節　古代祭祀相關植物

### 一、卜筮

古代視占卜為大事，國家有大事，必祭神而告之，並卜筮占吉凶、指示迷津。古人相信占卜的結果會影響個人和國家的前途，如〈中庸〉云：「國家將興，必有禎祥；國家將亡，必有妖孽；見乎蓍龜，動乎四體。」所謂「見乎蓍龜」，意即凶吉之兆會藉由蓍草、龜甲顯現出來，也會透過卜筮者的舉止反映出來。

《禮記．曲禮上》：「龜為卜，筴為筮。卜筮者，先聖王之所以使民信時日、敬鬼神、畏法令也；所以使民決嫌疑，定猶與也。」規定政治人物做決策之前，必須卜神問卦。其中所用的占卜器具「龜」是龜甲、「筮」是蓍草（圖1）。執行占卜的官員，行事必須戒慎恐懼，在君王面前使弄占卜用的蓍草或龜甲都會受到嚴厲的處分，即《禮記．曲禮下》所說的：「倒筴、側龜於君前，有誅。」

圖 1　古代用以占吉凶的蓍草。

卜筮之前，有淨身的規定，即《禮記．玉藻》

所載：占卜前，卿大夫等必須先用黍的湯汁洗頭，用粱的湯汁洗手，即「沐稷而靧粱」。洗澡用兩條浴巾，上半身用細葛布巾，下半身用粗葛布巾，即「浴用二巾，上絺下綌」，可以看出古人在占卜前保持戒慎恐懼的態度。

## 二、宗廟祭祀

祭祀宗廟，君王和諸侯、士大夫的禮儀和祭品都有定制。根據《周禮．天官冢宰下》，君王宗廟的祭祀，由執其事的官員「籩人」負責以竹器「籩」進獻食物。所進獻的穀類有麥、麻實、黑黍米，果類有棗、桃、榛、梅、菱、芡等。同時，由負責的官員「醢人」以木器「豆」進獻韭菜、菖蒲、蕪菁、苦菜、冬葵、水芹等食物。

圖 2　宗廟祭祀，棗果是必備的供祭品之一。

《儀禮》規定，諸侯大夫等貴族歲時祭祀祖禰時，要準備特牲（牲一）和少牢（牲二）之禮，即牲畜是必要的祭禮。除了牲畜外，供祭食品還有野菜荼（苦菜）、薇（野豌豆）、冬葵；蔬菜有韭菜等；穀類則以黍稷為主，另有棗（圖 2）、栗（圖 3）等乾果。上述宗廟祭祀相關禮儀，所使用的植物都是《詩經》、《楚辭》所描述過的。

## 三、祭鬼神

古人尊奉鬼神，認為鬼神至高無上。在上位者以鬼神之說來輔助國家的治理，讓百姓知所畏懼，有所敬服；人民則信服自己的祖先，並遵從祭鬼神的禮儀。《禮記．祭義》規定，祭鬼神時，要進獻牲畜的肝、肺、頭、心等祭品，穀類植物則必備黍、稷；同時獻上鬱金浸泡的黑黍酒（鬱鬯）。

百姓平常也會定期祭祀社神、稷神，不同季節祭祀時會使用不同的穀物或蔬菜，即「春薦韭，夏薦麥，秋薦黍，冬薦稻」，同時要「韭以卵，麥以魚，黍以豚，稻以雁」，意即祭拜時韭菜要配蛋、小麥要配魚、黍要配豬肉，而稻要配雁。

## 四、酒

凡祭祀都要獻酒，而且進獻的酒

圖 3　栗即板栗，也是古代祭祀宗廟必備的乾果。

不能用普通的酒。《周禮》〈春官宗伯・第三〉規定：「凡祭祀賓客之祼事，和鬱鬯以實彝而陳之。」意思是說把鬱金滲和在鬯酒裡，陳設在行禮的地方，即《詩經》〈大雅・江漢〉所說的：「釐爾圭瓚，秬鬯一卣。告于文人，錫山土田。」進獻玉製酒勺，和黑黍釀製再加上鬱金染黃的酒，祭告先人，並祈告子孫賜土封爵。

鬱金用來將酒染成黃色，表示對神明的崇敬，使用部分是鬱金的黃色根狀莖，曬乾擣成粉末狀備用（圖4）。擣製鬱金的器材原料《禮記・雜記上》有嚴格的規定：「臼以椈，杵以梧。」即臼要用柏木製作，而杵要用梧桐木。

圖4　祭祀進獻的酒，先用鬱金的根染成黃色。

## 五、祭品

不同階級的官員和普通百姓的祭祀，在祭禮、祭品的規定如上述。但不論是何種祭祀對象，都必須同時供應牛尾蒿、白茅及應時瓜果，即《周禮》〈天官塚宰・第一〉所說的：「祭祀，共蕭茅，共野果蓏之薦。」祭品必須用白茅作為墊襯（苴），「置黍、稷等祭品於其上」，才表示莊重。其他祭品如牛、羊等牲畜，也一樣要用白茅襯墊，如《周禮》〈地官司徒第二〉所言：「大祭祀，羞牛牲，共茅苴。」

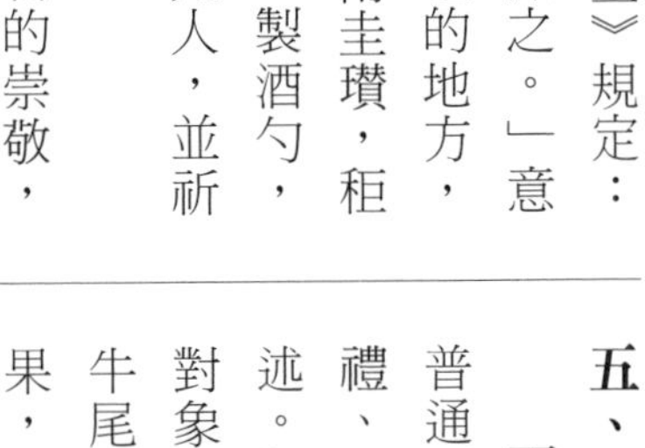
圖5　歷代祭祀用作祭品的野菜水芹。

綜合以上所述，歷代各種祭祀用作祭品的果類有棗、栗、桃、榛、梅、菱、芡等，野菜類有荇菜、冬葵、水芹（圖5）、野豌豆（薇）、田字草（蘋）、藻等，蔬菜類有韭菜、蕪菁等，穀類有麥、麻、黍、稷、稻等；而相關的非食用植物，包括菖蒲、白茅、白蒿（蘩）等。其中的白蒿（蘩）、田字草（蘋）、馬藻（藻）、牛尾蒿（蕭）等植物，已成為歷代各種祭祀的「祭祀植物」，詩文中屢屢述及，扼要說明如下：

•**蘩**：今之白蒿。《左傳》說：「蘋、蘩、蘊藻之菜，可薦於鬼神，可饈於王公。」說明蘋、蘩、藻等植物都是古代重要的祭品。古代常採集白蒿供祭祀用，《詩經》：「于以采蘩？于沼于沚。于以用之？公侯之事。」不但說明採蘩的目的是為了祭祀（公侯之事），且描述「蘩」生長在潮濕的沼澤和水洲（于沼于沚）。唐人徐渾〈太和初靖恭里感事〉詩：「清湘吊屈原，垂淚擷蘋蘩。」也是採蘋（田字草）和蘩（白蒿）來祭弔屈原。

•**蘋**：即今之田字草（**圖6**），嫩莖葉可蒸煮食用，又可以用醋醃製後配酒，如《呂氏春秋．本味》所載：「菜之美者，崑崙之蘋。」《詩經》〈召南．采蘋〉：「于以采蘋，南澗之濱。」表示採蘋之處是水濱，採集目的也是「于以奠之」，作為祭品。

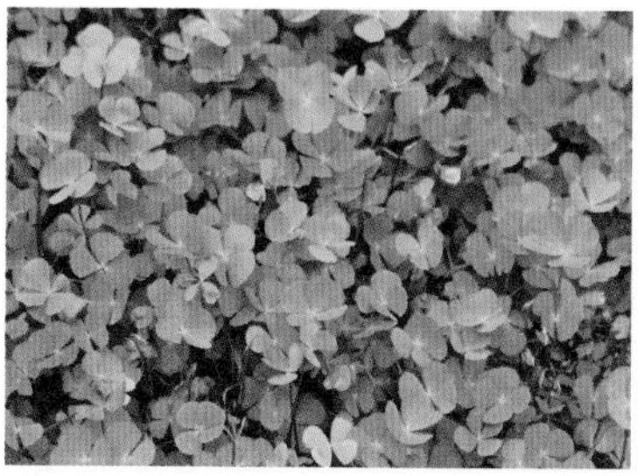

圖6 田字草是水生蕨類，古人採集供菜蔬，並用在祭禮上。

•**藻**：即眼子菜科的馬藻（**圖7**）或蘊藻。藻是生活在水中的沉水植物，種類很多，可以食用的有馬藻等少數種類。古時撈取葉及嫩枝，掏洗乾淨後，煮熟去除腥味做羹。藻象徵柔順、廉潔，周代祭祀時，獻供藻作為祭品，即《詩經》〈召南．采蘋〉：「于以采藻，于彼行潦。」採藻的原因。另外，古代每遇荒年，也會在水塘中採集藻類充當糧食。貧苦人家或樸實人家也常以藻類為食，如北宋僧道潛〈次韻楊翟尉黃天選見寄〉詩所敘述的：「眷余東南來，野飯煮芹藻。」

•**蕭**：今之牛尾蒿。古人採牛尾蒿用於祭祀，祭祀時染之以脂，合黍稷而燒之，主要是取牛尾蒿的香氣，來表達敬神心意。即《詩經》〈大雅．生民〉所言：「取蕭祭脂，取羝以軷。」牛尾蒿是供祭的植物，古人視為神聖之物，也用於諸侯宴會時推舉君子美德的頌揚和祝願之詞。祭祀送神時，會和獻酒一同使用，如唐人鄭善玉之郊廟歌辭〈雍和〉：「酌鬱既灌，薌蕭方爇。」

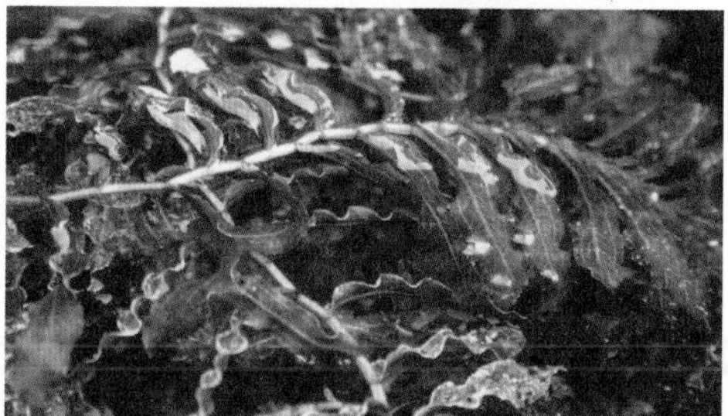

圖7 古時撈取馬藻之嫩枝葉煮羹，也用作祭品。

## 第三節　古代喪葬禮儀與植物

### 一、喪服、禮器

婚喪喜慶是中國人一向最重視的禮儀，喪禮尤其隆重，特別是古代。自天子以下，至於平常百姓，人死後哀喪的禮節、服飾及喪服的等級都有嚴格規定：諸侯為天子、臣為君、子為父及妻妾為夫所服的喪服，謂之「斬哀」，屬於最隆重的喪禮服飾，用最粗的麻布裁製，不緝邊，服期三年。其他喪服又有齊哀、大功、小功之分，服期一年至三個月不等，喪服緝邊。

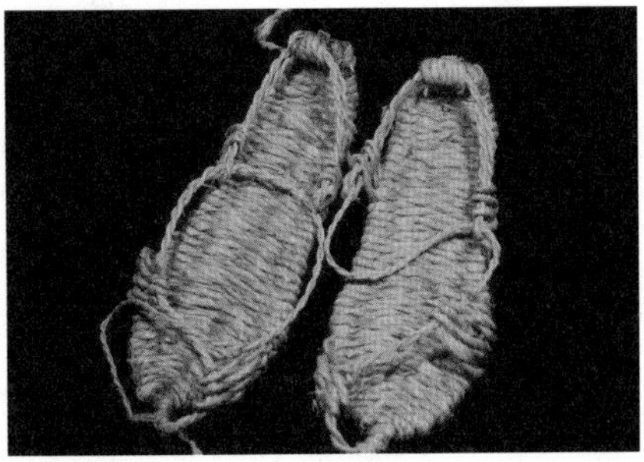
圖8　用芒草（菅草）稈編製的草鞋。

喪家必須按禮製備穿戴的規定服裝，包括用粗麻做成麻帶，稱為「苴絰」；用枲麻做成冠帶，稱「冠繩纓」；用菅草稈編製草鞋（圖8），謂之「菅履」。穿的粗草鞋（疏履），有時可用蕙草和蒯草製作。除了喪服之外，喪禮進行中還要用到「孝杖」。孝杖的材料也有規定：父親去世，用竹子做孝杖，曰「苴杖」；母親去世，用桐木做孝杖，曰「削杖」（《儀禮．喪服》）。

圖9　士家喪事，夏天死者要穿葛藤皮製成的「葛履」。

至於士家（讀書人）喪禮，也有特殊規定（《儀禮．士喪禮第十二》）：死者插髮髻用的髮簪必須用桑木製作，長四寸；身上放置竹製笏板，夏天穿白色葛履，冬天則穿白色皮履。葛履用葛藤（圖9）皮製作。

### 二、奠祭禮品

據《儀禮．既夕禮第十三》所載，祭祀剛過世的親人，一般用乾肉、魚、葵、棗、栗和黍、稷、麥等奠祭。祭祀用的羹則以苦菜、薇（野豌豆）或冬葵等野菜為材料。祭禮進行時，《周禮．春官宗伯第三》規定：「凡喪事，設葦席。右素几，其柏席用萑。」即喪祭鋪設蘆葦（圖10）編的席子，而神坐的席位謂「柏席」，則用荻草（圖11）的禾稈製作。

## 三、棺木

《禮記．喪大記》對棺木外面的套棺材料也有限制，即「君松椁，大夫柏椁，士雜木椁」，君王用松樹，大夫用柏，士則無嚴格規定，一般百姓則視自身的經濟情況購置適當的棺木材料。

綜合以上所述，古代喪葬禮儀所使用的植物，喪服方面有：麻、芒草（菅）、蘆草、蒯草、葛藤等；喪儀方面有：竹、蘆草、荻、桐、桑等；祭禮有：棗、栗、黍、稷、麥、冬葵、苦菜、野豌豆等；棺木則有松、柏和其他雜木等。

圖 11　喪祭時神坐的席位，要用荻草禾稈編成。

圖 10　古代喪事之祭壇，要鋪設蘆葦稈編成的席子。

# 第四節　古代生活禮儀與植物

## 一、出生

貴族的孩子出生，也有特別的儀式。生男孩的話，要在門的左邊懸掛一副箭弓，如《禮記．內則》所說：「子生，男子設弧於門左，女子設帨於門右……射人以桑弧蓬矢六，射天地四方。」負責射箭的官員「射人」拿著桑木（圖12）製成的弓，取飛蓬（圖13）的枝條向天、地、東、西、南、北各射一箭，表示未來志在天地四方。生男孩要射箭，生女孩則不用，但要在門右掛佩巾（手帕），即「設帨於門右」之意。「三日始負子」，不管是男是女，第三天才能抱小孩出房門。

圖 12　古時貴族生男孩，必須準備桑木製成的弓。

如果是國君的長子出生，儀禮更隆重：首先要立刻向國君報告，用三牲慶賀，並進行其他複雜的禮儀。其餘儀式和上述貴族生子相同，也要「射人以桑弧蓬矢六，射天地四方」。

圖 13　貴族生男孩，會用飛蓬枝條製成的箭射向天地及四方。

## 二、入學

古代孩童讀書不易，只有少數貴族人家或地方仕紳，才有能力送孩子入學。依《禮記．月令》，入學時，先以芹、藻等物祭祀先師，此典禮謂之「釋菜」。「芹」即水芹，在現代芹菜（旱芹）未引入中國之前，是古人常採食的野蔬。因《詩經》有「思樂泮水，薄采其芹」之句，故入學時，用以祭祀萬世師表孔子，有鼓勵向學致仕之意。「藻」即馬藻或蘊藻，代表純潔。

## 三、冠禮

貴族男子二十歲要行加冠禮，表示已經成年。《儀禮．士冠禮》記述行冠禮的過程及儀式：首先由「筮人」占筮選定良辰吉日，占筮用蓍草。各種瑣細的典禮儀式中，最重要的是行醴法及行醮禮。行醮禮要祭酒，還要準備「葵菹」和「栗脯」等食物。「葵菹」是醃製的冬葵菜，「栗脯」為栗子乾。行禮時，夏天要穿葛藤製成的鞋，冬天可穿皮鞋。

## 四、嫁娶

根據《禮記．昏義》，女子出嫁前三個月，要進入宗祠接受教育。受教完畢，要以「蘋、藻」製羹祭告祖先；結婚典禮以後，新婚第二天早晨起床，新婦要以棗、栗侍奉公婆，就是《儀禮．士昏禮第二》所說的「執笲、棗、栗、段脩以見」，段脩是加薑桂的乾肉。

## 五、侍奉

平常的起居生活，兒子侍奉父母、媳婦侍奉公婆的禮儀，除了必須遵守的服裝、服飾、禮儀外，《禮記．內則》還規定：子婦清晨侍奉親長，必須準備「饘（厚粥）、酏（薄粥）、酒、醴（濃酒）」和芼（野菜）、羹湯、菽、蕡（大麻種子）、稻、黍、粱、秫」等食物及飲料，還有加上甜食棗、栗、飴（飴糖）、蜜。上述食物其實就是古代人的三餐食品：主食類有稻、黍、粱（小米）、菽（大豆）、蕡（大麻子）；副食類有野蔬；飯後甜食有棗、栗等。

## 六、見面

古人相見時贈送禮物，稱「摯」或「贄」，但身分不同，禮品亦不同。《禮記．曲禮下》云：「凡摯，天子鬯……」意思是說相見時，天子用鬯酒賜給對方。諸侯以下則贈送羊、雁、鴨等各種不同的牲畜。婦人相見時，所送的禮品有枳椇（圖14，膨大的果梗是食用部分）、脯、脩、棗、栗等。諸侯間相互拜訪也要贈送棗、栗（《儀禮・聘禮第八》）。

《儀禮・聘禮第八》記載：周君宴請臣子的食物有「黍、稷、粱、稻」，都是當時的主食，也是當時栽種最多的穀類；菜類有韭、藿（豆葉）、蔓菁、荼（苦菜）、薇（野豌豆）等蔬菜，大都是野菜，只有韭、蔓菁為栽種蔬菜。可以看出，即使是周王的宴會，植物類食材中栽種蔬菜的種類也極少。可見當時民眾的菜蔬，仍以採集野蔬為主。

圖 14　枳椇。

## 第五節　古詩詞的酒

### 一、穀類酒

用黍、稷、麥、稻等糧食作物（即五穀、九穀等禾本科作物）直接發酵製成的酒，稱「穀類酒」，是中國古代使用最多、飲用時代最長遠的酒。唐宋以前，中國人喝的酒大都是這種酒。發酵酒必須過濾酒渣才能喝，「五柳先生」陶淵明喜歡喝酒，看到剛釀好的酒，迫不及待地將頭上的葛巾取下濾酒，這就是所謂的「葛巾漉酒」，後人用此成語形容嗜酒且性情率真的人。歷代著名的穀類酒有戰國時代的「黍酒」、漢代的「麥酒」、魏晉南北朝的「糯米酒」和「粟米酒」，現在的米酒及高粱酒均屬之。

### 二、竹葉酒

即「竹葉青酒」，是一種用竹葉、當歸、陳皮、雞舌丁香等藥材釀製的酒。《本草綱目》列為藥酒，「治諸風熱病，清心暢意」。這種酒中國很早就有，南北朝的北周詩人庾信〈春日離合詩〉：「三春竹葉酒，一曲鵾雞弦。」就已提及。唐詩也有多首詩詠及，如戎昱詩〈送王瑞公之太原歸覲相公〉：「春雨桃花靜，離尊竹葉香。」及李嶠〈酒〉：「臨風竹葉滿，湛月桂香浮。」可見「竹葉酒」也是唐代名酒。其後各代均有詩文引述，明代的「竹葉清」據《明宮史》所載是一種內府造的御酒，身價不凡，當時不乏詠「竹葉酒」的詩詞，如焦竑〈友人以詩召飲未赴次韻〉：「酒杯竹葉清相妒，人面桃花嬌可憐。」及張紅橋〈玉漏遲〉：「一杯竹葉同斟，休學取，樂昌破照。」

## 三、水果酒

唐代以前，「葡萄酒」是西域各國釀製的發酵飲料，在內地被視為珍異之物，常直接從西域「進口」。唐太宗破高昌之後，中土才開始釀造葡萄酒，成為唐代重要的名酒，許多詩人都有提到。例如，王翰著名詩作〈涼州詞〉：「葡萄美酒夜光杯，欲飲琵琶馬上催。醉臥沙場君莫笑，古來征戰幾人回？」及常建〈塞下曲〉句：「帳下飲葡萄，平生寸心是」等，都是千古名句。《全唐詩》鮑防〈雜感〉則提到「天馬常銜苜蓿花，胡人歲獻葡萄酒」，天馬和葡萄酒是唐朝盛世的象徵。

## 四、香料酒

用植物具特殊香味的葉、莖、根、花或果配入酒中，製成風味特別的美酒，也是中國古代釀酒的特色，歷代均有詩文載錄之。古人農曆過年還有喝椒酒、柏酒的習慣，《荊楚歲時記》云正月一日：「長幼悉正衣冠，以次拜賀，進椒柏酒，飲桃湯。」椒酒是用花椒果實（圖15）浸泡的酒，有香氣且有辟邪效果；柏酒是柏葉（圖16）浸製的酒，古人相信有免除百病的作用。一年之始的元旦，喝椒酒、柏酒，能使人在新的一年身體健康、百病遠離，一直到明清時代，還

圖 15　用花椒果實浸製的酒，稱為椒酒。

圖 16　飲用柏葉浸製的柏酒，古人相信可以免除百病，有益健康。

維持春節喝柏酒、椒酒的習慣。明人馬邦良的詞〈鵲橋仙・除夕〉：「頻斟柏葉與椒花，且莫厭流霞披霧。」以及方一元的詞〈蝶戀花・三山齋雪〉：「柏酒欲傾思兩弟，天涯歲底心相繫。」均可看到除夕夜喝柏葉酒、花椒酒的描述。

農曆五月五日端午節，要喝「菖蒲酒」及「雄黃酒」。古人認為五月是「惡月」，必須喝這兩種酒去惡辟毒。另外，在端午節當天還會取菖蒲葉，加上榕樹葉、艾草一起懸掛在門口辟邪。菖蒲是水生植物，全株具香味，自古即視為具活血、理氣、散風、去濕等功效的藥材，浸酒後有治病效果，可「通血脈、治骨瘻，久服耳目聰明」。

農曆九月九日重陽節，自漢代開始有登高遠望、佩戴茱萸及喝「菊花酒」的習俗，即郭震〈子夜四時歌・秋歌〉所謂：「辟惡茱萸囊，延年菊花酒。」騷人墨客尤其時興重陽節登高飲酒，產生許多膾炙人口的詩文作品，其中又以王維的〈九月九日憶山東兄弟〉最為著名。到了宋代，重陽節不但喝菊花酒，也喝「茱萸酒」：讓菊花瓣飄浮在酒上，謂之「菊花酒」，置茱萸葉於酒中則稱作「茱萸酒」，都是節日當天取新鮮花瓣、葉片放入酒內而成。喝了這兩種酒，據信能消除陽九之厄。菊花酒有時也會趁著「菊花舒時，並採莖葉，雜黍米釀之」，是真正具有菊花風味的酒，也是重陽節登高的時令酒品。

「桂酒」是肉桂浸製而成的酒，以桂皮或桂枝切片放入酒中浸泡而成。《楚辭》〈九歌・東皇太一〉：「蕙肴蒸兮蘭藉，奠桂酒兮椒漿。」意思是說祭神時用肉桂製成的桂酒及花椒釀製的椒酒，以香草蕙、蘭為墊，表示崇敬。唐人高適〈贈別褚山人〉：「牆上梨花白，尊中桂酒清。」載錄唐人也有喝桂酒的習慣。

圖 17　石榴的果實可用以釀酒。

用松花浸泡的酒稱為「松花酒」，據說味道「清香甘美」，《全唐詩》中不乏「松花釀」、「松花酒」一類的詩句。唐代詩人劉長卿就常喝「松花酒」，有「藜杖閒倚壁，松花常醉眠」詩句，也經常「郊醉松花釀」。唐代「柏葉酒」和「松花酒」常一起出現，同為唐代名酒，如王績〈春莊酒後〉：「郊扉乘曉闢，山醖及年開。柏葉投新釀，松花潑舊醅。」未過濾糟粕的酒稱為「醪」，唐詩常出現的「松醪」，是指用松脂釀的酒。蘇軾在定州時曾以「松膏」釀酒，「松膏」即松脂。歷代詩詞引述的「松醪」或「松酒」可能都是加松脂釀造的，唐代飲「松醪」的詩句很多，如竇庠〈酬韓愈侍郎登岳陽樓見贈〉：「野杏初成雪，松醪正滿瓶。莫辭今日醉，長恨古人醒」；李商隱〈復至裴明府所居〉：「賒取松醪一斗酒，與君相伴灑煩襟」及〈自喜〉：「慢行成酩酊，鄰壁有松醪」；杜牧〈送薛種遊湖南〉：「賈傅松醪酒，秋來美更香」。另外，王維的〈過太乙觀賈生房〉：「共攜松葉酒，俱簪竹皮巾。」所喝的「松葉酒」釀造過程中一定加有松葉。

## 五、藥酒

浸泡藥材，使藥材的有效成分溶解在酒中，可製成味道特殊又有治病效果的藥酒。例如，明代的藥酒有五加皮酒、當歸酒、枸杞酒、茴香酒、天門冬酒、茵陳蒿酒等；而清代有桑椹酒、梨酒、棗酒、木瓜酒、橘酒、石榴酒（圖17）、桂花酒、茉莉花酒、合歡花酒、玫瑰露、蓮花白等等。

# 第十二章 文學與植物色彩

## 第一節 前言

植物各部位的色彩成為顏色的專有用語，例如粉紅色的桃花成為「桃紅」專用詞、「杏黃」來自成熟的黃色杏果、「漆黑」源自黑色的漆樹汁液、「柳綠」指的是春天初萌的柳葉顏色、「橘紅」是成熟的橘皮色、「棗紅」指暗紅的棗果、「松青」是暗綠的松葉等等。小說詩文常不直接寫出所引述物體的顏色，而以熟悉的植物體部分顏色來形容。如《紅樓夢》第五十二回寶玉身上所穿的「哆囉呢的天馬箭袖掛子」即以「荔色」狀之，意即暗紅色。有時就以荔色代替暗紅色。

用植物器官的色彩來創造文學用詞，而為後人所師法者，實例很多。此類語詞來自植物的花、葉、果實的顏色，如**花紅柳綠**、**紅桃綠柳**、**紅杏出牆**、**李白桃紅**、**橘紅橙黃**等，適當應用在文句上，常能創作新穎切題的詩篇，前者如明·劉基〈春思〉：「憶昔東風入芳草，柳綠花紅看總好。」後者如元好問〈洞仙歌〉：「千崖滴翠，正秋高時候，橘紅橙黃又重九。」

植物色彩的多樣性，使詩文內容更加生動，並營造出中國文學的意境。如唐詩人李端〈送濮陽錄事赴忠州〉：「赤葉黃花隨野草，青山白水映江楓。」有山水的青與白，也有植物的紅與黃。另外，元·白樸的散曲〈雙調·沉醉東風〉：「黃蘆岸白蘋渡口，綠楊堤紅蓼灘頭。」短短兩句就出現黃、白、綠、紅四種顏色四種植物，曲中充滿豔麗色彩。歷代充滿植物色彩的詩文不勝枚舉，唐人蘇頲〈長相思〉：「楊柳青青宛地垂，桃紅李白花參差。」即其一。王維以「詩中有畫」著稱，如〈田家〉：「夕雨紅榴拆，新秋綠芋肥。」及〈田園樂七首〉：「桃紅復含宿雨，柳綠更帶朝煙。」都是善用植物顏色的例子。

具有植物色彩的作品，不但可充實詩文內容，有時也暗喻作品背景。最典型的例子莫如白樸的〈越調・天淨沙〉：「孤村落日殘霞，輕煙老樹寒鴉。一點飛鴻影下，青山綠水，白草紅葉黃花。」短短六個字的「白草紅葉黃花」，說明三件事：其一，六個字是三種植物，白草、楓樹、菊；其二，代表白、紅、黃三種顏色；其三，此段描寫的季節是秋天。

## 第二節 植物的色彩

植物的色彩，主要來自花。花的顏色，從淡雅到濃豔均有。植物開花時，群芳競秀，色彩繽紛，是植物景觀中最引人注目者，花海花園常常成為一地的景觀焦點。出現在古典文學作品的植物中，也有各種不同花色，正所謂：「紅黃綠紫花，花開看不足。」（唐人李端）。從《詩經》以下，歷代詩文常出現的植物，開白花的有梔子、李、梨、丁香、玉簪、百合等；開黃花的植物，有臘梅、迎春、連翹、棣棠、石蒜等；開粉紅色花的植物，如桃、杏、合歡、夾竹桃；開紅色花的植物，如山茶、石榴、朱槿、木棉、山丹；開紫色花的植物，有木槿、紫薇、紫荊、泡桐等；也有花冠成藍色的龍膽、牽牛花等。不同花色的植物，充實了中國古典文學、繪畫藝術的內容。

花期過後，還有果實可以欣賞。植物果實成熟期多在夏末或秋季，此時百花多已凋萎，但鮮豔色彩的果實仍然迷人。有些植物結實纍纍，全株都是果實的色彩，往往成為點綴景觀的美景，其中又以鮮豔的黃色和紅色果實受到最多的注目與讚美。文學作品上出現最多的金黃色果植物，有金橘（盧橘）、枇杷、銀杏、楝、杏等；常出現的紅色果實植物，則有南天竹、楊梅、荔枝、山桂、冬青、枸骨、枸杞、山茱萸等。

葉的色澤變化，表現出植物種類之間的差異，從墨綠、深綠、翠綠到淡綠不一而足。比較特殊的葉色，包括銀白色（如蘄艾）、黃色（如黃金榕）、紅紫色（如青紫木、非洲紅）等。有些同種植物不同單株之間，色澤也有濃淡之分。落葉性植物則新葉、老葉色澤不同：葉芽初展或展開未久的嫩葉，呈嬌黃、淺黃、淺綠、翠綠等色澤；新綠之葉，色澤由淺轉深，由淡至濃，有淡綠、鮮綠、黃綠、濃綠、深綠之分。入秋後，有些樹種為了適應冬季嚴寒的環境，而演化成落葉樹種。秋季氣溫開始下降，葉片葉紅素沉積，葉柄基部形成離層，葉片變紅或變黃凋落。植物葉色由綠轉黃或轉紅，是文人墨客筆下最喜描述的，如宋人釋德洪〈早行〉：「秋陽弄光影，忽吐半林紅。」描寫的是秋紅的樹種，如楓、黃檀木、槭、柿等。而秋季葉轉黃的樹種，則有槲樹、楸樹、梧桐、銀杏、楊、榆等。

## 第三節　四季的植物色彩

### 一、春天的植物色彩

春季植物的色彩主要表現在花色上。歷代詩文中，常用來表現亮麗色彩、描繪春季特色的開花植物有桃、杏、紫荊、木蘭、海棠、牡丹、芍藥、紫藤、辛夷、薔薇、丁香等，顏色有桃紅、紫紅、紫、白等。

• **桃花**：桃紅色的桃花（圖1）非常豔麗，自古即為主要的觀賞花種。《詩經》有〈桃夭〉篇用桃花來盛讚新嫁娘的美貌，到了宋代則被列在名花三十客（《西溪叢話》）及名花五十客（《三柳軒雜識》）之中。桃的品種極多，以花而言，有紅、紫、白各種花色，也有單瓣、重瓣之分。唐．歐陽詢《初學記》認為：「以桃花白雪與兒靧面，云令面妍華光悅。」東晉《肘後方》還說：「服三樹桃花盡，則面色紅潤悅澤如桃花。」另中醫古籍《太清諸卉木方》也說：「酒漬桃花飲之，除百病，好容色。」

• **杏花**：杏原產中國，起源自中國北部和西部山地。《夏小正》有「正月，梅、杏、杝桃則華」、「四月，囿有見杏」的記載，說明至少在二千六百年前已有杏樹栽培。杏樹一般在農曆二月開花，花蕾顏色純紅，但盛開時色白而微帶紅，至落花時則變為純白色（圖2）。杏花盛開時，單株無甚可觀，但成叢杏樹開花則美麗動人，正如《學圃餘疏》所言：「杏花無奇，多種成林則佳。」歷代吟誦杏花的詩詞極多，如南宋陸游〈江路見杏花〉：「我行浣花村，紅杏紅於染。」所見為開紅色花的杏樹。

● **紫荊**：春季在枝上、樹幹上，甚至根上著生細碎花朵，數朵一簇，豔紫可愛，又名「滿條紅」，足以點綴春光（**圖3**）。先花後葉，花罷葉才出。葉近圓形，春季萌芽幼嫩時紅褐色；夏季葉翠綠具光澤，極富四季之美。國外植物園多有引種，叢植、散生皆宜。韋應物〈見紫荊花〉一詩描寫：「雜英紛已積，含芳獨暮春。還如故園樹，忽憶故園人。」看到紫荊花開，讓詩人想起了故鄉的樹，勾起孩提記憶。紫荊通常在三月、四月開花，杜甫詩：「風吹紫荊樹，色

圖2　白色杏花微帶紅色，盛開時豔麗動人。

圖1　《詩經》用桃紅色的桃花盛讚新嫁娘的豔麗容貌。

與春庭暮。」描寫紫荊是春日的色彩之一。

•**木蘭**：木蘭是中國特產名花，其花「色白微碧，香味似蘭」，故又名玉蘭，為名貴的庭園觀花樹種。木蘭先花後葉，春天時開花，花色白，又稱應春花、望春花，即應春或望春而開的花卉。古代造園名著《長物志》說：「玉蘭，宜種廳室前。對列數株，花時如玉圃瓊林，最稱絕勝。」因此，名勝及各處名園都種有木蘭。清代皇室、權貴布置官邸庭園時，也種植木蘭增色。近代經過育種，已培育出紫紅花變種，稱紫花玉蘭，花色濃淡有致、美麗動人，也成為近代庭園名木。木蘭花配植松樹，下置山石岩塊，更有古趣。

•**海棠**：中國名花，未開時，花色深紅點點；初開放時，花色淡紅；將謝時有如「隔宿粉妝」（圖4）。宋．劉克莊詩：「海棠妙處有誰知，今在胭脂乍染時。」海棠以「雖豔無俗姿」著稱，在霏雨下更顯嬌豔奇絕，即所謂「儂麗最宜新著雨，妖嬈全在半開時」。南宋陸游的詩作〈海棠歌〉盛讚海棠的脫俗之美更勝芍藥：「若使海棠根可移，揚州芍藥應羞死。」唐代之前詠海棠詩甚少，直到宋代才由蘇東坡啟其端。蘇東坡酷愛海棠，謫居黃州期間，寫過好幾首詠頌海棠的詩。蜀中海棠聞名天下，成都海棠亦負盛名，杜甫在成都寫了許多詠花草的詩，卻沒有一首是有關海棠的，因此蘇東坡常為海棠遭受唐代詩人冷落而打抱不平，他有首詩云：「可憐俗眼不知貴，空把容光照山谷。此花本出西南地，李杜無詩恨遺蜀。」南宋詩人王十朋更有「杜陵應恨未曾識，空向成都結草堂」之惋惜。海棠花一般為粉紅色，後來也培育出花重瓣、純白色的「重瓣白海棠」，這個品種較為稀少。

圖3　紫紅色的紫荊花成簇生長在枝幹上，豔紫可愛。

圖4　中國名花海棠（垂絲海棠），自宋代起文人多有詠頌。

•**櫻桃花**：櫻桃在春季開花，在枝條上緊密簇生，花色雪白（圖5）。白居易〈傷宅〉詩云：「繞廊紫藤架，夾砌紅藥欄。攀枝摘櫻桃，帶花移牡丹。」顯示櫻桃和紫藤、芍藥（紅藥）、牡丹一樣，也栽植在院子裡，一方面採集果實食用，一方面供觀賞。

•**紫藤**：紫藤是世界知名的觀賞植物，原產中國。暮春時開花，是花木中少見的高大藤本植物，枝葉茂密，紫色花序懸垂，開花繁盛，有香氣，條蔓糾結，是最優美的觀賞植物之一（圖6），可栽植在庭院、公園廊前、涼亭、花棚、井架、拱門及牆壁上，也可植成盆栽。中國栽植紫藤的歷史悠久，唐代已經有栽培紀錄，各地都有栽種，有許多百年以上的古老植株。

圖5　櫻桃花。

•**牡丹**：自古以來，中國傳統庭園不可缺少的名花。唐中書舍人李正封〈詠牡丹〉詩云：「國色朝酣酒，天香夜染衣。」牡丹遂有「國色天香」的

圖6　紫藤是世界著名的藤本開花植物，春季花序懸垂，十分動人。

譽稱。大概在南北朝時代起，牡丹就已成為名貴的觀賞花卉，唐代時是皇宮珍貴的花卉，還特別在驪山開闢「牡丹園」。李白曾奉詔到沉香亭寫三首〈清平調〉，其中之一：「名花傾國兩相歡，常得君王帶笑看。解釋春風無限恨，沉香亭北依欄杆。」說的是豔麗的牡丹和傾國傾城的楊貴妃。牡丹原產華北地區，目前已在全中國各地栽培，並引種至國外，可根據花色和花瓣形態區分出上百個品種。花單生莖頂，花瓣紅色、紅紫色、玫瑰色、白色。

‧**芍藥**：自古即為著名的觀花植物，春季開花，花色嬌美。皇室、貴族庭園多有栽種。夏商周三代，芍藥已經成為名花，歷代詠芍藥的詩詞文句不勝枚舉。中國古代的花當以芍藥為盛，如《通志略》所說：「芍藥著於三代之際，風雅所流詠也。」處處有之，以揚州地區的芍藥最佳，猶如牡丹以洛陽最貴。芍藥花色有多種，紅、紫、粉紅、白、黃色等色都有，其中黃色比較稀少，目前中國各地可辨識的品種約有三百個之多。芍藥又名將離，《韓詩外傳》稱之為離草，離別之草也。古代年輕男女或朋友別離會相互贈送芍藥，所據即此。

圖7　木香花是香花植物，農曆四月開花，圖為開白花種。

圖8　開黃色花的木香花。

牡丹和芍藥都是中國名花，牡丹開花較芍藥早約一個月，牡丹稱「花王」，芍藥稱「花相」，都是「花中貴裔」。今人有以牡丹和芍藥混植者，兩者開花有早晚，這兩種天下名花的花期可以接續。

‧**木香花**：木香花之名初見《花鏡》，形如薔薇，農曆四月開花。白花者宛如香雪（圖7），黃花者燦若匹錦（圖8），花香馥清遠，故有「木香」之名，就如《本草綱目》所說：「本名蜜香，因其香氣如蜜也。」然而「非屏架不堪植」，必須攀爬在花架、花棚上，「高架萬條，望若香雪」，花香陣陣，宋人劉敞〈木香〉詩：「只因愛學宮妝樣，分得梅花一半香。」難怪受到眾人喜愛。宋人晁詠之也有詠木香詩句：「朱簾高檻俯幽芳，露浥煙霏玉褪妝」及「羞殺梨花不解香」，說明木香兼具花色及花香。木

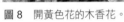

香是中國庭院最常栽種的香花植物之一，可架設花棚而種，也可以沿牆而植，更適合栽種在山石之旁。

•**辛夷（紫玉蘭）**：辛夷初出枝頭的花苞，尖銳形如筆頭，密生青黃茸毛，外觀酷似毛筆，故有「木筆」之稱（圖9）。開花時，紫苞紅瓣，甚為美豔，花形又大，自古即為庭院中主要的觀賞植物。歷代詩詞均有詠頌，如《楚辭．九歌》之「辛夷楣兮藥房」、「辛夷車兮結桂旗」等。寺廟官邸亦常種植，白居易的〈題靈隱寺紅辛夷花戲酬光上人〉可為代表：「紫粉筆含尖火焰，紅胭脂染小蓮花。芳情香思知多少，惱得山僧悔出家。」描述出辛夷花的形態、顏色及美豔。花先葉開放，單生於枝頂，鐘狀，大型；花被片九，紫色或紫紅色。

•**薔薇屬植物**：本屬植物全世界約有二百種，中國也有八十多種，有許多種類已成為世界著名的觀賞植物，包括薔薇、玫瑰，均普遍在庭院栽培。中國栽培薔薇的歷史悠久，明代《群芳譜》（西元一六三〇年）已有薔薇的記載。歐洲引入大量的中國種薔薇屬植物月季花、薔薇、玫瑰等，和原產歐洲的薔薇屬雜交，培育出許多優良品種，世界各地花園所栽培的各類薔薇植物，大概都有中國薔薇的基因。中國歷代文學作品，包括章回小說及詩詞所提到的「薔薇」，可能包含野薔薇在內的許多變種和其他相關種，如紅刺玫、白玉堂、光葉薔薇等。

•**木瓜**：《爾雅》說木瓜「木實如小瓜，酢而可食」，故取名為木瓜，亦即果實類似小甜瓜之意。國人利用木瓜的歷史久遠，二千五百多年以前的《詩經．衛風》就有「投我以木瓜，報之以瓊琚」的記載，且為日常所見的樹種。木瓜花及果皆香，每年三、四月開花，盛開時花枝柔弱，花朵微紅，溫潤可愛，可惜花期不長。花色有深紅、淺紅、純白或紅白相間者，古今都常栽植在庭院中。另有一種貼梗海棠，又名皺皮木瓜，果實外形、滋味和藥效都和木瓜類似；花色也豔麗可觀，亦栽培供

圖9 花形大的辛夷，花苞尖銳如筆頭，外觀酷似毛筆，故有「木筆」之稱。

觀賞。

•**紫丁香**：又名華北紫丁香（圖10），是長江以北庭園栽植最普遍的丁香類植物，雖然丁香花種類很多，但一般都以紫丁香為丁香花。中國栽培丁香的歷史約有一千年，據宋代周師厚的《洛陽花木記》記載，當時洛陽已有丁香的栽培。丁香春季開花，花密集成龐大的花序，花呈紫色。未開時，花蕾先端的花冠裂片呈膨大圓球狀，和纖細而長的花冠管合成細長丁字形。丁香枝葉茂密，花序碩大，香氣襲人，是中國北方園林中應用最普遍的植物之一。常叢植、片植於路邊、草坪中，或與其他花木混植；也可用盆栽栽植，或切花插瓶，放置案頭、几上及室內，花繁香濃，香氣經月不減。庭園常見栽培的丁香，除紫丁香外，還有紫丁香的變種白丁香，相較於原種，白丁香葉片較小、花白色；小葉丁香（又稱四季丁香），花冠粉紅色；藍丁香，開紫藍色花；什錦丁香是花葉丁香和歐洲丁香的雜交種。

## 二、夏天的植物色彩

夏天的植物色彩，主要亦是表現在花色上。文學上常用來表現夏季色彩的開花植物種類較春季為少，僅有荷、石榴、木槿、荼蘼、鳳仙花、蜀葵、茉莉、合歡等。

•**荷花**：又名蓮花，古稱很多，包括芙蕖、芙蓉、菡萏、水芝、水華、水芙蓉等。起源於印度和中國，《詩經》時代即有記載，即〈陳風・澤陂〉：「彼澤之陂，有蒲有荷。」荷是觀賞植物，也是重要的水生蔬菜。但栽培觀賞蓮晚於食用蓮，戰國時代吳王夫差在太湖附近的靈岩山修築「玩花池」種蓮花，偕同西施賞荷，大概是栽植觀賞荷最早的記載。經過長期栽培，荷的品種已經很複雜，中國國內至少已經有三百個以上的品種。作為觀花品種，花色有紅、粉紅、白、淡綠、黃、複色、間色之分；花型有單瓣、複瓣、重瓣、重台、千瓣等，花瓣數十至二千枚以上不等；花徑最大可

圖10　紫丁香以花冠呈細長丁字形而得名，開花時香氣經月不減。

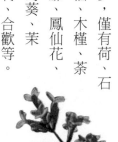

達三十公分，最小僅六公分，可謂千變萬化，複雜繽紛。

•**石榴**：原產「涂林安石國，漢張騫使西域得其種以歸，故名安石榴」（《群芳譜》），即唐．元稹詩句「何年安石國，萬里貢榴花」所言。安石國指今為布哈拉的「安國」和今塔什干的「石國」，但原產地在波斯（伊朗）、阿富汗和其他中亞地區。石榴花開，紅豔如火，綠葉扶花，令人賞心悅目，歷代詩人及畫家多喜為石榴吟詩或作畫，如蘇東坡詩：「石榴有正色，玉樹真虛名。」石榴花除大紅色外，尚有粉紅、黃、白諸色：花紅如火者稱為「紅石榴」；花黃中帶白的為「黃石榴」；潔白似玉的為「白石榴」；紅底黃紋的稱為「瑪瑙石榴」。石榴也是富貴吉祥的象徵，國人常以「五月榴花紅似火」比喻朝氣蓬勃及丹心赤誠。典型的石榴花色彩火紅絢麗，常被當成高貴吉祥、歡樂輕快的象徵。

•**木槿**：花期為五至十月，在此期間花開不絕，但「晨放夕墜」，《本草綱目》稱之為「朝開暮落花」；《廣群芳譜》名之為「朝菌」；詩文中沿襲《詩經》的稱謂「舜」，均表明木槿只在早上開花的特性。盛暑孟秋，當百花開始凋零時，只有木槿與荷花相伴。木槿繁花似錦，荷花娟好秀麗，兩者交相輝映，如李白〈詠槿〉詩所言：「園花笑芳年，池草豔春色。」荷花凋落較早，中秋之後各地僅見殘荷時，木槿仍開花不絕。花期長，世界各國都喜引種，目前溫帶、亞熱帶地區都見栽培。花單生於枝端葉腋，白色、淡紫色、紫藍色等花色都有，又有重瓣花等各種品種。

•**荼蘼**：又名酴醿、佛見笑、獨步青、獨步春等，即今之懸鉤子薔薇。荼靡花開時白色，也有黃花品種，但香味稍遜於白花品種。黃花品種因其「色黃似酒」，故稱「酴醿」。《四川志》記載成都所出的荼蘼花有三種：白玉碗、出爐銀及雲南紅，三者色香俱美。《廣東志》記載荼蘼花：「海國所產為盛，出大西洋國者，花大如中州之牡丹……夷女以澤體膩髮，香經月不滅。」唐詩極少出現荼蘼花，但宋代卻大量出現詠荼蘼詩，著名詩人蘇東坡、司馬光、楊萬里、王十朋、梅堯臣、黃庭堅等人均有多首「荼蘼詩」問世，可見荼蘼花的盛行應該始於宋代。

歷代文獻並未確切指出荼蘼的種類，但依據詩詞描述及傳世的唐宋繪畫，荼蘼應和薔薇、玫瑰一類植物有相似之處，其中又以懸鉤子薔薇最為接近。蘇東坡讚荼蘼：「酴醾不爭春，寂寞開最晚。」一言其盛開期較其他薔薇類植物晚。「不妝豔已絕，無風香自遠。」則說荼蘼花燦爛可觀、香清氣遠。另有一說認為荼蘼，應該是懸鉤子屬的重瓣空心泡。

・**鳳仙花**：鳳仙花夏季開花，花色有紅、紫、白等色，紅花可染指甲，俗稱指甲花（**圖11**）。婦女用鳳仙花染指甲自宋代就開始了，其製作指甲染劑的方法，如宋．周草窗《癸辛雜識》云：「鳳仙花紅者搗碎，入明礬少許，染指甲，用片帛纏定過夜，如此三四次，則其色深紅，洗滌不去。」另外，清．富察敦崇《燕京歲時記》也有記載：「鳳仙花即透骨草，又名指甲草。五月花開之後，閨閣兒女取而搗之，以染指甲，鮮紅透骨，經年乃消。」唐代已有歌頌鳳仙花的詩句，如晚唐吳仁璧的〈鳳仙花〉詩；宋代的鳳仙花詩更多，歐陽修和楊萬里均有題為〈金鳳花〉的詩句，可見至少在唐宋時期，已經栽培鳳仙花供觀賞。清代趙學敏在《鳳仙譜》裡記載二三三個鳳仙花品種。

**圖 11** 鳳仙花是夏季花卉。

**圖 12** 在所有夏季花卉之中，蜀葵豔冠群花。

・**蜀葵**：在四川發現最早，因此得名，又名戎葵。本種花色豔麗，自古即為觀賞名花，古籍所言的葵花大都指蜀葵而言（**圖12**），花色有粉紅、紅、紫、黑紫、白、乳黃等色。初夏開花，花繁葉茂，甚為可觀。《長物志》說：「戎葵奇態百出，宜種空曠處。」而《群芳譜》云：「庭中籬下，無所不宜。」在所有的夏季花卉之中，絢麗當推蜀葵，即所謂「五月繁草，莫過於此」也。歷代頌揚蜀葵的文章詩篇不少，比如早至南北朝時的梁詩人王筠〈蜀葵花賦〉、唐．岑參的〈蜀葵花歌〉、宋．司馬光的〈蜀葵〉等。以明人高啟的〈葵花〉詩為例：

「豔發朱光裡，叢依綠蔭邊。夕同山蕣落，午並海榴燃。」所詠的「葵花」即蜀葵。南宋謝翱的〈種葵葡萄下〉：「戎葵花種葡萄花，年年葉長見花謝。」明言「葵」即戎葵。

・**茉莉**：原產印度、波斯等地，茉莉花多潔白，清香芳郁，有單瓣和重瓣品種之分（**圖**

13）。晉代稽含所著的《南方草木狀》已有末利（茉莉）的記載，而明人楊慎的《丹鉛錄》也云：「晉書都人簪奈花，即今茉莉。」可見茉莉在晉代以前就傳入中國，其他譯音還有沒利、抹利、末麗、抹厲等多種，如《佛經》稱作抹厲，而宋．王十朋的〈又覓沒利花〉詩：「沒利名佳花亦佳，遠從佛國到中華。」則稱沒利。雖然一般認為茉莉約在漢時經西域傳入中國，但廣東、福建等東南沿海各省的茉莉，更有可能由海路引進。

在華南地區，茉莉為眾花之冠，謂「能掩眾花也，至暮尤香」。《乾淳歲時記》中記載朝廷避暑納涼的盛景：「置茉莉、素馨等南花數百盆於廣庭，鼓以風輪，清芬滿殿。」可見茉莉花香也有消暑功能。古代婦女常簪茉莉花或以線穿花以為首飾。

圖 14　合歡。

圖 13　清香芳郁的茉莉花枝。

• **合歡**：又名合驩，葉似槐而小，「至暮而合，枝葉相交結」，所以古代稱之以「合昏」或「夜合」。夏初開花，下半部白色，上半部（花絲部分）粉紅色，花散垂如絲，微有香氣，古人稱之為「細花中異品」（圖14）。古人相信合歡樹可「令人歡樂」，晉．崔豹的《古今注》云：「欲蠲人之忿，則贈之青棠，青棠一名合懽，合懽則忘忿。」三國時代建安七子之一的稽康，就在房舍前種合歡，目的就是「使人不忿」。唐代詠合歡詩很多，所謂「閒花野草，亦隨時輕重，唐人詩中多言夜合石竹」，此「夜合」即合歡。例如，白居易的〈對晚開夜合花贈皇甫郎中〉、元稹的〈夜合〉及〈感小株夜合〉；而杜甫有「合昏尚知時，鴛鴦不獨宿」的有名詩句，李頎的〈題合歡〉詩更言合歡「開花復卷葉，豔眼又驚心」，對合歡推崇備至。

• **枇杷**：除了花，代表夏季色彩的還有果實，例如枇杷。枇杷是夏季水果，東晉范汪《祠制》提到「孟夏祭用枇杷」，官方、民間夏季祭祀以枇杷為供品。在枇杷盛產的季節，每枝結果數十粒，滿樹金黃，極為壯觀，即所謂「一梢滿盤，萬顆綴樹」，宋．梅堯臣的詩說得最好：「五月枇杷黃似菊，誰思荔枝同此時。」枇杷金黃、荔枝血紅，結實串綴，各擅其場。由於枇杷「秋萌冬花春實夏熟，備四時之氣，他物無以類者」，故歷代多喜栽植在庭院中，一則採收果實，一則作為庭園景觀樹，蘇東坡有〈真覺院賞枇杷〉詩。歷代詠枇杷詩很多，如白居易的「淮山側畔楚江陰，五月枇杷正滿林」，描述的大都是金黃色的果實。

## 三、秋天的植物色彩

秋天的植物色彩，主要表現在落葉前變色葉的顏色上，即白居易詩句所言之「今年到時夏雲白，去年來時秋樹紅」。代表秋季色彩的植物，最常見的有紅色葉的楓、柿、烏桕；黃色葉的梧桐、楸等。其次是花，秋季開花植物的種類極少，此期開花的植物在詩詞上都被用來描述秋天，如菊、木芙蓉、荻等。色彩鮮豔的果實也是詩詞上常用來描寫秋景的植物，如金黃橙紅的橙菊、鮮紅的山茱萸果實、紫紅色的紅蓼花穗等。

圖 15　楓樹「至霜後，葉丹可愛」，形成秋天主要的景觀。

圖 16　華南低海拔地區，烏桕是少數秋葉變紅的樹種之一。

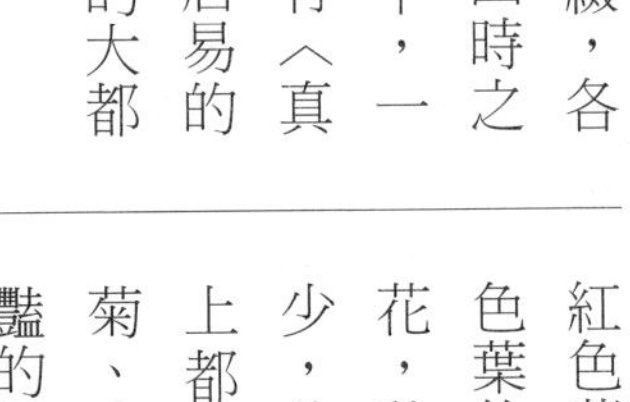

圖 17　柿葉在秋天「經霜」變紅。

‧**楓葉**：入秋變為紅色，所謂「至霜後，葉丹可愛」（圖15），古人常以「楓林」形容秋色，如杜甫〈寄柏學士林居〉：「赤葉楓林百舌鳴，黃花野岸天雞舞。」及司空曙詩句「菊花楓葉向誰秋」等。天氣越冷，楓葉越紅，和荻花的白相對應，所以才有「楓葉荻花秋瑟瑟」的秋誦。

‧**烏桕**：和楓樹一樣，氣溫降低，烏桕（圖16）葉片變紅，反應四序變化，「秋晚葉紅可愛，較楓樹耐久」（《長物志》），甚至有「烏桕赤於楓」的說法。自古以來就是詩詞詠頌的對象，有趣的是，丹楓總是伴隨著烏桕出現，如宋．楊萬里〈秋山〉：「梧葉新黃柿葉紅，更兼烏桕與丹楓。」

•**柿**：秋天，柿葉經霜變紅（圖17），十分壯觀，是文人喜愛吟詠的題材，如韓愈詩：「友生招我佛寺行，正值萬株紅葉滿。」佛寺中滿樹的紅葉，指的就是柿葉。唐詩人李益的「柿葉翻紅霜景秋」句，描寫的也是深秋變紅的柿葉。

•**棠梨**：分布華中、華北一帶的棠梨，秋季葉鮮紅，也偶被引用作描寫秋季的植物，如唐詩人王周〈宿疏陂驛〉：「秋染棠梨葉半紅，荊州東望草平空。」及宋人宋祈〈野路見棠梨紅葉為斜日所照尤可愛〉：「葉葉棠梨戰野風，滿枝哀意為秋紅。」

•**梧桐**：梧桐秋葉變黃，特別會引起詩人沉思和傷感的情緒反應，所謂「梧桐一葉落，天下皆知秋」。歷代描述梧桐的詩句很多，如明．鄭允端〈梧桐〉：「梧桐葉上秋先到，索索蕭蕭向樹鳴。」描述秋風的蕭瑟，以及入秋後梧桐葉色的變化；劉小山〈立秋〉詩：「睡起秋聲無覓處，滿街梧桐月明中。」描繪秋高氣爽月夜下滿地梧桐落葉的謐靜等。

圖 18　楸樹入秋之後葉色變黃，故楸字從秋。

•**楸樹**：秋季葉色變黃，顯現秋天的顏色，故楸從秋（圖18）。樹冠狹長，樹形美觀，葉有濃蔭，自古即廣泛栽培供庭園樹，宮廷官邸多有栽植。唐代韓愈的〈庭楸〉詩，及宋代劉敞的「中庭長楸百尺，翠掩藹葉當四隅」詩句，描述的都是栽植在庭院中的高大楸樹。楸樹樹幹通直修長，古今都種植供作行道樹，曹植〈名都篇〉：「鬥雞東郊道，走馬長楸間。」可見至少在漢魏時代，楸樹即列植在馬路兩旁。

•**菊**：《禮記．月令》：「秋季之月，鞠有黃花。」鞠即菊。漢代崔寔的《四民月令》也提到：「九月九日，可採菊華（花），收積實。」菊花（黃花）是九九重陽佳節的應節花卉，稱「節華」，如唐．孟浩然的〈過故人莊〉云：「待到重陽日，還來就菊花。」菊不畏寒霜，代表晚節高尚，文人如晉．陶淵明愛菊，宋．周敦頤稱菊為「花之隱逸者」（〈愛蓮說〉），都其來有自。菊花有許多種花色，但以黃色為正色，因此菊花又稱「黃花」。後世以「黃花晚節」形容始終如一的節操；以「傲霜之枝」比喻堅貞傲骨，堅忍不屈。

•**木芙蓉**：花在秋天降霜之後才盛開，多數植物遇霜凋萎，只有木芙蓉凌寒拒霜，所以又名「拒霜」。花期可以一直延續到仲冬，可謂：「露涼風冷見溫柔，誰挽香還九月秋」、「未甘白紵居寒素，也著緋衣入品流」（《廣群芳譜》）。木芙蓉的花有單瓣、複瓣之別，花色有白、桃紅及白色。木芙蓉初開時的花冠大都為白色或淡粉紅色，數日後才變成深紅色。有些品種清晨開白花，中午變桃色，傍晚卻呈現深紅色，所謂「曉妝如玉暮如霞」，像喝了酒的姑娘臉上由白泛紅，故有「三醉芙蓉」之稱。

• **荻**：圓錐花序於春末在莖頂抽出，秋季結實極為壯觀。唐．鄭德璘〈弔江姝〉：「洞庭風軟荻花秋」和白居易〈琵琶行〉：「潯陽江頭夜送客，楓葉荻花秋瑟瑟。」描述的就是秋季荻花所點綴的田園景色。

• **橘**：果實時於秋天成熟，滿樹金黃，別有一番情致，「樹樹籠煙疑帶火，山山照日似懸金」即其寫照。蘇東坡〈送楊傑〉：「歸來平地看跳丸，一點黃金鑄秋橘。」跳丸指的是日、月，映照在滿樹黃橘上更添勝景；〈贈劉景文〉：「一年好景君須記，最是橙黃橘綠時。」也是描述秋季常見的原野景觀。橙是甜橙，汁多味甜，風味獨特，因外皮顏色多為黃色，又稱黃橙、金橙、黃柑。《群芳譜》說橙「晚熟耐久，經霜始熟」，香氣濃郁、滋味甜美，營養價值高，且耐貯藏，故栽培益廣，深受歡迎。橙和橘的區別，在於橙多為圓球形，大而堅實，且橙皮堅密很難剝離，果有中心柱；橘扁圓形，體質鬆軟，橘皮易剝，果內中心空。

• **山茱萸**：果實成熟時為鮮紅色，極為豔麗，不但國畫取為繪畫對象，歷代詩詞更不乏引述山茱萸佳句，如唐．司空曙〈秋園〉：「強向衰叢見芳意，茱萸紅實似繁花。」一樹紅色的山茱萸果實，構成秋季花園的主景。

• **紅蓼**：又稱葒草（圖19），植株高大，疏散灑脫，夏秋紅色花穗隨風搖曳，常成片生長於

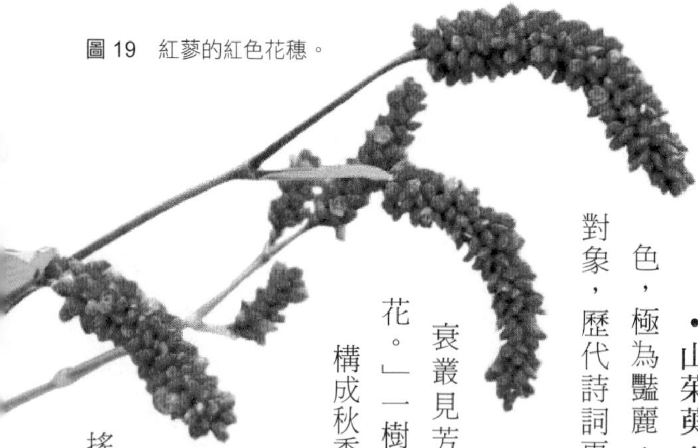

圖 19　紅蓼的紅色花穗。

圖 20　梅花冬末春初開花，為寒冬代表花卉。

荒地、溪谷邊濕地。《廣群芳譜》云：「身高丈餘，節生如竹，秋間爛熳可愛。」所指可愛之處即花穗。詩詞歌賦及章回小說多有詠頌及描述，庭院中亦多有引種供賞玩。唐宋詩中多稱「蓼花」或「水葒」，如宋・范成大〈道見蓼花〉：「秋風裊裊露華鮮，去歲如今刺釣船。歙縣門西見紅蓼，此身曾在白鷗前。」描寫的是湖岸陸地的紅蓼。宋・梅堯臣〈水葒〉：「灼灼有芳豔，本生江漢濱。」是指河濱水岸的紅蓼花穗。

## 四、冬天的植物色彩

冬季開花的植物種類更是稀少，此期開花的植物都用來代表冬天，如梅、臘梅、水仙等。

圖 21　臘梅於隆冬時節盛開，花色鵝黃，又名黃梅，香氣濃郁。

• **梅花**：白色，在冬末春初開花，花有淡雅香氣（**圖20**）。梅桃互相比較，「梅花優於香，桃花優於色」。梅的樹姿優雅，枝幹蒼古，賞鑑梅樹不只是欣賞梅花，作為盆景、庭木尤富觀賞價值，古人傳下來的「賞梅四貴」，可為明證：貴稀不貴繁、貴含不貴開（以上指的是梅花），以及貴老不貴嫩、貴瘦不貴肥（指的是枝幹）。

• **臘梅**：臘梅盛開於隆冬時節，所謂「密綴枝頭半展時，才遇小雪是花期」，香氣濃郁，類似梅花，但花色鵝黃，又稱黃梅（**圖21**）。臘梅之名始自宋蘇東坡及黃庭堅，原因有二：一是花期十二月至翌年二月，正值隆冬臘月，故稱臘梅；二是花開與梅同時，色似蜜臘，故得名。臘梅是中國傳統名花，寒冬雪日先葉開放，香氣襲人，深得文人雅士喜愛，可以盆栽亦可栽植在牆邊、池畔。

• **水仙花**：水仙不可缺水，

圖 22　冬天百花凋落，花色淡雅的水仙是少數在雪中競相開放的花卉。

其花瑩白，其香清幽，猶如水中仙子，故名水仙（圖22）。冬天百花凋落，水仙卻能在雪中競相開放，故有「雪中花」之稱。花有單瓣、重瓣之分，單瓣花外層部為白色花冠，中間皿狀的金黃色部分稱副花冠，故水仙又有「金盞銀臺」之名；重瓣花的花冠中心部分由副花冠和雄蕊分化成瓣，形成黃白相間的多重花瓣，稱為「玉玲瓏」。

- 冬青：華中、華北以北地區，冬季嚴寒，多數闊葉樹種遇寒變色，繼而落葉，只有冬青等少數樹種經霜不凋。一般所說的冬青，泛指許多冬季不凋的樹種；而在植物分類上的冬青，又名凍青、長生及萬年枝。南朝齊詩人謝朓的詩句「風動萬年枝」及《宋史·五行志》「玉華殿萬年枝木連理」所言之「萬年枝」所指即冬青。冬青樹如傘蓋，冬舒展、夏解暑，漢朝、晉代常在宮殿前栽植，金華殿後種有兩株「西王母長生樹」，即為冬青。

## 第四節　植物的色彩用語

### 一、紅色的植物用語

詩詞中，常用花的顏色來形容紅色（表1）。紅色是色彩中最豔麗的顏色之一，有粉紅、紅、橙紅、深紅、朱紅等由淺入深的變化。最常用來形容粉紅色的植物莫如桃花，如唐人蘇頲的〈長相思〉：「楊柳青青宛地垂，桃紅李白花參差。」桃紅色是妙齡女子的代稱，或用以形容女子嬌豔的容顏，如岑參的〈醉戲竇子美人〉：「朱唇一點桃花殷，宿妝嬌羞偏髻鬟。」宋·葉紹翁〈遊小園不值〉詩：「春色滿園關不住，一枝紅杏出牆來。」古代皇帝常設「杏園」，專為新科狀元遊宴之用，劉滄〈及第後宴曲江〉：「及第新春選勝遊，杏園初宴曲江頭。」就是記述當年新科狀元遊杏園的情景。「紅杏枝頭春意鬧」，代表古人對杏的喜愛和讚美。而清明前後的雨稱為「杏花雨」，鋪陳了元代陳元觀的名句：「沾衣欲濕杏花雨，吹面不寒楊柳風。」

至於橙紅、深紅的色澤，則多以石榴花名之，如唐人萬楚〈五月觀妓〉：「眉黛奪將萱草色，紅裙妒殺石榴花。」甚至石榴還成了深紅色的代稱，如唐．閻德隱〈薛王花燭行〉：「合歡錦帶蒲萄花，連理香裙石榴色。」而白居易詩句「銀燭思抛楊柳曲，金鞍潛送石榴裙」，石榴裙就是指鮮紅色的裙子。宋朝以後，詠石榴的詩詞很多，最有名的有王安石的詠石榴詩：「萬綠叢中紅一點，動人春色不須多。」

另外，古人也以成熟果實的顏色代表深紅色，最常使用的果實有荔枝和櫻桃（表1）。兩者的外果皮熟透時呈深紫紅色，唐人許渾的〈送杜秀才歸桂林〉：「瘴雨欲來楓樹黑，火雲初起荔枝紅。」描寫的是深紅色的雲彩。成熟荔枝的外殼是暗紅色（圖23），而成熟櫻桃呈紫紅色（圖24），因此荔枝又稱丹荔，而櫻桃又叫朱櫻，如唐．戴叔倫〈春日早朝應制〉詩句：「丹荔來金闕，朱櫻貢玉盤。」

圖23 荔枝紅指的是外殼的深紅色，故有丹荔之稱。

圖24 紫紅色的成熟櫻桃，又叫朱櫻。

紅豆樹的種子鮮紅色，有光澤（圖25）。《紅樓夢》〈紅豆詞〉的名句「滴不盡相思血淚抛紅豆」，此「紅豆」非赤小豆，而是指具有相思、愁緒意涵的紅豆樹種子。自唐．王維的〈相思〉詩「紅豆生南國，春來發幾枝」以來，「紅豆」便在歷代詩詞文句中出現，代表相思及愛情。

楓香秋葉變紅，冬季落葉，春季發新芽，夏季葉綠青蔥，四季變化顯著，具有不同的景觀。因此有時亦有不同名稱：秋葉稱「丹楓」，例如杜甫詩句：「門巷落丹楓」、「丹楓不為霜」；夏季稱青楓，如李白

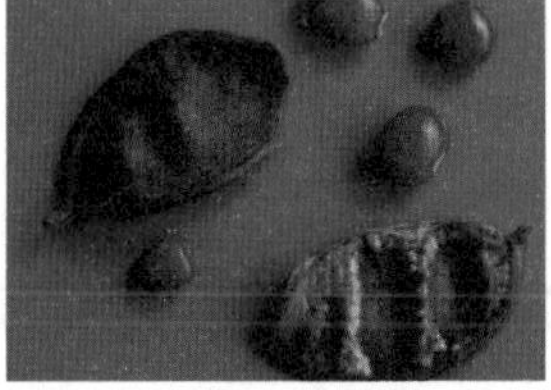
圖25 紅豆代表愛情與相思。

詩：「帝子隔洞庭，青楓滿瀟湘。」秋季楓紅，引發詩人詩興；春季楓芽青翠，也是文人詩詞詠頌的對象，如杜甫詩：「獨歎楓香林，春時好顏色。」在歷代文學作品中，有時以「紅葉」替代楓葉或楓樹，如許渾〈秋日赴闕題潼關驛樓〉：「紅葉晚蕭蕭，長亭酒一瓢。」《紅樓夢》「樹頭紅葉翩翩」句，所指也是楓樹。

茜草的根呈暗紅色，是古代用來製作紅色顏料的材料，是重要的染衣或繪圖原料，故有「茜紅」之稱。茜草為自古就盛行栽培的染料植物，紫赤色的根部含茜素、紅紫素及茜草酸等成分，專供染御服之用，稱為「染絳」。根據記載，秦漢時代，茜草是織物的紅色染料，皇帝、公侯的冠袍及后妃的繡衣香裳，都用茜草根染色。長沙馬王堆出土的葬品中就有茜草印染的絲綢織物，當時是十分名貴的紅色染料。

詩人常用「茜」借指大紅色，在《紅樓夢》中就多次使用，如賈寶玉描寫自己在大觀園裡與姊妹丫鬟們生活情景的〈秋夜即事〉詩：「絳芸軒裡絕喧嘩，桂魄流光浸茜紗。」茜紗是用茜草根染色的紗布，這裡指紅色窗紗；黛玉〈桃花行〉詩句「茜裙偷傍桃花立」，用紅色的裙子襯托粉紅色的桃花。

紅花原名紅藍花，又名燕脂、胭脂（圖26）。《中華古今注》：「燕脂起自紂，以紅藍花汁凝作脂。產於燕地，故名燕脂。」過去紅花主要做藥用，兼做天然色素顏料，除做胭脂膏之外，也

圖 26　紅花主要作藥用，亦可製作胭脂膏及食品著色劑。

**表1　中國古典文學作品用以表示紅色的植物**

| 植物名稱 | 學名 | 科別 | 代表紅色的植物體部分 | 色別 |
|---|---|---|---|---|
| 桃 | *Prunus persica* | 薔薇科 | 花 | 粉紅 |
| 石榴 | *Punica granatum* | 安石榴科 | 花 | 鮮紅 |
| 荔枝 | *Litchi chinesis* | 無患子科 | 果 | 暗紅 |
| 櫻桃 | *Prunus pseudocerasus* | 薔薇科 | 果 | 紫紅 |
| 楓香 | *Liquidambar formosana* | 金縷梅科 | 秋葉 | 鮮紅 |
| 槭 | *Acer* spp. | 槭樹科 | 秋葉 | 鮮紅 |
| 烏桕 | *Sapium sebiferum* | 大戟科 | 秋葉 | 鮮紅 |
| 棠梨 | *Pyrus betuleafolia* | 薔薇科 | 秋葉 | 紅色 |
| 茜草 | *Rudia cordifolia* | 茜草科 | 根 | 暗紅 |

圖 27 蔥綠指蔥的綠色葉部，蔥白是下部假莖。

是重要的食品著色劑。胭脂在中國文學作品中代表紅色，有時意指美女。《紅樓夢》各回所提到的「胭脂」大都指顏色而言，如第五十回晴雯兩頰凍得「胭脂」一般，以及第六十三回芳宜喝酒喝得兩腮如「胭脂」一般；不過，第七十八回「馬踐胭脂骨髓香」所稱的「胭脂」卻是指林四娘等眾姬妾，在此「胭脂」意指美女。

## 二、綠色的植物用語

綠色以植物葉色為主，是一年四季中維持最久的色澤。綠色根據植物種類、葉的成熟度，又可區分成淺綠、翠綠、鮮綠、青綠、深綠、墨綠、灰綠等濃淡不一的色澤。常綠樹的葉片色澤比較固定，但新生葉的色澤較淡，成熟葉至老葉，色澤多呈濃綠。落葉樹的葉色變化較多，每年春季時，初萌的新葉為淺綠或翠綠；隨著氣溫轉暖，葉片逐漸成熟，色彩由淡綠轉為深綠；秋冬氣溫下降，則由綠轉黃、轉紅，終至落葉。

中國長江以北，即華中、華北地區，氣候四季分明，葉色變化程度遠比華南地區明顯。秋季蕭瑟的景觀一直到春季氣溫還暖之時，植物宛如大夢初醒一般，萌發綠葉春花，最能感動詩人墨客，如王維〈田園樂〉「柳綠更帶朝煙」，以柳樹初萌的綠葉代表春季。「綠槐」指春天的槐樹，而「青槐」則是夏季之樹，槐樹秋季葉色變黃，至冬而落葉，因此槐樹也是富四季色彩變化的樹種。至於常綠的松柏類，葉色大都變化不大，以針形葉的松葉為例，四季常青，呈深綠色澤，故詩文有「青松」之謂。

「蒲」生於水澤，即《詩經．陳風》所說「彼澤之陂，有蒲與荷」及〈小雅〉「魚在在藻，依于其蒲」。農曆二、三月生新芽，如白居易詩：「澹澹春水暖，東風生綠蒲。」新筍稱「綠蒲」，代表春季。

大蔥葉綠色，葉下部由層層葉鞘包裹成為假莖，即俗稱「蔥白」的部分（圖27）。假莖條棒狀，接近地面部分為白色，上部為黃綠色。蔥為常見的調味蔬菜，《紅樓夢》中常以蔥來形容衣物顏色：

「蔥黃」意為黃綠色，如第八回的「蔥黃綾棉裙」。

水蔥（圖28）生於水中如蔥，因此得名。這是水澤常見的植物，稈中空，在水中遠望如陸地上叢生的翠綠色菅草（芒草），又名「翠菅」，如王維詩：「水驚波兮翠菅靡，白鷺忽兮翻飛。」植物外形柔細，色澤青翠，極適合用來比喻小家碧玉、體態輕盈的年輕女子身段、姿態。《紅樓夢》鳳姐奉承賈母將鴛鴦調理得「水蔥兒」似的，第四十九回晴雯進來形容新來的客人薛寶琴、李紋、李綺、邢岫煙，像「四根水蔥兒」，都用水蔥來形容姑娘的標緻。

圖 28　水蔥植株呈翠綠色。

## 三、黃色的植物用語

有些植物入秋後葉色會變黃，如銀杏、鵝掌楸、梧桐等，詩文中逕以黃葉稱之，而且為數不少（表2），《全唐詩》和《全宋詞》就有許多詠黃葉的詩篇。植物葉色變黃，代表秋天已到，因此才有「落葉知秋」的成語，比喻從某一現象可以預測事物的發展變化，即漢・劉安《淮南子・說山》所云：「見一葉落而知歲之將暮」。

中國古來就稱菊花為黃花，因為黃色為菊花的正色。雖然宋代以後已培育出白、紫、紅等花色，但仍舊慣常以黃花代稱菊花。東晉陶淵明一生愛菊，名句「採菊東籬下」，使「東籬」成為菊花的代稱。古代文人常以菊花象徵「隱逸者」的節操，如宋・韓琦〈重陽〉詩：

圖 29　杏果外皮鮮黃色，謂之「杏黃」。

「不羞老圃秋容淡，且看黃花晚節香。」就以「黃花」自喻致仕後晚節之高。屈原以香草比忠正，才會「夕餐秋菊之落英」，唐詩稱頌菊花，其意相同。

除了花葉，古文句中也有用果色代替顏色的情形（表2）。其中最常用的是「杏黃」，指杏果外果皮成熟的鮮黃色（圖29），且一直沿用至今。「杏黃」一詞在詩詞中大量使用，也經常出現在章回小說中，如《水滸傳》第三十九回，戴宗穿的「杏黃」衫；第六十一回稱梁山泊的旗幟為「杏黃」旗。

另外，香花灌木類的梔子又稱黃梔，栽種在庭園中供觀賞。開白色花，卵形果實成熟後，果肉富含梔素而呈橙黃色（圖30），自古即為重要的食品及織物的黃色染料，稱「梔黃」，如唐．歐陽炯〈凌霄花〉：「凌霄多半繞棕櫚，深染梔黃色不如。」

圖 30 梔子的熟果。

黃色是古時皇帝衣服的專用顏色，屬於「富貴」色彩，因此中國人向來崇尚黃色。常用的「染黃」植物為柘樹（圖31），使用樹幹的木質部，木材切成碎片後，榨取的染料稱「柘黃」。《本草綱目》提到：「其木染黃赤色，謂之柘黃，天子所服。」皇帝的黃袍由柘木所染，所以黃袍又稱「柘袍」。唐人張祜〈馬嵬歸〉描寫玄宗失去楊貴妃後的寂寥晚年：「雲愁鳥恨驛坡前，孑孑龍旗指望賢。無復一生重語事，柘黃衫袖掩潸然。」皇帝穿的是「柘黃」衣物。

薑黃是使用久遠的食品染料，產生染料的部分是植物埋在地下的塊莖。古人用以染製黃酒以祭祀祖先神祇。《詩經》提到的「黃流」，就是用薑黃或鬱金塊莖浸泡的黃色液酒。

黃蘗為常用中藥，使用部分為樹皮。樹皮富含黃蘗鹼，呈金黃色，味極苦，可煎之做黃色

圖 31 古時用來染製帝王服飾的柘樹，其木質部之染料有「柘黃」。

染料，古人造紙時常加入黃蘗，使紙張呈現黃色，防止蠹蟲，謂之「黃紙」，使用黃紙的書則稱為「黃卷」。

藎草又名「王芻」，意為「王者之草」。古代帝王常令百姓採集「王芻」，煮其枝葉製成黃色染料，供染製帝王之服。《詩經》也有採集藎草的記載，即〈小雅・采菉〉：「終朝采菉，不盈一掬。」菉為藎草的古名。

## 四、白色的植物用語

描寫冬末春初的白色莫如梅花，如唐詩人岑參〈江行遇梅花之作〉：「江畔梅花白如雪，使我思鄉腸欲斷。」唐詩之中，詠梅頻率不高，和松、柳等植物比較，可謂極為罕見。詠梅詩大量出現是在宋代之後，高人雅士的庭院內都喜歡栽植梅樹或聚養盆景。因此詠梅花名句多來自宋朝，如林逋的「疏影橫斜水清淺，暗香浮動月黃昏」、楊廉夫的「萬花敢向雪中出，一樹獨先天下春」。

自古桃李常並稱，如李代桃僵、門牆桃李、桃李成蔭、桃李滿天下、投桃報李、桃李滿門等。桃花豔紅、李花素白，桃花常常搶去李花的風采，只有在夜幕之下，李花才會壓倒群芳。但也有一些文人特別欣賞李花，如宋・范屏麓的〈李花〉詩形容李花「清馥勝秋菊，芳姿比臘梅」；唐・韓愈二月末在江陵城西賞花，也讚嘆「花不見桃唯見李」。

**表2 中國古典文學作品用以表示黃色的植物**

| 植物名稱 | 學名 | 科別 | 代表黃色的植物體部分 | 色別 |
|---|---|---|---|---|
| 菊 | *Chrysanthemum morifolium* | 菊科 | 花 | 金黃 |
| 杏 | *Prunus armeniaca* | 薔薇科 | 果 | 杏黃 |
| 臘梅 | *Chimonanthus praecox* | 臘梅科 | 花 | 黃 |
| 梧桐 | *Firmiana simplex* | 梧桐科 | 葉 | 黃 |
| 槲樹 | *Quercus dentata* | 殼斗科 | 葉 | 金黃 |
| 槐 | *Sophorus japonica* | 蘇木科 | 花、葉 | 淡黃 |
| 梔子花 | *Gardenia jasminoidies* | 茜草科 | 果 | 橙黃 |
| 柘 | *Cudrania tricuspidata* | 桑科 | 木材 | 柘黃 |
| 藎草 | *Arthraxon hispidus* | 禾本科 | 全株 | 黃 |
| 鬱金 | *Curcuma domestica* Valet. | 薑科 | 根莖 | 黃 |

**表3 中國古典文學作品用以表示白色的植物**

| 植物名稱 | 學名 | 科別 | 代表白色的植物體部分 | 色別 |
|---|---|---|---|---|
| 李 | *Prunus salicina* | 薔薇科 | 花 | 白 |
| 梅 | *Prunus mume* | 薔薇科 | 花 | 白 |
| 梨 | *Pyrus bretschneideri* | 薔薇科 | 花 | 白 |
| 荻 | *Triarrhena sacchariflora* | 禾本科 | 花 | 白 |
| 白草 | *Pennisetum flaccidum* Griseb | 禾本科 | 秋葉 | 白 |

和桃、李、梅一樣，栽種梨原為收成果實供食用，但梨花色白，花開時絢麗壯觀，也成為詩人詠嘆讚美的對象，如「十里香風吹不斷，萬株晴雪綻梨花」、「梨花淡白柳深青，柳絮飛時花滿城」等，都是吟頌梨花的詩句。白居易〈長恨歌〉：「玉容寂寞淚闌干，梨花一枝春帶雨。」更成了千古絕唱，後來就用「梨花帶雨」形容女子我見猶憐的容貌。

秋季天氣較涼，有些地區有早雪，本來不乏可用來形容白色的事物。但有些植物秋季開花，花序繁密雪白，在紅葉、黃葉為主色的北國秋季更為突出，如隨風搖曳的白色荻花，就是秋風送爽的最佳寫照（**表3**）。唐代詩人李紳〈回望館娃故宮〉：「飄雪荻花鋪漲渚，變霜楓葉卷平田。」秋天荻花集合成白色的花序，和紅色的楓葉相輝映，想像其畫面非常美麗。

**圖 32** 白草的花序灰白色，在寒冬槁黃的西北地區更顯突出。

白草（**圖32**）為西北地區重要的牧草，開花時花序呈灰白色，秋冬之際全株乾熟，在黃土的襯托下，遠望亦呈灰白色，自古即稱為白草（**表3**）。一般禾草在冬季枯槁時會呈黃褐色，稱之為「槁黃」；而白草植株在冬時呈灰白色，景觀上更顯突出，常在詩句中出現。例如，岑參〈過燕支寄杜位〉詩：「燕支山西酒泉道，北風吹沙卷白草。」表現的是北地寒風下的艱苦心境；張可久〈殿前歡．客中〉：「青泥小劍關，紅葉溢江岸，白草連雲棧。」描寫的是寒冷氣候，白草和紅葉（楓）並提，除了顏色對比外，還表現秋冬之際的景色。

## 五、其他顏色的植物用語

• **藍色**：蓼藍、木藍、山藍，都是古代製作靛藍的藍染植物。枝葉採集製藍，粗製品謂之「藍靛」，精緻者則是用於繪畫的「花青」。在人造染料發明前，藍染植物需求量甚大，許多人不知道藍原來是指植物名稱。《詩經》中提到的「終朝采藍」是蓼藍，主要生長在溫寒帶的北方。木藍、山藍原產於熱帶、亞熱帶，是長江流域以南主要的藍色染料。三種藍染植物中，蓼藍主要用於染綠（碧），不適合作澱；而山藍和木藍用於染青，兩者都可做澱，顏色勝於「母色」，所以才有「青出於藍而勝於藍」之說，藍後來才變成色彩的專稱。

• **紫色**：一般所見的茄子以紫色居多，謂之「紫茄」（圖33），明代著名畫法家董其昌有〈詠紫茄五首〉。茄子起源於亞洲東南熱帶地區，印度可能是最早馴化茄子的國家。中國栽培茄子的歷史亦很悠久，晉代稽含《南方草本狀》已記載華南地區有「茄樹」，這是中國最早的茄子紀錄。茄子類型品種繁多，可區分成三個變種：圓茄，植株高大，果實大，圓球至橢圓球形，華北栽培最多；長茄，植株中等，果實細長棒狀，長達三十公分以上，華南栽培最多。矮茄，植株矮小，果實亦小，卵形或長卵形，品質低劣，僅有少量栽植。果皮白色者，古代謂之「銀茄」，宋．黃庭堅有〈謝楊履道送銀茄四首〉，其中有一首說到：「君家水茄白銀色，殊勝埧裡紫彭亨。」

圖 33　茄果以紫色者居多，稱為紫茄。

葡萄《漢書》作「蒲桃」或「蒲陶」，唐代亦同，為世界四大水果之一（其餘三者為柑橘、香蕉、蘋果），有多個品種，果綠色或紫色。漢武帝時，張騫出使西域，從大宛（今土耳其）引種入中土，中國才開始有葡萄。皇帝賞賜臣子的葡萄稱為「賜紫櫻桃」，是紫色的葡萄，同時紫葡萄也用以形容紫色。

# 第十三章　文學與野菜

## 第一節　前言

經過人類長期培育、專業栽培及大量販售，並搭配穀類食用的植物，謂之蔬菜；而採集自未經栽培的野生配食植物，則稱為野菜。遠古時代，人口稀少，野生植物繁多，不需要專業栽培蔬菜供食，食物一概來自原野即採即食。一直到農業興起，才有各種穀物、蔬菜及家畜的栽培及豢養。中國古代農業起源雖然甚早，卻未完全擺脫採集野菜供食的習慣。直到宋代，野菜還是主要的植物食物來源。古人常進食的蔬菜，可由宋·黃庭堅的〈次韻子瞻春菜〉詩得知一二：

北方春蔬嚼冰雪，妍暖思采南山**蕨**。
**韭**苗水餅姑置之，**苦菜**黃雞羹糝滑。
**蓴**絲色紫**菰**首白，**蔞蒿**芽甜**蔊**頭辣。
生葅入湯翻手成，芼以**薑**橙誇縷抹。
驚雷**菌**子出萬釘，白鵝截掌鱉解甲。
琅玕森深未飄籜，軟炊香秔煨短茁。
萬錢自是宰相事，一飯且從吾黨說。
公如端為**苦筍**歸，明日青衫誠可脫。

以上一共提到十種菜類植物，其中僅韭、菰（茭白）、薑、竹筍（苦筍）是栽培類，其餘的蕨、苦菜、蔞蒿、蔊、菌，都是在中國原野伴隨野草生長的種類，而且分布範圍廣、野外數量大；蓴菜則普遍生長在各地的水域之中，都是極易取得的食材。

普遍的野菜：藜屬植物。

## 第二節　古典文學中的旱地野菜

從《詩經》到歷代的詩詞及章回小說，可以看出古人常採集的陸生野菜有蔞蒿、蕨、野豌豆、苦菜、薺菜、冬葵、藜、苜蓿、落葵等（表1）。這些野菜目前在鄉間仍有採食者。

•**蔞蒿：**蔞蒿（圖1）生長於河岸潮濕地或開闊的田野，生潮濕地者，莖嫩根肥，根莖肥大白脆，富含澱粉，可做蔬菜，「熱、葅、曝」皆可食，古今都以新鮮根莖醋醃做蔬，被列為古代「嘉蔬」之一。採集初春萌發的新枝芽，去掉葉部後炒食，或與肉絲同炒。蔞蒿嫩莖微用鹽醃，曬乾後味甚美，可長期儲藏，也能寄至遠處。用鹽醃過曬乾的蔞蒿嫩莖炒豬肉或雞肉，是一道下飯的可口菜餚。《紅樓夢》第六十一回，大觀園婢女常吃的蔬菜就是「蔞蒿、枸杞炒肉絲」。嫩苗以沸水煮過，再用清水或石灰水、礬水浸泡除去苦味，蘸醬、炒食或醃製成鹹菜，滋味均佳。歷代詩人都曾作詩詠頌，如宋．黃庭堅的「蔞蒿芽甜草頭辣」，元代耶律楚材的「細煎蔞蒿點韭黃」，可見當時都是名菜。《本草綱目》說蔞蒿「利腸開胃，殺河豚毒」，古代常取蔞蒿與河豚共食，蘇東坡名句：「蔞蒿滿地蘆芽短，正是河豚欲上時。」也言及此。蔞蒿具有特殊的蒿類香氣，與河豚共食，大概也有去腥效果。

**圖1**　蔞蒿自古以來就是重要的野菜，詩詞多有引述。

•**蕨：**商朝遺民伯夷、叔齊「義不食周粟」，隱居首陽山「採薇採蕨」，故事流傳至今。《詩經》提到的「陟彼南山，言采其蕨」，所採的蕨也是供為菜蔬之用。唐宋以後，許多詩文都有古人採蕨的記載，是詩詞之中出現最多的野菜之一，如唐人齊己

〈寄山中叟〉：「青泉碧樹夏風涼，紫蕨紅粳午爨香。」及皮日休〈茶舍〉：「棚上汲紅泉，焙前蒸紫蕨。」蕨含劇毒，採集後必先用草木灰蒸煮，去掉毒素，等蕨芽由綠變紫才能吃，謂之「紫芽」或「紫蕨」（圖2）。宋人孫覿〈罨畫谿行〉：「罨畫谿頭人語好，烹魚煮蕨餉春田。」也說明蕨是當代常吃的野菜。今日福建、廣東、廣西及雲南各地的小吃館內，仍然大量供應蕨菜。

圖2　《詩經》以下，許多詩文都有採蕨、食蕨的紀錄。

• **苦菜**：苦菜（圖3）的適應性和蕨一樣，不只產於中國，亦分布歐洲大陸；臺灣也有，低海拔至三千公尺的高山均可見之。採嫩葉煮食或生吃，味稍苦，因此有「苦菜」之稱。《詩經》：「采苦采苦，首陽之下。」苦即指苦菜；而南北朝詩人謝朓〈始出尚書省詩〉：「防口猶寬政，餐荼更如薺。」提到的「荼」也是苦菜。唐宋之後，苦菜還是一般民眾的主要菜蔬，從宋・黃庭堅〈次韻子瞻春菜〉：「韭苗水餅姑置之，苦菜黃雞羹糝滑」詩句，可知苦菜和韭苗同樣是春季菜餚。不只平民百姓吃，為官的文人如蘇東坡、黃庭堅等人也好此菜，與黃雞、粉羹同桌而食。

圖3　苦菜分布極廣，煮食或生吃都有苦味。

• **薺菜**：詩文中經常和苦菜並提的是薺菜（圖4），苦菜苦口，但薺菜卻是甘甜的野菜，即《詩經》：「誰謂荼苦，其甘如薺。」唐明皇的寵臣高力士因為李輔國構陷而流配到黔中（今雲南），看到當地到處薺菜卻無人採食，作詩感之，題曰〈惑巫州薺菜〉：「兩京作斤賣，五溪無人采。」雲南等偏遠地方，屬熱帶、亞熱帶，植物種類遠比北方的黃河流域與西北地區豐富，蔬菜、野菜的品類很多，薺菜不受重視也是情理中事。但對中原地區來說，薺菜仍是野菜要角，如白居易的〈溪中早春〉：「歸來問夜餐，家人烹薺麥。」詩中薺菜和大麥是多數百姓的主要食物。到了宋代蘇東坡的〈春菜〉詩：「爛蒸香薺白魚肥，碎點青蒿涼餅滑。」這時薺菜的地位已不僅是野菜了。

圖4　詩文中常和苦菜並提的薺菜，是一種甘甜的野菜。

• **冬葵**：《詩經》〈豳風·七月〉提到的「七月烹葵及菽」，說的是盛暑夏季，中原地區主要穀類是大豆，菜類主要是冬葵。冬葵全株富含黏液，入口滑澤，是古人最常採食的植物之一（圖5）。全中國各地均有分布，是古代中國人最熟悉的食用野菜，如唐·陸龜蒙〈江南秋懷寄華陽山人〉：「庭橘低攀嗅，園葵旋折烹。」冬葵有時也和藜或豆葉（藿）做成羹湯佐食，如唐人徐夤〈偶吟〉之「朝蒸藜藿暮烹葵」，及南宋陸游〈弊廬〉：「瓦盎設大杓，菹莧羹園葵。」

• **薇**：即今之野豌豆（圖6），各地均有不同種類分布，包括小巢菜、大野豌豆等種類。採食部分為幼嫩枝葉，有如今日的「豌豆苗」。野豌豆類分布範圍極廣，各地空曠處均有大量族群分布，是食用極早的一類野菜，詩經時代就已是常菜，〈小雅〉就有提到：「采薇采薇，薇亦作止。」唐代時，薇也是一般家庭餐桌上的菜色，譬如王建〈原上新居〉所言：「廚舍近泥灶，家人初飽薇。」野豌豆已是菜的泛稱了。「薇」常和「蕨」一同出現在文句上，兩者都是古代到處分布、古人普遍採食的野菜，如唐·儲光羲〈吃茗粥作〉：「淹留膳茗粥，共我飯蕨薇。」宋代以後的詩文亦常出現，如蘇東坡〈元

圖5　冬葵嫩枝葉入口滑澤，是古人最常採食的野菜之一。

修菜〉：「菜之美者，有吾鄉之巢。故人巢元修嗜之，余亦嗜之……因謂之元修菜。」此元修菜即野豌豆類之一的小巢菜。

• **藜**：同樣是分布廣泛的植物，歐亞大陸均產之。常生長在廢耕地，或在耕地上和作物一起生長，許多地區的農民視之為雜草。春季嫩苗及幼莖葉可煮食，但並不美味，僅貧窮人家會經常採食當作正常菜蔬的補充。藜是歷代均有記載的野菜，自古即採集供菜蔬（圖7）。取食部分為幼苗或嫩莖葉，沸水燙過後再用清水浸泡半日，即可炒食。陰乾後即成灰條菜，可長期貯存供食。秋冬之際結實，果實集生成簇；種子細小，蒸過後曝曬，種子即從胞果中破裂而出，磨成粉可製糕餅或粉食，為歷代重要的救荒植物。現代人較少取食藜葉，而是用來餵食牲畜。

藜古稱「萊」，如《詩經》提到的：「南山有臺，北山有萊。」自古被視為粗食或用作貧窮的代稱，如唐．陸龜蒙〈水國詩〉：「況是乾苗結子疏，歸時只得藜

圖6 野豌豆是常見的野菜。

圖7 藜古稱「萊」。

圖8 苜蓿最初是馬飼料。

**表1 中國古典文學作品常見的野菜**

| 植物名 | 學名 | 科別 | 出現作品舉例 | 古名 |
|---|---|---|---|---|
| 蔞蒿 | *Artemisia selengensis* | 菊科 | 宋．蘇東坡〈歧亭〉：「久聞蔞蒿美，初見新芽赤。」 | 蔞、蔞蒿 |
| 蕨 | *Pteridium aquilinum* | 鳳尾蕨科 | 《詩經》：「陟彼南山，言采其蕨。」 | 蕨、紫芽 |
| 野豌豆 | *Vicia sepium* | 蝶形花科 | 《詩經》：「采薇采薇，薇亦作止。」 | 薇 |
| 苦菜 | *Sonchios oleraceus* | 菊科 | 《詩經》：「采苦采苦，首陽之下。」 | 苦、荼 |
| 薺菜 | *Capsella buzsa-pastoris* | 十字花科 | 《詩經》：「誰謂荼苦？其甘如薺。」 | 薺 |
| 冬葵 | *Malva verticillata* | 錦葵科 | 《詩經》：「七月烹葵及菽」 | 葵 |
| 藜 | *Chenopodium album* | 藜科 | 唐．韓偓〈卜隱〉：「世間華美無心問，藜藿充腸苧作衣。」 | 萊、藜 |
| 苜蓿 | *Medicago sativa* | 蝶形花科 | 宋．蘇東坡〈元修菜〉：「張騫移苜蓿，適用如葵菘。」 | 苜蓿 |
| 落葵 | *Basella rubra* | 落葵科 | 宋．蘇東坡〈新年〉：「豐湖有藤菜，似可做蓴羹。」 | 藤菜 |
| 芎藭 | *Cnidium monnieri* | 繖形花科 | 「上山採蘼蕪，下山逢故夫。」 | 蘼蕪、江蘺 |

羹糝」、韓偓〈卜隱〉：「世間華美無心問，藜藿充腸苧作衣」，以及南宋陸游〈東堂睡起〉：「若論胸中淡無事，八珍何得望藜羹」，指的全是粗食，也都代指貧窮。古代常和米漿製成羹進食，如東晉陶淵明詩：「敝襟不掩肘，藜羹常乏斟。」陶淵明是生活樸實的名士，所說的藜羹當然是百姓常吃的菜餚。

•**苜蓿**：原產西域，漢武帝由西域大量引進軍馬，張騫通西域時將苜蓿（圖8）引進中國，最初當作馬飼料，後來亦充作蔬菜。蘇東坡〈元修菜〉：「張騫移苜蓿，適用如葵菘。」說的就是此事，葵是冬葵，菘是白菜。但苜蓿不是常蔬，只有蔬菜供應不及或貧窮人家才會採食。譬如宋人陳造〈謝兩知縣送鵝酒羊麵〉詩句：「不因同里兼同姓，肯念先生苜蓿盤。」及王炎〈用前韻答黃一翁〉：「細看苜蓿盤，豈減檳榔斛。」兩者都說明「苜蓿」為窮困時的食物或窮人的粗菜。

•**落葵**：落葵（圖9）是草質藤本，全株充滿黏液，煮羹湯或乾炒均滑潤可口。上古文獻如《詩經》、《楚辭》並未記載，《漢詩》、《漢賦》亦未提及，有可能是唐代時才引進中國，直到宋代蘇東坡〈新年〉詩才有「豐湖有藤菜，似可敵蓴羹」句，提到的「藤菜」是指落葵。蘇東坡這首詩，大概是落葵當成菜蔬的最早文獻之一。

圖9　全株充滿黏液的落葵，煮湯、乾炒均可口。

另外，有些植物在文獻中出現較少、滋味不鮮美、稱不上可口，大概在荒年食物不足或其他原因下不得已才食用，這類野菜也不少。表2羅列詩詞文獻曾引述的野菜種類。

•**蒼耳**：古稱卷耳，原產印度及西域地區，大概在石器時代隨羊毛交易引入中國，因此又名「羊帶來」，是一種極為古老的引進植物。《詩經》「采采卷耳，不盈頃筐」提到的就是蒼耳，可見進入中土的時間悠久。引入中國後，由於適應性強，隨著人類的活動範圍增加而傳遍整個中國。在開闊地到

圖 10　車前草不但是野菜，還是中藥材，食之「令人有子」。

圖 11　羊蹄味道、口感不佳，是救荒野菜。

處生長蔓延，也成為饑荒時期的救荒植物。由唐．杜甫〈驅豎子摘蒼耳〉：「畦丁告勞苦，無以供日夕。蓬莠獨不焦，野蔬暗泉石。卷耳況療風，童兒且時摘。」可知蒼耳平時被當成救急野菜，也是一種藥材，其花、葉、根、實都可食，「食之則如藥治病，使人骨髓滿，肌如玉」。嫩苗幼葉煮水浸泡後可當蔬菜食用，《本草圖經》記載，蒼耳「處處有之，其葉青白色似胡荽，白華細莖，蔓生可煮為茹」，但「滑而少味」，應非可口的常蔬。李白〈尋魯城北范居士失道落蒼耳中，見范置酒摘蒼耳作〉詩句云：「忽憶范野人，閒園養幽姿」、「酒客愛秋蔬，山盤薦霜梨」，說明蒼耳是野居隱士的下酒菜。

• **車前草**：古稱「芣苢」，如《詩經》：「采采芣苢，左右采之。」分布全中國各地的荒地路旁，有空曠地就生育有車前草（圖10）。車前還有特殊用途，《名醫別錄》記載吃車前草「令人有子」。上古時代，中國境內戰事頻繁，需人丁孔急，因此《詩經》所採的車前草，不但是菜蔬，可能也是帝王要求屬民必食的補品，用於生育男丁。《救荒本草》稱為「車輪菜」，因為分布普遍，歷代都視為重要的救荒植物。

• **酸模**：古稱「莫」，如《詩經》：「彼汾沮洳，言采其莫。」全株有酸味，但葉片較大且質地柔軟。雖然味酸澀口，但稍加料理即可入口。除《詩經》外，甚少文獻記載，應該不是經常食用的野菜。

• **羊蹄**：分布亦廣，到處可見。滋味口感均不佳，是饑荒時期的救荒野菜（圖11）。《詩經》：「我行其野，言采其蓫」提到的「蓫」就是羊蹄，應是貧苦百姓採集供食的紀錄。

• **馬蘭**：最早出現在《楚辭》〈七諫．怨世〉篇，有「馬蘭踸踔而日加」句，因植株有特殊味道，當時被喻為惡草。但是至少在魏晉南北朝時期，已經普遍被視為野菜，如南北朝陳．沈炯〈十二屬詩〉就有「馬蘭方遠摘」句。至宋代程俱的詩也有「馬蘭亦芳脆」句，足以證之。中國江南地區的農民，

圖 12 具辣味的蔊菜，生長於潮濕處，可供菜蔬及藥材。

至今仍在野外採集馬蘭幼苗、嫩葉食用。

• **馬齒莧**：葉先端圓，葉形如馬齒，因此得名。中低海拔地區空曠地到處有分布，是常見的野草。全株富黏液，滑潤易入口，但非可口食物，詩文較少出現，《救荒本草》列為救荒植物。宋．范成大〈初秋閒記園池草木〉詩句「馬齒任藏汞冷，鴻頭自勝硫溫」，但只是記述馬齒莧是所見的庭園草木之一，不知是否也當成野菜食用。

• **蒿類**：蒿類植物均具有特殊香味，春季萌發時，新芽鮮嫩可口，在很多地方都列為菜蔬；但過了夏季，植株木質化不再摘採食用。這類的植物有青蒿、茵陳蒿等。兩者幾遍布全中國，是民間極為熟悉的植物，詩詞也多有食用記載，唯為數不多。宋．蘇東坡〈送范德孺〉：「漸覺東風料峭寒，青蒿黃韭試春盤」詩句，說青蒿和黃韭都是春季餐桌上常見的料理。而杜甫〈陪鄭廣文遊何將軍山林〉詩句：「棘樹寒雲色，茵陳春藕香」，及蘇東坡詩句：

**表 2 中國古典文學作品較少出現的野菜類**

| 植物名 | 學名 | 科別 | 作品舉例 | 古名 |
|---|---|---|---|---|
| 蒼耳 | *Xanthium strumarium* | 菊科 | 《詩經》：「采采卷耳，不盈頃筐。」 | 卷耳、卷葹 |
| 車前 | *Plantago asiatica* | 車前科 | 《詩經》：「采采芣苢，左右采之。」 | 車前；芣苢 |
| 酸模 | *Rumex acetosa* | 蓼科 | 《詩經》：「彼汾沮洳，言采其莫。」 | 莫 |
| 羊蹄 | *Rumex japonicas* | 蓼科 | 《詩經》：「我行其野，言采其蓫。」 | 蓫 |
| 馬蘭 | *Kalimeris indica* | 菊科 | 南北朝．沈炯〈十二屬詩〉：「馬蘭方遠摘，羊負始春栽。」 | 馬蘭 |
| 馬齒莧 | *Portulaca oleracea* | 馬齒莧科 | 宋．范成大〈初秋閒記園池草木〉：「馬齒任藏汞冷，鴻頭自勝硫溫。」 | 馬齒、馬齒莧 |
| 青蒿 | *Artemisia carvifolia* | 菊科 | 宋．蘇東坡〈送范德儒〉：「漸覺東風料峭寒，青蒿黃韭試春盤。」 | 青蒿 |
| 茵陳蒿 | *Artemisia capillaries* | 菊科 | 唐．杜甫〈陪鄭廣文遊何將軍山林〉：「棘樹寒雲色，茵陳春藕香。」 | 茵陳 |
| 蔊菜 | *Rorippa indica* | 十字花科 | 宋．方岳〈春盤〉：「與我同味蔊絲辣，知我長貧韭菹熟。」 | 蔊 |
| 荻 | *Triarrhena sacchariflora* | 禾本科 | 明．季孟蓮詞〈浣溪紗．用辛棄疾韻〉：「河豚荻筍過旹新。」 | 荻 |

「茵陳點膾縷，照坐如花開」，所指為茵陳蒿，是應時野菜。至於唐．韓愈詩句：「澗蔬煮蒿芹，水果剝菱芡。」則未言明是何種蒿，但應為上述常被採食的蒿類之一。

•**蔊菜**：十字花科植物都含有含量多寡不一的芥末油，生吃具辣味。其中蔊菜（圖12），廣泛分布華北、華中、華南以至雲南，臺灣亦產，生長在海拔二〇〇至一五〇〇公尺較潮濕處，自古即採集做藥材使用，有時亦採集嫩枝葉供菜蔬。從宋．黃庭堅〈次韻子瞻春菜〉詩句：「蓴絲色紫菰首白，蔞蒿芽甜蔊頭辣。」及宋．方岳〈春盤〉：「與我同味蔊絲辣，知我長貧韭菹熟。」至少知道宋人食用的是蔊菜花莖至莖基的部位。食用時切成絲或磨成末，取其辛辣味當成其他蔬菜調料，如方岳在〈豆苗〉詩所言：「碧絲高壓涎滑蓴，脆響平欺辛螫蔊。」

•**荻**：華北、西北地區常見的高大草本植物，《植物名實圖考長編》云：「荻芽似竹筍，味甘脆，可食。」春季初生之筍稱為「荻芽」，可採收供食用，類似箭竹筍，並常與河豚魚白共食，如明．季孟蓮詞〈浣溪紗．用辛棄疾韻〉所言：「十字街頭泥污客，三層樓上燕嘲人。河豚荻笋過嘗新。」

## 第三節　古人常吃的水生野菜

水生野菜指生長在水中或沼澤地之可食植物，古典文學常出現的水生野菜有莕菜、蓴菜、水芹等六種（表3）。

•**莕菜**：古稱「荇」或「荇菜」，葉柄可隨水面上升而伸長，有時長可達二公尺。柔軟滑嫩，自古即作為菜蔬食用，故有「菜」之名。莕菜遍布全中國，生育於池塘及溪流中，《詩經》：「參差荇菜，左右采之。」描寫的是川流中隨水流搖曳、橫豎排列的莕菜植株，也是當時經常採集食用的植物。自《詩經》以下，各代均有採集和食用莕菜的詩文，如梁．吳均〈登二妃廟詩〉：「折菡巫山下，採荇洞庭腹」、唐．景雲〈溪叟〉：「露香菰米熟，煙暖荇

圖 13　蓴菜的採食歷史已有千年以上，以西湖所產尤佳。

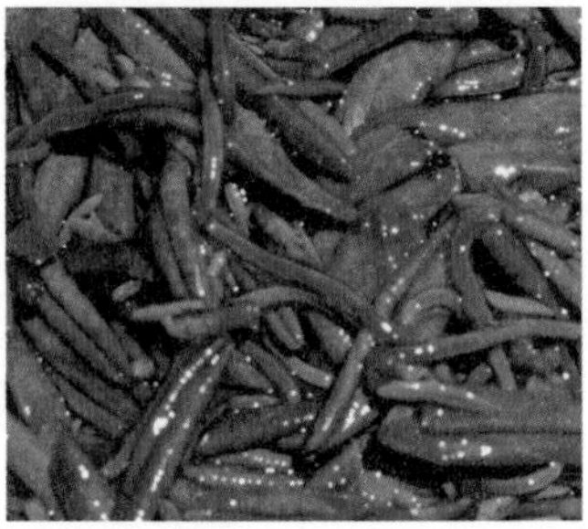

圖 14　蓴菜嫩莖葉含黏液，煮食做羹均宜。

絲肥」，以及唐彥謙〈夏日訪友〉：「荷梗白玉香，荇菜青絲脆」。所謂「荇絲」即莕菜的長絲狀葉柄。

• **蓴菜**：晉代張翰因為思念故鄉的「鱸魚蓴羹」而毅然辭官，使得蓴菜聲名大噪，沿襲千年。蓴菜（圖13）自古就是名菜，中國人食用的歷史久遠，古名為「茆」，《詩經》的「思樂泮水，薄采其茆」就提到了。蓴菜幼葉嫩莖布滿黏液，食之滑潤可口，最適合煮食做羹（圖14），如唐·張志和〈漁父歌〉：「松江蟹舍主人歡，菰飯蓴羹亦共餐。」也說明蓴菜以做羹為主。華中地區除與鱸魚共煮之外，與湖泊產的白魚合羹亦為絕世名菜，即杜甫〈漢州王大彔事宅作〉詩句所言：「近髮看烏帽，摧蓴煮白魚。」江蘇太湖地區，至今仍以蓴羹白魚招待賓客。蓴菜古代又稱露葵或鳧葵，如唐·陸龜蒙〈奉酬襲美苦雨見寄〉：「橫眠木榻忘華薦，對食露葵輕八珍。」由於滋味甚美，詩人吃了而有「輕八珍」之嘆。主要產區為浙江的杭州西湖、江蘇太湖的東山附近，其中又以西湖蓴菜最佳。當地採收帶有卷葉的嫩梢，加工貯存並販售其他地方，今有製成罐頭或真空包裝的蓴菜，當成特產銷售至海內外各地。值得注意的是，古代的「露葵」，有時也指冬葵。

• **水芹**：在西洋芹菜（旱芹）引進中國之前，水芹早已是中國食用多年的野菜，分布全中國的水田溝渠旁、沼澤地及潮濕處。嫩莖及葉柄供食用，是古代常用的野蔬，以至有「美芹獻君」的成語。《詩經》有「思樂泮水，薄采其芹」句，可知水芹在詩經時代即供為菜蔬。水芹亦用以祭祀，即《周禮》所述：「加豆之實，芹菹、兔醢、深蒲。」「芹菹」即醃製的水芹。水芹是一般民家的常用菜蔬，如唐·白居易〈過李生〉：「須臾進野飯，飯稻茹芹英。」及宋·唐庚〈白小〉：「百尾不滿釜，烹煮等芹蓼。」還有蘇東坡〈新城道中〉：「西崦人家應最樂，煮芹燒筍餉春耕。」但不同於其他野菜，水芹應該不只是平民百姓的菜餚，可能是與魚蝦一起上桌的珍饈之一，如唐·許渾〈滄浪峽〉：「紅蝦青鯽紫芹脆，歸去不辭來路長。」

•**石龍芮**：古名堇、水堇、苦堇，「苗作蔬食，味辛而滑」，味辛辣不易入口，卻是古代名菜（圖15）。《詩經》（大雅・綿）用「周原膴膴，堇荼如飴」句，以在周原生長茂盛的石龍芮（堇）和苦菜（荼），來形容「甘之如飴」的心情。後世記述以「堇」供蔬的詩文不少，如南北朝宋・劉駿〈四時詩〉：「堇茹供春膳，粟漿充夏飧」、唐・杜甫〈贈鄭十八賁〉：「步趾詠唐虞，追隨飯葵堇」，以及宋・周必大詩句：「我獨好奇嘗酒堇，誤思榧實殺三彭。」都說明石龍芮是古代常用的菜蔬。

圖16　蘆葦的嫩筍味道鮮美。

•**蘆葦**：初萌的芽稱為「蘆筍」或「蘆笋」，味道鮮美，可做蔬菜。蘆葦（圖16）和蔞蒿一樣，在宋代都是和河豚共食的名菜，即蘇東坡詩句：「蔞蒿滿地蘆牙短，正是河豚欲上時」之謂。平常百姓也以新生蘆芽（筍）為菜蔬，如唐・鄭谷〈倦客〉：「閒烹蘆笋炊菰米，會向源鄉作醉翁。」蘆葦也是

圖15　石龍芮古名「堇」，嫩葉幼苗可做菜蔬，味辛而滑。

廣泛分布於全世界的植物，中國境內到處可見，採食蘆芽應是古代先民共同的經驗。蘆葦多呈野生狀態，一般莖稈較細，但古時北方人常在低窪水塘、靜水的泥塘進行人工栽植，如唐人姚合在〈種葦詩〉所言：「欲種數莖葦，出門來往頻。」人工栽植者莖稈較粗大，採收蘆芽做菜蔬，稱為「蘆笋」，蘆芽味甜，做蔬最美。有些地區的農民甚至在蘆葦萌發前勤加施肥，使蘆芽更肥美香甜。

蘆葦是適應性極強的植物，全世界只要有水域的地方，就有本種植物生長，分布熱帶、亞熱帶、溫帶，從臺灣及沿海的鹽澤地至沙漠地區新疆、甘肅的水澤均可生長。在羅布泊鹽澤及敦煌地區的月牙泉沿岸，蘆葦是少數生長優勢的植物之一。

- **香蒲**：初生的香蒲（圖17），稱「蒲筍」，甘脆可食，浸酒後更「食之大美」。宋．釋智圓寫給「梅妻鶴子」的林逋〈贈林逋處士〉詩：「風搖野水青蒲短，雨過閒園紫蕨肥」詩句中，提到初春剛萌發新芽的香蒲及春雨過後萌發的蕨芽，寫的是文友間共同的生活經驗。在明．薛瑄〈舟中雜興柬韓克和劉自牧王尚文宋廣文〉一詩還提到買賣蒲筍：「夾堤楊柳綠依依，傍水人家籬落稀。小婦攜籃賣蒲笋，得錢含笑入荊扉。」至今，西南地區的雲貴鄉間食堂還有供應新鮮蒲筍。春初長幼筍、生嫩葉，未出水時紅白色，嫩筍可食，成熟葉可以用來織席，自古即視為經濟植物，《詩經．陳風》提到「彼澤之陂，有蒲有荷」，所指應為香蒲。

圖 17　初生的香蒲稱為「蒲筍」，至今鄉間仍有採食。

**表3　中國文學作品中的水生野菜**

| 植物名 | 學名 | 科別 | 作品舉例 | 古名 |
|---|---|---|---|---|
| 蓴 | *Brasenia schreberi* | 睡蓮科 | 《詩經》：「思樂泮水，薄采其茆。」 | 茆、露葵、葵 |
| 荇菜 | *Nymphoides peltatum* | 龍膽科 | 《詩經》：「參差荇菜，左右采之。」 | 荇、荇菜 |
| 水芹 | *Oenanthe javanica* | 繖形科 | 《詩經》：「思樂泮水，薄采其芹。」 | 芹 |
| 石龍芮 | *Ranunculus sceleratus* | 毛茛科 | 《詩經》：「周原膴膴，堇荼如飴。」 | 堇 |
| 蘆葦 | *Phragmites communis* | 禾本科 | 唐．杜甫〈客堂〉：「石暄蕨芽紫，渚秀蘆筍綠。」 | 葭、葦 |
| 香蒲 | *Typha latifolia* | 香蒲科 | 宋．釋智圓〈贈林逋處士〉：「風搖野水青蒲短，雨過閒園紫蕨肥。」 | 蒲 |

## 第四節　菌菇類

中國古代典籍累積出不少採食野菇的經驗，記載有多種可食菌類，不過一般均以「菌」或「蕈」一代之，不分種類，如《呂氏春秋》：「和之美春，越駱之菌。」就未指明是何種菌類，推測可能是香菌（香菇）。《博物志》：「江南諸山郡中大樹斷倒者，經春夏生菌，謂之椹。食之有味，而忽毒殺人。」中國地大，植物種類多樣性高，可食性菇類種類繁多，品類不勝枚舉，其中也不乏有毒菌菇。據古人觀察，很多可食性菇類都會寄生在殼斗科樹種或楓樹的樹幹上。

• **蘑菇**：唐詩僧貫休有多首詩描寫當時的可食菇類，如〈深山逢老僧〉：「擔頭何物帶山香，一籮白蕈一籮栗。」所言白蕈可能是蘑菇科的蘑菇。蘑菇又名麻菇、蘑菰、蘑菰菌、肉蕈，各地均有栽培，而以河北張家口所產最佳，稱口蘑（圖18）。明人潘之恆編寫的《廣菌譜》中還記載人工栽培法：「埋桑楮諸木於土中，澆以米泔，待菰生採之。長二三寸，本小末大，白色柔軟，其中空虛，狀如未開玉簪花。」味道和外形類似雞足，所以俗稱「雞足蘑菇」。唐．韋莊詩句「誰家樹壓紅榴折，幾處籬懸白菌肥」，所言的「白菌」就是蘑菇。

• **香菇**：白蕈或白菌可能亦指另外一種中國人食之千年的香菌。香菌或名香蕈（指蕈味雋永，有覃延之意），今稱香菇（圖19）。《本草綱目》說「香蕈生深山爛楓木上」，《廣菌語》言：「香蕈生桐、柳、枳椇木上，紫色者名香蕈。字從草從覃。」香菇營養豐富、味道鮮美，自古即採集供為菜餚，古時價格昂貴，一般人買不起，是官宦富貴人家的席上之珍。香菇的人工栽培也始於中國，元人王禎《農書》已詳細記載香菇的栽種法，可能是全世界最早

圖18　古代食用的蘑菇大都採自野生。

圖19　香菇營養豐富、味道鮮美，古時是官宦富貴人家的席上之珍。

的香菇栽培文獻。近年來香菇多用人工培養，野生者數量稀少。

•**松口蘑**：唐．貫休在〈聞知聞赴成都辟請〉詩句「錦機花正合，棕蕈火初乾」中，提到另一種稱為「棕蕈」的菌類。「棕蕈」因菌蓋表面生有黃褐色至栗褐色的鱗片而得名，今稱松口蘑，是世界著名的一種大型傘形食用菌，夏末至秋季生長在松類或櫟類樹林下。

•**猴頭菇**：貫休另一首詩〈避寇遊成福山院〉還提到另一種菌菇，即「成福僧留不擬歸，獼猴菌嫩豆苗肌」。「獼猴菌」是著名的食用菌，今名猴頭菇，子實體肉質，成扁球形或頭狀生長在枯樹幹上，遠望有如猴頭，故名之。

•**牛肝菌**：唐人李咸用也曾引述白蕈、棕蕈、獼猴菌等多種菌菇類，在〈依韻修睦上人山居〉一詩中有「秋深櫟菌樵來得，木末山鼯夢斷聞」，描寫的是「櫟菌」。櫟菌就是今日的美味牛肝菌，是生長在殼斗科櫟類的麻櫟、栓皮櫟及松類之雲南松等樹種林地上的大型食用菌，也是中國人享用已久、極受歡迎的菌菇類。

•**木耳**：宋．蘇東坡〈與參寥師行園中得黃耳蕈〉：「老楮忽生黃耳菌，故人兼致白芽姜。」詩中說的「黃耳蕈」，是一種外觀黃褐色的木耳，可生長在多數樹種的枯朽樹幹上，分布極為普遍。木耳自古就是一般百姓的食品及保健品，還有另一種比較稀少名貴的銀耳，俗稱「白木耳」，譬如《清異錄》記載：「北方桑上生白耳，名桑鵝，富貴有力（指財力）者嗜之。」一銀耳的子實體含有白色膠質，是傳統的滋補品，有潤肺、生津、止咳、化痰、強身的功效。

**圖 20**　雞葼又名雞肉絲菇，滋味媲美雞肉。

•**雞葼**：中國自古以來常在野外採食的美味菌菇類，還有雞葼。雞葼一作雞縱，又名雞肉絲菇（圖20），是生長在白蟻巢上的一種菇菌，詩文中亦有引述。據說明熹宗因嗜吃貴州出產的雞葼，每年都要派驛騎專程將雞葼送到京城。清人賈傑有〈雞縱〉詩：「至味常無種，輪菌雪作膚。莖從新雨茁，香自晚春腴。嫩鮮頭番秀，肥抽九節蒲。秋風菁菜客，食品列茲無。」

# 第十四章　古典文學中的蔬菜

## 第一節　前言

魏晉南北朝的菜園中究竟出現了哪些植物，來看看梁・沈約的〈行園〉詩：

寒瓜方臥壟，秋**菰**亦滿陂。
紫**茄**紛爛漫，綠**芋**鬱參差。
初**菘**向堪把，時**韭**日離離。
高**梨**有繁實，何減萬年枝。
荒渠集野雁，安用昆明池。

寒瓜就是今天的西瓜，和梨同為時令水果。其餘菰、茄、芋、菘、韭等，都是古代常吃的栽培蔬菜。隨著人類文化的發展，培育的蔬菜種類越來越多。摘錄元・貢師泰的〈學圃吟〉詩為例：

風和日媚雨露濡，水**菘**山**芥菠薐菰**。
**韭黃薤**白**蔥蕟蘇**，綠**葵**青**藿**華靚姝。
**藻荇芹茆蘋蘩**蕪，**瓜**瓞芟**藕**苔**筍**蒲。
**蔓菁蘆菔**連根株，牡丹芍藥萼重趺。
**茄**房**豆**莢懸**瓠壺**，**紫薑**紅蓼**鬱**雕胡。
玉延蹲鴟巧相扶，皮毛脫迸明月珠。
長頸短脰膩理膚，冰漿雪液如凝酥。
翠鱗銀甲虯髯鬚，魁首肥顏施丹朱。
琅玕琥珀鉤珊瑚，鑱劚摘掇視密疏。
多盈筐箱少盈裾，削剝淹漬役膳奴。
……
澇即腰脛沒垢汙，芻茲惡**苣**與苦荼。
加以臭**蒜**雜穢**荽**，邪蒿濁**莧**兼滑榆。

整首詩一共出現了三十三種菜蔬，其中的菘（白菜）、芥、菠薐、韭、薤等共二十二種都是大量在各地栽培的蔬菜。明清以後詩文引述的蔬菜種類更多。

## 第二節　文學作品中的蔬菜

食用葉片部分的蔬菜占大多數，**表1**羅列自《詩經》以下，中國古典文學作品中經常出現的食用蔬菜。其中韭菜和蕗蕎（薤）在詩經時期已大量栽培。大部分的栽培蔬菜在唐宋以後的詩文才大量出現，如大白菜（菘）、芥、莧等，均為原產中國的種類。菠菜、茼蒿、空心菜等常用蔬菜原產外國，引入中國的時間較晚，明清以後的詩詞才有記述。

- **韭菜：**原產中國，應該在史前時代就已大量食用（**圖1**）。由於適應性強、分蘗力強，收割後能一再萌發，一年可以多次採收，即所謂「一割而久」，加上莖葉口感特殊，中國人很早就栽培為蔬菜，

**圖1**　韭菜長葉青脆，開小花成叢，莖葉口感特殊，中國很早就栽培為蔬菜。

《詩經》、《山海經》早有記載。《詩經》：「四之日其蚤，獻羔祭韭。」韭除了是日常食物，當時還是重要的祭品。春季雨後的韭菜葉最鮮嫩，各代均有詩篇述及，如杜甫〈贈衛八處士〉：「夜雨翦春韭，新炊間黃粱。」這是古代文友間最富詩意的晚宴蔬菜。

韭菜又名起陽草、懶人菜、草鐘乳，長葉青脆，開小花成叢，莖葉名「韭」，花名「韭青」。春夏秋採割嫩葉，供蔬食，「可生、可熟、可醃、可久菜之一」。但是古人認為吃韭菜有季節性，所謂「春食香，夏食臭，五月食韭損人」，也不可多吃，「多食昏神暗目」。秋冬進行遮光軟化栽培，嫩葉成淺黃色，稱為「韭黃」，自古即為名貴蔬菜。

- **白菜：**古稱「菘」，栽培歷史悠久（**圖2**）。現代白菜係由野生種類長期改良培育而來，品種類別極多，包括結球白菜及不結球的小白菜（普通白菜）。有些品種極耐寒，成為中國古代四季蔬菜的主要來源。有關「菘」的詩文，唐代以後出現較多，如劉禹錫〈送周使君罷渝州歸郢州別墅〉：「只恐鳴

騶催上道，不容待得晚菘嘗。」晚菘係秋末冬初生產的白菜，是當時華中地區的主要蔬菜。宋・黃庭堅的〈即席〉詞：「霜栗剝寒橐，晚菘煮青蔬。」更強調白菜是古代天寒季節的應時蔬菜。到了明清兩朝，詩詞吟誦白菜的詩篇更多。

白菜的古名「菘」，由於凌冬不凋，四時常

圖 2　「菘」即今之白菜，本圖為結球白菜。

**表 1　中國古典文學作品常見的葉菜類蔬菜**

| 今名 | 學名 | 科別 | 出現的作品舉例 | 名稱 | 其他品種 |
| --- | --- | --- | --- | --- | --- |
| 韭 | *Allium tuberosum* | 百合科 | 《詩經》：「四之日其蚤，獻羔祭韭。」 | 韭 | |
| 大白菜 | *Brassica pekinensis* | 十字花科 | 宋・黃庭堅〈即席〉：「霜栗剝寒橐，晚菘煮青蔬。」 | 菘 | 結球白菜（*B. campestris* L. spp. *pekinensis*<br>小白菜（*B. campestris* spp. *chinensis*） |
| 芥菜 | *Brassica juncea* | 十字花科 | 宋・楊萬里〈宿黃岡〉：「上市魚蝦村酒店，帶花菘芥晚春蔬。」 | 芥 | |
| 莧 | *Amaranthus albus* | 莧科 | 唐・孫元晏〈蔡樽〉：「紫茄白莧以為珍，守任清真轉更貧。」 | 莧 | |
| 萵苣 | *Lactuca sativa* | 菊科 | 唐・杜甫〈種萵苣〉：「堂下可以畦，呼童對經始。苣兮蔬之常，隨事蓺其子。」 | 苣<br>萵苣 | |
| 蕗蕎 | *Allium chinense* | 百合科 | 唐・李商隱〈訪隱〉：「薤白羅朝饌，松黃暖夜杯。」 | 薤 | 食用部分包括鱗莖 |
| 菠菜 | *Spinacia oleracea* | 藜科 | 元・貢師泰〈學圃吟〉：「風和日媚雨露濡，水菘山芥菠薐薞。」 | 波陵<br>菠薐 | |
| 空心菜 | *Ipmoea aquatic* | 旋花科 | 清・朱彝尊〈光孝寺觀貫休畫羅漢同陳恭尹賦〉：「蕹菜春生滿池碧。」 | 蕹菜 | |

見，和松樹一樣，因此得名，自古即為主要的栽培蔬菜。小白菜又名青菜，長江以南是主要產區。白菜又有秋冬白菜、春白菜和夏白菜之分，葉柄則白色、綠白、淺綠或綠色不一。大白菜又稱結球白菜，是從白菜中選育出來的特異品種，栽培歷史較短，為中國特產蔬菜，主要產區在長江以北，但已逐漸擴及全世界各種氣候帶。其葉柄較寬，內側的葉卷結成球狀，呈白色或淺黃色，鮮甜可口，外層葉則為綠色。卷結心葉有球形、卵球、直筒形等各種形狀，耐貯藏，此一特徵最適合在寒冷地區栽培。中國北方各地冬季大量貯藏大白菜，成為寒冷地方賴以維生的重要食品，貯藏方式有堆藏、埋藏、窖藏等多種。大白菜經簡易加工，可製成醃白菜、漬酸菜等，還可製成冬菜，供生食、炒食或當作湯料，風味鮮美。

圖 3　芥菜可鮮食、醃製及冷藏，是古今菜園中普遍栽植的蔬菜。

• **芥菜**：原產亞洲各地，亦產中國。芥菜（圖 3）原是冷涼地區的蔬菜，和白菜一樣，秋季收成後可以醃製或冷藏，是古代中原地區的主要蔬菜之一，如宋．楊萬里〈宿黃岡〉詩所言：「上市魚蝦村酒店，帶花菘芥晚春蔬。」詩文中菘、芥常一起出現，如南宋陸游〈幽興〉詩：「芥菘漸美鹽齏足，誰共貧家一釜羹？」說到富貴人家將芥菜醃製成酸菜、菘製成酸白菜，以應冬季之需。陸游的另一首詩〈園中晚飯示兒子〉：「盤餐莫恨無兼味，自繞荒畦摘芥菘。」可知芥菜、白菜是菜園中普遍種植的蔬菜。芥菜又名辣菜或臘菜，氣味辛辣，在中國的栽培歷史悠久。《禮記．內則》已經提到芥末醬（芥醬），取芥菜辛辣的莖部製醬，用以佐餐；漢代出版的《四民月令》也記載了種芥和收芥子。有人推論西安半坡村遺址出土的菜子，極可

圖 4　莧菜在唐代以後的詩文大量出現。

能就是芥菜子。可見芥菜很早就作為蔬菜被栽植。

•**莧菜**：原是野生在華南地區荒地的菜蔬（圖4），幼苗莖葉鮮嫩且栽培容易，炒食煮湯皆宜，遂廣泛栽培食用。秦漢以前的文獻極少出現，唐代以後則大量在詩文中引述，但常作為貧民的菜蔬，如唐．孫元晏〈蔡樽〉：「紫茄白莧以為珍，守任清真轉更貧。」而由韓愈詩句「三年國子師，腸肚習藜莧」則可知道，莧和藜在唐代都屬「粗食」。

•**萵苣**：原產地尚未有定論，若非中國原產，應該早在唐代以前就已引入（圖5）。唐宋詩詞已大量出現，如杜甫〈種萵苣〉詩：「堂下可以畦，呼童對經始。苣兮蔬之常，隨事藝其子。」可見唐代萵苣已經是民眾普遍食用的蔬菜。宋代詩文中出現得更多，如楊萬里〈晨炊光口砦〉：「新摘柚花薰熟水，旋撈萵苣浥生虀。」及張耒〈秋蔬〉：「已殘枸杞只留栟，晚種萵苣初生甲。」由張耒詩得知，萵苣是宋代少數的「秋蔬」，秋季氣候漸涼，中國多數地區已鮮少有新鮮蔬菜了。

圖5 唐宋詩已大量引述的萵苣。

•**薤**：今名蕗蕎，是中國最古老的蔬菜之一（圖6）。春季初萌的葉片及鱗莖供炒食，即唐．白居易〈村居臥病〉詩所言：「望黍作冬酒，留薤為春菜。」夏秋之後，鱗莖膨大，稱為薤白，多鹽漬或糖漬供食（圖7），特別是用於早餐配食，如李商隱〈訪隱〉：「薤白羅朝饌，松黃暖夜杯。」也可蒸食，即宋．梅堯臣〈次韻和吳季野題岳上人澄心亭〉：「空山舊逕綠苔滿，古寺齋盂白薤蒸。」

•**菠菜**：原產中亞細亞地區，漢代已傳入中國（圖8）。唐宋詩極少記述，元．貢師泰〈學圃吟〉詩有提及，稱為「菠稜」，其後詩文逐漸有記載。清

圖6 薤是中國最古老的菜蔬之一，今名蕗蕎。

圖7 鹽漬之薤白（鱗莖），至今仍是供食菜蔬。

代後已成為栽植普遍的蔬菜，如清・鄭珍〈書遺知同以十七日歸〉：「自我來鎮遠，不撤惟菽乳。佐之菘波陵，菔兒及芹母。」

・**空心菜：**原名蕹菜，原產地應是中南半島的熱帶雨林，也有人說原產中國（**圖9**）。由於遲至明清以後的詩詞才有引述，屬外國引進的可能性較大，即明・金堡（澹歸法師）詞〈滿江紅・無豆〉：「蕹菜老，充窮措。秋茄小，承光顧。」空心菜生長在水域或沼澤地，明・屈大均詩〈買陂塘〉：「浮田更種南園蕹，青與翠萍相接。」提到的空心菜是種在水面的浮田上；而清・朱彝尊〈光孝寺觀貫休畫羅漢同陳恭尹賦〉詩句「蕹菜春生滿池碧」，則清楚指出空心菜呈藤蔓狀生長在池面上。

圖 8　菠菜雖然漢時已傳入中國，但在唐宋詩中極少引述。

圖9　空心菜。

古典文學中的根菜類，主要有兩種：一為蘿蔔，一為蕪菁。《詩經》〈邶風・谷風〉篇「采葑采菲，無以下體」所言，「葑」即蕪菁，「菲」即蘿蔔。原產地在溫暖的歐亞洲海岸，全世界均有栽植，中國栽植的時間應在史前時代，《爾雅》已經著錄，謂之為「葖」或「蘆菔」，此後歷代詩文均有大量篇章引述。

・**蕪菁：**又稱蔓菁，原產西亞、歐洲，適合在冷涼氣候條件下栽植，華中以北有大量栽培。兩者常在詩詞中一同出現，有「菲」即有「葑」，應該是受到《詩經》影響。

・**蘿蔔：**根據文獻記載，蘿蔔古稱蘆葩、萊菔、蘆菔，現在通稱蘿蔔。因塊根長在土中且潔白如酥，古名有時也稱為土酥，如杜甫〈病後遇過王倚飲贈歌〉詩：「長安冬菹酸且綠，金城土酥靜如練。」及宋・楊萬里詩句：「庾郎晚菘翡翠茸，金城土酥玉雪容。」蘿蔔的塊根粗壯，脆嫩多汁，形狀有圓、扁圓、圓錐、長圓錐等，皮色有白、綠、紅、紫等，肉色有白、淡綠、鮮紅、紫紅等。生蘿蔔多少含有辛辣味，脆甜多汁的品種可代水果。蘿蔔含有豐富的碳水化合物、各種無機鹽類、維生素C、核黃素、少量芥辣油和澱粉酶，能幫助肉類和澱粉分解，便於消化吸收。古人多勸人食蘿蔔根葉，特別是冬天吃蘿蔔，「功多力甚，養生之物也」。蘿蔔最早是用作藥材，有「下氣消穀、去痰癖、止咳嗽」的效能，可「肥健人令肌膚細白」；和豬羊肉、鯽魚煮食，有補益身心的效果。又能解酒醉、治暈船、解煤氣中毒等。另外，不慣吃麵食者，吃麵後可用蘿蔔解之。後來才用作蔬菜，根葉均可食，明代《群芳譜》已將蘿蔔列為「蔬譜」，說蘿蔔根葉「可生可熟、可菹可齏、可醬可豉、可醋可糖、可臘可飯，乃蔬中最有益者」。醃後曬乾的蘿蔔切片，稱「蘿蔔乾」，至今仍為可口菜餚。

## 第三節 詩文常見的瓜果類蔬菜

果實經炒煮過程供菜蔬用的植物，稱為果用蔬菜。中國文學作品所提到的果用蔬菜，種類較少（表2），僅茄和多種瓜類，均為原產外國的植物，陸續經史前貿易、漢唐東西貨物交流或宋元期間由海運傳入中國。其中匏瓜在史前時代引入中國，《詩經》即已載錄。

- **茄子**：果菜之中，茄子出現在詩文中的頻率頗高。茄原產印度，後播傳至東南亞，大概在魏晉南北朝（或更早）即引入中國。果形及果色變異極大，果形圓球至長條狀，白色、綠色、橙、紫紅、紫色至深紫黑色都有。不耐寒，屬於熱帶至亞熱帶地區的蔬菜，中原地區列為「珍蔬」，如唐．柳宗元〈同劉二十八院長述舊言懷感時書事，奉寄澧州張員外使君五十二韻之作〉詩：「香飯舂菰米，珍蔬折五茄。」唐代以後，栽種逐漸普遍，宋元詩均有述及，如元．許有壬〈上京十詠．韭花〉：「濃香跨薑桂，餘味及瓜茄。」明清以後的詩文出現更多，如今已成為家喻戶曉的蔬菜。

• **匏瓜**：又稱瓠瓜，原產非洲及印度，很早就引進中國，《詩經》及《楚辭》均有篇章載錄。食用部分主要是嫩果，有多種品種及名稱（圖10）。成熟的果實果皮硬化可充當舀水器，謂之「瓢」，如《詩經》〈大雅．公劉〉：「酌之用匏，食之飲之。」所指即為果皮硬化的瓢。未做成器具前的成熟果實，謂之「壺」，即《詩經》〈豳風．七月〉之「七月食瓜，八月斷壺」所指。除了食用嫩果，古人還吃嫩葉，如《詩經》〈小雅．瓠葉〉所說：「幡幡瓠葉，采之亨之。」《楚辭》稱「瓟瓜」，用來祭祀神鬼祖先，即〈九懷．思忠〉：「抽庫婁兮酌醴，援瓟瓜兮接糧。」

• **絲瓜**：原產於熱帶亞洲，直到唐代才有「絲瓜」之名（圖11）。未成熟果實鬆軟，極適合煮湯；成熟時果肉纖維硬化，經絡如海綿，因此有絲瓜之名，古人拿來做洗滌用具。元．郝經〈館內幽懷〉之詩：「狂花野蔓

圖 10　瓠瓜的花葉。

**表2　中國文學作品中常見的果菜類**

| 植物名稱 | 學名 | 科別 | 出現作品舉例 | 古名 | 其他品種 |
|---|---|---|---|---|---|
| 茄子 | *Solanum melongena* | 茄科 | 唐．柳宗元：「香飯舂菰米，珍蔬折五茄。」 | 茄 | |
| 匏瓜 | *Lagenarica siceraria* | 瓜科 | 《詩經》：「酌之用匏，食之飲之。」 | 匏；瓠；壺；瓟 | |
| 絲瓜 | *Luffa cylindrica* | 瓜科 | 元．郝經：「狂花野蔓滿疏籬，恨殺絲瓜結子稀。」 | 絲瓜 | |
| 冬瓜 | *Benincasa hispida* | 瓜科 | 清．樊增祥：「好與嫩冬瓜共煮，山公應是醉如泥。」 | 冬瓜 | |
| 苦瓜 | *Momordica charantia* | 瓜科 | 元．馬臻：「車道綠緣酸棗樹，野田青蔓苦瓜苗。」 | 苦瓜 | |
| 南瓜 | *Cucurbita moschata* | 瓜科 | 《本草綱目》：「南瓜種出南番，轉入閩浙。」 | 倭瓜 | 圓南瓜（var. *melonaeformis*）<br>長南瓜（var. *toonas*） |
| 黃瓜 | *Cucumis sativus* | 瓜科 | 《神農本草經》：「張騫使西域得種。」 | 胡瓜 | |

滿蔬籬，恨殺絲瓜結子稀。」絲瓜在元代同樣也是栽種在攀爬用的籬笆或棚架上，農村幾乎家家都有種植。

• **冬瓜**：東方特產的蔬菜植物，原產印度或華南（圖12）。出現在文學作品的頻率較低，明清以後的詩文出現較多，如清．樊增祥〈內廉又索黿再賦〉：「好與嫩冬瓜共煮，山公應是醉如泥。」以及〈三疊前韻索同人和〉：「詩境通禪語語佳，亦如蘸雪吃冬瓜。」

圖 11　絲瓜原產熱帶亞洲，唐詩已有載錄。

• **苦瓜**：原產於印度，果含苦瓜素，味中帶苦，性寒，又名涼瓜，具有清涼、解毒功效，逐漸為國人所喜食（圖13）。大概在唐時引進中國，元代詩文已有載錄，如馬臻〈新州道中〉詩：「車道緣緣酸棗樹，野田青蔓苦瓜苗。」可見當時已經普遍栽植。明代國畫作品已出現苦瓜，明清文獻提及更多，如清．吳省欽〈觀景德鎮所造內窯瓷器〉詩：「異物不貴貴用物，苦窳間作非勤宣。」苦窳即苦瓜。

圖 12　明清以後的詩文中才大量出現的冬瓜，果實大小因品種而異。

圖 13　苦瓜為一年生蔓性草本，果含苦瓜素，有清涼解毒的功效。

• **南瓜**：北方人稱倭瓜或窋瓜（圖14），南人稱飯瓜或南瓜，原產中、南美洲。根據考古資料，在引入舊世界以前，在原產地已經有很長的栽培歷史。《本草綱目》云：「南瓜種出南番，轉入閩浙。」推測由西班牙人自中南美洲引進當時的殖民地菲律賓，再向四周國家散布。中國首先在華南栽種，因為「種出自南方」，與當時廣為栽種的黃瓜、甜瓜、瓠瓜等有別，故稱「南瓜」；又其源自外國，又名番瓜、番南瓜、飯瓜、窩瓜。依照南瓜的果型，可區分為兩大類：一為圓南瓜，果實扁圓形或圓形，果皮有許多縱溝，或瘤狀突起。其中又有許多不同的品種，如磨盤南瓜、柿餅南瓜等。另一類為長南瓜，果實長，頭部膨大。

• **黃瓜**：瓜初期青白色，果皮遍生白短刺，質脆嫩多汁，至老則變為黃色，故名黃瓜。《神農本草經》記載，張騫出使西域時得種，因此也稱胡瓜。黃瓜味清涼，能解煩止渴，可生食，亦可醃漬或煮食。國人的食譜中，多喜使用小黃瓜製作菜餚，或吃醃製黃瓜：先將嫩黃瓜洗淨，切薄片入碗，拌細鹽片刻，黃瓜會滲出水，去水後再拌入糖醋即可。

圖14　南瓜。

黃瓜原產於喜馬拉雅山南麓的印度北部地區，於三千年前開始栽培，隨著各民族的遷移和往來，黃瓜由原產地向東傳播到中國南部、東南至各國及日本等地；向西經西南部亞洲進入南歐及北非各地，後又傳至歐洲各地及美洲。由於廣泛栽培，歷史悠久，品種很多：有果大、圓筒形、皮色淺的南亞型；果實較小，熟果黃褐有網紋的華南型；果棍棒狀，熟果黃白色無網紋的華北型；果實中等、圓筒形，熟果淺黃色至黃褐色的歐美型；植株矮小，多花多果的小型黃瓜等。各類型均包含許多不同品種。

## 第四節　調味用香辛蔬菜

香辛類植物的植物體部分含有強烈香氣，採取植物體含香氣最濃郁的部分，烹調時供調味用；主要用於減少牛、羊、豬或魚蝦等動物食品的腥羶味，有時用於加添食物香氣。各地區氣候不同，食性各異，所使用的調味用植物也不盡相同（表3）。

• **蔥**：原生於中國，全株有辛香風味，可炒食和生食，不過大都取來做菜餚調味料。例如，魏·甄皇后〈塘上行〉：「莫以魚肉賤，棄損蔥與韭。」

及宋．黃庭堅詩句：「蔥韭盈盤市門食，詩書滿枕客床氈。」

•**大蒜**：原產亞洲西部，春秋戰國時代以前就已引入中國。古代詩詞都有提及，如《楚辭．離騷》：「矯菌桂以紉蕙兮，索胡繩之纚纚。」晉．王廙〈春可樂〉：「濯茆兮菹韭，齏蒜兮擗鮓。」及唐．寒山：「蒸豚搵蒜醬，炙鴨點椒鹽」、「黃連搵蒜醬，忘記是苦辛」等。

**圖 15** 薑是藥材，也是調味香料。

•**薑**：古代藥材，也是調味香料（**圖15**），主要用來去除肉類的腥羶之味。中國使用薑的時間悠久，孔子齋戒時不吃葷食及辛辣之物，唯獨「不撤薑食」；而從晉．潘岳詩句：「瓜瓞蔓長苞，薑芋紛廣畦。」可知魏晉時代薑田已到處可見。唐宋詩詞中也有出現，如唐．王建〈飯僧〉：「願師常伴食，消氣有薑茶。」及宋．黃庭堅〈答永新宗令寄石耳〉：「竹萌粉餌相發揮，芥薑作辛和味宜。」

•**花椒**：未引進中國之前，中國辛辣料理主要都是使用花椒，全中國幾乎都有生產。《詩經》：「有椒其馨，胡考之寧」的「椒」即花椒，表示中國人食用花椒至少已有兩千年歷史了。花椒多用在肉食調理，如唐．白居易詩句：「佐以脯醢味，間之椒薤芳。」及宋．蘇東坡〈監試呈諸試官〉詩：「調和椒桂釃，咀嚼沙礫磣。」均說明花椒和肉桂等都是當代的調理品。

•**水蓼**：古代五辛（蔥、蒜、韭、蓼、芥）之一，《詩經》：「荼蓼朽止，黍稷茂止。」水蓼與黍稷等糧食作物相提並論，顯示其重要性。古時烹煮雞、豬、魚、鱉等，都必須使用水蓼（**圖16**）填塞在上述食料腹部烹煮，以去除羶味，用法有如今日的蔥、薑、蒜。例如，唐．賈島〈不欺〉：「食魚味在鮮，食蓼味在辛。」及宋．唐庚〈白小〉：「百尾不滿釜，烹煮等芹蓼。」所言。

**圖 16** 水蓼是古人普遍使用的去腥食材。

•**芥菜**：中國栽培芥菜歷史悠久，主要栽植供新鮮蔬菜或醃製成酸菜食用。全株含有具辛辣味的

圖 17　紫蘇枝葉具特殊香氣，自古即用作烹調香料。

芥末油，種子含量更多。種子磨成粉稱芥末，辛辣味更強，用作調味料，即宋．黃庭堅〈答永新宗令寄石耳〉所言：「竹萌粉餌相發揮，芥薑作辛和味宜。」芥末主要和魚類共食，如唐．白居易詩句：「魚膾芥醬調，水葵鹽豉絮。」

• **蘘荷**：在《楚辭》裡是當作香料，用來烹煮豬肉、狗肉，即「醢豚苦狗，膾苴蓴只」所言。屈原視之為香草，與菖蒲等香料植物並列。宋．韓駒的「蓴藕藷芋蘘荷薑，堆盤滿案次第嘗」詩句，則和薑並列，兩者的烹調作用相同，都是用來去除肉品腥味。

• **紫蘇**：古名「荏」，是白蘇的變種，兩千多年前的《爾雅》就已記載，詩文所言之「荏」或「蘇」、「雞蘇」指的都是紫蘇（**圖17**），如唐．王績〈過鄭處士山莊〉：「野膳調藜荏，山依緝薜蘿」、唐．李賀〈秦宮詩〉：「斫桂燒金待曉筵，白鹿青蘇夜半煮」、元稹〈酬樂天東南行詩〉：「芋羹真暫淡，鸊炙漫塗蘇」、宋．黃庭堅〈奉謝劉景文送團茶〉：「箇中渴羌飽湯餅，雞蘇胡麻煮同喫」等。紫蘇枝葉含多種揮發成分，具特殊香氣，有防腐作用，自古即用作烹調香料或醃製食物。紫蘇的揮發油成分也有抗菌作用，食品中加紫蘇油，不但有香料效果，還可防止長黴，比如製作醬油時加入紫蘇，則不會長白黴。

• **荖藤**：又稱蔞葉，古名蒟醬（**圖18**），原來作為醫藥用途，或與檳榔和食。因植物體含有胡椒酚、蔞葉酚等揮發油，《本草綱目》說蒟醬葉可健胃、止瀉及化痰，視為重要藥

圖 18　蔞葉在古代兼做藥材及食品調味料。

材。古代已取用為食品調料，如唐．王維〈春過賀遂員外藥園〉詩句：「蔗漿菰米飯，蒟醬露葵羹。」此露葵是指蓴菜，唐人在蓴羹中加蔞葉調味，類似今日的胡椒粉。

• **胡椒**：原產於印度，是世界知名的香料植物（**圖19**）。最遲在唐朝以前就以成品輸入中國，成為行賄官員的珍品。詩詞中常作為高價物品或聚斂財物的比喻，如明．陸寶〈相公來〉：「富貴如雲真大夢，胡椒鐘乳在誰邊？」但作為食品調料，胡椒的

圖 19　胡椒是世界知名的香料。

圖 20　茴香又名懷香，植株具特殊香味，可炒食也可作食品調料。

表3　中國古典文學作品常見的調味用蔬菜

| 今名 | 學名 | 科別 | 食用部位 | 古名 | 原產地 |
|---|---|---|---|---|---|
| 蔥 | *Allium fistulosum* | 百合科 | 全株 | 蔥 | 亞洲西部 |
| 蒜 | *Allium satuvam* | 百合科 | 鱗莖 | 胡；葫 | 亞洲西部 |
| 薑 | *Zingber officintle* | 薑科 | 根莖 | 薑 | 熱帶亞洲 |
| 花椒 | *Zanthoxylum bungeanum* | 芸香科 | 果實 | 椒 | 中國 |
| 水蓼 | *Polygonum hydropiper* | 蓼科 | 葉 | 蓼 | 中國 |
| 蘘荷 | *Zingiber mioga* | 薑科 | 根莖 | 蘘 | 熱帶亞洲 |
| 紫蘇 | *Perilla frutescens* | 唇形科 | 葉 | 荏；蘇 | 中國 |
| 荖藤 | *Piper betle* | 胡椒科 | 葉 | 蒟醬；浮留藤 | 熱帶亞洲 |
| 胡椒 | *Piper nigrum* | 胡椒科 | 果 | 胡椒 | 印度 |
| 懷香 | *Foeniculum dulce* | 繖形科 | 葉 | 茴香 | 地中海沿岸及西亞 |
| 芫荽 | *Coriandrum sativum* | 繖形科 | 葉 | 胡荽 | 地中海沿岸及中亞 |
| 羅勒 | *Ocimum basilicaum* | 唇形科 | 葉 | 羅勒；蕙 | 華南 |
| 辣椒 | *Capsicam annuum* | 茄科 | 果 | 番椒 | 南美 |

地位一直不受影響。

圖21　羅勒又名九層塔，味芳香又可入藥，至遲在元代已作為食品調料。

• **茴香**：又作「懷香」（**圖20**），如元·盧集的〈滕昌祐懷香腫鵝園〉詩：「雨餘日照沙，尚有懷香花。」植株含有茴香醚及茴香酮等揮發油，具特殊香味，可做溫食及拼盤裝飾，有時做香辛蔬菜或調味用。原產地中海沿岸及西亞，由於是外來植物，唐詩及唐詩以前的文獻均未曾提及。

• **芫荽**：別名香菜，係「胡人之物」，原產地中海沿岸及中亞，漢張騫於西元前一一九年自西域引入，因此詩文多做「胡荽」，後來演變成「葫荽」，如元·范椁〈百丈春日寄懷〉詩：「草上葫荽偏挺特，花間蘆菔故高長。」莖葉具特殊香味，全世界均有栽培，作為菜餚調料。果實入藥，有驅風、健胃及化痰效果。

• **羅勒**：原產熱帶亞洲，華南地區亦產，又名「九層塔」（**圖21**）。莖、葉具芳香油，均可入藥，有健胃、消暑、解毒功效。華南地區沿海居民採取幼芽、嫩葉作為海產食物的調料，用以去腥並增加食物香味，詩人也以其特殊香味入詩，如元·張養浩〈寄省參識王繼學詩友〉：「木密垂枝手可親，娵隅羅勒味尤真。」

## 第五節　木本蔬菜

食用部分為灌木或喬木的幼嫩枝葉、花序或幼果者，稱之為木本蔬菜，有槐樹、榆樹、香椿、棕櫚等五種（**表4**）。

• **槐樹**：初春新葉初成，採嫩芽幼葉，煮過後油鹽調食，是古代的家常菜（**圖22**）。古人相信多吃槐葉有「明目益氣，烏髮固齒催生」的效果。宋·王禹偁〈甘菊冷淘〉：「子美重槐葉，直欲獻至尊。」及宋·陸游〈幽居〉：「薺菜挑供餅，槐芽采作菹。」兩首詩所說的就是古人嗜食槐葉、槐芽。另外，槐葉磨成粉和麵製餅，也是古代名食，即宋．韓駒〈答蔡伯世食筍〉：「蓴絲化鹽豉，槐葉資新麵。」及宋．晁補之〈同魯直文潛飲刑部杜君章家次封丘杜觀仲韻〉：「正須新麵雜青槐，千里紫蓴江上來。」兩首詩所述。

• **榆樹**：榆樹和黃榆春季的嫩果可供食用，所謂「三月榆錢可做羹」。榆樹的果實有環翅，外形類似古代的銅錢，故榆錢指榆果，可釀酒，曬乾後可製醬。黃榆又稱蕪荑，又叫大果榆，果實遠比榆樹大（圖23），食用價值比榆樹高，但植株數量較少。唐．顏真卿等人的〈七言滑語聯句〉有「蕪荑醬醋吃煮葵，縫靴蠟線油塗錐」句，說的就是黃榆果製成的醬。

• **香椿**：嫩芽及幼葉有特殊香味，是著名的木本蔬菜。自古至今，居家附近多有栽培，「圃中沿牆，宜多植以供食」，可用以拌豆腐、炒蛋或用嫩葉醃製成菹等。歷代詩詞多有提及，如宋．劉弇〈和權之嚴韻〉：「庭椿摘初黃，畦韭剪柔綠。」

圖22　槐樹的莢果。

• **棕櫚**：幼嫩的花苞稱為「棕魚」（圖24），炒煮後是一道名菜，「食之甚美」。古代名士知道此一特殊食材的不多，南宋詩人陸游即其中之一，他有兩首詩述及棕花、棕魚：其一是〈偶得長魚巨蟹命酒小飲蓋久無此舉也〉：「老生日日困鹽齏，異味棕魚與楮雞。」其二是〈村舍雜興〉：「箭茁白於玉，棕花長比魚。盤餐有此味，勿怪食無餘。」到了清代，仍有好此味者，如黎庶蕃在其〈春菜詩〉中提到：「棕魚戢戢子滿苞，野鵝毶毶花聚粟。」其中的「野鵝」是指薺菜。蘇東坡謂之「棕筍」，在其詠棕筍詩的序言說道：「棕筍，狀如魚，剖之得魚子。味如苦筍而加甘芳。蜀人以饌佛，僧甚貴之，而南方不知也。筍生膚毳中，蓋花之方孕者。」可見蘇東坡所稱的

圖23　黃榆的果實像古銅錢，可釀酒，曬乾後可製醬。

「棕筍」就是「棕魚」，是僧人等素食者最愛的名菜。蘇東坡又說：「正二月間可剝取，過此苦澀不可食矣。」吃「棕魚」宜在花苞剛形成的初春。

• **枸杞**：果稱枸杞子，有堅筋骨、補精氣、滋腎潤肺的功能；根皮稱地骨皮，也是知名的常用中藥。春季採集剛萌芽的嫩芽或幼芽，可當蔬菜食用，所謂：「春食苗，夏食葉，秋食花實而冬食根，庶幾乎西河南陽之壽。」《詩經》〈小雅．北山〉所言「陟彼北山，言采其杞」的「杞」即枸杞，可能是採集果實或採摘嫩葉做菜蔬。枸杞芽是古代宮中后妃常吃的名貴菜餚，《紅樓夢》六十一回提到大觀園內迎春房裡丫頭經常吃的好菜就有「油鹽炒枸杞芽」。宋．楊萬里也有〈嘗枸杞〉詩：「芥花菘菌餞春忙，夜吠仙苗喜晚嘗。」其中「仙苗」指的就是枸杞的幼苗或幼芽。四月至七月間採集嫩葉或芽，洗淨後揉搓變軟，可當蔬菜食用，生調食、炒食、醃食或煮湯均可。蘇東坡〈次韻樂著作野步〉詩中有「俯見新芽摘杞叢」句，所摘的枸杞芽也是當菜蔬食用。

圖 24　棕櫚未開展的花苞稱「棕魚」，是古代名菜。

圖 25　枸杞的嫩芽或幼芽可當蔬菜食用。

**表 4　文學作品中的木本蔬菜**

| 今名 | 學名 | 科別 | 食用部位 | 古名 |
|---|---|---|---|---|
| 槐 | *Sophora japonica* | 蝶形花科 | 嫩葉、花 | 槐 |
| 黃榆 | *Ulmus macrocarpa* | 榆科 | 嫩果 | 黃榆 |
| 香椿 | *Toona sinensis* | 楝科 | 嫩葉、幼葉 | 椿 |
| 棕櫚 | *Trachycarpus fortunei* | 棕櫚科 | 幼嫩花苞 | 棕魚；棕筍 |
| 枸杞 | *Lycium chinensis* | 茄科 | 嫩葉 | 杞；枸 |

## 第六節　豆類

歷代文學作品中常見的蔬用豆類見表5。

•**豌豆**：原產地中海及其附近，是古老的作物，歐洲新石器遺址已有發現。引進中國的時間亦早，至遲在漢代就已引種栽培。主要食用部分是幼嫩豆莢，成熟種仁是重要的副食，近年來也採食其幼嫩莖葉當菜蔬，謂之「豌豆苗」。豌豆是古今各地主要的栽培作物之一，如元．方回〈春晚雜興〉詩：「櫻桃豌豆分兒女，草草春風又一年。」及清．樊增祥〈池上疊前韻〉：「桑葉漸肥豌豆綠，坐看蠶箔欲成絲。」

•**扁豆**：果莢扁形，故稱扁豆，又名稨豆、峨嵋豆，詩文中有時稱鵲豆。原產印度等熱帶及亞熱帶亞洲，引進中國的時間很早，魏晉南北朝的《名醫別錄》已有載錄，當時主要是作為藥材，嫩豆莢和成熟豆粒供食用。明清以後到處有栽植，由明．程本立〈江頭絕句〉：「小樹香櫞子，疏籬扁豆花。」及清．樊增祥〈李復堂草蟲便面回原韻〉：「棗樹東頭阿那家，蕭蕭絡緯井欄斜。五更風露無人聽，涼煞籬根扁豆花。」可知其普遍程度。烹調前先用冷水浸泡或用沸水稍燙再炒食，也可製成乾煮食；成熟豆粒可煮食或做豆沙餡。臺灣到處可見，食用品種以紫紅色栽培種較為普遍，亦有白色品種。

•**蠶豆**：又稱陳豆，原產亞洲西南到非洲北部的地中海沿岸。有大粒種、中粒種及小粒種之分，大粒種和中粒種的種子扁橢圓形，做菜或製成副食品；小粒種的種子短小，但產量高，適合做綠肥及飼料。引進中國的時間可以遠溯至漢代，但遲至明清後的詩文才引述較多，如明．董說〈蠶豆〉詩，及清．陸世儀〈春日田

**表5　文學作品中常見的蔬用豆類**

| 今名 | 學名 | 原產地 | 古稱 | 引進中國期間 |
|---|---|---|---|---|
| 豌豆 | *Pisum sativum* | 地中海沿岸和亞洲中部 | | 漢代 |
| 扁豆 | *Lablab purpureus* | 熱帶亞洲（印度） | 峨嵋豆 | 漢、晉 |
| 蠶豆 | *Vicia faba* | 非洲地中海至西南亞 | 陳豆；蠶豆 | 兩漢，張騫引入 |
| 豇豆 | *Vigna sesquipedalis*（長豇豆）<br>*Vigna sinensis*（短豇豆） | 非洲北部、印度 | 豇豆 | 1000-1500 年前 |
| 綠豆 | *Vigna radiata* | 亞洲東南部地區 | | |

園雜興〉：「籬頭耒下絲瓜種，牆腳先開蠶豆花」、清・蔣廷錫〈家園消夏〉：「荒畦種蠶豆，小圃栽蘿蒿」，表示樹蔭空地多有栽種之。而經適當的料理，味可敵名菜，即清・陸奎勳〈嘗陳豆〉所說：「名齊金氏薯，味敵陸家蓴。」清・彭玉麟〈廣西全州道上〉：「滿地紫雲吹不散，野田蠶豆亂開花。」表示大面積栽種，開紫色花的花海景觀。

• **豇豆**：又名長豆，有長短莢之分，莢果線形，短者長約十公分，長者可達八十公分。中國自古就栽培供食用，栽植歷史雖有千年左右，但明代之前的文學作品出現甚少。清・劉光第在題為〈京師蔬菜有最美者漫賦〉的詩中說道：「自鋤片地試蔬蓏，胡盧掛鴨豇懸蛇。」所述豇豆有如「懸蛇」，當然是指長豇豆。此外，豇豆也有飯豇豆與菜豇豆之別：飯豇豆豆角細長，角皮光滑，食其豆實，可與米一同煮飯。菜豇豆的豆角較長，角皮光滑，可連皮做菜，分類上被處理為飯豇豆的亞種。豇豆的起源有許多說法，或說源自熱帶非洲，經埃及及其他阿拉伯國家傳至亞洲。但西元六〇一年出版的《切韻》已有豇豆的記載，其後也出現在宋代的《圖經本草》、《本草綱目》中，加上中國境內原有十六種豇豆屬野生植物，因此極可能中國也是豇豆的原產地之一。

• **綠豆**：以種皮綠色而得名，種子供食用及藥用。種子煮湯，已成為夏季消暑的飲料；花及芽解酒毒，果莢治赤痢。豆科植物（包括綠豆）的根有根瘤菌，可固定空氣中的氮素，轉為可溶性氮肥，可以改良土壤，自古即作為綠肥，在農耕上使用很多。綠豆營養豐富，含有大量蛋白質及各種礦物質、維生素，是重要的食用豆類之一，磨粉可製成粉絲（冬粉），如《農桑通訣》的記載：「人俱作豆粥豆飯，或作餌為炙，或磨而為粉，或作麵材。」綠豆種子在無光無土及適當的濕度條件下可培育出芽菜，即普遍的菜蔬「豆芽菜」，食用部分主要是胚軸，富含維生素。綠豆在中國栽培歷史悠久，西元六世紀東魏賈思勰所著的《齊民要術》已有綠豆的記載。一般認為綠豆是由印度傳入中南半島，十六世紀傳到歐洲，再傳到美洲，成為世界性的豆類。日本的綠豆則是十七世紀左右從中國引進的。

# 第十五章　文學中的瓜果

## 第一節　文學中的瓜果統計

中國最早的文學作品《詩經》所述及的植物中，有十九種屬於當時食用的果樹或瓜果類。其中肉果類十三種（桃、李、梅、木瓜、木桃、木李、獼猴桃、郁李、葛藟、野葡萄、棠梨、棗、豆梨）、乾果類五種（榛、板栗、枳椇、苦櫧、茅栗），瓜類一種（甜瓜）。肉果類的桃、李、梅、獼猴桃，以及乾果類的板栗、瓜果類的甜瓜，至今仍大量栽培供應民眾所需。歷代文學作品出現的水果類植物，亦以此類植物頻率最高。其他植物雖然不是常用果樹，或不再以食用為主要用途，因為是《詩經》植物的緣故，也大量在詩詞文獻中引述。此類植物有木瓜、木桃、木李、棠梨、葛藟等。

《楚辭》所列的瓜果類較少，僅十種，肉果類有七種，其中橘、柚、芭蕉為南方植物，《詩經》沒有出現，桃（苦桃）、棠梨（杜梨）、棗（酸棗）、葛藟則和《詩經》雷同；乾果類三種，其中板栗和榛《詩經》已有引述，菱則屬《楚辭》獨有；《楚辭》中無瓜果類。《詩經》和《楚辭》合計果樹二十三種，歷代詩文均吟誦之（表1）。

先秦魏晉南北朝詩及漢賦中的肉果類增加了六

**表1　中國古典文學作品中的瓜果總計**

| 書名 | 肉果類 | 乾果類 | 瓜果類 | 種數 |
|---|---|---|---|---|
| 詩經 | 13 | 5 | 1 | 19 |
| 楚辭 | 7 | 3 | 0 | 10 |
| 先秦魏晉南北朝詩 | 24 | 6 | 2 | 31 |
| 漢賦 | 26 | 6 | 1 | 33 |
| 全唐詩 | 28 | 13 | 2 | 42 |
| 宋詩鈔 | 29 | 14 | 2 | 44 |
| 全宋詞 | 30 | 10 | 2 | 42 |
| 元詩選 | 25 | 11 | 2 | 37 |
| 全金元詞 | 25 | 6 | 1 | 33 |
| 全元散曲 | 25 | 5 | 2 | 32 |
| 明詩綜 | 25 | 8 | 1 | 33 |
| 全明詞 | 31 | 10 | 2 | 42 |
| 全明散曲 | 28 | 9 | 2 | 38 |
| 清詩選 | 31 | 14 | 2 | 46 |
| 全清散曲 | 32 | 9 | 2 | 42 |

種，即葡萄、柿、山楂、楊梅、枇杷、荔枝等，瓜果類增加西瓜（寒瓜）一種，其後的詩詞典籍，瓜果類不再出現新種類。《全唐詩》肉果種類變化不大，《全唐詩》的乾果類增加胡桃、海棗、橄欖等七個種類。宋代《宋詩鈔》、《全宋詞》開始引述龍眼、餘甘（菴摩勒）、香橼等肉果，乾果類增添了銀杏、榧子等。元代的《元詩選》、《全金元詞》、《全元散曲》所增加的果樹僅芭欖（巴旦杏）、醋梨等，但都不是常用果樹。明清兩代詩文所述的瓜果類絕大部分和歷代相同，僅增加肉果類的佛手柑、刺梨、蘋果和乾果類的蘋婆等（表1）。

## 第二節　詩文常見的肉果類

古典文學作品常出現的肉果類見表2。其中桃、李、梅是歷代詩文引述最多的果樹，也同時大量栽植供觀賞，亦屬觀花植物。其中梅開花最早，冬末初春為花期，花色純白、粉紅至深紅，後者稱紅梅。桃、李、梅三者均出現在《詩經》篇章之中，可見栽培利用的歷史均很悠久，都是史前時代就廣為栽培的經濟植物。

• **梅**：宋代之前，梅的栽培主要是收成果實當作食品調料。《尚書》提到「爾為鹽梅」，說明古代梅的重要性和鹽一樣，不可一日無之。《詩經》〈小雅·四月〉「山有嘉卉，侯栗侯梅」，梅和果樹之栗並提，顯示當時梅是以果樹用途栽培。宋代開國皇帝趙匡胤「杯酒釋兵權」，提倡「偃武修文」，官宦文士家以蒔花藝草、繪圖吟詩為務，蔚為風氣。賞梅、畫梅、誦梅自宋代啟端，其影響至今不衰。

• **桃、李**：《詩經》〈魏風·園有桃〉：「園有桃，其實之殽。」表示桃是栽植在園中，供收成果實。桃花色粉紅至紅色，色彩豔麗，也是當時貴族宅院及王侯大臣的觀賞植物。《詩經》第一首詩句「桃之夭夭」，用桃花形容貴族少女衣冠的繽紛及容貌之豔麗。桃李開花都在初春，桃花的美豔常常奪去白色李花的風采，詩文中桃出現的頻率也高過於李。《詩經》〈小雅．南山有臺〉的敘述：「南山有杞，北山有李。」應是描寫山坡上大量栽種李樹的場景。

•**梨**：唐代詩文才開始出現，但三皇五帝時，梨已經被視為「百果之宗」（圖1）。古人栽培梨樹的目的，主要是為了收成果實；但是梨花淡白雅致，也是一種觀花植物，如唐．劉方平〈春怨〉：「寂寞空庭春欲晚，梨花滿地不開門。」

•**棠梨**：古稱杜或杜梨，果實酸澀，不適合生食；稱棠或甘棠者，果實味較甜，是古人常吃的水果之一（圖2）。「甘棠遺愛」典出《詩經》〈召南．甘棠〉：「蔽芾甘棠，勿翦勿伐，召伯所茇。蔽芾甘棠，勿翦勿敗，召伯所憩。」說的是百姓懷念召伯政績，對他曾在樹下休憩的甘棠樹愛護有加。後世詩詞引述甘棠，大都和此典故有關，如漢．揚雄〈甘泉賦〉：「函甘棠之惠，挾東征之意。」

圖1 梨。

圖2 棠梨古稱甘棠或棠，是古人常吃的水果之一。

圖3 山楂是北方果樹，唐代後詩文即大量引述。

•**山楂**：仲春開花，花白滿樹，亦極為壯觀；果實成熟在秋季，呈鮮紅至深紅色（圖3）。原產中國北方，二千多年前的文獻《爾雅》即已記錄，當時的名稱為「朹」，唐代後的詩詞經常引述。山楂可入藥，近代已證明其醫療保健效果。

•**林檎**：有時稱來禽或來檎，和柰同屬中國原產的蘋果。現代所稱的「蘋果」為西洋蘋果，由傳教士於一八七一年傳入中國。

•**橘**：橘、柚都是長江以南的植物，同時在《楚辭》出現。橘不耐寒，主要產地在長江中下游，所謂「橘逾淮而為枳」，指出橘無法移植到北方的特質，被視為堅貞的個性。因此，《楚辭》有專章〈橘頌〉來稱頌，說橘是「后皇嘉樹」、「受命不遷，生南國兮」，有「深固難徙，更壹志兮」的特質。橘原產中國，在華南山區仍有許多野生類型，是柑橘類中最早進行人工栽培的一種，至少已經有四千年以上的歷史。橘的栽植逐漸普遍，到漢代時已成為重要的經濟植物，所謂「江陵千樹橘」，進行大規模栽培。自漢武帝起，在交趾等橘的產地都設有橘官，主管進貢御橘事宜。古人種橘可以致富，認為「種橘如養奴僕」，通稱為「木奴」，後世篇章常有「橘奴」、「木奴」之詞，典故出自於此。

• **柚**：從《楚辭》〈七諫．自悲〉：「雜橘柚以為囿兮，列新夷與椒楨。」可知戰國時代，橘、柚都是果園中的植物。柚原產於亞洲熱帶及亞熱帶地區，可能是華南地區以南至中南半島，在華中、華南栽培的歷史已很悠久。《尚書．禹貢》有「揚州……厥包橘柚，錫貢」的記載，可見柚的栽培歷史至少有三千年。《呂氏春秋》記載：「果之美者，江浦之橘，雲夢之柚。」說明秦漢時期湖南、湖北等華中地區，已經進行柚樹栽培。柚在歷代詩文中，雖然重要性及出現頻率都不如橘，但也是經常被引述的果樹。《本草綱目》說：「柚色油然，故名柚。」古人以柚、佑同音，喜歡種柚、食柚。柚子不僅風味獨特且營養價值高，國人食柚當不僅愛其風味，也有希冀保佑子孫的含意。

圖4　盧橘即金橘，果實成熟時橘黃色，宋詩才開始大量引述。

• **盧橘**：即金橘（圖4），或稱金棗、金柑，原產中國長江流域以南，果實長圓形，成熟時橘黃色，食用時無須剝皮，全果鮮食或製成蜜餞，有特殊的酸甜味。自宋詩才開始大量出現。

• **木瓜、木桃、木李**：果實味酸澀，都不適合生食，煮後加工糖漬才宜食用。歷代詩詞引述這三種植物，都是因襲自《詩經》〈衛風．木瓜〉篇名句：「投我以木瓜，報之以瓊琚」、「投我以木桃，

圖5 《詩經》「投我以木瓜，報之以瓊琚」所提到的木瓜。

報之以瓊瑤」、「投我以木李，報之以瓊玖」。中國歷代文獻所言之木瓜，是指薔薇科的木瓜海棠（圖5），詩文都稱木瓜。今日各地所言之木瓜，原產熱帶美洲，十七世紀末才引進中國，正確名稱應為番木瓜。木桃果實較小（圖6）。

・**柿**：秦漢以前的經書都有提及，如《禮記》、《周禮》等，也是中國食用極早的果品。《詩經》、《楚辭》雖未言及，但《先秦魏晉南北朝詩》已有引述。秋天柿葉變紅，極為美觀。詩詞所言之柿，大都非為果實，而多與霜紅之柿葉有關，如韓愈詩句「友生招我佛寺行，正值萬株紅葉滿」，寫的紅葉就是秋天的柿葉。成語「柿葉學書」典出慈恩寺的柿葉，被名士鄭虔利用來勤練書法，後世拿來比喻勤苦研練書法。

圖6 木桃即今之毛葉木瓜。

・**櫻桃**：《禮記・月令》記載「羞以含桃，先薦寢廟」，「含桃」即櫻桃，是用來祭祀的珍果。詩詞中較早出現的是《先秦魏晉南北朝詩》、《全漢賦》。唐代櫻桃已經很普遍，上自皇宮御苑，下至寺院花圃，均有櫻桃園。唐朝皇帝常以櫻桃賜群臣，設「櫻桃宴」招待新科進士，被招待的進士，認為是無上的殊榮。

・**石榴**：石榴與葡萄都是西漢張騫通西域時引回中國。石榴原產「安石國」（即今伊朗及阿富汗地區），所以稱為安石榴。種子外皮肉質透明，可供食用，也用來製酒，被當成果樹栽種。石榴花豔紅似火，也有粉紅、黃色及白色花品種，是歷代重要的觀賞植物。宋・王安石的「萬綠叢中一點紅，動人春色不須多」，所說的就是石榴花。

・**葡萄**：原產地中海、黑海、裏海地區，張騫從大宛（今土耳其境內）引進。漢時新疆、甘肅地區仍屬西域，已經栽種葡萄，並製成葡萄酒運入關內。因為漢唐時期，西域產的葡萄酒品質比內地好，受到王公貴族的歡迎，皇上亦以御賜群臣葡萄酒表示寵幸。唐．王翰的〈涼州詞〉「葡萄美酒夜光杯，欲飲琵琶馬上催」是最著名的詩句；而李頎〈塞下曲〉：「帳下飲蒲萄，平生寸心是。」則說明唐時葡萄酒受人喜愛的程度。

圖8　獼猴桃《詩經》中稱萇楚，即今之奇異果。

• **獼猴桃**：原產中國，《詩經》稱「萇楚」（圖7、圖8），即〈檜風〉之「隰有萇楚，猗儺其枝」、「隰有萇楚，猗儺其華」、「隰有萇楚，猗儺其實」。紐西蘭於一九〇六年引進，育種改良後，成為今日風行全世界的奇異果。其實獼猴桃早在二千多年前就已進入中國人的生活，除《詩經》外，一千多年前唐代岑參的名詩句「中庭井欄上，一架獼猴桃」，也說明古代屋宅天井中已經用柵架栽種獼猴桃。

圖7　獼猴桃的花。

• **荔枝**：荔枝、龍眼都原產華南地區，屬於熱帶水果。荔枝在中國文學作品上聲名大噪，完全是楊貴妃的緣故。唐玄宗的愛妃楊貴妃嗜食荔枝，當時必須遠赴千里外的廣東，用專用驛馬日夜兼程送荔枝到長安。杜牧的〈過華清宮〉詩描寫得最好：「長安回望繡成堆，山頂千門次第開。一騎紅塵妃子笑，無人知是荔枝來。」

• **龍眼**：同樣是熱帶果樹，龍眼的遭遇就大不相同，宋代才開始有龍眼的篇章。龍眼多在荔枝收成過後才開始成熟上市，因此有「荔枝奴」之稱。龍眼其實也是名貴果品，《東觀漢記》說：「單于來朝，賜橙橘、龍眼、荔枝。」皇帝御賜之物，當然屬貴重珍品。龍眼、荔枝都是漢唐皇帝賜給外來使節的禮品，但漢、唐詩均獨厚荔枝。龍眼適應亞熱帶丘陵、紅壤土，具有耐瘠、耐旱的特性，成為華南丘陵地及山區最重要的果樹。在長期的馴化栽培過程，已培育出不同的品種和類型，有供鮮食的品種、專製龍眼乾的品種，也有適合罐藏的品種，其中又以提供鮮食品種最多。各類型之中，又有早熟品種和晚熟品種之分。

• **楊梅**：原產中國東南各省及雲貴高原，大概史前時代就已在華南華中地區栽培，新鮮果實供食用，也製成蜜餞方便儲藏運輸，還用來製酒（圖9）。東方朔《林邑記》說楊梅果「以釀酒，號梅香酎，非貴人重客不得飲之」。《楚辭》雖未言及楊梅，但歷代詩詞歌賦自《先秦魏晉南北朝詩》、《全漢賦》起，至唐宋元明清各代詩篇，楊梅出現的頻率頗高。

圖9 楊梅原產中國東南各省及雲貴高原，大概在史前時代就已開始栽培。

**表2 古典文學作品常出現的肉果類**

| 植物名 | 學名 | 科別 | 詩文常用名稱 | 原產地 |
|---|---|---|---|---|
| 桃 | *Prunus persica* | 薔薇科 | 桃 | 中國 |
| 李 | *Prunus salicina* | 薔薇科 | 李 | 中國 |
| 梅 | *Prunus mume* | 薔薇科 | 梅 | 中國 |
| 杏 | *Prunus armeniaca* | 薔薇科 | 杏 | 中國 |
| 梨 | *Pyrus pyrifolia* | 薔薇科 | 梨 | 中國 |
| 棠梨（杜梨） | *Pyrus betulaefolia* | 薔薇科 | 杜；甘棠 | 中國 |
| 山楂 | *Crataegus pinnatifida* | 薔薇科 | 杌 | 中國 |
| 柚 | *Citrus grandis* | 芸香科 | 柚 | 中國 |
| 橘 | *Citrus reticulate* | 芸香科 | 柑；橘 | 中國 |
| 橙 | *Citrus* | 芸香科 | 橙 | 中國 |
| 金橘 | *Fortunella crassifolia* | 芸香科 | 盧橘；金柑 | 中國 |
| 木瓜海棠 | *Chaenomeles sinensis* | 薔薇科 | 木瓜 | 中國 |
| 毛葉木瓜 | *Chaenomeles cathayensis* | 薔薇科 | 木桃 | 中國 |
| 榲桲 | *Cydonia oblonga* | 薔薇科 | 木李 | 中國 |
| 柿 | *Diospyros kaki* | 柿樹科 | 柿 | 中國 |
| 櫻桃 | *Prunus pseudocerasus* | 薔薇科 | 櫻桃；含桃 | 中國 |
| 石榴 | *Punica granatum* | 安石榴科 | 石榴；海榴 | 伊朗至阿富汗等中亞 |
| 葡萄 | *Vitex vinifera* | 葡萄科 | 蒲萄；葡萄 | 伊朗至阿富汗等中亞 |
| 獼猴桃 | *Actinidia chinensis* | 獼猴桃科 | 萇楚 | 中國 |
| 楊梅 | *Myrica rubra* | 楊梅科 | 楊梅 | 中國 |
| 荔枝 | *Litchi chinensis* | 無患子科 | 荔枝 | 中國 |
| 龍眼 | *Dimocarpus longana* | 無患子科 | 龍眼；荔枝奴 | 中國 |

## 第三節　常見的乾果類

栗（板栗）、榛、菱、棗為歷代詩文出現最多的乾果類，恰巧也是《詩經》、《楚辭》引述的植物。其後一直到漢代以前，詩賦所言之乾果種類和《詩經》、《楚辭》比較，變化不大。漢唐之後，中國版圖擴大，已實際統治華南地區，詩文中的植物開始加入熱帶及亞熱帶種類。《全唐詩》的乾果類植物比以前暴增一倍，由六種增加至十三種（**表3**）。

**圖 10**　西漢張騫自西域引進的胡桃。

• **胡桃：**今稱核桃（**圖10**），原產歐洲南部和亞洲西部，西漢張騫自西域引進中國，成為中國珍貴的果品。《西京雜記》記載漢代的「上林苑中有胡桃」，成為御花園中重要的蒐集品。不但當成果品，還成為藥材，可「治痰氣喘嗽、醋心及癘風諸病」，古人常常以之下酒；今人則配成各式料理，成為不可或缺的食料。胡桃是古代親朋之間致贈的禮品，如東漢孔融〈與諸卿書〉說：「多惠胡桃，深知篤意。」唐詩以後的詩詞出現大量詠胡桃的詩句，如宋·楊萬里有〈謝送胡桃〉詩，此與胡桃在全國各地栽植有密切關聯。

**圖 11**　中國栽培歷史悠久的橄欖。

• **橄欖：**原產華南，又名青果、青欖、白欖（**圖11**）。《齊民要術》已有記載，出土漢墓中也發現橄欖種子，可見在中國的栽培歷史已超過兩千年。但在以中原為中心的文學作品及其他文獻出現甚少，一直到唐代領土範圍擴大並有效經營之後，橄欖才在唐詩開始湧現，如白居易〈送客春遊嶺南二十韻〉詩就有「漿酸橄欖新」句。橄欖果實生食苦澀微酸，咬嚼後才覺甘美，古人以之比喻漸入佳境；明清之後的詩文，多取此意行文。

• **銀杏**：葉似鴨掌，古代多以「鴨腳」稱之；種子外形似杏且為白色，因此稱銀杏，民間多以「白果」稱之。本植物在古生代石炭紀就已出現，至中生代三疊紀、侏儸紀達到頂盛，曾有許多種類繁茂興盛，並分布全世界各地。第四紀冰河期之後，僅存銀杏一種。現代銀杏和地質時代銀杏形態並無多大差別，是僅存中國的孑遺植物。秋季葉多金黃色，極為美觀，古詩詞常以紅葉、黃葉描述秋景，其中的黃葉有時即指銀杏。銀杏植株高大，姿態挺拔，「枝葉扶疏，新綠時最可愛」，名山古剎、寺廟樓閣庭園多栽種之。「其木多經歲年，其大或至連抱，可作棟梁」，如泰山五廟前「圍三仞」的大銀杏。

圖 12　紅松又名海松，所產種子香美可口，謂之松子。

• **松子**：產自種仁較大的松樹種類，種子炒食有松香的特殊滋味，主要產自紅松（圖 12）和華山松。華山松全中國均產，紅松又名海松，僅分布東北地區。可食松子種類中，以產「新羅者，肉甚香美」，指的就是海松，朝鮮半島分布甚多。品質良好的海松子，「大如巴豆，而有三棱，一頭尖爾」，「中原雖有，小而不及塞上者佳好也」。松子仁色黃白，味道似栗子，含脂肪及蛋白質，香美可口。

• **香榧**：種仁具特殊香味，烘炒後也可製成各種食品，宋代列為朝廷貢品（圖 13）。烘炒後可製成椒鹽香榧、糖球香榧、香榧酥等，是餽贈送禮的珍果，滋味可口又兼具藥效，是極受歡迎的乾果

圖 13　烘炒後的香榧種子，美味又具藥效，古今都是珍貴食品。

種類，味甘平澀無毒，有「治五痔，去三蟲」的效果。也可煮成羹，滋味甜美：同甘蔗共食，蔗渣會變軟。香榧果多採自野生植株，但自宋代起已有人工栽植，宋．梅堯臣詩句：「榧柏移皆活，風霜不變青」可為明證。宋．周必大〈二月十七夜與諸弟小酌嘗榧實誤食烏喙〉及葉適〈蜂兒榧歌〉，都是指香榧。經多年栽植，已發展出芝麻榧、米榧、丁香榧等二十個品種類型。榧屬植物全世界有七種，中國有四種，但作為果實的種類僅香榧一種。

• **栗、榛**：《禮記．內則》提到國君食用的水果為「棗、栗、榛、柿」。榛子（圖14）在周朝也是供祭食品，如《周禮．籩人》：「饋食之籩，其實榛。」意為盛食物的竹籩中裝滿了榛子。據陝西半坡村遺址發現的榛果殼推測，榛的利用歷史應已超過六千年。黃河流域和江淮流域至今仍分布許多野生榛樹，而果園栽培者反而為數甚少。栗子也是原始人類賴以生存的食物之一，如《莊子》：「古者禽獸多而人少，於是民皆巢居以避之。晝拾橡栗，暮棲木上。」栗子和榛子富含澱粉及其他營養成分，古代視為重要的糧食來源，特別是五穀受到病蟲害或其他災害而收成不足時。《詩經．鄘風》有「樹之榛栗」句，可見兩者都是當時人工造林的樹種，主要是收成果實。板栗堅果極大，是同類植物中果仁最大者，可充當糧食，杜甫寄居蜀地時，有時困厄到必須採板栗供給三餐，如〈乾元中寓居同谷縣作歌七首〉的「歲拾橡栗隨狙公」句。

圖 14　榛子是古代重要的乾果，利用歷史已超過六千年。

• **枳椇**：又稱木蜜、拐棗，是一種比較奇特的「果樹」（圖15）。果實成熟後，果梗呈不規則膨脹，形狀及大小都遠比真正的果實大，食用部位在果梗而非果實。在自然界，枳椇利用此特性傳播果實種子，動物吃食果梗而將種子傳往遠處。

圖 15　不規則形狀的果梗，才是枳椇真正的食用部位。

圖16 兩角菱。

•**菱**：在中國文學史上，菱（圖16）一向被列為「南方的植物」，《詩經》未載，在《楚辭》〈九嘆．逢紛〉：「芙蓉蓋而菱華車兮」是第一次出現。主要食用部分是果實，有時幼嫩的枝葉和根狀莖被當成蔬菜炒食。菱角嫩時可剝而生食，老則蒸煮食，滋味甘美。種子取出剝碎，可煮為粥或當飯食，也可製成各種糕點。《周禮．天官》記載：「加籩之實，菱芡栗脯。」意思是說祭祀所盛的食物有菱、芡、棗、肉乾。菱植株蔓浮水上，葉扁而有尖，光面如鏡，古時銅鏡以菱花為造型，因此常稱鏡子為「菱花鏡」，或逕以「菱花」稱之。中國境內約有十五種，栽培菱分為三大類：四角菱，果具四角，其中果皮紅色者是宜於生食的水紅菱，果皮綠色者是宜於熟食的餛飩菱；兩角菱，果具兩角，本種最普遍，宜熟食；圓角菱，又稱無角菱，果角退化，只留痕跡，果實白綠且大。

•**棗**：即一般俗稱的紅棗，是原產中國西北地區的果樹，栽培歷史悠久。《詩經》〈豳風．七月〉：「八月剝棗，十月穫稻」就已載錄。歷代詩詞也都有棗的記載，是古典文學作品中出現次數最多的蔬果類植物之一。果實成熟後甜度相當高，在蔗糖、果糖尚未普及的上古、遠古社會中，棗果

**表3 中國古典文學作品中常見的乾果類**

| 植物名 | 學名 | 科別 | 詩文常用名稱 | 原產地 | 引進時期 |
|---|---|---|---|---|---|
| 板栗 | *Castanea mollissima* | 殼斗科 | 栗 | 中國 | |
| 榛 | *Corylus heterophylla* | 樺木科 | 榛 | 中國 | |
| 棗 | *Zizyphus jujuba* | 鼠李科 | 棗 | 中國 | |
| 枳椇 | *Hovenia dulcis* | 鼠李科 | 枸、枳枸 | 中國 | |
| 菱 | *Trapa bispinosa* | 菱科 | 菱；芰 | 中國 | |
| 核桃 | *Juglans regie* | 胡桃科 | 胡桃 | 歐洲東南部和亞洲西部 | 西漢 |
| 橄欖 | *Canaricum album* | 橄欖科 | 橄欖 | | |
| 銀杏 | *Ginkgo biloba* | 銀杏科 | 鴨腳；白果 | 中國 | |
| 香榧 | *Torreya grandis* | 紅豆杉科 | 榧 | 中國 | |
| 紅松 | *Pinus koraiensis* | 松科 | 松子 | 中國、朝鮮半島 | |
| 可可椰子 | *Cocos nucifera* | 棕櫚科 | 椰 | 東南亞 | 西漢以前 |
| 海棗 | *Phoenix dactylifera* | 棕櫚科 | 海棕 | 阿拉伯半島和北非乾旱地 | |
| 蘋婆 | *Sterculia nobilis* | 梧桐科 | 蘋婆 | 中國 | |

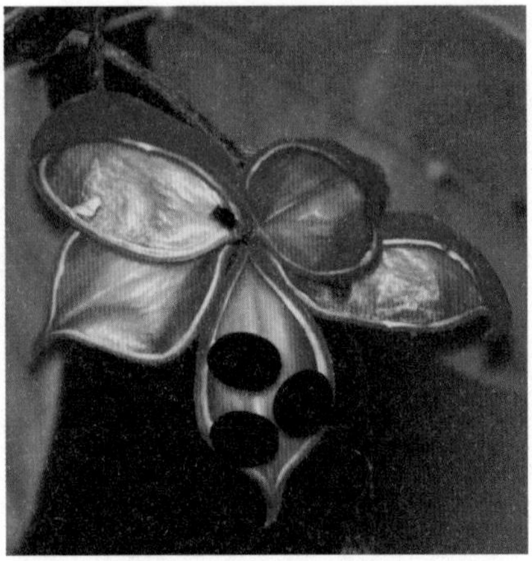
圖 17　蘋婆又名鳳眼果，成熟果表皮呈暗紅色，《金瓶梅》中有提到。

應是人類主要的糖分來源之一。不只是果品，紅棗自古即是重要的藥物及補品，可以和其他多種藥材配合，常用於各種醫方。《神農本草經》列為上品，主治心腹邪氣，安中養脾等。歷代多有棗製糕餅，用以滋補養身。

• **椰子**：中國引進椰子栽培的歷史也很悠久，《史記》、《異物志》都有記載，《先秦魏晉南北朝詩》及《漢賦》均有提及。可見在漢朝之前已經引進中國，栽植在廣東、海南一代，屬於典型的熱帶植物。北回歸線以北不易栽培。

• **海棗**：古代詩文多稱「海棕」，原產沙烏地阿拉伯、伊拉克和非洲沙漠地區，是當地重要的食物。引進中國的時間應在唐朝或唐朝以前，唐代出版的《酉陽雜俎》已有載錄。杜甫〈海棕行〉：「左綿公館清江濆，海棕一株高入雲。」說的就是海棗。海棗果實甜度極高，可生食或加工製成各種糖製品，類似中國原產之紅棗，故有「海棗」之稱。

• **蘋婆**：蓇葖果開裂時露出黑色種子，形如鳳眼，故又名「鳳眼果」（圖17），產於華南並分布越南、印尼、馬來西亞及印度，屬於熱帶植物。種子黑亮，被稱為「鳳凰蛋」，煮熟或烤熟後味道如栗子。雖然古籍早有記載，如南宋周去非的《嶺外代答》，卻遲至明詩、明曲時才出現在文學作品中。

## 第四節　常見的瓜果類

中國文學作品中只有兩種瓜類是水果：一是甜瓜，《詩經》已出現，而且有五篇提到甜瓜。另一種是西瓜，魏晉南北朝到宋朝以前都稱作「寒瓜」。

• **甜瓜**：根據研究，葫蘆科的甜瓜（圖18）起源

圖 18 甜瓜在石器時代就已引進中國，是古典詩文中出現最多的瓜果類。

於熱帶非洲的幾內亞，後傳入印度和中亞，大概在石器時代就引進中國。詩經時代已經是很普遍的瓜果類，〈豳風·七月〉：「七月食瓜，八月斷壺」，及〈小雅·信南山〉：「中田有廬，疆場有瓜」，所提都指甜瓜而言。當水果食用的甜瓜經長期栽培育種，產生許多果皮色澤、質地不同的品種。最常見的是皮薄光滑、近圓形的「普通甜瓜」；也有果皮全黃、長圓形、果肉脆的「東方甜瓜」，以及果皮有網紋的「哈密瓜」等。《史記·蕭相國世家》：「召平者，故秦東陵侯。秦破，為布衣，貧，種瓜於長安城東，瓜美，故世俗謂之東陵瓜。」所述即甜瓜的一個品種，後世詩詞有「東陵瓜」之誦，典故即出自於此，用以比喻隱居，如王維〈老將行〉的「路旁時賣故侯瓜」句。果實呈長條形、果皮深綠色的越瓜，也是從果用甜瓜選育出來，供蔬菜食用，是醃製瓜品的主要來源。

圖 19 西瓜約在南北朝時引入中國，初名「寒瓜」。

• **西瓜**：原產非洲熱帶地區，四千年前埃及已有栽培，應在南北朝時經國際貿易傳入中國，初名寒瓜（圖19）。傳入中國後，首先在西部地區種植，然後才傳到內地，所以稱作「西瓜」。冰箱未出現前，最典型的吃法是將西瓜置入水井之中，待冰涼時取出食用，最具消暑效果。宋代開始稱「西瓜」，范成大有〈詠西瓜園〉詩：「碧蔓凌霜臥軟沙，年來處處食西瓜。」明、清兩代的詩詞多用西瓜一名，一直沿用至今。品種甚多，果皮顏色「或青或綠或白」，形狀「或長或圓或大或小」，果肉「或白或黃或紅」。

# 第十六章　穀類

狹義的穀類係指長期被當作人類主食、果實澱粉含量高的禾本科植物。中國古代，廣義的穀類還包括種子或其他器官供作主食的植物，不限於澱粉類，如大豆、赤小豆。

- **禾本科穀類**：主要有大麥、稻、黍、黑麥、小米、高粱、小麥及玉米等。而薏苡、稗、穇、珍珠粟（御穀）等，則屬於少量栽培的穀物。
- **非禾本科穀類**：在世界各地栽培作為糧食使用者，包括莧科的繁穗莧，原產中南美洲；藜科的藜，分布全世界；蓼科的蕎麥，原產中國。
- **非種子澱粉類**：採食莖幹澱粉，如棕櫚科的西谷椰子；採食地下莖，如天南星科的蒟蒻及其他同屬植物、美人蕉科的美人蕉、竹芋科的竹芋、茄科的馬鈴薯；食用地下塊根者，如薯蕷科的薯蕷、黃獨、甜薯，及旋花科的番薯、大戟科的樹薯。

## 第一節　歷代穀物總稱

古代將經常食用的穀物列為專稱，有五穀、六穀、九穀等不同類別。這些類別在不同著作中，所包含的穀物內容不盡相同，不同時代、不同區域所列的穀物種類亦有差異。歷代解經者對不同著作之穀物也有不同的解讀，不過廣泛被後世採用者應為鄭玄所註的內容。

- **五穀**：古典文獻對穀物類別，爭論最多者為「五穀」，這是歷代認為最重要也最常用的穀物。目前為多數學者接受的「五穀」種類，是清．金鶚《求古錄禮說》所列舉的「稻、黍、稷、粱、麥」。
- **六穀**：《周禮》〈天官．膳夫〉云：「凡王之饋，食用六穀。」此「六穀」根據鄭玄註引鄭司農之說，是「稌、黍、稷、粱、麥、苽」，其中「稌」即「稻」。「六穀」比「五穀」多了一種「苽」，苽即菰米，又稱雕胡米。

• **九穀**：除了五穀、六穀，《周禮》又有「九穀」之說，即〈天官．塚宰〉：「以九職任萬民，一曰三農，生九穀。」根據鄭玄之註：「六穀加麻、大豆、小豆」就是「九穀」。鄭註所說的麻是指芝麻，小豆為赤小豆，亦即「九穀」包括「稻（稌）、黍、稷、粱、麥、菰（苽）、芝麻（麻）、小豆（赤小豆）和大豆」，為當時主要的糧食作物。

## 第二節　禾本科的穀物

中國古典文學作品常出現的禾本科穀類植物有小麥等七種（表1）。

• **小麥**：《詩經》稱「來」不稱麥，如〈周頌．臣工〉：「如何新畬？於皇來牟。」及〈周頌．思文〉：「貽我來牟，帝命率育。」中國的穀類大都以「禾」為部首，如黍、稷、稻等，而小麥（圖1）的古名為「來」，推斷應該是外來植物。小麥一名首先出現在魏晉時期的《名醫別錄》，至此麥才有大小之分。小麥適合粉食，漢唐以後，小麥的栽植面積增加，凌駕大麥之上，「麥」反而成為小麥的專稱。如《全唐詩》中，小麥就出現二〇七首，而大麥僅出現三首，小麥是目前產量最高、栽植面積最廣的穀類。

• **大麥**：原產於中國邊緣的山麓地帶，小麥引進中國之前，文獻只說「麥」而不言大麥，如《禮記》、《呂氏春秋》所提的麥都是大麥（圖2）。麥

圖1　小麥在古代詩文中稱「來」，漢唐之後，麥才成為小麥專稱。

原無大小麥之分，《詩經》中所提到的麥，如〈鄘風．載馳〉：「我行其野，芃芃其麥」及〈魏風．碩鼠〉：「碩鼠碩鼠，無食我麥」，指的全是大麥。換句話說，周代以前提到的「麥」，都是指大麥而言。大麥在《詩經》中有時稱「牟」，如〈周頌．臣工〉：「如何新畬？於皇來牟。」唐代以後的詩文，有時則以「麰」代表大麥，如宋．歐陽修〈答梅聖俞莫登樓〉：「甘澤以時豐麥麰，遊騎踏泥非我愁。」或逕稱「大麥」的才是真正的大麥，如唐．李頎〈送陳章甫〉：「四月南風大麥黃，棗花未落桐陰長。」相較於小麥，大麥的葉較寬大，莖較粗，葉色較淺，並外覆白粉，兩者極易從植株外部形態區分。大麥果實較大，但磨粉品質遠遜於小麥，只適合粒食，大都用於煮成飯粥，謂之「麥飯」。因此詩文若提到麥飯，就是大麥。大麥有許多品種，藏人的主食青稞就是一種大麥。

圖2　詩文中的牟或麰，都指大麥。

**•黍：**生長期短，耐旱耐瘠，最適合在乾旱的中國西北地區栽植，是古代最重要的糧食作物之一（圖3）。《詩經》中提到黍的篇章最多，共有十八篇，如〈小雅．黃鳥〉：「黃鳥黃鳥！無集于穀，無啄我粟。」黍有許多品種，詩文出現最多的是「稷」，這是黍的不黏品種，而黍屬於黏的品種；前者適合煮食，後者用於釀酒。兩者並提時，泛指黍類植物，如〈豳風．七月〉：「黍稷重穋，禾麻菽麥。」單提時則表示兩者有所區分，如〈王風．黍離〉：「彼黍離離，彼稷之穗。」另外，〈大雅．生民〉：「維秬維秠，維穈維芑。」所指的「秬」和「秠」，則是黍的另類品種。

**•小米：**粱、粟都是小米（圖4）。「粱」是糯小米，是米粒蒸煮後較粘者，而「粟」則為普通小米。《詩經》提到小米者共有六篇，如〈小雅．小宛〉：「交交桑扈，率場啄粟。哀我填寡，宜岸宜獄。握粟出卜，自何能穀？」《楚辭》也以小米等穀類作為祭祀的主要供品。「粟」供一般食用，製酒

圖3　黍耐旱耐瘠，是古代重要的糧食作物，近代栽培較少。

及供祭則用「粱」或稱「黃粱」。「禾」原來也指小米，有時則指一切穀類，歷代詩文中常兩者互用，如〈豳風．七月〉：「黍稷重穋，禾麻菽麥」所指為小米，而〈大雅．生民〉：「荏菽旆旆，禾役穟穟」所指為一般穀類。此外，「穈」和「芑」都是小米的不同品種，其中苗帶紅褐色者（赤苗）為「穈」，而苗色淡綠者（白苗）則稱為「芑」。

圖4 粱、粟、穈、芑等是小米的不同品種。

圖5 稻米是南方作物，但《詩經》已提及。

• **稻**：原是南方的作物（圖5），經過長期栽培馴化，逐漸擴展到北方的黃河流域。《詩經》出現稻的篇章共有六篇，如〈豳風．七月〉提到「八月剝棗，十月穫稻」，可知到了周代，稻已經培育出北方的適應品種。稻又稱「稌」，如〈周頌．豐年〉的「豐年多黍多稌」。中國稻米的栽培起源自華南的熱帶地區，在詩經、楚辭時代，稻米是南方最重要的主食，糧食、釀酒都用稻，不但用於貴族祭禮，也用於平民祭祀祖先神祇的慶典上。《楚辭．招魂》的祭詞「稻粢穱麥，挐黃粱些」，祭祀用了多種穀類：稻、粢（黍）、穱（小麥）、黃粱（小米），而以稻為首。後世又以「穲稏」稱稻。

• **玉米**：原產墨西哥和中美洲，美洲原住民栽培玉米的歷史已超過五千年（圖6），一四九二年哥倫

**表1 中國文學作品中的禾本科穀類植物**

| 植物名稱 | 學名 | 文獻舉例 | 古名 | 原產地 |
|---|---|---|---|---|
| 小麥 | *Triticum aestivum* | 《詩經》：「貽我來牟，帝命率育。」 | 來、麥 | |
| 大麥 | *Hordeun vulgare* | 《詩經》：「如何新畬？於皇來牟。」 | 牟、麰 | |
| 黍 | *Panicum miliaceum* | 《詩經》：「碩鼠碩鼠，無食我黍。」 | 黍 | 中國西北 |
| 小米 | *Setaria italica* | 《詩經》：「交交桑扈，率場啄粟。」 | 粟、粱 | 中國西北 |
| 稻 | *Oryza sativa* | 《詩經》：「八月剝棗，十月穫稻。」 | 稻、稌 | 華南至印度 |
| 高粱 | *Sorghum vulgare* | 唐．〈趙州和尚十二時歌〉：「蜀黍米飯齏萵苣」。 | 蜀黍 | 熱帶非洲 |
| 玉米 | *Zea mays* | 清．陳三立詩句：「所冀餘力田甫田，務鋤驕莠穫玉黍。」 | 番麥；玉蜀黍；玉黍 | 墨西哥至中美洲 |

圖6　玉米引進中國後被稱作番麥、玉蜀黍。

布發現新大陸後才傳至歐洲，再由歐洲傳布至全世界。中國栽培玉米最早的歷史紀錄是明代的《潁州志》，一五一一年刊印。因為是外來植物，引進中國後有很長一段時間被稱作「番麥」，如清．馬國翰〈宿馬蹄掌偶吟〉：「番麥高撐杵，香蒿細綴珠。」玉米植株高大，有如高粱（蜀黍），所生穎果光亮如玉，清．王彰〈題畫豆玉蜀黍〉形容為「羅衣初卸露黃膚，累累嵌成萬顆珠」，因此又稱「玉蜀黍」，名稱沿用至今。

•高粱：原產於熱帶非洲，史前傳入埃及，再傳入印度（圖7）。傳入中國的時間未定，黃河流域三千年前的出土文物已有碳化高粱。古稱「蜀黍」，多記載在非文學典籍，如元代的《農桑輯要》。明清之後，詩詞已出現「高粱」一名，如清．劉鶚〈過田家〉：「村於叢柳疏邊出，人自高粱綠裡來。」

圖7　高粱古稱蜀黍，三千年前的中國出土文物中已有碳化高粱。

## 第三節　非禾本科的穀物

中國古代常食用的非禾本科植物，包括大豆、赤小豆、綠豆、芋、胡麻、蕎麥等，番薯和馬鈴薯則是近代才由美洲引進（表2）。

•豆：古稱「菽」，有時專指大豆（圖8），漢代以後才改稱豆。中國古代除祭祀、宴客、節日之外，鮮少吃肉，平日以穀類和蔬菜為主，體內的蛋

圖 8　大豆古代視為穀類。

白質主要來自大豆及大豆製品，如醬油、豆腐、豆乾、豆漿等。因此大豆自古即為主要的農作物，《詩經》出現大豆的篇章有七篇，且常和其他穀物一起出現，如〈魯頌．閟宮〉的「黍稷重穋，植稚菽麥」，大豆和黍、稷、麥等作物並提，表示大豆在古代是視同穀類的。

• **芋**：應非原產於中國的植物，而是源於中南半島的熱帶地區（圖 9）。引進中國的時期可遠溯至《史記．項羽本紀》：「今歲飢民貧，士卒食芋菽。」意即兵士以芋和大豆充飢，表示秦漢時「楚地」已經有芋的栽培。唐代以後，詩文中已有大量述及，如唐．宋之問〈遊陸渾南山自歇馬嶺至楓香林，以詩代答李舍人適〉：「粳稻遠彌秀，栗芋秋新熟。」及盧綸〈送鹽鐵裴判官入蜀〉：「榷商蠻客富，稅地芋田肥。」芋植株的幼嫩葉可以煮熟當菜蔬，如唐．元季川〈泉上雨後作〉所言：「養葛為我衣，種芋為我蔬。」此外，《爾雅翼》說：「芋之大者，前漢謂之芋魁，後漢謂之芋渠。」後世詩文詠誦大芋皆言「芋魁」，如宋．朱熹有〈芋魁〉詩，陸游有「美啜芋魁羹」句。

圖 9　芋原產熱帶地區，可能在秦漢之前已引進中國。

• **胡麻**：由西漢張騫自大宛引入中國，亦稱「巨勝」，如唐．曹唐的〈小遊仙詩〉所言：「白羊成隊難收拾，吃盡溪邊巨勝花。」種子高脂肪、蛋白質，主要作為油料植物，用於食品香料及醫藥（圖 10），種子榨成油稱麻油或香油。胡麻的產量高，唐代起也作為糧食作物栽培，用胡麻子做飯，如唐．李端〈雜歌呈鄭錫司空文明〉：「胡麻作飯瓊作羹，素春一帙在柏床。」及唐．皮日休〈夏初訪魯望偶題小齋〉：「半里芳陰到陸家，藜床相勸飯胡麻。」胡麻子磨成粉可和麵做糕餅，或在餅上灑胡麻子燒烤，即白居易〈寄胡餅與楊萬州〉：「胡麻

圖 10　胡麻是西漢張騫自大宛引進中國。

餅樣學京都，麵脆油香新出爐。」有時甚至用來熬粥，如白居易〈七月一日作〉：「饑聞麻粥香，渴覺雲湯美。」

•**蕎麥**：生育期短，全年均可播種，兩個月內即可收成（**圖11**）。果實脫殼後，可直接蒸食，或磨成粉狀製作麵條、糕餅。可當做主食，也是優良的救災備荒植物。蕎麥原產中國北方，栽培歷史悠久，後魏的《齊民要術》已載錄其栽培技術。詩文上作「筱麥」或「蕎」，而以「蕎」或「蕎麥」為多，如白居易詩「獨出前門望野田，月明蕎麥花如雪」，及「蕎麥鋪花白，棠梨間葉黃」，描述唐時田原的景色，顯示蕎麥已是常見作物。宋代以後，詩文記述蕎麥的詩詞更多，如陸游〈初冬絕句〉：「鱸肥菰脆調羹美，蕎熟油新作餅香」及「下麥種蕎無曠土，壓桑接果有新園」等。

圖12　赤小豆通稱「紅豆」。

•**赤小豆**：通稱紅豆（**圖12**），也是栽培歷史非常悠久的豆類。《神農本草經》已有載錄，原作為醫療用途。營養成分高，自古已當糧食使用，多與其他穀類共煮，也可單獨食

圖11　蕎麥收穫期短，果實可蒸食或製成麵條、糕餅當主食。

圖13 綠豆豆莢。

用。近代多以製作甜食為主，如紅豆沙、紅豆湯等；富貴人家則燜煮成粥，加糖食用，如清·樊增祥〈丙申臘日雪中疊韻四首〉：「朝食穀匙紅豆粥，夜誤一寸白壇灰」、「暖玉杯擎紅豆粥，銷金鍋摻菊花羹」。

**•綠豆**：成熟種子的種皮呈綠色，在中國栽培的歷史相當久，東魏賈思勰的《齊民要術》已載錄（圖13）。除當成主食外，也常製成糕點、粉絲（冬粉），或育成綠豆芽供做蔬菜，有時做牲畜飼料，如明·陶允宜〈麻城鵝〉：「麻城鵝品先州右，餌以膏粱兼菉豆。」菉豆即綠豆，指明麻城鵝是用高貴的食品及綠豆餵養的。

**•番薯**：或稱甘薯、地瓜、紅薯（圖14），原產於中美洲和南美洲北部，史前時

圖14 番薯在十六世紀中葉才引進中國。

代已被印第安人當成主食栽種。十六世紀中葉（明代）才引進中國，由於不擇土宜、產量大，引進後即獲得重視，當時徐光啟還撰〈甘薯疏〉大量推介；傳世更廣的陳世元《金薯傳習錄》，也是明代為推廣番薯而寫的書。自此，番薯在中國廣泛栽植，當做糧食、飼料及蔬菜使用。做為主食使用，只有在糧食不足時，或窮苦地區的備荒食品，如清·楊無恙〈避難雅言別梃溪虞家莊作〉：「急難造淳俗，動覺民物良。番薯足果腹，採櫚陟寒罔。」

**表2 中國古典文學中非禾本科的穀類**

| 植物名 | 學名 | 科別 | 古名 | 原產地 |
|---|---|---|---|---|
| 大豆 | *Glycine max* | 蝶形花科 | 菽、藿 | 中國 |
| 芋 | *Colocasia esculenta* | 天南星科 | 芋、芋魁 | 熱帶亞洲 |
| 胡麻 | *Sesamum indicum* | 胡麻科 | 巨勝、脂麻、胡麻 | 印度 |
| 蕎麥 | *Fagopyrum esulentum* | 蓼科 | 筱麥、喬 | 中國 |
| 赤小豆 | *Vigna umbellate* | 蝶形花科 | | 東南亞 |
| 綠豆 | *Vigna ragiatus* | 蝶形花科 | | 印度至中南半島 |
| 番藷 | *Ipomoea batatas* | 旋花科 | 甘薯 | 中美洲至南美洲北部 |
| 馬鈴薯 | *Solanum tuberosum* | 茄科 | 土豆、土芋 | 南美安地斯山脈 |
| 薯蕷 | *Dioscorea batatas* | 薯蕷科 | 薯、蕷、山藥 | 中國 |

圖 15　馬鈴薯在明萬曆年間引入，圖為馬鈴薯植株的花葉。

**•馬鈴薯**：原產於南美洲哥倫比亞至玻利維亞、祕魯的安地斯山區，一五七〇年引至西班牙後，再逐漸擴散到其他歐洲大陸國家（圖15）。中國在明萬曆年間引進，稱土豆、土芋。馬鈴薯是近代世界五大糧食作物之一，栽種面積僅次於小麥、水稻、玉米和大麥，占世界第五。

**•薯蕷（山藥）**：在甘藷尚未引進中國的明代之前，凡詩文所提到的「藷」或「薯」均指「薯蕷」

圖 16　明代以前，詩文提到的「藷」或「薯」均指薯蕷（山藥）。

（圖16）。磨成粉供製糕餅，糧食不足時可充當主食，如宋·蘇軾在〈和淵明勸農詩六首〉的序：「海南多荒田，俗以貿香為業，所產秔稌不足於食，乃以薯芋雜米作粥糜以取飽。」一直到清代，吃薯蕷還是貧窮的象徵，如費錫章描寫琉球印象之〈琉球紀事一百韻〉：「薯蕷貧家糗，鳧茨野處糧。」

## 第四節　被遺忘的穀物

有些穀物曾經在短時期或在古代廣為食用，但目前已鮮少栽培供生產穀物，此類植物有薏苡、西谷椰子、菰等。

**•薏苡**：剝去堅硬外殼的薏苡即薏仁，用來蒸食及煮食，也可磨粉製麵，或和米釀酒，是古代充飢的救荒植物（圖17）。唐宋詩文多有提及，如唐·陸龜蒙〈和襲美寒日書齋即事〉：「唯求薏苡供僧食，別著氍毹待客床」、南宋陸游〈冬夜與溥菴主說川食戲作〉：「唐安薏米白如玉，漢嘉栮脯美勝肉」。《後漢書》記載馬援從交趾（今越南）卸任返鄉時，帶回滿車的薏仁，卻被誣指所載者為明珠珍寶。後世遂以薏苡興謗、薏苡明珠來比喻蒙受不實誹謗，唐宋以後的詩詞大都以發抒「蒙冤」為主。

• **西谷椰子**：原產中南半島及南洋群島的沼澤地，莖幹髓部含有多量澱粉，稱 Sago，中文翻成「西谷」（**圖18**）。伐倒樹幹後，縱剖採取髓心，搗洗後濾出雜質即得粉狀澱粉，可充當主食（**圖19**、**圖20**）。加工後製成西谷米，可煮粥或製作糕點。引進中國後，稱「桄榔」，栽種於海南及廣東沿海，唐．韋莊〈和鄭拾遺秋日感事一百韻〉記其事：「米慚無薏苡，麵喜有桄榔。」

• **菰**：又名茭、雕胡，即茭白，未受到菰黑粉菌感染的植株會開花結實，種子稱「菰米」，即唐．鄭谷〈同志顧雲下第出京偶有寄勉〉：「鄉連南渡思菰米，淚滴東風避杏花。」菰米古籍又常稱之為「雕胡米」，是古時重要且珍貴的穀物。由於產量不高，大概只能限量供應，是古時王公貴族食用的珍品，亦即唐．皮日休詩所言：「雕胡飯熟醍餬軟，不是高人不合嘗。」南北朝以後，受到菰黑粉菌感染的植株無法正常開花，形成肥大鮮美的「茭白筍」，茭白遂由穀物轉變成蔬菜。從詩句語意，可辨識各詩所言是穀類或蔬菜。當蔬菜食用的茭白詩句，如王維〈輞川閒居〉：「青菰臨水拔，白鳥向山翻」、劉禹錫〈傷我馬詞〉：「青菰寒菽非適口，病聞北風猶舉首」，以及南宋陸游〈初冬絕句〉：「鱸肥菰脆調羹美，蕎熟油新作餅香」。

**圖 17** 薏苡原是古代的穀物，近代已不再當主食。

**圖 18** 棕櫚科的西谷椰子，莖幹髓部含有豐富澱粉。

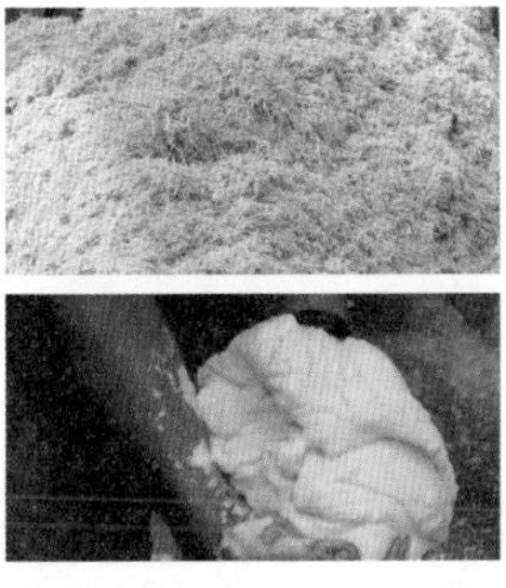
**圖 19、20** 西谷椰子的髓部磨細（上）搗洗（下）後可得粉狀澱粉。

# 第十七章　藥用植物

## 第一節　藥用植物概述（本草沿革）

古代醫藥書，謂之「本草」。雖中藥材中包含植物類、動物類、礦物類藥物，但是以草類植物占多數，故有本草之名。中國現存最古老的中藥學專書《神農本草經》，託名神農所著，卻都是漢代以前先民用藥經驗的紀錄。本書在總藥物三六五種中，植物占二五二種，動物類六十七種，礦物類四十六種，仍舊以植物占大多數。這些藥物很多到現在都還在使用，並經臨床證實其藥效。

《神農本草經》按照藥物性質區分為三類：上品、中品、下品。上品藥無毒，久服多服不傷身，有強身益氣效果，例如常用來補身提神的人參、甘草、杜仲等共一二〇種屬於此類。中品藥，常有微毒，用來治療特定病變，並強化虛弱體質，即「遏病補虛亡羸」者，不宜多食久服，如當歸、麻黃、貝母等一二〇種屬於此類。至於下品藥大都毒性極強，用於治療沉疴或不易以普通藥物控制之病，非不得已不用，如烏頭、天南星、半夏等共一二五種，這類藥不可久服。

《名醫別錄》在魏晉南北朝的梁武帝時刊行，據傳為陶弘景所撰，係記錄漢晉名醫所用的藥物，共載錄七三〇種植物。全書體裁仿《神農本草經》，即分上、中、下品輯錄，藥物種類增加一倍有餘。

《新修本草》又名《唐本草》或《英公本草》，於唐高宗時集合眾多專家就前期本草進行修訂、增刪而成，係首次由國家修訂並向全國頒行的本草版本。這是中國歷史上著名的本草之一，記錄藥物八五〇種。

《經史證類備急本草》，簡稱《證類本草》，宋代唐慎微所著。除補充前出本草未盡之處，採古今單方，並以經史百家之書為佐證，所以有「經史證類」之名，共收錄八四四種藥物。雖曰經史百家，但採自經史書籍者較少，反而是採自文藝作品、地方志等著作為多，連《詩經》都是引證依據。本書使諸家本草及各單方能流傳至後世，功不可沒。其後在宋徽宗大觀年間刊行的《經史證類大觀本草》，（簡稱《大觀本草》），以及宋政和年間刊行的《政和本草》，都是依《證類本草》校訂而成。

宋代以後，隨著中西文化的交流愈趨頻繁，外來藥物不斷增加，藥物學有長足發展。到了明代，已有許多藥物都是先前本草所未載錄的。李時珍在從前本草書的基礎上進行修改補充，以近三十年時間撰寫《本草綱目》。《本草綱目》分五十二卷，載錄藥物一八九二種，並繪製一一一一幅插圖，增加新藥三七四種。本書將所有藥物分成礦物類、植物類和動物類，礦物類之下又分為四部，動物類分成六部，植物類分成草、穀、菜、果、木等五部，是當時世界上最先進的分類系統。

## 第二節 藥用植物的歌賦與文學

詩歌中經常以藥物詠懷，藥物詩歌中又以描述植物形態、所具備的藥效為最多。漢魏南北朝詩就常有詠藥用植物詩賦，例如梁．劉孝勝就有詠頌益智（圖1）的詩：「挺芳銅嶺上，擢穎石門端。連叢去本葉，雜和委雕盤。寧推不迷草，詎滅聰明丸。儻逢公子宴，方厭永夜歡。」梁宣帝蕭詧有許多詠植物的詩作（不限定藥用植物），如〈大梨詩〉、〈詠百合詩〉、〈詠蘭詩〉等。這類詩賦的內容綺麗，文學意涵大於實用性描寫，仍屬於絕佳的文學作品。

古代仕途失意的文士常會以醫為業，稱為「儒醫」，常常會以本草中的藥物名稱、藥性來撰寫本草歌賦。有些詩人騷客也會運用本草知識，借物抒懷，創作一些意趣昂然的作品。雖然這些本草歌賦，大都

圖1 益智是常用的藥用植物。

是文人遣興之作，但也有令人心領神會、拍案叫絕的作品。自南北朝以來，古人應用數以千計的藥物（大都是植物）名稱、效能，以諧音、會意、隱喻等方式創作詩詞歌賦。有下列諸種形式：

‧**藥名詩：**借藥名字面意義或藥名的內層隱喻，構成詩篇。因此必須熟悉藥用植物的名稱和別名，才能深刻領會詩人的巧思。古代文學作品中借用藥名的著作很多，如宋‧戴昺題為〈山家小憩即景效藥名體〉：「柴門通草徑，茅屋桂枝間。修竹連翹木，高松續斷山。仰空青蔭密，掃石綠花斑。傍澗牽牛飲，白頭翁自閒。」詩句引通草、桂枝、連翹、續斷、牽牛、白頭翁等植物藥材名稱，並應用植物名稱的字面含意構成詩篇內容。

‧**藥名雜合詩：**將藥物名稱拆開，分別使用在詩句的首尾；或將拆開的藥物名稱分別使用在二句尾首，亦即將二句詩前句最後一字及後句第一個字連接，就是藥物名稱。例如宋‧程俱〈西安謁陸蒙老大夫觀著述之富戲用蒙老新體作〉：

白頭書生黑頭翁，長安時花幽澗松。
遠飛近啄雖異志，天命厚薄無雌雄。
鈎深采博燥喉吻，守此一畝蓬蒿宮。
杜門不出交二仲，木陰澗曲遙相通。
紫囊貝葉資藝苑，款關一見踰三冬。
亭亭漫吏多所歷，乾死書螢心似漆。
王門賓閣不留行，赭顏趼足搜泉石。
茅簷正欲結雲根，竹葉榴花薦餘瀝。
當從元亮賦言歸，木茹麻衣永投筆。

詩中的白頭翁（圖2）、遠志、鈎吻、杜仲（圖3）、木通、紫菀、款冬、亭歷（葶藶）……當歸、木筆，都是常用的植物藥材。

‧**藥名對聯、藥名酒令及藥名燈謎：**藥名對聯是運用藥名的聲韻及詞性做成，必須講究平仄及意涵對仗。

圖2　白頭翁花色豔麗，兼具藥材及觀賞作用。

圖3　杜仲是中國特產，屬於喬木藥材。

宋代以後有些詩歌屬於「藥物詩」，使用簡單的詞語、易於上口的韻律，便於記誦藥物的效用和特徵，或記誦方劑的組成藥物及效用。清．汪昂的《湯頭歌訣》就屬此類，舉其〈實脾飲〉為例：「實脾苓朮與木瓜，甘草木香大腹加。草蔻附薑兼厚朴，虛寒陰水效堪誇。」茯苓、白朮、木瓜、甘草、木香、大腹皮（檳榔的乾燥果皮）、草蔻、附子、薑、厚朴都是藥方的組成藥材，虛寒、陰水則是藥方的治療效能。這類藥物詩的文學內涵少而實用性大，常被本草書列為「本草詩訣」，用以記誦各種藥材的特徵和效能，但已非文學範疇。

## 第三節　著名的草藥詩人

歷史上有一些大詩人除吟詩作賦外，還勤讀醫書，因此精通醫學，成為著名的醫學家，也有醫學著作問世。大多數的古代文人都懂一些醫理，所謂「自古詩人多善醫」，「陳力倘無效，謝病從芝朮」（唐．張九齡〈登郡城南樓〉）。還有一些詩人，不但深諳醫理，而且熟悉草藥及藥材效能。自己採藥、種藥，自己配方，還自己醫治病體，有時也醫治親友，可稱之為「草藥詩人」。

• **杜甫：**詩聖杜甫一生窮困潦倒，經歷唐玄宗

圖4　成都市郊紀念杜甫的「少陵草堂」。

的開元盛世及安史之亂後的社會變化。他大部分時期處於經濟拮据、生活困苦的境遇（圖4）。由於長期顛沛流離、貧窮艱困而體弱多病，正如他在〈發秦州〉詩中所言：「我衰更懶拙，生事不自謀」、「充腸多薯蕷，崖蜜亦易求」，常常以山藥（薯蕷）充飢；又因體弱多病，必須自行採集或栽種藥材，甚至自行處方治病，如〈寄韋有夏郎中〉詩就說到：「省郎憂病士，書信有柴胡。飲子頻通汗，懷君想報珠。」他在〈乾元中寓居同谷縣作歌〉中則描寫他窮困多病而上山採藥、賣藥求取生活之資的慘狀：「長鑱長鑱白木柄，我生托子以為命。黃精無苗山雪盛，短衣數挽不掩脛」；「此時與子空歸來，男呻女吟四壁靜。嗚呼二歌兮歌始放，鄰里為我色惆悵」。當時成都的居民一定常看到杜甫「移船先主廟，洗藥浣花溪」的場景。

• **白居易**：稟質羸弱，體弱多病，「朝餐多不飽，夜臥常少睡」，吃少睡少，中年之後經常生病。本來「平生好詩酒」，後來因為多病，「酒唯下藥飲，無復曾歡醉」，但仍舊「病姿與衰相，日夜相繼至」。有時還是不顧一切，生病時照樣喝得醉醺醺，有詩為證：「暖臥摩綿褥，晨傾藥酒螺。昏昏布裘底，病醉睡相和」、「病即藥窗眠盡日，興來酒席坐通宵」。一直到晚年，每天不離湯藥，睡不安眠，如〈哀病〉詩句所言：

圖5　常用中藥材：地黃。

「老與病相仍，華簪發不勝。行多朝散藥，睡少夜停燈。」終其一生，白居易幾乎都在與病魔纏鬥，以致骨瘦如柴、形容憔悴，其境遇只比杜甫的貧病交加稍好而已，從其詩作可知一二：「我亦定中觀宿命，多生債負是歌詩。不然何故狂吟詠，病後多於未病時」（〈自解詩〉）；「病瘦形如鶴，愁焦鬢似蓬」（〈新秋病起〉）。白居易的病有「病足」及「眼疾」等慢性疾病，前者如〈足疾〉詩所言：「足疾無加亦不瘳，綿春歷夏復經秋。」眼疾則糾纏他大半生，讓他心灰意冷，曾用黃連膏治療，如〈得錢金人書問眼疾〉：「春來眼暗少心情，點盡黃連尚未平。」詩人常將病情和用藥處方寫成詩記錄下來，可以說白居易畢生的詩，有如記錄自己病情變化的病歷表。所謂「久病成良醫」，白居易熟悉藥用植物、通曉藥材藥理，如他在〈食蟲十二章〉所說：「豆苗鹿嚼解烏毒，艾葉雀銜奪燕巢。鳥獸不曾看本草，諳知藥性是誰教？」其詩集《白氏長慶集》共引述植物二〇八種，其中常用藥用植物如地黃（圖5）、黃連（圖6）等二十多種。他在多首詩中還提到治病藥方，如〈齋居〉：「香火多相對，葷腥久不嘗。黃耆數匙粥，赤箭一甌湯。」〈春寒〉：「今朝春氣寒，自問何所欲。酥暖薤白酒，乳和地黃粥。豈惟厭饞口，亦可調病腹。」

圖6　「啞子吃黃連，有苦說不出」，味道奇苦的黃連自古即是重要藥材。

圖7　陸游詩中引述的常用藥用植物：黃精。

• **柳宗元**：也是唐代的草藥詩人，深知「靈和理內藏，攻疾貴自源」的道理，還自己種藥，有〈種仙靈毗〉、〈種朮〉、〈種白蘘荷〉諸詩寫到藥用植物。「仙靈毗」是淫羊藿，和白朮、蒼朮、蘘荷等都是古時的著名藥材。

• **陸游**：中國史上最多產的作家之一，根據文獻記載，陸游「識藥能醫」。《劍南詩稿》載錄了九二一三首詩，提到的植物有二八一種。在詩中載述黃精（圖7）、王孫草（雲南重樓）、遠志、人參、黃耆、當歸、朮、豨苓、茯苓、薄荷、地黃、防風、白芷、川藭、黃蘗、皂莢（圖8）等常用藥用植物至少十五種。南宋詩人陸游的身體也不好，年老後更常常生病，其從詩作透露：「昏昏七十翁，擾擾半月病」、「扶持賴藥物，僅得全性命」、「病身凜凜殘秋葉，故友寥寥欲旦星」。陸游懂藥識醫理，不但自我診療，也經常幫人看病，由三首七絕〈山村經行因施藥〉詩可以了解陸游的「醫療生涯」片段。其一：「兒扶一老候溪邊，來告頭風久未痊。不用更求芎芷輩，吾詩讀

圖8　皂莢是喬木藥材。

圖9 石菖蒲是著名藥材，也是香料植物。

罷自醒然。」有人求診，告知詩句中就有療方。其二：「驢肩每帶藥囊行，村巷歡欣夾道迎。共說向來曾活我，生兒多以陸為名。」應是醫道不錯，所到之處，受到熱烈歡迎，感激之餘還以「陸」字為兒孫取名。其三：「逆旅人家近野橋，偶因秣蹇暫逍遙。村翁不解讀本草，爭就先生辨藥苗。」顯示陸游對植物的辨識能力很強，是當時的「藥草專家」。

• **蘇東坡**：在古文、詩詞、書法方面都自成一家，留存許多文學著作。蘇東坡還精通醫學，有著作流傳於世。所撰《醫藥雜說》，與沈括的《良方》合編為醫書《蘇沈良方》，論脈學、論草藥、論氣功、也論養生。蘇東坡的病詩不多，但一病即旬月，曾以臥病逾月及臥病彌月為詩題，生病期間不能喝酒，只能「黃耆煮粥薦春盤」。《蘇軾詩集》引述二五六種植物，在惠州所作的〈小圃五詠〉，詠人參、地黃、枸杞、甘菊及薏苡，也有詩作詠石菖蒲（圖9），所詠誦的都是著名的藥用植物。蘇東坡知悉藥材，所住的宅院中，還闢有藥圃栽種各種藥材，如芡實、桔梗（圖10）等。他還會自行配方治病，有時還會拿天門冬（圖11）來製酒，且「自漉之，且漉且嘗」，直到大醉為止。所栽種的藥材大都自行配方行醫，如〈睡起聞米元章冒熱到東園送麥門冬飲子〉詩：「一枕清風直萬錢，無人肯買北窗眠。開心暖胃門冬飲，知是東坡手自煎。」麥門冬飲是中醫主要方劑之一，主治心腹結氣胃經脈病。蘇軾有時也供應親友藥材，如〈周教授索枸杞，因以詩贈，錄呈廣倅蕭大夫〉詩題。

圖10 蘇東坡藥園栽種的桔梗。

圖11 蘇東坡常取藥材天門冬製作藥酒。

## 第四節 詩詞曲與藥用植物

《詩經》中的植物，有一些是常用藥材，如川貝（蝱）、益母草（蓷，圖12）、艾、枸杞、遠志（葽）等，也有一些具藥效的植物，如菟絲（唐）、澤瀉（圖13）、花椒、酸棗（棘）等。但《詩經》中以植物為起興，並未描述藥效與功能，與真正的藥用植物或本草無關。

《楚辭》中記載的藥用植物比《詩經》稍多，也較接近本草的概念。香木、香草或惡草、惡木，被用來比喻忠貞或邪惡，但多以植物的濃烈氣味為依據。其中白芷（芷）、川芎（蘼蕪）、杜蘅（蘅，圖14）等具濃烈香氣，也是重要的醫藥植物，被視為香草；菌桂（桂）、花椒（椒）等具強烈香氣的植物至今中醫及烹飪仍在使用，被視為香木。這些都是屈原用來讚揚或詠頌君子、忠貞氣節的植物。有些《楚辭》植物還用來佩帶以袪邪辟穢或服食養生，如〈離騷〉：「朝飲木蘭之墜露兮，夕餐秋菊之落英。」木蘭是香木，而菊英是香草。

魏晉南北朝詠醫藥本草的篇章很少，常用的藥用植物也出現較少，唐代以後，詠藥詩篇開始增

圖 12　益母草是婦女專用藥材。

圖 13　澤瀉生長在沼澤水域，《詩經》早已載錄。

多，記述的藥用植物也開始增加（表1）。這和中國本草學開始成形，《神農本草經》在漢代前後寫成的推論是一致的。從表1可看出歷代文學作品上出現較多的藥用植物，其中菌類有茯苓，詩詞出現篇章極多；雙子葉草本類有黃耆（芪，圖15）等十多種，出現較多的僅有人參、艾、紅花、白芷、川芎等五種：單子葉草本藥用植物，有黃精等六種，較多的僅黃精、雲南重樓（王孫草）。木本類植物有龍腦香等十種，其中僅龍腦香、肉桂、黃蘗、枳殼（圖16）、枸杞等出現較多。

使用本草藥物名稱（主要是植物）作「藥名詩」，可遠溯自南朝齊．王融的〈藥名詩〉：「重臺信嚴敞，陵澤乃閒荒。石蠶終未繭，垣衣不可裳。秦芎留近詠，楚蘅搢遠翔。韓原結神草，隨庭銜夜

圖14　杜蘅是《楚辭》提到的香草，可供觀賞及藥用。

圖15　黃耆是歷代詩文常出現的藥草。

圖16　木本藥用植物中，詩文常引述的種類之一就是枳殼。

表1 歷代文學作品中的常見藥用植物統計

| 類別 | 植物名稱 | 先秦魏晉南北朝詩 | 全唐詩 | 宋詩鈔 | 全宋詞 | 元詩選 | 全金元詞 | 全元散曲 | 明詞綜 | 全明詞 | 全明散曲 | 清詩匯 | 全清散曲 | 合計 |
|---|---|---|---|---|---|---|---|---|---|---|---|---|---|---|
| 菌類 | 茯苓 | 0 | 27 | 5 | 6 | 10 | 5 | 1 | 4 | 15 | 9 | 29 | 7 | 118 |
| | 豨苓 | 0 | 0 | 2 | 1 | 0 | 0 | 0 | 0 | 0 | 1 | 1 | 0 | 5 |
| 雙子葉草本植物 | 黃耆 | 0 | 1 | 0 | 0 | 0 | 0 | 0 | 0 | 0 | 2 | 0 | 0 | 3 |
| | 地黃 | 0 | 1 | 0 | 0 | 0 | 0 | 0 | 0 | 1 | 1 | 0 | 0 | 3 |
| | 朮 | 0 | 11 | 0 | 1 | 0 | 0 | 0 | 0 | 8 | 4 | 14 | 0 | 38 |
| | 人參 | 1 | 44 | 11 | 4 | 13 | 2 | 2 | 7 | 13 | 4 | 21 | 3 | 125 |
| | 當歸 | 0 | 0 | 1 | 2 | 3 | 3 | 2 | 2 | 2 | 10 | 2 | 5 | 32 |
| | 遠志 | 0 | 0 | 3 | 3 | 6 | 7 | 1 | 0 | 5 | 3 | 12 | 6 | 46 |
| | 艾 | 7 | 49 | 40 | 34 | 8 | 8 | 5 | 0 | 65 | 26 | 49 | 11 | 302 |
| | 紅花 | 0 | 16 | 4 | 21 | 6 | 1 | 0 | 0 | 25 | 3 | 16 | 6 | 98 |
| | 白芷 | 0 | 55 | 29 | 40 | 12 | 0 | 3 | 0 | 36 | 12 | 69 | 9 | 265 |
| | 烏頭 | 0 | 0 | 1 | 0 | 0 | 0 | 0 | 0 | 1 | 4 | 2 | 2 | 10 |
| | 甘草 | 0 | 2 | 2 | 6 | 2 | 1 | 1 | 0 | 1 | 3 | 19 | 2 | 39 |
| | 川芎 | 0 | 47 | 16 | 23 | 14 | 7 | 2 | 0 | 49 | 26 | 54 | 27 | 265 |
| | 續斷 | 0 | 1 | 1 | 0 | 0 | 0 | 1 | 0 | 0 | 0 | 0 | 1 | 4 |
| | 防風 | 0 | 1 | 1 | 0 | 1 | 1 | 0 | 0 | 2 | 2 | 3 | 0 | 11 |
| | 黃連 | 0 | 3 | 0 | 0 | 0 | 0 | 0 | 0 | 1 | 9 | 1 | 2 | 16 |
| | 款冬 | 0 | 2 | 0 | 1 | 0 | 0 | 0 | 0 | 1 | 0 | 1 | 1 | 6 |
| 單子葉草本植物 | 黃精 | 1 | 21 | 9 | 2 | 7 | 1 | 2 | 6 | 6 | 6 | 17 | 0 | 78 |
| | 天門冬 | 0 | 1 | 0 | 0 | 0 | 0 | 1 | 0 | 0 | 1 | 0 | 0 | 3 |
| | 麥門冬 | 0 | 1 | 0 | 0 | 0 | 1 | 0 | 0 | 0 | 2 | 0 | 0 | 4 |
| | 赤箭 | 0 | 0 | 0 | 0 | 1 | 2 | 0 | 0 | 1 | 0 | 0 | 0 | 4 |
| | 王孫草 | 0 | 3 | 3 | 3 | 0 | 4 | 0 | 1 | 45 | 27 | 5 | 5 | 96 |
| | 半夏 | 0 | 0 | 1 | 0 | 0 | 0 | 1 | 0 | 0 | 6 | 0 | 1 | 9 |
| 木本植物 | 龍腦香 | 0 | 4 | 4 | 29 | 4 | 0 | 8 | 1 | 22 | 18 | 5 | 5 | 100 |
| | 蘇合香 | 0 | 11 | 2 | 2 | 1 | 0 | 0 | 0 | 2 | 6 | 1 | 1 | 26 |
| | 厚朴 | 0 | 8 | 1 | 1 | 2 | 0 | 0 | 0 | 1 | 2 | 1 | 0 | 16 |
| | 肉桂 | 5 | 26 | 8 | 17 | 7 | 6 | 0 | 0 | 22 | 13 | 9 | 7 | 120 |
| | 黃蘗 | 0 | 43 | 17 | 3 | 5 | 0 | 0 | 2 | 33 | 25 | 29 | 10 | 167 |
| | 皂莢 | 0 | 0 | 2 | 0 | 0 | 0 | 0 | 0 | 0 | 1 | 3 | 2 | 8 |
| | 山茱萸 | 0 | 4 | 1 | 17 | 1 | 1 | 0 | 0 | 0 | 1 | 4 | 0 | 29 |
| | 枳殼 | 5 | 18 | 13 | 7 | 4 | 1 | 1 | 0 | 15 | 6 | 16 | 6 | 92 |
| | 枸杞 | 0 | 0 | 16 | 2 | 6 | 0 | 2 | 1 | 2 | 4 | 18 | 4 | 55 |
| | 使君子 | 0 | 0 | 0 | 1 | 0 | 0 | 0 | 0 | 0 | 1 | 0 | 1 | 3 |

光。」僅引用兩種植物藥材名稱。其後，較早以藥名連成詩句的詩人為唐代的權德輿，其題為〈藥名詩〉的藥名詩極短，共四句：「七澤蘭芳千里春，瀟湘花落石磷磷。有時浪白微風起，坐釣藤陰不見人。」共用到四種植物名稱。具代表性的藥名詩為皮日休、張賁、陸龜蒙的〈藥名聯句〉，總共使用到十四種植物藥材，礦物及動物藥材十一種：

為待防風餅，須添薏苡杯。
香然柏子後，尊泛菊花來。
石耳泉能洗，垣衣雨為裁。
從容犀局靜，斷續玉琴哀。
白芷寒猶采，青葙醉尚開。
馬銜衰草臥，烏啄蠹根回。
雨過蘭芳好，霜多桂末催。
朱兒應作粉，雲母詎成灰。
藝可屠龍膽，家曾近燕胎。
牆高牽薜荔，障軟撼玫瑰。
鸓鼠啼書戶，蝸牛上研臺。
誰能將藁本，封與玉泉才。

宋代的藥名詩更多，黃庭堅〈荊州即事藥名詩八首〉最為典型。其一：「四海無遠志，一溪甘遂心。牽牛避洗耳，臥著桂杖陰。」其二：「前湖後湖水，初夏半夏涼。夜闌香夢破，一雁度衡（杜蘅）陽。」所隱含的藥名諧音有：前胡、半夏、蘭香、杜蘅。其三：「千里及歸鴻，半天河影東。家人森戶外，笑擁白頭翁。」人森（人參）為藥名諧音。其四：「天竺黃卷在，人中白髮侵。客至獨掃榻，自然同此心。」其五：「垂空青幕六，一一排風開。石友常思我，預知子能來。」其六：「幽澗泉石綠，閉門聞啄木。運柴胡奴歸，車前掛生鹿。」其七：「雨如覆盆來，平地沒牛膝。回望無夷（蕪荑）陵，天南星斗濕。」暗含覆盆子、牛膝、蕪荑、天南星四種中藥。其八：「使君子百姓，請雨不旋復。守田意飽滿，高壁掛龍骨。」暗含使君子、旋復、守田（半夏）及龍骨四味藥。總計二十八句詩中共引述二十一種的植物藥材。

在詞方面，用藥名填詞的實例也不少。宋代的陳亞被稱為「好為藥名詩」，其〈生查子．藥名閒情〉即是一例：「相思意已深，白紙書難足。字字苦參商，故要檳郎讀。分明記得約當歸，遠至櫻桃熟。何事菊花時，猶未回鄉曲。」暗含紅豆（相思豆）、白芷、苦參、狼毒、當歸、遠志、菊花、茴香等植物，植物名稱含意和詞意表現恰如其分。元・無名氏〈滿庭芳〉引述的藥用植物種類更多，全部詞句幾乎都是植物名稱：「甘草人參，天麻芍藥，薄荷荊芥川芎。乳香沒藥，白芷共甘松。玉金（鬱金），甘菊花、藁本茯苓。防風等，細辛分兩，各自要均停。」

在各代的散曲、小令中，使用藥名字面意義或借助諧音敘述劇情，有趣味效果。從元曲以下，明曲、清曲都有大量實例，而且極具文學色彩。例如，元・孫叔順散曲〈中呂・粉蝶兒〉之一段：「半夏遐蛇床上同睡，芫花邊似燕子雙飛……使君子受凌遲，便有他白頭公（翁）難救你。」（〈紅繡鞋〉）及「木賊般合解到當官跪，刀筆吏焉能放你。……華澄茄拷打得青皮腫，玄胡索拴縛得狗脊低。」（〈耍孩兒〉），這是元代「藥名曲」的代表之作。

明・王翃〈望海潮・藥譜〉：「蒙花繁露，涎衣空草，無心當陸茵陳。寒水玉枝，連珠金釧，重臺寶鼎香溫。龍腦爵床薰。剪紅羅小錦，自炙迎春。青黛朱姑，碧蟬白女石榴裙。膚如積雪流芸，倚屏風雲母，柳若低身。沒石沉梟，兜鈴逐馬，相思日及黃昏。房苑獨採魂。待當歸安息，夜獨王孫。浪蕩將誰，夢鬼見愁新。」句中的屏風是指防風，獨採指天麻，浪蕩即莨菪，將離即芍藥。

清代的「藥名曲」也有數例，如袁龍的小令〈南黃鐘畫眉序・賀醫者婚集藥名〉用藥名填曲慶賀新婚：「琥珀合歡杯，青黛紅花麝香墜。正梅標三七，桃灼當歸。拜慈姑知母垂憐，使君子伏神生畏。乳香細解丁香結，定心丸升麻甘遂。」還有清・丁耀亢《續金瓶梅》裡的〈山坡羊・張秋調〉也把藥名編成曲：「金銀花紅娘子把細辛埋怨，明知道當歸，把金櫻貪戀，只為那官桂車前，指望升麻貝母，那曉得巴豆般心腸，把人參續斷。夏枯草百藥熬煎，蜜甜的甘草忽變了黃連。牽牛般拴著把地骨皮剝了，骨碎補的川芎插了些鬼箭。俺本是浪蕩子，威靈仙，大腹皮也弄成了白刺猬乾海馬，飛不去的姜蠶青鹽。想我那海狗腎的春方，空費了人言。石蓮牡丹皮般伏神，祇落了個乾蟾。」

## 第五節　章回小說與藥用植物

《三國演義》第七十五回，關公領兵攻打樊城，遭曹仁的弓箭手射中右臂，右臂青腫不能動。原來箭頭塗有毒藥，且毒已入骨。此藥是當時最毒的藥物之一，華佗檢視結果，說明：「此乃弩箭所傷，其中有烏頭之藥，直透入骨。若不早治，此臂無用矣。」關公有幸遇到名醫華佗，得知毒藥名為烏頭，才能對症下藥。烏頭又名附子，《神農本草經》列為下品，是極毒的藥物。華佗用尖刀割開皮肉，直至於骨，關公僅飲酒數杯，一面還與馬良下棋，只見關公右臂「骨上已青，佗用刀刮骨，悉悉有聲」。旁觀者皆掩面失色，關公仍舊談笑風生。這是中國歷史家喻戶曉的「刮骨療毒」故事。

《西遊記》作者吳承恩亦熟悉本草藥物的性味、功效，小說內容常用藥名組成藥名詩，如第三十六回，唐僧師徒一行人來到一座險峻，滿是老虎、豺狼等猛獸的大山，荊棘滿地，荒煙漫漫。唐僧心中害怕，兜住馬叫著：「悟空啊，我自從**益智**登山盟，**王不留行**送出城。路上相逢**三棱子**，途中催趲**馬兜鈴**。尋坡轉澗求**荊芥**，邁嶺登山拜**茯苓**。**防己**一身如**竹瀝**，**茴香**何日拜朝廷？」一連串用了九種植物藥名，構成這一段憂慮的談話。《西遊記》用藥名集成的詩句，還有第二十八回，借沙僧之口描述：「大黃味苦，性寒無毒。」借八戒之口說出：「巴豆味辛，性熱有毒。」眾人質疑孫悟空用馬尿滲和大黃（圖17）、巴豆（圖18）糊之為丸的做法。孫悟空卻說：「那東西（馬尿）腥腥臊臊，脾虛的人一聞就吐；再服巴豆、大黃，弄得人上吐下瀉，可是耍子？」

圖 17　大黃是中醫常用的通便瀉火藥材。

一連吃了三五次，朱紫國王體內所有的穢污之物清除後，病果然好了。

《金瓶梅》作者，不但植物知識豐富，也懂得許多藥用植物的性味、效能及醫理，如八十二回用〈水仙子〉詞牌描寫潘金蓮和女婿

圖 18　巴豆。

陳經濟的淫蕩情事，並用當歸、半夏（圖19）等八種植物助興。全書引述的藥用植物種類很多，也有很多不同疾病的處方，如第四十八回治療西門慶與李瓶兒所生之子官哥兒的驚嚇病，醫生用「朱砂丸」，以「薄荷燈心湯」服下；診斷李瓶兒得的是「不足之症」，有火痛、血虛之病，醫生用的是「加味地黃丸」。第六十一回因為治療李瓶兒「崩漏之病」，請來趙太醫用了一個藥方，包括「甘草、甘遂、藜蘆、巴豆、芫花、半夏、烏頭、杏仁、天麻」等藥材，其中甘遂、巴豆、芫花、半夏、烏頭等都是極毒之藥。老醫生何老人也評斷這些藥會「藥殺人」，遂不予以採用。其實這也是小說作者的診斷。

《金瓶梅》中也記述墮胎藥。第八十五回說到潘金蓮和女婿陳經濟發生姦情後珠胎暗結，亟欲墮胎，由胡太醫開兩帖「紅花」把胎兒打下來。此墮胎藥「紅花」所含藥材成分，作者用〈西江月〉詞片敘述：

「**牛膝**蟹爪**甘遂**，定磁
**大戟芫花**，斑毛赭石與
硇砂，水銀與芒硝研化。又加**桃仁通草**，麝
香文帶**凌花**。更燕醋煮
好**紅花**，管取孩兒落
下。」（粗體字為藥用植物）顯示作者文學、醫理兼備。

《紅樓夢》的作者更是博學多聞，不但文學底子深厚，地理、歷史典故瞭如指掌，植物學知識豐富，醫理也極精到。如第十回秦可卿長期倦怠、眼神發眩、月信過期，長期臥在病床上，醫生開了一帖「益氣弄榮補脾和肝湯」，包括人參、白朮、茯苓、地黃、當歸、白芍藥、川芎、黃耆、香附、柴胡、山藥、延胡索、甘草、蓮子、棗、阿膠等十六種藥材，是屬補益的方劑。第十二回：賈瑞苦戀王熙鳳，受到奚落折磨，加上色欲攻心，病入膏肓，「下溺遺精，咳痰帶血」，奄奄一息，醫生開的是補氣血的藥：肉桂、附子、鱉甲、麥門冬、玉竹等，其中附子是毒性很強的猛藥。

圖 19　半夏塊莖是峻猛藥材，《神農本草》列為下品。

林黛玉天性體弱，經常病咳，平常會吃藥丸

補身。寶玉、寶釵、王夫人和黛玉在聊天中，會提到平日所吃的藥丸及藥材名稱，有人參弄榮丸、八珍益丸、左歸丸、右歸丸、麥味地黃丸、天王補心丹、香薷飲，以及人參、何首烏等方劑及藥材，每一種方劑都包含多種藥材，而且都是常用的中藥。

《紅樓夢》全書提到三十個中藥方劑，大都是中醫常用的藥方。其中最有趣的是作者創造的「文學藥方」，首先是治療薛寶釵喘嗽宿痰的藥方「冷香丸」：取春天的白牡丹花蕊、夏天的白荷花、秋天的白芙蓉、冬天的白梅花製成藥丸，黃蘗湯服下，此配方未見載於任何醫書。另外一個作者杜撰的藥方是「療妒湯」，經由外號王一貼的江湖郎中口中說出：「秋梨一個、二錢冰糖、一錢陳皮及水三碗合煮。」這些藥都是潤肺開胃，吃多了無妨，純屬遊戲之作。

晴雯傷風感冒，第一個大夫給的藥方，寶玉看了嚇一跳，因為藥方中除了紫蘇、桔梗、防風、荊芥等藥材，還包括枳實、麻黃等破氣的峻猛藥，就知道大夫開錯藥了。第二個大夫開的藥，當歸、陳皮、白芍等才是正確的藥方。想來作者的醫術不是一般。另外，第五十二回有寶玉補身的「建蓮紅棗湯」，第五十三回給晴雯益神養血的藥材：茯苓、地黃、當歸等。連薛寶釵對醫理也略懂一二，如第八十四回，薛姨媽被媳婦金桂氣得肝氣上道，左肋作痛，寶釵一看到就知道病因，也不找醫生看，直接叫人買鉤藤，煎湯叫母親吃。依中醫書籍記載，鉤藤的功效正是「可治大人頭旋目眩，平肝心，除心熱」。

《儒林外史》的醫藥方劑也有不少，如第五回、第六回提到醫生常用的藥，是人參、附子，對久病體弱的年長老人不一定有效。第十一回說編修公跌了一跤，半身麻木，口眼有些歪斜；治療方法是用「四君子加入二陳」，對於有些大夫將「四君子」藥方中的半夏改用貝母，作者藉書中人物陳和甫之口表達不滿。第二十三回大熱天用綠豆湯治療痢疾也是醫書揭示的良方，唐代名醫孫思邈所撰的食療專著《千金食治》就說綠豆的性能是「治寒熱、熱中、止泄痢、卒澼」。第二十四回用「荊防發散藥」，藥內放了八分細辛，以治寒症。對一般用藥，作者也有自己的見解，如第五十四回，借聘娘之口說：病人不宜單吃人參，「單吃人參，會助虛火」，必須合著黃連煨湯吃。

# 第十八章 庭園觀賞植物

## 第一節 前言

觀賞植物包括專性觀賞植物與兼性觀賞植物兩大類。凡栽種目的只為增加居住環境美觀，而非收穫植物體的任何一部分供人類衣食住行等生活消費的植物，稱為「專性觀賞植物」。此類植物樹形、冠形、枝條、花色或果色具美麗外觀，或植物體具特殊香味，廣泛栽植於庭院、公園或其他公共場所，如臘梅、木芙蓉、紫荊等是為賞花目的而栽種的專性觀賞灌木；梧桐、楓、楸等是為賞秋葉而種的專性觀賞喬木。至於兼性觀賞植物，則是可收穫植物體的某一部分，收成前的植物形態亦有觀賞價值，例如果樹類的梨樹，春季開漂亮燦爛的白花，夏季收成果實供食用，桃、李、梅亦同。許多藥用植物也具有觀賞價值。

清康熙年間有位作家名萬樹，所寫散曲〈百花屏・詠百種名花〉中一共提到八十二種植物名稱，這些植物絕大部分是清初的庭園觀賞植物，代表當時中國最常見的庭院植物。其中喬木類有海棠、梨、櫻花、楝、玉蘭、柚、松、柳等八種；灌木類有紅梅、辛夷、山茶、茶、杏、扶桑、丁香、臘梅、桃（碧桃）、李、躑躅、杜鵑、錦帶花、繡球花、丹桂、郁李、木槿、梔子、紫荊、唐棣、紫薇、瓊花、香櫞、橙、橘、枳殼、石榴、山茱萸、八仙花、棘、牡丹、枸杞等三十二種；蔓藤類有玉蝶梅、薔薇、寶相、牽牛花、木香、姊妹花、茉莉、玫瑰、金銀花、紫藤、凌霄花、荼蘼、瓠等十三種；草本花卉有鼓子花、金錢花、虞美人、雞冠花、虎耳草、菊、甘菊、蜀葵、秋海棠、款冬、長春花、鳳仙花、芍藥、水仙、蘭花、蛺蝶花、百合、玉簪、萱草、萬壽菊、苔等二十一種；水生植物有荷、芰（菱）、紅蓼、蘋、菖蒲、蘆葦、荻等八種。幾乎包含歷代文學作品引述的所有具景觀價值的觀賞植物種類，而且以專性觀賞植物居多。

圖1 紫藤是典型的中國庭園植物。

典型的中國庭園空間分布，大致來說包括石景（山石）、院落、棚架（棚榭）、水體（水池、流水）、花園、道路（園路）、迴廊、長廊、亭閣、亭榭等格局，每種建築格式都有一定的植栽配置。從歷代文學作品中，均可領略中國傳統庭園觀賞植物的底蘊，以及植栽配置的原理。例如白居易〈秦中吟〉，描述古代一般大宅植栽的構成原則：「繞廊紫藤架，夾砌紅藥欄。攀枝摘櫻桃，帶花移牡丹。」即庭園植物至少必須包括：藤本植物如紫藤（圖1）、草本花卉如紅藥（芍藥，圖2）、喬木如櫻桃（圖3）、灌木花卉如牡丹（圖4）。

古代選用庭園植物，首重植物色彩的延續及四季色彩的變化。前者如白居易〈春風〉詩所言：「春風先發苑中梅，櫻杏桃梨次第開。薺花榆莢深村裡，亦道春風為我來。」說明春季的花卉由冬末春初的梅花啟其端，之後是櫻花和杏花，桃花、梨花接踵而至，最後有薺花和榆莢。中國每個朝代都有撰寫及記錄當朝各地的「時令之花」，代表每個季節、每個月份花盛開的植物種類，譬如清代無名氏的小令〈北仙呂大紅袍・詠花〉記述中國大部分地區都適用的各季每月代表植物：元月梅，二月柳，三月桃，四月牡丹，五月石榴、香蒲、艾草，六月荷花，秋季木芙蓉、丹桂、菊，冬季臘梅。

歷代詩詞都有庭園植物的記述，例如唐・姚合〈題金州西園九首〉詩提到金州西園內的觀賞植物有柏、竹、松、棕櫚、芭蕉等五種；〈杏溪十首〉中的杏溪有桃、杏、蓮、紫藤、竹、楓等六種。張祜的〈江南雜題二十八首〉提到所見江南地區的竹、柳、柑、桂、石榴、蘆葦、慈菇、罌粟（來囊花）、紅蕉、萱草（宜男）等十種，均代表唐代常見的庭園植物。宋・蘇軾的〈和子由記園中草木四首〉詩，共有牽牛、蜀葵、紅蓼、蘭花、葡萄、石榴、萱草、菊等八種；蘇轍的〈賦園中所有十首〉詩有竹、萱

圖2 草本花卉芍藥。

草、蘆葦、石榴、葡萄、牽牛、柏、蜀葵等八種，代表宋代常見的景觀植物。另外，清代張潮的小令〈南越調新樣四時花・花陣〉也記述當時所見的庭園栽植植物有梅、牡丹、芍藥、桃、李、蘭花、蜀葵、石榴、荷花、萱草、桂、梧桐、菊等。

章回小說中有關庭園觀賞植物的記載，最具代表性的有兩部：一是明代出版的《金瓶梅》，二是清代撰寫的《紅樓夢》。《金瓶梅》第十九回描寫西門慶家花園的植物，喬木類有竹、松、檜、柏、海棠、柳、銀杏；灌木類有梅、紫荊、桃、紫丁香、石榴、梨；藤本植物有木香、荼蘼、金雀藤、黃刺薇、茉莉、牡丹；草本花卉有菊、金燈花、金錢花、芭蕉、芍藥；水生植物有荷。《紅樓夢》第十七回描寫的是大觀園，有喬木類的竹、榆、玉蘭、海棠、西府海棠、松；有灌木類的斑竹、杏、木槿、牡丹、桂花、梅、辛夷；有藤本植物的紫藤、木香、薔薇；草本花卉的芭蕉、芍藥、蜀葵、金燈花；以及水生植物的紅蓼、荷。兩部書所載錄的庭園觀賞植物，都足以代表中國傳統宅院庭園植物種類。

圖 3　櫻桃是中國庭園喬木花卉的代表植物。

本章所敘述的植物是古典文學作品中經常吟誦，至少部分為人工栽植作為造景之專性或兼性觀賞植物。有些觀賞植物同時具有特殊意涵，在文學作品中用來譬喻或寓意。

圖 4　牡丹自古就是中國庭園主要的灌木花卉。

## 第二節 喬木類觀賞植物

喬木樹形高大，是庭園空間主要的組成素材，多栽種在私人庭院、宮廷官舍、道路兩旁，有時則作為灌木花卉或花園背景，或和長廊形成對景。喬木類有常綠和落葉性之別，常綠性裸子植物大都樹幹挺直，樹冠呈尖塔形、圓錐形或圓柱形，葉色濃綠，可營造莊重肅穆的效果，古來多栽種在寺廟、陵墓等地方。常綠闊葉樹的樹形、花色具多樣性，廣卵形、圓球形、扇形、傘形、不規則形等兼而有之。落葉性闊葉樹常在入秋後變色，是塑造秋景最佳材料。歷代文學作品中引述最多的觀賞用喬木，以柳（圖5）、竹（圖6）、松為最，其次是梧桐和木蘭，海棠、柏、槐亦屬常見（表1）。

圖5　柳是文學作品中引述最多的觀賞樹木。

四季開花，或色澤變化，或具特殊樹形的直立高大喬木，是中國庭院、宮廷、公共場所自古以來常栽種的植物，主要供觀賞用。文學作品經常以這類植物作為吟頌對象，如唐·儲光羲的詩句：「夾門小松柏，覆

圖6　竹類是常見的庭園造景植物，本圖為孟宗竹。

井新梧桐」、「門多松柏樹」，以及〈昭聖觀〉一詩：「新松引天籟，小柏繞山樊。坐弄竹蔭遠，行隨溪水喧。」有些觀賞喬木的描述，時間可遠溯至《詩經》，例如柳樹、梧桐、棠梨、松、柏等，歷經唐、宋、元、明、清各代，一直到今天，這些樹種仍舊是中國傳統庭園常見的主要喬木類觀賞樹種。

入秋以後，氣候逐漸冷涼，分布於華中以北地區的落葉樹種，葉色

**表1　古典文學作品中喬木類觀賞植物統計**

| | 詩經 | 楚辭 | 先秦魏晉南北朝詩 | 全唐詩 | 宋詩鈔 | 全宋詞 | 元詩選 | 全金元詞 | 全元散曲 | 明詩綜 | 全明詞 | 全明散曲 | 金瓶梅 | 清詩滙 | 全清散曲 | 紅樓夢 | 合計 |
|---|---|---|---|---|---|---|---|---|---|---|---|---|---|---|---|---|---|
| 柳 | 4 | 0 | 313 | 3463 | 1042 | 3760 | 809 | 580 | 819 | 748 | 3376 | 2128 | 65 | 2035 | 987 | 37 | 20166 |
| 梧桐 | 1 | 1 | 116 | 585 | 186 | 454 | 166 | 84 | 104 | 126 | 556 | 383 | 10 | 429 | 135 | 9 | 3345 |
| 楓 | 0 | 1 | 13 | 278 | 90 | 147 | 78 | 30 | 37 | 132 | 275 | 112 | 1 | 306 | 76 | 4 | 1580 |
| 槐 | 0 | 0 | 63 | 315 | 107 | 197 | 35 | 45 | 23 | 19 | 178 | 135 | 9 | 165 | 44 | 4 | 1339 |
| 榆 | 2 | 1 | 50 | 221 | 67 | 85 | 83 | 16 | 30 | 54 | 111 | 60 | 6 | 171 | 34 | 5 | 996 |
| 楸 | 0 | 2 | 23 | 45 | 24 | 20 | 26 | 9 | 8 | 18 | 36 | 27 | 0 | 97 | 16 | 1 | 352 |
| 海棠 | 0 | 0 | 0 | 49 | 95 | 369 | 65 | 62 | 110 | 9 | 283 | 272 | 8 | 84 | 74 | 19 | 1499 |
| 棠梨 | 4 | 1 | 6 | 130 | 33 | 108 | 20 | 27 | 6 | 28 | 121 | 18 | 0 | 111 | 28 | 1 | 642 |
| 合歡 | 0 | 0 | 8 | 23 | 3 | 6 | 4 | 3 | 2 | 5 | 14 | 8 | 3 | 9 | 4 | 3 | 95 |
| 松 | 7 | 1 | 290 | 3018 | 794 | 625 | 660 | 369 | 198 | 504 | 939 | 539 | 32 | 2275 | 241 | 20 | 10512 |
| 杉 | 0 | 0 | 1 | 209 | 37 | 14 | 22 | 1 | 0 | 16 | 19 | 15 | 1 | 99 | 9 | 1 | 444 |
| 柏 | 7 | 2 | 99 | 381 | 106 | 84 | 71 | 38 | 9 | 76 | 84 | 94 | 10 | 366 | 37 | 6 | 1470 |
| 檜 | 1 | 0 | 2 | 83 | 37 | 26 | 21 | 28 | 9 | 17 | 22 | 26 | 3 | 92 | 3 | 1 | 371 |
| 銀杏 | 0 | 0 | 0 | 3 | 3 | 2 | 0 | 1 | 2 | 3 | 4 | 3 | 4 | 15 | 3 | 1 | 44 |
| 木蘭 | 0 | 6 | 28 | 209 | 25 | 2101 | 38 | 57 | 60 | 55 | 218 | 109 | 0 | 145 | 81 | 4 | 3136 |
| 竹 | 3 | 1 | 284 | 3324 | 1411 | 1520 | 772 | 400 | 230 | 607 | 1535 | 762 | 33 | 2146 | 373 | 38 | 13439 |
| 棕櫚 | 0 | 0 | 0 | 22 | 6 | 5 | 11 | 2 | 1 | 6 | 8 | 3 | 3 | 24 | 1 | 1 | 93 |
| 蒲葵 | 0 | 0 | 1 | 24 | 7 | 9 | 7 | 1 | 3 | 6 | 12 | 7 | 0 | 8 | 5 | 1 | 91 |
| 梓 | 0 | 1 | 32 | 42 | 14 | 13 | 20 | 11 | 0 | 20 | 30 | 5 | 0 | 70 | 5 | 3 | 266 |
| 女貞 | 0 | 1 | 3 | 12 | 8 | 3 | 6 | 1 | 0 | 10 | 9 | 2 | 0 | 53 | 7 | 0 | 115 |
| 楊 | 5 | 1 | 35 | 106 | 20 | 14 | 16 | 4 | 2 | 24 | 16 | 28 | 2 | 83 | 31 | 4 | 391 |
| 石楠 | 0 | 0 | 3 | 27 | 3 | 6 | 4 | 2 | 1 | 6 | 10 | 1 | 0 | 2 | 2 | 1 | 68 |
| 櫻花 | 0 | 0 | 4 | 40 | 30 | 80 | 14 | 8 | 14 | 18 | 76 | 133 | 0 | 79 | 35 | 0 | 531 |
| 榕 | 0 | 0 | 0 | 5 | 10 | 17 | 8 | 0 | 0 | 7 | 18 | 1 | 0 | 30 | 3 | 0 | 99 |
| 木棉 | 0 | 0 | 0 | 7 | 5 | 2 | 5 | 0 | 0 | 8 | 3 | 0 | 0 | 26 | 2 | 0 | 58 |
| 優曇花 | 0 | 0 | 0 | 6 | 1 | 2 | 4 | 0 | 0 | 1 | 11 | 3 | 0 | 34 | 3 | 0 | 65 |
| 垂絲海棠 | 0 | 0 | 0 | 0 | 1 | 5 | 0 | 0 | 1 | 0 | 1 | 1 | 0 | 0 | 0 | 0 | 9 |

會發生變化。被選作庭園樹的樹種以葉色鮮豔者為多，如葉呈鮮紅色的楓樹（圖7），葉呈金黃色的梧桐、槐（圖8）、銀杏（圖9）等，均是秋季變色葉的代表樹種。

有些喬木類樹種以觀花為主，如海棠、合歡、櫻花、木棉等，花色花姿各具特色，如白色花的海棠，粉紅色花的合歡、櫻花，以及花色橙紅的木棉等。春季以木棉、櫻花、海棠為主，夏季則以合歡為代表，唯木棉屬南方的熱帶樹種，《全唐詩》才開始在詩文上出現。

圖7　秋季葉色變紅的楓葉。

以特殊意涵而出現在文學作品中的喬木，本身已具備觀賞效果，但仍在詩詞上被賦以特殊譬喻而引述，如「後凋於歲寒」的松、柏，常被引喻為忠貞的象徵。檜因孔廟孔子手植的檜木而聞名；棠梨則因《詩經》「召伯之棠」而為詩人騷客借喻吟誦。柳樹枝條柔細，因「留」而象徵送別離情，歷代詩詞歌賦出現最多。竹因「中空有節」的特性，象徵氣節，也大量為詩文所引用。木蘭全株有香氣，初春開白色花，本身就是極佳的觀賞樹種，屈原在〈離騷〉中列為香木，代表忠臣及美好的事物，自《楚辭》以下，各代詩文均有引述。女

圖8　槐樹自古即以行道樹及庭園樹大量栽植，秋葉呈黃色。

圖 9 入秋後，滿樹銀杏葉變成漂亮的金黃色。

貞是少數在中國北方經冬不凋的樹種，又名冬青，自是古人的鍾愛樹種（圖10、圖11）。

榆、楸、梓、楊等樹種，是古代北方主要的造林樹種，提供建材及家具用材，樹形挺直高大，又具觀賞價值，有時亦栽種在庭院中或

圖10　女貞的圓錐花序，花小，芳香。

道路旁。榕樹和木棉一樣，也是南方樹種，在唐代以後的詩文作品中陸續出現，因樹冠呈傘形，在華南地區多栽種成庭院或社區供蔽陰用。

圖11　女貞是少數在北方寒冬不凋的常綠闊葉樹，詩文中稱為「冬青」。

## 第三節　灌木類觀賞植物

文學作品上出現的觀賞灌木以開花植物為主，且以花色豔麗取勝。歷代作品出現最多的灌木種類為梅、桃，桂、杏、李次之，梨、牡丹、石榴又次之，還有其他花色美豔的杜鵑、木芙蓉、木槿、紫荊、杜鵑、丁香、辛夷、紫薇（表2）。

歷代均有引述的植物中，春季開白花的灌木有櫻桃、李、杏、梨、丁香等；開粉紅色至紅紫色的

圖12　夾竹桃在宋代以後才陸續在詩文中出現。

為桃、紫荊、杜鵑、夾竹桃；紫色花的辛夷。夏季開花的灌木類有：木槿、安石榴、梔子、紫薇、朱槿等；秋

季開花有木芙蓉；冬末春初開花有梅、山茶花、臘梅等。大部分的觀花灌木以賞花為主，但桃、李、杏、梨等同時也是果樹。有些常綠灌木則充當綠籬、護坡，或裝飾屋角、路邊及水旁。唐詩人及畫家王維在輞川山谷建造的園林「輞川別業」，除了有「檀欒映空曲，青翠漾漣漪」的竹，也有「結實紅且綠，復如花更開」的山茱萸；在「颯颯秋雨中」，有「淺淺石榴瀉」，也有「木末芙蓉花，山中發紅萼（辛夷）」，是唐代典型的達官貴人庭園。

牡丹是「花中之王」，自古即視為富貴之花。自唐詩以下，歷來就是中國庭園不可或缺的觀花植物，也反映在歷代詩詞歌賦及章回小說的內容中。安石榴自漢代自西域引進中國之後，因花色豔麗，自漢代以後的文學內容均有大量出現。

夾竹桃（圖12）、鳳凰竹、朱蕉原產外國，自宋代以後的詩文才陸續出現。原產中國的錦帶花（圖13）、含笑花（圖14）、茶梅（圖15）等出現在詩詞的時期亦較其他花卉晚。

有些植物因《詩經》而貴，如木瓜、木桃、木李，歷代引述《詩經》內容及植物的詩篇很多。此三種植物花色不特別豔麗，果實也不可口，但是歷代庭園栽種木瓜、木桃者不在少數，應該與《詩經》有關。豆科植物紫荊則有「田家紫荊」寓言故事的背景，象徵「兄

圖 14　宋詩中才開始出現含笑花。

圖 15　茶梅是中國庭園常見的灌木花卉。

圖 13　原產中國的錦帶花。

**表2　古典文學作品中灌木類觀賞植物統計**

| | 詩經 | 楚辭 | 先秦魏晉南北朝詩 | 全唐詩 | 宋詩鈔 | 全宋詞 | 元詩選 | 全金元詞 | 全元散曲 | 明詩綜 | 全明詞 | 全明散曲 | 金瓶梅 | 清詩滙 | 全清散曲 | 紅樓夢 | 合計 |
|---|---|---|---|---|---|---|---|---|---|---|---|---|---|---|---|---|---|
| 桂花 | 0 | 11 | 256 | 1224 | 196 | 728 | 151 | 164 | 80 | 124 | 528 | 308 | 18 | 352 | 128 | 21 | 4289 |
| 黃楊 | 0 | 0 | 0 | 2 | 5 | 1 | 0 | 3 | 0 | 1 | 1 | 1 | 1 | 4 | 5 | 1 | 25 |
| 臘梅 | 0 | 0 | 0 | 3 | 19 | 57 | 3 | 5 | 6 | 0 | 22 | 21 | 2 | 5 | 6 | 1 | 150 |
| 梨 | 0 | 0 | 18 | 276 | 91 | 337 | 83 | 94 | 140 | 57 | 280 | 317 | 14 | 123 | 99 | 10 | 1939 |
| 桃 | 4 | 1 | 173 | 1324 | 389 | 1482 | 345 | 343 | 253 | 270 | 922 | 950 | 44 | 757 | 399 | 25 | 7681 |
| 李 | 4 | 0 | 57 | 459 | 193 | 467 | 74 | 92 | 32 | 46 | 217 | 169 | 8 | 176 | 72 | 4 | 2070 |
| 梅 | 4 | 0 | 95 | 877 | 888 | 2883 | 402 | 363 | 354 | 184 | 1407 | 779 | 33 | 936 | 395 | 24 | 9624 |
| 杏 | 0 | 0 | 28 | 472 | 146 | 544 | 138 | 78 | 112 | 64 | 409 | 249 | 25 | 172 | 102 | 18 | 2557 |
| 木芙蓉 | 1 | 0 | 2 | 16 | 20 | 37 | 7 | 9 | 2 | 6 | 76 | 56 | 2 | 3 | 8 | 6 | 251 |
| 木槿 | 0 | 0 | 21 | 130 | 28 | 10 | 10 | 4 | 4 | 12 | 24 | 12 | 2 | 26 | 5 | 3 | 291 |
| 紫荊 | 0 | 0 | 5 | 12 | 5 | 5 | 4 | 4 | 1 | 9 | 12 | 12 | 2 | 22 | 9 | 1 | 103 |
| 安石榴 | 0 | 0 | 34 | 124 | 52 | 152 | 29 | 19 | 29 | 9 | 214 | 157 | 16 | 41 | 36 | 6 | 918 |
| 牡丹 | 0 | 0 | 5 | 200 | 99 | 271 | 45 | 48 | 38 | 8 | 131 | 178 | 11 | 53 | 39 | 7 | 1133 |
| 杜鵑 | 0 | 0 | 0 | 44 | 6 | 13 | 10 | 1 | 0 | 12 | 41 | 8 | 0 | 24 | 6 | 0 | 165 |
| 丁香 | 0 | 0 | 1 | 27 | 2 | 54 | 2 | 5 | 19 | 0 | 39 | 45 | 18 | 16 | 12 | 1 | 241 |
| 夾竹桃 | 0 | 6 | 0 | 0 | 2 | 1 | 0 | 0 | 2 | 0 | 2 | 0 | 1 | 1 | 1 | 0 | 16 |
| 辛夷 | 0 | 0 | 3 | 35 | 17 | 5 | 4 | 4 | 1 | 6 | 13 | 6 | 1 | 6 | 3 | 1 | 105 |
| 棠棣 | 3 | 0 | 7 | 36 | 1 | 21 | 2 | 4 | 1 | 4 | 9 | 10 | 1 | 5 | 3 | 0 | 107 |
| 紫薇 | 0 | 0 | 0 | 28 | 17 | 28 | 6 | 1 | 1 | 4 | 35 | 12 | 2 | 14 | 3 | 0 | 151 |
| 繡球花 | 0 | 0 | 0 | 0 | 0 | 2 | 1 | 0 | 0 | 1 | 1 | 6 | 1 | 1 | 1 | 2 | 16 |
| 木瓜 | 1 | 0 | 5 | 7 | 5 | 1 | 3 | 1 | 2 | 0 | 5 | 3 | 0 | 8 | 5 | 0 | 46 |
| 木桃 | 1 | 0 | 1 | 1 | 0 | 0 | 0 | 0 | 2 | 0 | 1 | 5 | 0 | 0 | 1 | 0 | 12 |
| 木李 | 1 | 0 | 1 | 1 | 0 | 2 | 2 | 1 | 2 | 0 | 0 | 0 | 0 | 0 | 1 | 0 | 11 |
| 朱槿 | 0 | 4 | 35 | 111 | 37 | 22 | 58 | 9 | 6 | 26 | 47 | 20 | 2 | 115 | 12 | 0 | 504 |
| 梔子 | 0 | 0 | 2 | 43 | 28 | 36 | 11 | 4 | 1 | 1 | 31 | 6 | 0 | 30 | 4 | 0 | 197 |
| 躑躅 | 0 | 0 | 0 | 26 | 3 | 2 | 5 | 0 | 6 | 3 | 3 | 1 | 0 | 13 | 2 | 0 | 64 |
| 山茶花 | 0 | 0 | 0 | 4 | 5 | 8 | 5 | 3 | 2 | 1 | 16 | 18 | 0 | 8 | 5 | 0 | 75 |
| 瑞香 | 0 | 0 | 0 | 1 | 8 | 28 | 2 | 3 | 0 | 0 | 5 | 11 | 0 | 0 | 2 | 0 | 60 |
| 錦帶花 | 0 | 0 | 0 | 0 | 2 | 0 | 0 | 0 | 0 | 0 | 0 | 1 | 0 | 2 | 1 | 0 | 6 |
| 含笑花 | 0 | 0 | 1 | 0 | 4 | 4 | 0 | 0 | 1 | 0 | 2 | 2 | 0 | 2 | 1 | 0 | 17 |
| 茶梅 | 0 | 0 | 0 | 0 | 0 | 1 | 1 | 0 | 0 | 0 | 1 | 0 | 0 | 0 | 0 | 0 | 3 |
| 斑竹 | 0 | 0 | 2 | 98 | 16 | 27 | 17 | 7 | 10 | 11 | 138 | 63 | 5 | 49 | 42 | 8 | 493 |
| 苦竹 | 0 | 0 | 1 | 29 | 25 | 10 | 4 | 0 | 0 | 15 | 4 | 2 | 0 | 22 | 1 | 0 | 113 |
| 紫竹 | 0 | 0 | 0 | 7 | 4 | 1 | 5 | 1 | 1 | 1 | 11 | 18 | 2 | 3 | 3 | 1 | 58 |
| 箬竹 | 0 | 0 | 2 | 21 | 23 | 38 | 3 | 13 | 8 | 6 | 16 | 14 | 1 | 27 | 10 | 1 | 183 |

圖16　杜鵑是世界著名的觀賞植物，栽培普遍。

弟友愛」，又有豔麗花色，歷代引述的篇章也不少，栽種很普遍。

香花植物的種類也不少，如桂花、梔子、瑞香、夜合花。梔子或稱山梔，自唐代以來就出現在詩文中，如王建〈雨過山村〉詩：「婦姑相喚浴蠶去，閒看中庭梔子花。」以及唐彥謙〈離鸞〉詩：「庭前佳樹名梔子，試結同心寄謝娘。」

夜合花是香花灌木，很早就在中國歷史上出現，唐彥謙的〈敘別〉詩中就有引述：「夜合花香開小院，坐愛涼風吹醉面。」

杜鵑（圖16）、紫薇、山茶花等觀賞花木均原產中國，中國庭園栽種普遍，歷代文學內容亦多有吟誦，如晚唐詩人韓偓：「職在內庭宮闕下，廳前皆種紫薇花。」目前杜鵑、紫薇、山茶花都已成為世界性花卉。

## 第四節　蔓藤類觀賞植物

觀賞植物中，蔓藤類植物種類遠比喬木、灌木種類少。出現在古典文學作品的庭園觀賞蔓藤類，亦僅有薜荔等十數種（表3）。其中出現頻率最高的蔓藤植物為薜荔、荼蘼、薔薇三種，茉莉和紫藤次之（表3）。

- **攀緣植物**：碰觸岩石或其他物體時，枝條極易在接觸面長出不定根黏附物體而上，這種植物稱為攀緣植物，可用於綠化牆垣及庭院山石。古代的庭園植栽，也多用在牆壁、籬垣、棚架或大樹、山石上，有時用以覆蓋地面。這類攀緣植物，古代詩文記述最多者為薜荔，自《楚辭》以下，歷史詩詞曲及章回小說均有提及，唐・儲光羲的詩有「梧桐蔭我門，薜荔網我屋」句，表示薜荔用為綠化植物的歷史已經很久。凌霄花（圖17）也有相同性質，被利用的時期更早，《詩經》已有引述。古代多栽植凌霄花於松樹等喬木林下，任由攀緣樹幹，「凌霄」而上；或栽植在牆垣、巨石下，形成綠鋪面。凌霄亦可獨立栽植或叢植，只要定期修剪，植株亦可直立。春夏之間開鮮紅色花，也是色彩豔麗的觀花植物。

圖17　凌霄花。

圖18　牽牛花是一年生的草質藤本觀賞花卉。

• **蔓藤類植物**：這類植物大都需要搭建棚架或廊架，使植株依附其上生長。古代庭院使用甚多，創造花牆、花架、花廊等，詩文亦載錄多種，其中出現較多者為紫藤、薔薇、荼蘼（酴醾）、玫瑰、木香等，漢唐

**表3　古典文學作品中蔓藤類觀賞植物統計**

| | 詩經 | 楚辭 | 南北朝詩先秦魏晉 | 全唐詩 | 宋詩鈔 | 全宋詞 | 元詩選 | 全金元詞 | 全元散曲 | 明詩綜 | 全明詞 | 全明散曲 | 金瓶梅 | 清詩滙 | 全清散曲 | 紅樓夢 | 合計 |
|---|---|---|---|---|---|---|---|---|---|---|---|---|---|---|---|---|---|
| 薜荔 | 0 | 8 | 10 | 198 | 26 | 17 | 47 | 4 | 4 | 55 | 33 | 28 | 0 | 199 | 6 | 3 | 638 |
| 紫藤 | 0 | 0 | 2 | 50 | 18 | 3 | 8 | 0 | 8 | 10 | 15 | 17 | 0 | 30 | 10 | 2 | 173 |
| 荼蘼 | 0 | 0 | 0 | 3 | 50 | 212 | 10 | 23 | 24 | 2 | 103 | 118 | 7 | 20 | 20 | 3 | 595 |
| 玫瑰 | 0 | 0 | 0 | 21 | 2 | 5 | 5 | 1 | 0 | 3 | 8 | 4 | 17 | 9 | 4 | 9 | 88 |
| 薔薇 | 0 | 0 | 10 | 77 | 20 | 89 | 17 | 13 | 20 | 12 | 85 | 90 | 5 | 12 | 29 | 7 | 486 |
| 月季 | 0 | 0 | 0 | 1 | 0 | 1 | 0 | 0 | 0 | 1 | 18 | 8 | 0 | 3 | 2 | 1 | 35 |
| 木香 | 0 | 0 | 0 | 1 | 2 | 7 | 1 | 1 | 4 | 0 | 4 | 11 | 7 | 0 | 3 | 2 | 43 |
| 凌霄花 | 1 | 0 | 0 | 8 | 3 | 7 | 1 | 2 | 1 | 2 | 5 | 2 | 1 | 4 | 1 | 0 | 38 |
| 茉莉 | 0 | 0 | 0 | 2 | 9 | 36 | 8 | 0 | 7 | 9 | 51 | 30 | 7 | 12 | 10 | 2 | 183 |
| 素馨 | 0 | 0 | 0 | 2 | 5 | 10 | 1 | 0 | 1 | 0 | 9 | 5 | 0 | 3 | 0 | 0 | 36 |
| 迎春 | 0 | 0 | 0 | 2 | 0 | 5 | 0 | 0 | 0 | 0 | 3 | 1 | 1 | 3 | 0 | 0 | 15 |
| 使君子 | 0 | 0 | 0 | 0 | 0 | 1 | 0 | 0 | 2 | 0 | 0 | 0 | 0 | 0 | 1 | 0 | 4 |
| 牽牛花 | 0 | 0 | 0 | 0 | 9 | 2 | 7 | 1 | 1 | 3 | 2 | 0 | 0 | 3 | 0 | 0 | 28 |

之後即陸續被栽種。其中薔薇自唐代開始普遍，如徐晶〈蔡起居山亭〉詩句：「薔薇一架紫，石竹數重青。」茉莉、素馨等植物也自《全唐詩》開始出現。

歷代詩文敘述的蔓藤類觀賞植物，大都是多年生的藤本植物。自宋代以來，文獻上開始有一年生的草質藤本觀賞花卉湧現，其中最著名者為開紫紅色至藍色花的牽牛花（圖18）。

## 第五節 水生觀賞植物

刻意栽種、應用在庭園的水生觀賞植物種類更少，詩詞歌賦引用的種類只有荷等八種（表4）。荷花是歷代詩文引述最多的水生植物，自《詩經》以後，荷出現在各代的代表典籍之篇首數，都遠多於其他水生植物（表4）。出現次數次多的植物是香蒲和菱，再其次是紅蓼、荇菜（圖19）、菖蒲。這些植物目前也廣泛分布在中國境內，人工湖泊、池塘多有栽種。

《長物志》云：「石令人古，水令人遠。園林水石，最不可無。」所以中國庭園必有塘池流水。水中、池緣都有相宜的植物，譬如在池旁種植垂柳，自古代就是如此，唐．儲光羲〈仲夏入園中東陂〉詩：「方塘深且廣，伊昔俯吾廬。環岸垂綠柳，盈澤發紅蕖。」描寫唐代池塘荷花（紅蕖）和垂柳，在水塘中及環岸相互輝映的水域景觀。水岸有時也種竹，如唐．孟浩然〈夏夕南亭懷辛大〉詩中描述的：「荷風送香氣，竹露滴清響。」

栽植在水池中觀賞的浮水植物，自《詩經》開始，荷就是各類詩文中出現次數最多的植物，菱、荇、芡等

圖19　荇菜（荇菜）開金黃色花，又名「金蓮花」。

也常見。這些觀賞用的水生植物其實都另有用途，荷的地下莖稱為「蓮藕」，自古即為中國名蔬；果實稱「蓮子」，食用或做藥材。菱的果實即食用之菱角。荇開金黃色花，葉柄及嫩莖可供菜蔬。芡葉大而圓，浮在水面上極為美麗壯觀，所結種子稱「芡實」，是中醫常用的藥材（圖20）。

池岸沼澤地，還有其他花卉在詩文中出現，且多成群成片生長，蔚為大觀。其中的紅蓼，古稱「水葓」，《詩經》謂之「游龍」，詩文中逕以「蓼」或「蓼花」稱之，秋天結粉紅至深紅色花穗；常見的詠紅蓼詩句有元．白樸：「黃蘆岸白蘋渡口，綠楊堤紅蓼灘頭。」香蒲和菖蒲均為古今水域常見的水生植物，人造水塘、天然溝渠、湖岸均可見之。儲光羲〈閒居〉：「步欄滴餘雪，春塘抽新蒲。」如此閒逸的景致，想來就令人十分嚮往。

圖 20　芡的果實原作為藥材使用，嫩莖、花苞供菜蔬，葉造型特殊，兼作觀賞植物。

**表4　古典文學作品中水生觀賞植物統計**

| | 詩經 | 楚辭 | 先秦魏晉南北朝詩 | 全唐詩 | 宋詩鈔 | 全宋詞 | 元詩選 | 全金元詞 | 全元散曲 | 明詩綜 | 全明詞 | 全明散曲 | 金瓶梅 | 清詩滙 | 全清散曲 | 紅樓夢 | 合計 |
|---|---|---|---|---|---|---|---|---|---|---|---|---|---|---|---|---|---|
| 荷 | 2 | 10 | 353 | 2071 | 504 | 1539 | 483 | 315 | 362 | 352 | 1369 | 1024 | 31 | 1097 | 472 | 37 | 10021 |
| 菱 | 0 | 3 | 74 | 322 | 71 | 202 | 53 | 31 | 37 | 56 | 161 | 19 | 14 | 164 | 21 | 14 | 1242 |
| 荇 | 1 | 0 | 20 | 70 | 22 | 63 | 23 | 64 | 17 | 26 | 76 | 47 | 0 | 51 | •15 | 3 | 498 |
| 芡 | 0 | 0 | 3 | 22 | 63 | 24 | 7 | 3 | 4 | 6 | 9 | 1 | 1 | 17 | 7 | 2 | 169 |
| 紅蓼 | 1 | 0 | 1 | 91 | 45 | 98 | 11 | 19 | 20 | 6 | 130 | 62 | 2 | 84 | 31 | 5 | 606 |
| 香蒲 | 4 | 2 | 53 | 317 | 168 | 141 | 108 | 38 | 24 | 77 | 177 | 109 | 4 | 305 | 60 | 7 | 1594 |
| 菖蒲 | 0 | 8 | 20 | 113 | 53 | 71 | 27 | 8 | 5 | 14 | 47 | 39 | 1 | 62 | 20 | 1 | 489 |
| 慈姑 | 0 | 0 | 0 | 3 | 2 | 0 | 0 | 0 | 0 | 1 | 2 | 0 | 0 | 4 | 1 | 0 | 13 |

## 第六節　草本觀賞植物

由表5可知，古今詩文出現的草本花卉，以菊最多，芍藥、蘭花、萱草、芭蕉次之。古今庭園都少不了四季花卉。以現代園藝觀點來看，草本觀賞植物可分成一年生、二年生、多年生和球根花卉。若以植物分類觀點來區分，可分為雙子葉植物和單子葉植物。草本觀賞植物，自古即以花叢、花帶方式建立花園或花壇；也有以禾本科、百合科植物栽成的草坪。

圖 21　石竹是春季開花的草本植物。

圖 22　蝴蝶花是鳶尾類植物。

多數草本觀賞植物以花色取勝，少數觀果。春季開花植物有芍藥、石竹（圖21）、美人蕉、蝴蝶花（圖22）、罌粟（圖23）、金燈花。明・王世懋在《學圃雜疏》云：「芍藥之後，罌粟花最繁華。」

圖 23　罌粟原作為藥材，花色豔麗亦栽植供觀賞。

夏季開花的草本植物有蜀葵、鳳仙花、雞冠花、萱草、玉簪。萱草古稱「諼草」，《長物志》云：「諼草忘憂，亦名宜男，岩間牆角最宜此種。」

李白則說：「托陰當樹李，忘憂當樹萱。」秋季開花的草本植物有菊、秋海棠、雁來紅（圖24）。

有些花卉，非栽植供觀賞花卉，而是枝葉形態特殊，耐陰易植，常作為山石的陪襯，此類植物有芭蕉、天門冬等，如唐．歐陽詹〈答韓十八駑驥吟〉：「巴蕉一葉妖，茙葵一花妍。」

圖24　雁來紅的枝端葉片夏末秋初時會變成紅色。

**表5　古典文學作品中草本觀賞植物統計**

| | 詩經 | 楚辭 | 先秦魏晉南北朝詩 | 全唐詩 | 宋詩鈔 | 全宋詞 | 元詩選 | 全金元詞 | 全元散曲 | 明詩綜 | 全明詞 | 全明散曲 | 金瓶梅 | 清詩滙 | 全清散曲 | 紅樓夢 | 合計 |
|---|---|---|---|---|---|---|---|---|---|---|---|---|---|---|---|---|---|
| 菊 | 0 | 3 | 77 | 822 | 411 | 1024 | 186 | 263 | 186 | 189 | 690 | 486 | 14 | 587 | 174 | 10 | 5122 |
| 芍藥 | 1 | 1 | 7 | 105 | 67 | 146 | 49 | 28 | 13 | 13 | 101 | 76 | 5 | 64 | 31 | 5 | 712 |
| 蜀葵 | 0 | 0 | 1 | 12 | 15 | 10 | 12 | 4 | 1 | 2 | 17 | 27 | 3 | 6 | 6 | 1 | 117 |
| 鳳仙花 | 0 | 0 | 0 | 1 | 5 | 5 | 4 | 1 | 0 | 1 | 10 | 8 | 1 | 0 | 4 | 3 | 43 |
| 雞冠花 | 0 | 0 | 0 | 1 | 5 | 0 | 2 | 3 | 2 | 0 | 6 | 9 | 1 | 1 | 1 | 0 | 31 |
| 石竹 | 0 | 0 | 0 | 19 | 5 | 4 | 4 | 0 | 0 | 2 | 3 | 5 | 0 | 2 | 1 | 0 | 45 |
| 罌粟 | 0 | 0 | 0 | 5 | 2 | 1 | 2 | 0 | 0 | 0 | 7 | 5 | 0 | 6 | 4 | 0 | 32 |
| 秋海棠（斷腸花） | 0 | 0 | 0 | 2 | 0 | 3 | 0 | 0 | 0 | 4 | 20 | 3 | 0 | 4 | 16 | 0 | 52 |
| 麗春花 | 0 | 0 | 0 | 1 | 0 | 2 | 0 | 0 | 1 | 0 | 16 | 3 | 0 | 0 | 7 | 0 | 30 |
| 金錢花 | 0 | 0 | 1 | 7 | 0 | 1 | 1 | 0 | 1 | 2 | 1 | 4 | 1 | 1 | 1 | 0 | 21 |
| 錦葵 | 1 | 0 | 0 | 1 | 0 | 0 | 0 | 0 | 4 | 0 | 5 | 5 | 0 | 4 | 1 | 0 | 21 |
| 雁來紅 | 0 | 0 | 0 | 0 | 1 | 1 | 3 | 1 | 0 | 0 | 4 | 1 | 0 | 2 | 2 | 0 | 15 |
| 芭蕉 | 0 | 1 | 5 | 120 | 54 | 132 | 38 | 28 | 41 | 21 | 266 | 143 | 8 | 178 | 90 | 10 | 1135 |
| 蝴蝶花 | 0 | 0 | 0 | 0 | 0 | 0 | 0 | 0 | 0 | 0 | 3 | 1 | 0 | 0 | 2 | 0 | 6 |
| 麥門冬 | 0 | 0 | 0 | 2 | 0 | 0 | 0 | 1 | 0 | 0 | 0 | 2 | 0 | 0 | 0 | 2 | 7 |
| 美人蕉 | 0 | 0 | 0 | 31 | 3 | 7 | 1 | 0 | 2 | 2 | 17 | 1 | 0 | 11 | 7 | 1 | 83 |
| 百合（山丹） | 0 | 0 | 1 | 0 | 0 | 3 | 1 | 0 | 0 | 1 | 1 | 4 | 1 | 0 | 2 | 0 | 14 |
| 蘭花 | 0 | 2 | 24 | 40 | 26 | 40 | 19 | 11 | 1 | 28 | 51 | 25 | 2 | 71 | 25 | 6 | 371 |
| 萱草 | 1 | 0 | 31 | 71 | 26 | 106 | 13 | 32 | 8 | 7 | 99 | 77 | 1 | 48 | 37 | 2 | 559 |
| 金燈花 | 0 | 0 | 1 | 2 | 0 | 0 | 0 | 0 | 0 | 0 | 0 | 1 | 3 | 1 | 0 | 1 | 9 |
| 玉簪 | 0 | 0 | 0 | 1 | 2 | 1 | 4 | 8 | 3 | 0 | 3 | 8 | 2 | 2 | 2 | 1 | 37 |
| 水仙花 | 0 | 0 | 0 | 2 | 10 | 40 | 10 | 4 | 0 | 0 | 26 | 10 | 0 | 7 | 10 | 1 | 120 |

# 第十九章　歷代植物專書與辭典

## 第一節　前言

中國文化經數千年的累積，產生無數古籍。上古書籍大都辭義艱深、文句聱口難讀、內容深奧難解。今人讀《尚書》、《詩經》、漢賦等，如果無辭典、字書或題解資料輔助，可能難以領會書中字句意涵。因此，歷代都有解讀古籍字源辭義的文獻問世，千年以來中文字詞的各種含意解釋也大致有共同的結論。唯有「名物」釋義，包括器物、動植物名稱的解讀，則少有文獻著墨，造成後世無法跨越前人研究古典文獻、探討古籍內涵成就的困擾。

古今植物名稱有很大差異，古籍出版的年代越久遠，和今日的名稱差異就越大。距今二千多年的《詩經》有一三七類（種）植物，名稱古今相同或相類者僅有二十種，不到一五％；而距今一百至二百年的清詩，植物名稱則大部分和今名相同。查索研究年代久遠的古籍植物名稱所指，必須仰賴適當的辭書，所論所據要有所本。比起浩瀚的中國古典文學作品來看，解讀植物的專書、辭典在數量上都極為稀少。

歷代至今，尚未有專門考證及解釋植物的辭書；至於可用於解讀古典經文植物名稱的書籍，大致可歸納如下：經史典籍，如《漢書．藝文志》；學者的讀書筆記，如《夢溪筆談》；各種類書，如《爾雅》；歷代農書，如《齊民要術》；古代少數的植物學專著，如《群芳譜》等。直至現代，才有專門解讀古籍植物的辭書問世，提供後學研讀古籍極大的便利。

# 第二節　經史典籍及劄記

指十三經、二十四史、諸子百家之類的典籍，以及文人名士的讀書筆記，議論、記述文體兼而有之。此類經典書籍原非為解讀經文而編纂，也不是為闡述器物、名制而撰寫，植物內容出現極少。書中偶然會撰述一些自然科學現象，而內容以瑰奇詭異者為主，大都無助於典籍器物名稱的釋疑，但也有部分內容可供解讀。本節選擇植物內容較多、描述較為詳實的相關典籍，如《淮南子》、《夢溪筆談》等，列在**表1**。

今存《淮南子》二十一篇（卷），成書於西漢（西元前一二二年以前），屬於集體創作（**圖1**）。博採諸子百家精華，解讀道家學說及自然現象。其中四篇〈墜形訓〉將植物分為木、草、萍草三類，是早期人類對植物的分類認知；十七篇〈說林訓〉敘述草木蟲魚，是與植物相關的篇章。唯本書對解讀古典經文的植物名稱幫助不大。

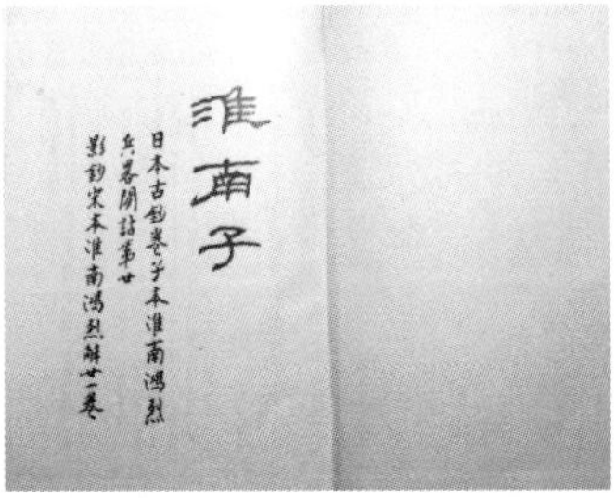

**圖1**　成書於西漢的《淮南子》。

《藝文類聚》是唐高祖李淵下令編修的類書，由歐陽詢領銜撰寫。全書分六十四部一百卷，其中八十一卷〈藥香草部上〉植物二十六種；八十二卷〈草部下〉植物十七種；八十五卷〈百穀部〉植物九種；八十六卷〈果部上〉植物十一種；八十七卷〈果部下〉植物二十六種；

**表1　歷代與植物相關的經史典籍**

| 書名 | 作者 | 出版朝代 | 成書年代 | 全書卷數 | 植物相關篇章 |
|---|---|---|---|---|---|
| 淮南子內外篇 | 許慎等 | 漢 | 西元前<br>122 年 | 21 卷 | 17 卷〈說林訓〉 |
| 漢書 | 班固 | 漢 | | 120 卷 | 〈藝文志〉 |
| 藝文類聚 | 歐陽詢等 | 唐 | 624 年 | 100 卷 46 部 | 81-89 卷 |
| 隋書 | 長孫無忌等 | 唐 | 85 年 | | 4 卷〈經藉志〉 |
| 酉陽雜俎 | 段成式 | 唐 | 860 年 | 前集 20 卷<br>後集 10 卷 | 前集卷 16-19<br>後集卷 9-10 |
| 夢溪筆談 | 沈括 | 宋 | 約 1091 年 | 26 卷，補筆談 3 卷，<br>續筆談 1 卷 | 卷 26〈藥議〉<br>補筆談卷 3〈藥議〉 |

八十八卷〈木部上〉植物六種；八十九卷〈木部下〉植物三十五種，為植物相關內容。每一種植物均引述以前出現的文獻敘述，並引述詩、賦、文有關該植物的章句。植物名稱的使用，基本上和《全唐詩》一致。

《夢溪筆談》是宋人沈括所撰，成書約在宋哲宗元祐年代（約一〇九一年）。全書二十六卷，外加〈補筆談〉三卷、〈續筆談〉一卷，總共三十卷。本書是用傳統筆記方式撰寫，內容無所不包，除了社會生活的記載之外，也有自然科學的紀錄。作者所有自然科學專著的內容，可在本書一見端倪。植物學則出現在卷二十六的〈藥議〉篇內，論述二十種左右的植物藥材，〈補筆談〉卷三之〈藥議〉篇也有藥性分析。

《酉陽雜俎》前集二十卷、後集十卷，為唐代段成式所撰的筆記小說（圖2）。內容記述古代中外的傳說、神話故事、傳奇，也詳實記錄了南北朝和唐代的史料，旁及風土習俗、中西文化和物產交流。前集卷十六至卷十九有〈木篇〉、〈草篇〉，講述各種植物的形態與特性。唐代許多關於波斯和拂林國（即東羅馬帝國）的植物交流，在卷十八中撰寫頗為詳細，提供植物引進史極重要的材料。後集之卷九，絕大多數是木本類；卷十木本、草本均具，唯仍以木本植物為多。本書描述植物來源、典故、異趣之內容甚多，外來植物名稱敘述詳盡。因此，本書對解讀唐代以後詩文出現的原產外國的植物名稱，以及辨別植物種類，均甚有助益。

圖2 《酉陽雜俎》提供唐代植物引進的許多重要資料。

## 第三節　類書

所謂「類書」，就是中國古代的百科全書。從前人的典籍文獻中選錄最具代表性的資料，分門別類彙編而成。中國自漢魏時代就有人開始編類書，經唐、宋至明、清而達到最盛。類書的內容因編輯目的而異，有的以小說為主，有的以詩文歌賦、歷代君臣事蹟、典章制度或鳥獸蟲魚植物為主要內容，更多的是綜合以上內容編纂。這些類書讓後來的學者能夠輕易使用浩瀚的古代文獻資料，居功厥偉。其中有植物篇章的歷代類書，如表2。

《爾雅》的成書大約是戰國時代至西漢，是一部專門解釋古代詞語的著作。全書十九卷，其中卷十三〈釋草〉，闡釋二二〇種植物的四五三種名稱；卷十四〈釋木〉說明九十二種植物的一七二種名稱。《爾雅》本身的文字也艱深難懂，後世有許多學者又針對《爾雅》的內容加以註解，其中有晉．郭璞的《爾雅注疏》傳世。其後，還有沿用「雅」或「爾雅」體例的類書問世，例如三國魏．張揖的《廣雅》（圖3），就是增廣《爾雅》內容的一本書。由於內容還是艱深難懂，傳抄後乖誤極多。清代王念孫的《廣雅疏證》，解釋並校正《廣雅》的內容

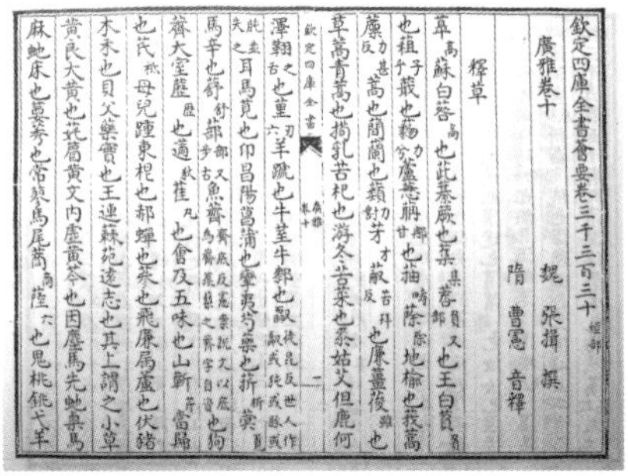
欽定四庫全書薈要卷三千三百三十　經部
廣雅卷十　魏　張揖　撰
隋　曹憲　音釋
釋草

圖3 《廣雅》卷十的〈釋草〉。

文字。另外，還有兩本和《爾雅》相關的書：一是成書於北宋年間，由陸佃所撰的《埤雅》，共二十卷，其中卷十三、十四〈釋木〉及卷十五〈釋草〉，為闡釋植物的篇章（圖4）。另一本是成書於南宋年間（一一七四年）、由徽洲博物學家羅願所撰的《爾雅翼》，共三十二卷。作者自稱動植物類紛雜，該書以「《爾雅》為資」，才能使動植物部分的內容更加充實；換句話說，《爾雅翼》也淵源於《爾雅》。本書卷一至卷八為〈釋草〉，卷九至卷十二為〈釋木〉。

《初學記》是唐玄宗敕令徐堅、張說等人撰寫，成書於唐開元十六年（西元七二八年），是玄宗諸子賦詩作文時尋檢事類所用，用者為「初學者」，故名。全書三十卷二十部，體例大致與諸類書相同。第二十八卷〈果木部〉載錄竹、木、果樹共十七類，每類（種）均引古書記載、古事、文句詞藻或詩文。所引文獻多已失傳，可作為校

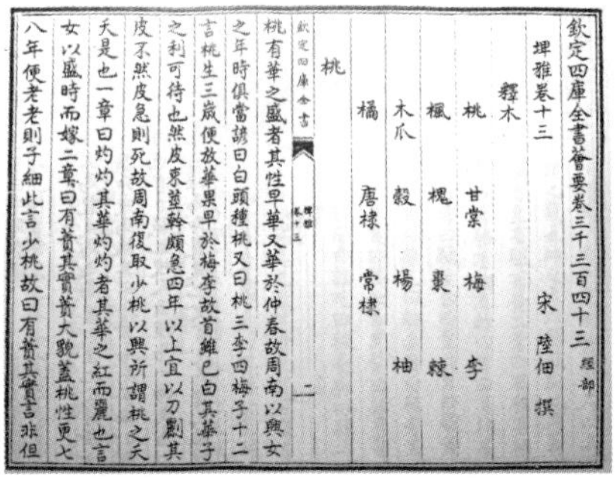
欽定四庫全書薈要卷三千三百四十三　經部
埤雅卷十三　宋　陸佃　撰
釋木
桃　甘棠　梅　李
楓　槐　棗　棘
木瓜　穀　楊　柚
橘　唐棣　常棣
桃
欽定四庫全書　埤雅卷十三　二
桃有華之盛者其性早華又華於仲春故周南以興女
之年時俱當諺曰白頭種桃又曰桃三李四梅子十二
言桃生三歲便放華果早於梅李故首雖已白其華子
之利可待也然皮束莖幹頗急四年以上宜以刀劙其
皮不然皮急則死故周南復取少桃以興所謂桃之夭
夭是也一章曰灼灼其華灼灼者其華之紅而麗也言
女以盛時而嫁二章曰有蕡其實蕡大貌蓋桃性更七
八年便老老則子細此言少桃故曰有蕡其實言非但

圖4 成書於北宋年間的《埤雅》。

表2　歷代植物相關類書

| 書名 | 作者 | 成書朝代 | 成書年代 | 全書卷數 | 植物相關篇章 |
|---|---|---|---|---|---|
| 爾雅 | | 戰國時代 | | 3 卷 19 篇 | 第 3 卷〈釋草〉、〈釋木〉 |
| 編珠 | 杜公瞻 | 隋 | 611 | 4 卷 14 部 | 第 4 卷 11 部〈菜蔬〉<br>12 部〈果實〉 |
| 初學記 | 徐堅、<br>張說等人 | 唐 | 728 | 30 卷 23 部 | 卷 27〈草部〉<br>卷 28〈果木部〉、〈木部〉 |
| 白氏六帖事類集 | 白居易 | 唐 | 800 | 30 卷 23 部 | 卷 30 |
| 釋氏六帖 | 義楚 | 五代 | 954 | 24 卷 50 部 | 36 部〈草木果木部〉 |
| 太平廣記 | 李昉等 | 宋 | 978 | 500 卷 | |
| 太平御覽 | 李訪等 | 宋 | 984 | 1000 卷 | |
| 事類賦注 | 吳淑 | 宋 | 993 | 30 卷 14 部 | 11 部〈草木〉<br>12 部〈果〉 |
| 通志 | 鄭樵 | 宋 | 1161 | 200 卷 20 部 | 昆蟲草木略 |
| 編纂淵海 | 潘自牧 | 宋 | 1209 | 367 卷 | 後集 18-21 部 |
| 事文類聚 | 祝穆 | 宋 | 1246 | 前集 60 卷<br>後集 50 卷<br>續集 18 卷<br>別集 32 卷 | 後集 5 部〈穀菜〉<br>6 部〈林木〉<br>8 部〈果實〉<br>9 部〈花卉〉 |
| 古今合璧事業備要 | 謝維新 | 宋 | 1257 | 5 集 366 卷 | 別集 94 卷 9-14 門 |
| 永樂太典 | 解縉等 | 明 | 1407 | 22877 卷 | |
| 唐類函 | 俞安期 | 明 | 1603 前 | 200 卷 45 部 | |
| 廣博物志 | 董斯張 | 明 | 1607 前 | 50 卷 22 目 | 20 目〈草木〉 |
| 三才圖會 | 王圻、<br>王思義 | 明 | 1607 | 106 卷 14 門 | 13 目〈草木〉 |
| 各物類考 | 耿隋朝 | 明 | 1610 前 | 4 卷 15 門 | 15 門〈草木〉 |
| 宋稗類抄 | 潘永因 | 清 | 1669 前 | 8 卷 59 門 | 57 門〈草木〉 |
| 淵鑑類函 | 張英、<br>王士禎等 | 清 | 1710 | 450 卷 45 部 | 35-41 部 |
| 格致鏡原 | 陳元龍 | 清 | | 100 卷 30 類 | 21-26 類〉 |
| 古今圖書集成 | 陳夢雷 | 清 | 1706 | 6 編 32 典<br>10000 卷<br>6117 部 | 草木典共 700 部 320 卷 |
| 類纂精華 | 高大爵等 | 清 | 1758 前 | 30 卷 20 類 | 15-16 類 |
| 事物異名錄 | 厲荃原 | 清 | 1776 前 | 40 卷 39 部 | 24，32-36 部 |

勘今本古書的依據。

宋代以後，開始編纂大部頭類書。《太平廣記》即其中之一，由宋太宗敕令李昉等十三人編輯，於西元九七八年成書。全書五百卷，志怪小說是其大宗（圖5）。植物類在第四〇九至四一七卷，載錄各植物的形態特徵或特殊傳說志怪，是近代撰寫植物解說內容的極佳參考資料。宋代另外一部類書《太平御覽》的篇幅更大，是輯錄宋代以前的類書及相關文獻，專供皇帝閱覽的綜合性大型類書。仍由李昉領銜編撰，共十四人執筆，於九八四年成書。全書一千卷，分五十五部五三六三類，近五百萬字。和植物相關的內容有第八三七卷至八四二卷之〈百穀部〉、第九五二卷至九六一卷之〈木部〉、第九六二卷至九六三卷之〈竹部〉、第九六四卷至九七五卷之〈果部〉、第九七六卷至九八〇卷之〈菜部〉，第九八一卷至九八三卷之〈香部〉、第九八四卷至九九三卷之〈藥部〉，及第九九四卷至一〇〇〇卷之〈百卉部〉。每一種植物均引述經史百家之言，所引五代以前的文獻、古籍，大都已經佚失，是一部極具參考價值的類書。

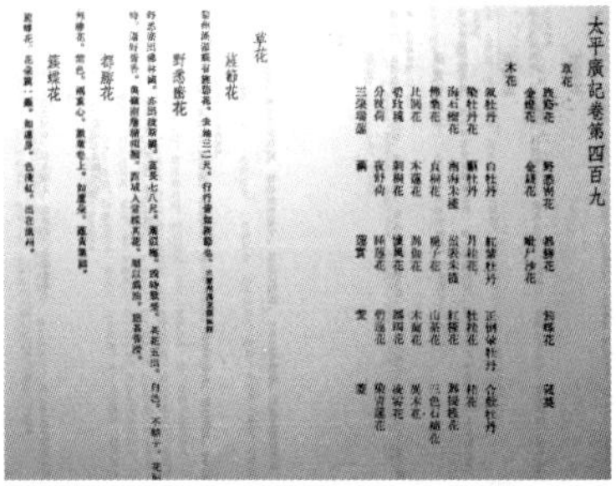

圖5 奉宋太宗意旨編纂撰寫的《太平廣記》，因書成於太平興國年間而命名。

另外一部大型類書，是明成祖下令編纂的《永樂大典》，全書二二九三七卷，是古代最大的一部綜合性類書，由翰林學士解縉、姚廣孝等領銜編修，參

**續表2 歷代植物相關類書**

| 書名 | 作者 | 成書朝代 | 成書年代 | 全書卷數 | 植物相關篇章 |
|---|---|---|---|---|---|
| 事類賦統編 | 黃葆真 | 清 | 1846前 | 93卷37部 | 29-32部 |
| 花木鳥類集類 | 吳寶芝 | 清 | | 3卷110目 | |
| 清稗類抄 | 徐珂 | 民國 | 1917 | 92類 | 第87類〈植物〉 |
| 爾雅注疏 | 郭璞 | 晉 | | 11卷 | 卷8，卷9 |
| 爾雅翼 | 羅願 | 宋 | 1124 | 32卷 | 卷1-8〈釋草〉<br>卷9-12〈釋木〉 |
| 廣雅 | 張揖 | 魏 | | 10卷 | 卷10〈釋草、釋木〉 |
| 埤雅 | 路佃 | 宋 | 約1125 | 20卷 | 卷13-14〈釋木〉<br>卷15-18〈釋草〉 |

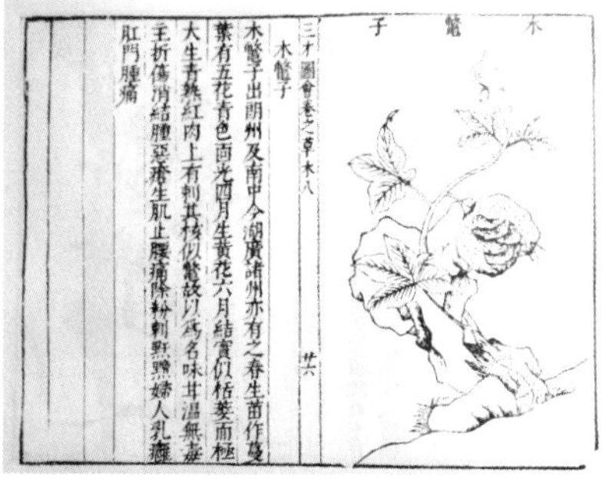
圖6 明萬曆年間刊行的《三才圖會》。

與編寫者二一六九人，於永樂六年（一四〇八年）才正式成書。《永樂大典》多次遭遇厄劫，今存不到八百卷。

《三才圖會》由明代王圻與其子王思義所編纂，明萬曆三十五年（一六〇七年）成書刊行。全書一〇六卷，分十四門，草木為其中一門。每門之下分卷，條記事物，並附圖解說，是研究古代典制不可或缺的文獻。後人讚揚本書云：「明代類書之作繁多，然圖文並茂者，僅王圻父子之《三才圖會》及章潢之《圖書編》二書。」本書草木分成十二卷，每種植物均述明生長環境、植物形態、用途等。最重要的是本書每種植物均有附圖，利於查證鑑定（圖6）。

清代的類書更完備，而且大都是集前人之大成。張英、王士禎等人，奉康熙皇帝敕命撰寫的《淵鑑類函》，成書於康熙四十九年（西元一七一〇年），全書四五〇卷，分四十五部。植物類從第三九四卷開始：第三九四卷至三九五卷為〈五穀部〉，第三九六卷至三九七卷為〈藥部〉，第三九八卷為〈菜蔬部〉，第三九九卷至四〇四卷為〈果部〉，第四〇五卷至四〇七卷為〈花部〉，第四〇八卷至四一一卷為〈草部〉，第四一二卷至四一七卷為〈木部〉。每一種植物皆引前人敘述、詩文典故及用途等。

《古今圖書集成》原名《古今圖書匯編》，是陳夢雷等人奉康熙皇帝之令編寫，康熙四十五年（一七〇六年）完成初稿，於一七二六年內府銅活字印刷。全書一萬卷，分六編、三十二典、六一〇九部。植物類隸屬在博物匯編的〈草木典〉內，共三二〇卷，包括草部、木部、花部、果部、藥部、穀部、蔬部等。各類植物均分成彙考、藝文部分，分卷或分段敘述，大部分植物都有精美繪圖（圖7）。本書是中國現存最大的綜合性類書，至今仍是重要的工具書。

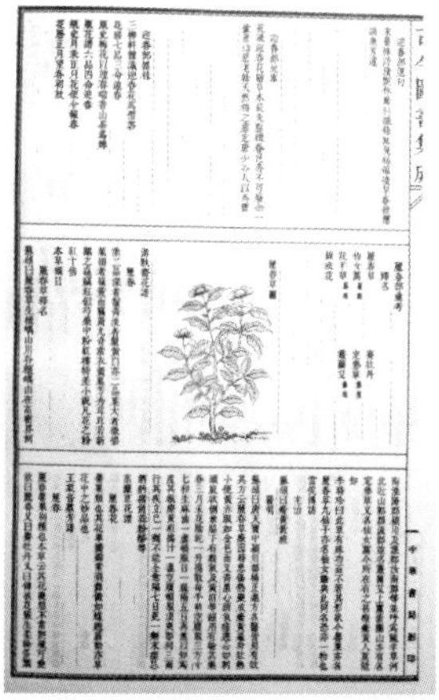
圖7 成書於清康熙年間的《古今圖書集成》是中國現存最大的綜合性類書。

## 第四節　歷代農書

農書專門論述農業生產技術，著重在經濟植物的栽培方法，比較少論及植物形態及生態。中國在戰國時代就有農書，漢代以後農書漸多，但大都已散失或失傳。流傳至今且植物內容較多的歷代農書如表3。

•《齊民要術》：記載北魏以前，黃河流域的農、林、漁、牧，和農牧副產品加工技術的綜合性農業巨著，也是世界最早的農學著作之一（圖8）。作者賈思勰親自到野地調查，行蹤遍及整個華北地區，還引用一五〇餘種著作，所撰《齊民要術》成為古書中最具科學性的農書。全書共有十卷九十二篇（目）：卷一有十三篇，為耕作及栽種作物的總論。卷二有十三篇論及穀物，卷三為十四篇的蔬菜之栽種、收成及保存、加工法。卷四為果樹，共有十四篇，十五種果樹之經營、加工法。卷五則為造林木、染料植物之栽種、管理、收穫法，共十一篇二十種經濟作物。卷六至卷九分別為家畜、家禽養殖法、造麵及釀酒、製醬作藥等食品儲藏加工法，共三十六篇。卷十則論當時北魏以外的南方物產，如稻、甘蔗、豆蔻、龍眼、荔枝、檳榔等。

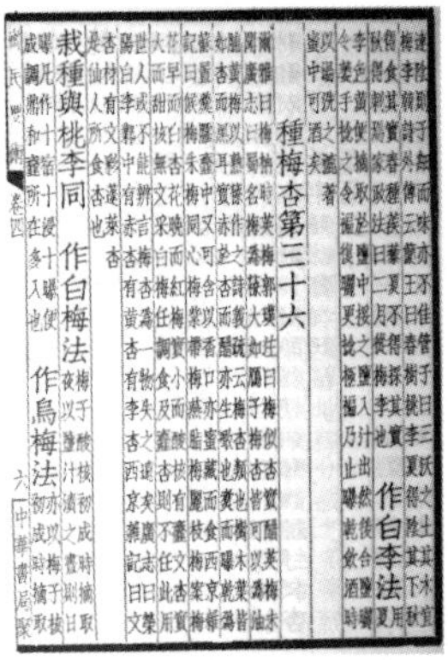

圖8　北魏的《齊民要術》是世界最早的農學著作之一。

•《四時纂要》：晚唐宰相韓鄂所著，也是中國最早的農書之一。原書早已散逸，明萬曆十八年（一五九〇年）的朝鮮重刻本，於一九六一年由日本山本書店影印出版。全書共六九八條，分四時按月記載各項農事，其中占候、擇吉等事幾占一半。農業生產的事項占二四五條，其中與植物相關的內容，是記述各種穀物、蔬菜、樹木、本草、油料、纖維植物等適當的栽植季節，從正月排到十二月。主要是農業生產技術和農產品加工法，也記錄了不少藥用植物種類，是研究唐代植物文化不可缺少的文獻。

•《陳旉農書》：宋代是輕視農業的時代，士大夫大都不懂農桑，社會上忽視農桑的風氣特別普遍。陳旉經長期的躬耕力行、實地考察，寫成《陳旉農書》。全書分上、中、下三卷：上卷十四篇，其中約有六分之一講述水稻栽培技術；中卷三篇，說的是畜牧及獸醫；下卷五篇，撰述採桑養蠶的知識技術，說到養蠶飼料不只論及桑，還有論及柘樹。

•**《農桑輯要》**：元代官纂的綜合性農書，由專管農桑、水利的「大司農」主持編寫，元世祖至元十年（一二七三年）完成初稿。全書主要敘述中國北方的農桑技術，以黃河流域的旱地農業為主體，兼及南方農業生產技術，作為朝臣及輔導農業生產官員的指導用書。全書分七卷，卷一為〈典訓〉，即總論；卷二為〈耕墾〉，下有兩篇。〈耕墾〉是說明耕地的整理技術，以及播種穀類的原則。〈播種〉篇下載錄「九穀」的不同品種，以及類似種（近緣種）的品類和播種法、播種季節等，如大小麥附有青稞，黍附穄、稗等。除「九穀」之外，尚增加有豌豆、蕎麥、胡麻、苧麻、棉花等新作物。卷三、卷四論〈栽桑〉及〈養蠶〉。卷五載〈瓜菜〉及〈果實〉，〈瓜菜〉述及的蔬菜、瓜類共有三十種，另附三種次要蔬菜栽培法；〈果實〉共描述梨等二十種栽培、

圖9《農桑輯要》是元代官纂的綜合性農書，此為後人校注本。

嫁接、管理法。卷六是〈竹木〉及〈藥草〉，〈竹木〉篇描述二十二種以上的造林樹種及竹、蕈類之造林、撫育法；〈藥草〉篇說明二十六種常用藥材的栽培法。卷七為〈孳畜〉、〈禽魚〉，言牛、羊、豬、禽、魚等飼育法（圖9）。

•**《王楨農書》**：繼《齊民要術》之後，中國的第二本大型綜合性農書，作者為元代的王楨。成書於一三〇〇至一三一三年間，全書分三大部分，共二十二卷。第一部分：「農桑通訣」，屬農業說論；第二部分：「百穀譜」，分成穀、蓏、蔬、果、竹木、雜類、飲食等七類，分別介紹各作物的起源、栽培、利用等方法技術；第三部分：「農器圖譜」，繪製當時的農具圖二七〇餘幅。本書是研究古代農業文化及植物品種的重要文獻。

•**《種樹書》**：明代成書，作者俞貞木。該書敘述十二個月的種植樹木事宜，並記載五穀、桑、蔬果、花木的栽培方法。其中嫁接的技術很多。

•《農政全書》：明代徐光啟所撰。作者披閱大量典籍，並「躬執耒耜之器，親嘗草木之味」、「隨時採集，兼之訪問」所完成的一本巨著，是中國農業科技史及農業經濟史上最重要的文獻。全書六十卷，分成十二門（農本、四制、農事、水利、農器、樹藝、蠶桑、蠶桑廣類、種植、收養、製造、荒政），每門之下又分若干細目。其中卷一至卷廿四，記述的是農政、田制、農事、氣象、水利及農具等。農事中的「授時」篇，列述不同季節、月份，播種、栽種、收藏的作物種類，有如一本「作物月令」或「作物栽種時節百科全書」。廿五卷開始描述經濟作物的栽培法和撫育、經營法。廿五卷是禾本科穀類，廿六卷是非禾本科穀類（大部分是豆類），廿七卷是蔬用瓜果及地下根莖類蔬菜，廿八卷是葉用蔬菜，廿九及卅卷是水果類。卅一至卅四卷為養蠶及栽桑法。卅五卷至卅七卷為纖維作物，卅八卷講造林木，卅九至四十卷特用作物。四一卷牲畜家禽。四三至六十卷討論農政，並收輯四七三種救荒植物，每種植物均附有圖譜（圖10）。本書最大的特點，不只是植物附圖，連前面所言之水利、農具都富有詳實的手繪圖。全書的目的不只是記錄傳授農業生產技術，也是一套科學的農業發展企畫。

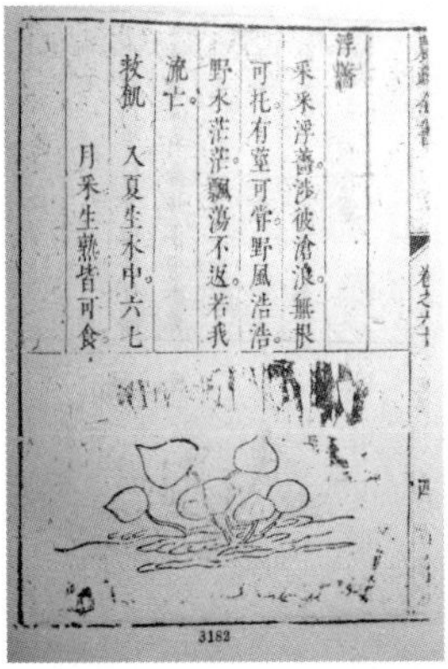

圖 10　明代徐光啟所撰的《農政全書》，全書附有精美的手繪圖。

•《天工開物》：明代宋應星撰，專門講述明代及以前的農業生產技術，可說是一本科學技術專著（圖11），初刊於明崇禎十年（一六三七年）。全書分成十八卷，其中卷一〈乃粒〉，描述穀物的栽培，說明稻在明代的產量「居什七」，為最大的穀物產量。稻田用胡麻、蘿蔔、蕓苔、油桐、樟、烏桕、

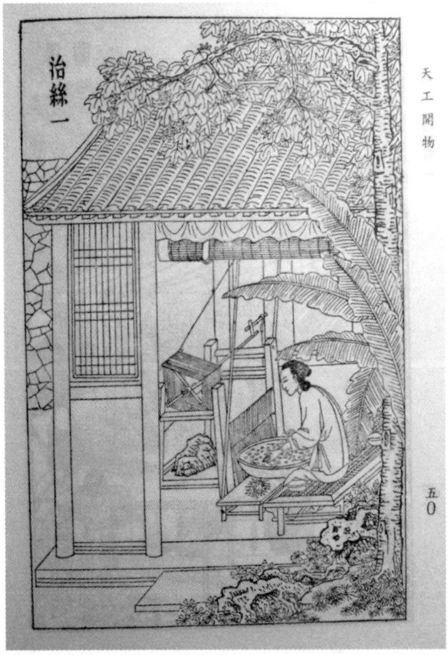


圖 11　初刊於明崇禎十年的《天工開物》，是一本科學技術專著。

棉之種子渣施肥。在豆類項下，也詳列大豆之外的豌豆、蠶豆、赤小豆、穭豆、扁豆、豇豆、虎斑豆、刀豆等品種及種類，可供後世研究蔬菜品種歷史之依據。卷二〈乃服〉描述紡織用纖維類動植物，除了蠶絲之外，明代棉織品已經很發達。纖維植物另有苧麻、苘麻、蕉麻等。卷三〈彰施〉講述染料作物和染色技術，染料作物紅色用紅花，紫色用紫蘇，黃色用黃蘗、蘆木，綠色用槐花等，說明植物在中國文化及文學演進過程中所扮演的角色。其他各卷對於製鹽、冶鑄、五金、錘鍛等過程中所用的材料也多有闡釋。

•《授時通考》：是清代官修的全國性大型綜合性農書，也是最後一部傳統形式的農書。參加編寫及校對的人數共四十人，歷時五年，於乾隆七年（一七四二）年寫成。全書分為八門六十六目（專題），共七十八卷。講到穀類的有十一目十二卷屬穀種門，輯錄歷代文獻中有關糧食、豆類作物的品種名稱和釋名，對後世研究中國植物文學的演變幫助很大。農餘門介紹果蔬、經濟林木。

表3 歷代植物相關農書

| 書名 | 作者 | 出版朝代 | 出版年代 | 全書卷數 | 植物相關篇章 |
|---|---|---|---|---|---|
| 齊民要術 | 賈思勰 | 後魏 | 500 | 10 卷 92 目（92 篇） | 卷 2 至 5 |
| 王楨農書 | 王楨 | 元 | 1313 | 22 卷 37 集 370 目 | 第二部分 |
| 農政全書 | 徐光啟 | 明 | 1633 | 60 卷 12 門 | 6 門〈樹藝〉<br>8 門〈蠶桑廣類〉<br>9 門〈種植〉 |
| 授時通考 | 鄂爾泰等 | 清 | 1743 | 8 門 78 卷 | 7 門〈農餘〉<br>8 門〈蠶桑〉 |
| 四時纂要 | 韓鄂 | 唐末五代 | 720 | 698 條 | 共 245 條 |
| 陳專農書 | 陳旉 | 南宋 | 1149 | 3 卷 22 篇<br>（上卷 14 篇<br>中卷 3 篇<br>下卷 5 篇） | 下卷 蠶桑 |
| 農桑輯要 | 暢師文<br>孟祺 | 元 | 1273 | 7 卷 | 4 目〈栽桑〉<br>6 目〈瓜菜〉<br>7 目〈果實〉<br>8 目〈竹木〉<br>9 目〈藥草〉 |
| 天工開物 | 宋應星 | 明 | 1637 | 18 篇 | 卷 1 至 4、卷 6 |
| 三農記 | 張宗法 | 清 | 1760 | 24 卷（或 10 卷） | 卷 7 至卷 18 |
| 馬首農言 | 祁寯藻 | 清 | 1836 | 14 篇 | 篇 2〈種植〉 |
| 種樹書 | 俞貞木 | 明 | 明初 | 兩部 7 節 | 分木、桑、竹、果、穀麥、茶、花等 7 節 |

蠶桑門除輯錄桑樹品種外，還包括棉、麻、菊、蕉等纖維植物。本書最大的價值，在於蒐集、羅列歷代各項主題的文獻，提供後人極大的研究方便性。

•《三農記》：撰者是四川人張宗法，成書於清乾隆年間。全書二十四卷，其中卷七，講述乾隆時期食用的穀物二十九類（包括種及品種）。卷八及卷九，共描述四十四種菜蔬，種類和品系都已和現代相似。卷十為水果類，除說明栽培、管理法之外，並敘述三十種果樹或瓜果。卷十一至卷十八講述各類經濟作物，如染料、油料、造林樹種、建築用植物、本草等共八十六種。最可貴之處是每種植物均敘述有形態特徵，已接近現代植物學的種類描述。雖說該書主要是描述四川一帶的農業生產，但品類已和全中國相差無幾，也是一本極具參考、引用價值的農書。

•《馬首農言》：清．祁寯藻撰，成書於道光十六年（一八三六年）。寫的是山西一帶的農業生產技術，可代表清代黃河流域的農業生產歷史。全書有氣候、種植、農器、農諺、占驗、方言、五穀病、糧價物價、水利、畜牧、備荒、祠祀、織事、雜說等。其中的〈種植〉篇占全書篇幅最大，記載了當時當地的作物品種及辨別法、名稱等，並記錄各物產的產量等。

圖 12 農史學家繆啟愉校注的《四時纂要校釋》。

•農書今注：以現代科學知識解讀古代農業典籍，謂之「農書今注」。這必須有良好的科學訓練、扎實的古文基礎，同時具備植物學、植物分類學、中國歷史及地理、農業史、生物史等知識，才有可能完成。近人對古代農書的譯注，對有爭論或有疑問的植物名稱會加以考證，並指出現代名、拉丁學名及所屬科別。今注的農書，有時比原書更優越，如

表 4 近代的農書譯注

| 書名 | 作者 | 出版年代 | 出版者 |
|---|---|---|---|
| 齊民要術譯注 | 繆啟愉、繆桂龍 | 2009 | 上海古籍出版社 |
| 東魯王氏農書譯注 | 繆啟愉、繆桂龍 | 2008 | 上海古籍出版社 |
| 四時纂要校釋 | 繆啟愉 | 1981 | 北京農業出版社 |
| 元刻農桑輯要校釋 | 繆啟愉 | 1988 | 北京農業出版社 |
| 天工開物導讀 | 劉君燦 | 1987 | 台北金楓出版社 |
| 三農記校釋 | 鄒介正等 | 1989 | 北京農業出版社 |

《水經江水注》一般，近年來有些「農書今注」就顯現較原書更科學、更具學術價值。目前已完成的「農書今注」中，以農史學家繆啟愉的成就最高，所著《齊民要術譯注》、《東魯王氏農書譯注》（即《王楨農書譯注》）、《四時纂要校釋》（**圖12**）、《元刻農桑輯要校釋》等，不但用力極勤、文筆流暢，且考證嚴謹、敘述詳實。最重要的是這些著作內容合乎學術要求的邏輯性，具有很高的科學性質。其他類似的著作，尚有《三農記校釋》、《天工開物導讀》等（**表4**）。

## 第五節　古代植物學專著

不同於農書的性質，所謂「植物學專著」著重在描述植物形態及生態特徵，以及品種變異、用途等。植物的生產技術、經濟價值、栽培方法等，比較少論及，或者僅列為附屬內容。從晉代的《南方草本狀》，到清代的《植物名實圖考》和《植物名實圖考長編》等，各代均有代表著作（**表5**）。

- **《南方草本狀》**：晉代嵇含著，西元三〇四年成書。全書三卷，收錄植物八十種，包括草類二十九種、木類二十八種、果類十七種、竹類六種，都是當時嶺南地區所見的熱帶和亞熱帶植物。每種植物都介紹形態、生態、用途及有關的歷史掌故，是研究古代植物利用歷史和引進歷史的最古文獻之一。
- **《洛陽花木記》**：宋代周師厚所撰，成書於一〇八二年。書中列舉牡丹一〇九個品種、芍藥四十一個品種、雜花八十二種、果花一四七種、刺花三十一種、水花十九種、蔓花六種。每個花種或品種之後，皆記述接花法、栽花法。本書有植物學專書的架構，但內容亦包含農業技術，因此也是一本著重花卉的農書。
- **《全芳備祖》**：南宋陳景沂著（**圖13**），成書於宋理宗年間（一二五三年）。全書分前、後集，共八十五卷，記述二九六種植物，每種植物均收輯植物名號、產地、生態。另有「紀要」，記述該植物的相關典故，也有詠頌該植物的詩賦文句，收集各體詩歌、詞句。所有條文，都引述前人文獻，偶爾記述作者本人意見。很多所引用的原書已經逸失，賴本書得以保存。所有南宋以前詩人引述植物的篇章，都可在本書尋得。

- **《救荒本草》**：中國第一部以救荒為宗旨所編輯的可食野生植物圖譜。為了便利民眾鑑定並採食正確植物，每種植物都有形態描述及手繪圖，是一本標準的植物學專書。本書係明太祖朱元璋的第五子朱橚所著，收載植物四一四種，分成五部：草部二四五種、木部八十種、米穀部二十種、果部二十三種、菜部四十六種。各部均依葉、根、實、筍、花、莖等可食部分分別敘述。
- **《遵生八箋》**：明代高濂撰寫，所記植物二十八種，有形態和栽培法的描述，並記述盆栽花木二十二種。
- **《群芳譜》**：明代王象晉編寫，初刻於明天啟元年（一六二一）年。全書三十卷，內容有「穀譜」十八種穀物、「蔬譜」五十一種蔬菜、「竹譜」十九種竹類、「果譜」四十二種瓜果、「藥譜」三種植物本草、「木譜」二十四種樹木、「花譜」四十六種木本及草本花類、「卉譜」三十八種觀賞用草類。另有「茶譜」、「桑麻葛譜」等。記載植物達四百多種，每種植物的撰寫體例，係沿襲《全芳備祖》，匯集明代以前中國農藝和植物學的重要成就，考訂其他農書混淆的作物名稱。每種植物都有別名、品種形態特徵、生長環境、種植記述和用途，並摘引歷史典故、詩詞、藝文等。

**圖 13**　《全芳備祖》南宋陳景沂著，所有南宋以前詩人所引述植物的篇章，都可在本書尋得。

- **《花鏡》**：清代陳淏子撰，成書於一六八八年，詳細介紹三五二種植物的栽培技術。全書分成六卷：卷一〈栽花月曆〉，說明植物各月物候；卷二〈課花十八法〉，為植物栽培總論；卷三〈花木類考〉、卷四〈藤蔓類考〉、卷五〈花草類考〉，為植物各論，敘述每種植物的生長習性、形態特徵、產地、花期、用途等。卷六為「禽獸鱗蟲類考」。
- **《野菜博錄》**：明代鮑山編，繼承《救荒本草》等歷代野生蔬菜專書著作，內容更詳實。全書共載錄野生可食植物四三八種，分成三卷：卷一〈草部〉，記載葉可食植物一四〇種；卷二〈草部〉，記錄葉可食植物七十六種，莖可食植物三種，莖葉可食植物二種，根可食植物二十八種，實可食植物二十四種，葉實可食植物十四種，根實可食植物三種；卷三〈木部〉葉可食植物五十九種，花可食植物五種，實可食植物二十五種，花葉可食植物三種，葉實可食植物十九種，花葉可食植物五種，葉皮可食植物三種；另補錄三種。每種植物均有形態描述、食法解說及附圖。

•**《廣群芳譜》**：係汪灝等人於清康熙四十七年（一七〇八年）奉皇命增刪、修改《群芳譜》而成。全書一百卷，卷一至卷六為〈天食譜〉，纂錄歷代植物月令相關記載；其餘各卷分成〈穀譜〉、〈桑麻譜〉、〈蔬譜〉、〈茶譜〉、〈花譜〉、〈果譜〉、〈木譜〉、〈竹譜〉、〈卉譜〉、〈藥譜〉等。其中〈桑麻譜〉占二卷，最少；〈花譜〉三十二卷，最多；其餘各譜四卷至十四卷不等。和《群芳譜》比較，本書內容較嚴謹完善，取材也較為豐富，大量增加典故詩文，並刪除《群芳譜》之〈鶴魚譜〉。全書植物一三二三類，其中有些重複，如桃、李、梅等先列在〈花譜〉，後面的〈果譜〉又出現，更多種類下又附有不同品種或相關種類，實際植物種類不止

**表5 歷代植物專著**

| 書名 | 作者 | 出版朝代 | 出版年代 | 全書卷數 | 內容概要 |
|---|---|---|---|---|---|
| 南方草木狀 | 嵇含 | 晉 | 304 | 3卷 | 植物80種 |
| 平泉山居草木記 | 李德裕 | 唐 | | | |
| 洛陽花木記 | 周師厚 | 宋 | 1082 | | 牡丹品種109個<br>芍藥品種41個<br>其他花卉300種 |
| 全芳備祖 | 陳景沂 | 宋 | 1225 | 58卷<br>（前集27卷，後集31卷） | 花卉果木258種 |
| 救荒本草 | 朱橚 | 明 | 1406 | 4卷 | 植物414種 |
| 學圃雜疏 | 高濂 | 明 | 1591 | | |
| 群芳譜 | 王象晉 | 明 | 1621 | 30卷 | |
| 野菜傳錄 | 鮑山 | 明 | 1622 | 3卷 | 草木共435種 |
| 花鏡 | 陳淏子 | 清 | 1688 | 6卷 | |
| 廣群芳譜 | 汪灝等 | 清 | 1708 | 100卷 | 植物1323種以上 |
| 植物名實圖考 | 吳其濬 | 清 | 1848 | 38卷 | 植物1714種 |
| 植物名實圖考長編 | 吳其濬 | 清 | 1848 | 22卷 | 植物838種 |

一三二三種。

•《植物名實圖考》：清．吳其濬著，道光二十八年（一八四八年）刻印，成書年代應在一八四〇年左右（圖14）。全書三十八卷，分成穀、蔬、山草、陽草、石草、水草、蔓草、芳草、毒草、群芳、果、木十二大類，載錄植物一七一四種，圖一八〇〇多幅。本書著重考核植物名實，對中國歷來文獻所載的植物名稱詳加考證，是研究中國文學植物或其他植物歷史最重要的書籍。所列植物大都是作者親自採集、察訪的結果，記錄植物的形態特徵、性味、生態環境、用途等，多數植物附有圖譜。

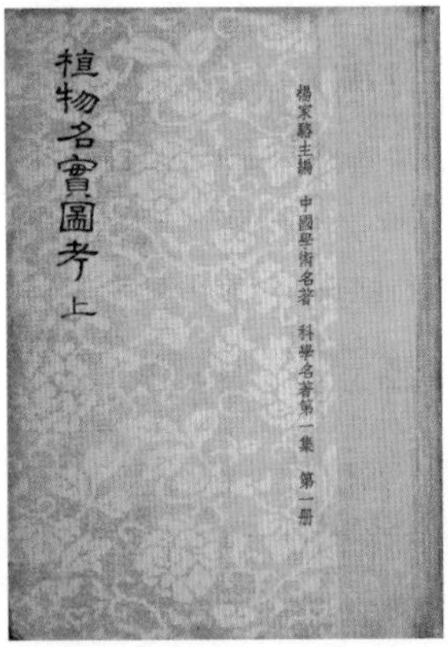

圖14　成書於清道光年間的《植物名實圖考》，著重在考核植物名實。

•《植物名實圖考長編》：同樣是吳其濬所撰，和前書同時刻印。但每種植物的敘述，係輯錄自古以來各文獻對該植物的記載和評述，保存許多古代植物文獻的內容。因此，每種植物的內容均遠多於《植物名實圖考》同種植物。全書二十二卷，載錄植物八三八種，比前書少，且無附圖，但每種植物的篇幅都遠較前者多。

## 第六節　近代植物辭書

以現代植物學的科學性敘述（即每種植物附有學名、索引、科別）的工具用書，主要是辭典。包括古今名稱對照，能使用在古典文學作品中植物名稱的查閱，以及今名和植物性狀敘述者，都是本節所言的近代植物辭書（表6）。

•《中國蕨類植物和種子植物名稱總滙》：用力很勤、篇幅很大的現代植物辭典（圖15）。每一種植物古稱均有現代名稱及植物學名對應，方便讀者找尋詩文引述植物的現代名稱，是目前內容最詳實，且內容範圍最廣泛的植物辭書。

•《植物古漢名考》：專為考訂植物古代名稱的一本書，共收載植物古名稱四三九四個，並標注現代的名稱及植物拉丁名稱。每種植物的形態、產地均有介紹，全書附有七八九幅手繪圖。

•**《本草名考》**：歷代本草同物異名，不同時代藥名不一的情況很多，造成使用者的不便。《本草名考》原是考核歷代本草藥名，證之以經、史，並核以實物，對於查對古植物名稱有參考價值。全書選取常用中藥四〇五種，其中植物占三四二種。每種均列有異名，最特殊之處在於每種藥物都有名稱來源的相關考證、引述的重要典籍等。

•**《本草藥名滙考》**：主要編寫目的和上書相同，專為鑑定正確的商品藥材而作。共載錄九六七種藥材，以植物藥材占多數。每種藥材均有「釋名考訂」，羅列歷代名稱，並附有近代植物學名。

•**《常用中藥名與別名手冊》**：編寫形式也是以鑑識中藥材名稱為目的。全書共有七〇六種藥材，每種藥均有現代學名，以及歷代出現的本草、藥書、植物書籍名稱及藥材名。有些分布較廣的種類還附有地方名，對研究歷代植物名稱及同物異名可提供重要參據。

圖 15《中國蕨類植物和種子植物名稱總滙》內容詳實、廣泛。

•**《中草藥異名辭典》**：以提供查對本草的藥材名稱為主。每一種藥材均給予現代中名及學名，方便研究者查考。全書按中文簡體字筆畫簡繁排列，也可以從學名查對中文名稱。

•**《事物異名分類辭典》**：分天文氣象、時令、地理等三十八類，每類自成一部，其中與植物相關的事物有：竹木、百花、百草、果實、農作物、瓜菜等六部。植物部分，每種歸類會列出相關古籍及植物別名。

**表6　近代植物學辭典簡述**

| 書名 | 編著者 | 出版年 | 出版社 |
|---|---|---|---|
| 中國蕨類植物和種子植物名稱總滙 | 馬其雲 | 2003 | 青島出版社 |
| 植物古漢名考 | 高明乾 | 2006 | 大象出版社 |
| 本草名考 | 趙存義；趙春塘 | 2000 | 中國古籍出版社 |
| 本草藥名滙考 | 程超寰；杜漢陽 | 2004 | 上海古籍出版社 |
| 中草藥異名辭典 | 李衍文等 | 2004 | 人民衛生出版社 |
| 常用中藥名與別名手冊 | 謝宗萬等 | 2001 | 人民衛生出版社 |
| 事物異名分類辭典 | 鄭恢等 | 2003 | 黑龍江人民出版社 |

# 第二十章 文學植物與植物引進史

## 第一節 史前時代（～西元前二〇七年）

遠古時代，交通不發達，不同地區的人交流極為困難，各類物資傳播的進度緩慢，經濟植物的交換流動，僅限於特定的區域內。高山海洋相互阻隔的地區，物質的交流、植物的遠距離移動，即使偶有發生，也應是極其困難的。《詩經》時代之前很長一段時間，人類艱辛地進行物質交流，有些植物經由貿易或其他無意的活動，陸續從遠離中國的印度、波斯，甚或北非被引進中國。但由於文獻缺乏，很難得知在史前時代，這些外來植物引進中國的確切年代。《詩經》是目前最早的中國文學作品，也是據以推定史前時代已經引進中國的植物種類的最可靠文獻之一。另外的文獻則是稍後於《詩經》的《楚辭》。

由表1可知，《詩經》中已有載錄的外來植物有榅桲（古稱木李）、蒼耳等。國人耳熟能詳的蘿蔔（圖1），原產地在歐洲，和蕪菁一樣是《詩經》時代至今仍在大量栽培的著名經濟植物。〈邶風．谷風〉提到的「采葑采菲，無以下體」，「菲」指的是蘿蔔，「葑」是蕪菁（圖2）。另外一種普遍栽種的匏瓜（圖3），原產地在北非，後來傳布到印度，《詩經》、《楚辭》均有多篇記載，也可得知引進中國年代已很久遠。小麥、大麥是全世界人類主要的糧食作物，原產地尚有爭論，也因為《詩經》、《楚

圖1 《詩經》已載錄有蘿蔔，足見引進中國的歷史悠久。

圖2 蕪菁非中國原產，在史前即引入中國。

圖3 瓠瓜原產地在北非，經印度傳到中國。

圖4 紅花。

辭》的引述，確知遠古時即已大量引種在中國各地。

甘蔗原產亞洲熱帶地區，《楚辭・招魂》：「胹鼈炮羔，有柘漿些」句，是甘蔗最早出現的文獻，句中的「柘」即甘蔗。紅花原產西亞或埃及，《楚辭》〈九嘆・惜賢〉：「搴薜荔於山野兮，採撚支於中洲。」提到的撚支即為胭脂，所指的就是紅花（圖4），說明兩者早被引進中

表1 《詩經》的外來植物

| 植物名 | 學名 | 科別 | 原產地 | 引述篇章及名稱 |
|---|---|---|---|---|
| 榲桲 | *Cydonia oblonga* Mill. | 薔薇科 | 中亞細亞、波斯 | 〈衛風・木瓜〉：「木李」 |
| 蒼耳 | *Xanthium strumarium* L. | 菊科 | 歐洲 | 〈周南・卷耳〉：「卷耳」 |
| 匏 | *Lagenaria siceraria* (Molina) Standly | 葫蘆科 | 印度、非洲 | 〈邶風・匏有苦葉〉：「匏」<br>〈衛風・碩人〉：「匏」<br>〈豳風・七月〉：「壺」<br>〈小雅・南有嘉魚〉：「瓠」<br>〈小雅・信南山〉：「廬」<br>〈小雅・瓠葉〉：「瓠」<br>〈大雅・公劉〉：「匏」 |
| 蕪菁 | *Brassica rapa* L. | 十字花科 | 地中海沿岸至阿富汗、外高加索 | 〈邶風・谷風〉：「葑」<br>〈唐風・采苓〉：「葑」<br>〈鄘風・桑中〉：「葑」 |
| 蘿蔔 | *Raphanus sativus* L. | 十字花科 | 歐洲、亞洲溫暖海岸 | 〈邶風・谷風〉：「菲」 |
| 錦葵 | *Malva sinensis* Cavan. | 錦葵科 | 印度、歐洲 | 〈陳風・東門之枌〉：「荍」 |
| 小麥 | *Triticum aestivum* L. | 禾本科 | 中亞 | 〈魏風・碩鼠〉：「麥」<br>〈鄘風・桑中〉：「麥」<br>〈王風・丘中有麻〉：「麥」<br>〈豳風・七月〉：「麥」<br>〈大雅・生民〉：「麥」<br>〈周頌・思文〉：「來」<br>〈周頌・臣工〉：「來」<br>〈魯頌・閟宮〉：「麥」 |
| 大麥 | *Hordeum vulgare* L. | 禾本科 | 小亞細亞、中東、北非 | 〈周頌・思文〉：「牟」<br>〈周頌・臣工〉：「牟」 |
| 鬱金 | *Curcuma domestica* Valet. | 薑科 | 熱帶亞洲 | 〈大雅・江漢〉：「鬯」 |

國。其他在史前時代即已引進中國，且出現在《詩經》、《楚辭》中的外來植物，尚有錦葵、鬱金、柚、大蒜等（表1、表2）。這段時期引進的植物大部分是人類賴以存活的穀類、蔬菜、水果植物，少部分染料或藥用植物，如紅花、鬱金。但均與食品有關，唯一的例外是蒼耳。蒼耳的果實布滿倒鉤刺，常黏附在動物毛皮上藉以傳布（圖5）；咸信是果實隨著羊毛貿易無意中進入中國，故有「羊帶來」別稱。

圖5　蒼耳果實具倒鉤刺，隨羊毛貿易進入中國，因此有「羊帶來」別稱。

## 第二節　漢代（西元前二〇七～西元二二〇）

漢代開始，可以徵信的植物引進文獻逐漸增多。《史記》記載張騫通西域，帶回葡萄、胡桃（圖6）、石榴（圖7）、苜蓿等植物種子。這是植物引種最直接也最詳實的文獻紀錄。當代的文學作品也適切地反映出來，如東漢蔡邕的〈翠鳥詩〉、張衡的〈南都賦〉等，均已出現石榴記載；葡萄、苜蓿亦在多首漢賦、漢詩出現（表3）。

很多植物雖然未出現在正式的歷史或產業文獻，但漢賦、漢詩中卻有引述，顯示這類植物已在漢代或漢代之前就已引進中國，並且已普遍栽植。這類植物如椰子，出現在司馬相如的〈上林賦〉：「於是乎……留落胥邪。」及揚雄的〈蜀都賦〉：「蜀都之地……枒

**表2　《楚辭》新出現的外來植物**

| 植物名 | 學名 | 科別 | 原產地 | 引述篇章及名稱 |
|---|---|---|---|---|
| 柚 | *Citris grandis* (L.) Osbeck | 芸香科 | 熱帶亞洲 | 〈七諫．自悲〉：「柚」<br>〈七諫．初放〉：「柚」 |
| 大蒜 | *Allium sativum* L. | 百合科 | 亞洲西部、歐洲 | 〈離騷〉：「胡」 |
| 甘蔗 | *Saccharum sinensis* Roxb. | 禾本科 | 熱帶亞洲 | 〈招魂〉：「柘」 |
| 紅花 | *Carthamus tinctorius* L. | 菊科 | 西亞或埃及 | 〈九嘆．惜賢〉：「撚支」 |

圖 6　胡桃。

信楫叢。」「胥邪」、「枒」指的都是椰子。〈上林賦〉還提到檳榔：「留落胥邪，仁頻并閭。」「仁頻」就是檳榔。蔞藤（荖藤）是與檳榔果實共食的植物，理應和檳榔同時引入中國，揚雄〈蜀都賦〉：「木艾椒蘺，蒟醬酴清」和桓麟〈七說〉：「調脡和粉，

圖 7　張騫通西域時，帶回的石榴。

表 3　《全漢賦》漢詩新出現的外來植物

| 植物名 | 學名 | 科別 | 原產地 | 引述篇章及名稱 |
|---|---|---|---|---|
| 石榴 | *Punica granatum* L. | 安石榴科 | 伊朗、阿富汗 | 漢詩・蔡邕〈翠鳥詩〉:「若榴」<br>張衡〈南都賦〉:「若留」 |
| 椰子 | *Nucifera coco* L. | 棕櫚科 | 東南亞 | 司馬相如〈上林賦〉:「胥邪」<br>揚雄〈蜀都賦〉:「枒」 |
| 檳榔 | *Areca catechu* L. | 棕櫚科 | 馬來半島 | 司馬相如〈上林賦〉:「仁頻」 |
| 葡萄 | *Vitis vinifera* L. | 葡萄科 | 裏海、黑海、地中海沿岸 | 司馬相如〈上林賦〉:「蒲陶」<br>李尤〈德陽殿賦〉:「葡萄」<br>張衡〈七辯〉:「蒲陶」<br>王逸〈荔支賦〉:「蒲桃」<br>張紘〈瑰材枕賦〉:「蒲陶」 |
| 荖藤（蔞藤） | *Piper betle* L. | 胡椒科 | 印度 | 揚雄〈蜀都賦〉:「蒟醬」<br>桓麟〈七說〉:「蒟」 |
| 蜀葵 | *Althaea rosea* (Linn.) Cavan | 錦葵科 | 西亞 | 張衡〈西京賦〉:「戎葵」 |
| 茄 | *Solanum melongena* L. | 茄科 | 東南亞 | 揚雄〈蜀都賦〉:「伽」 |
| 芋 | *Colocasia esculenta* (L.) Schott | 天南星科 | 亞洲南部熱帶雨林 | 揚雄〈蜀都賦〉:「芋」<br>李尤〈七款〉:「芋」<br>張衡〈南都賦〉:「芋」<br>漢詩・無名氏〈汝南鴻隙陂童謠〉:「芋」 |
| 苜蓿 | *Medicago sativa* L. | 蝶形花科 | 歐洲 | 漢詩〈樂府古辭・蛺蝶行〉:「苜蓿」 |

圖8　茄子在漢代已供為菜蔬，引進時間應在漢以前。

揉以橙蒟。」所言的「蒟醬」和「蒟」都是蔞藤（荖藤），說明蔞藤和檳榔在漢代同樣普遍。

茄（圖8）

近代的文獻普遍認為，以西晉嵇含所撰的《南方草木狀》出現最早，但揚雄〈蜀都賦〉中有「盛冬育筍，舊菜增伽（茄）」句，說明在漢代茄已經是菜蔬了。茄子引進中國的時間，可據此自晉向前推至漢代以前。

芋原產熱帶亞洲，有農業之前就被當成糧食使用。引進華南的時期應比實際文獻載錄的時間更早。漢賦多次提到「芋」，如揚雄〈蜀都賦〉：「其淺濕則生蒼葭蔣蒲，藿芋青蘋。」及張衡〈南都賦〉：「若其園圃，則有蓼蕺蘘荷，藷蔗薑䕭，菥蓂芋瓜。」漢詩亦有多首詩提及芋。可見至少在漢代，芋已經大量栽培。

## 第三節　三國、魏晉南北朝（西元二二〇～六一八）

東漢末年一直到唐朝統一天下，內亂頻仍、軍務倥傯，政治處於極不穩定的狀態，前後幾達四百年，此時新引進的物種文獻記載沒有太多。這段時期流傳下來的詩篇，出現植物種類列於**表4**。詩賦記述的新引進植物名稱，有雞舌丁香、沉香、蘇合香、菩提樹、蔥、薑、西瓜、甜菜（莙薘菜）、豆蔻等。其中沉香、蘇合香是原產南洋的香木及香油，

圖9　菩提樹隨佛教傳入而引進。

應以木製成品或香油方式引進中國，供特殊人士使用，應該未在中國內地栽培。豆蔻原產南洋，可能雲南亦產，雖非嚴格的引進植物，但當時雲南非屬中土，因此仍應歸屬於當時的引進植物種類。

•菩提樹：原產印度，應是隨佛教傳入而引種中土（圖9）。南北朝梁武帝蕭衍〈遊鍾山大愛敬寺詩〉：「菩提聖種子，十力良福田。」已經具體提到菩提樹，但此「菩提」可能非今之菩提。

•薑：在遠古時代即已引進中國，《論語・鄉黨篇》提到「子不撤薑食」，在春秋戰國時代，薑已是烹調不可或缺的調理香料，主要用以去腥，老薑則充為藥材。湖北江陵戰國墓葬、長沙馬王堆漢墓出土物品中均有薑塊。南北朝詩，也有多處提及。

•西瓜：大多數學者都認為五代時引進中國，如《中國農業百科全書》就說：「中國種植西瓜最早載於《新五代史・四夷附錄》。」明代以前，文獻大都以「寒瓜」稱之。這是因為西瓜是夏季水果，

圖10　甜菜又名「莙薘菜」，南北朝謝朓的詩句已提及。

**表4　三國、魏晉南北朝詩中新出現的外來植物**

| 植物名 | 學名 | 科別 | 原產地 | 引述篇章 |
|---|---|---|---|---|
| 雞舌丁香 | *Syzygium aromaticum* (L.) Merr. et Perry. | 桃金孃科 | 印尼<br>馬來西亞 | 三國魏・曹植〈妾薄命行〉 |
| 沉香 | *Aquillaria agallocha* Roxb. | 瑞香科 | 印尼<br>馬來西亞 | 宋・王義康〈讀曲歌〉<br>齊・清商曲辭〈楊叛兒〉<br>梁・江淹〈休上人怨別〉 |
| 蘇合香 | *Liquidambar orientalis* Mill. | 金縷梅科 | 小亞細亞南部 | 晉・傅玄〈擬四愁詩〉等<br>南北朝梁・蕭衍〈河中之水歌〉<br>南北朝陳・張正見〈洛陽道〉 |
| 菩提樹 | *Ficus religiosa* L. | 桑科 | 印度、緬甸、錫蘭 | 南北朝梁・蕭衍〈遊鍾山大愛敬寺詩〉 |
| 蔥 | *Allium fistulosum* L. | 百合科 | 蔥嶺至西伯利亞 | 三國魏・甄宓〈塘上行〉等 |
| 薑 | *Zingiber officinale* Rosc. | 薑科 | 南亞熱帶地區 | 晉・孫處〈出歌〉等<br>南北朝梁・劉孝綽〈報王永興觀田詩〉 |
| 西瓜 | *Citrullus lanatus* (Thunb.) Mansfeld | 瓜科 | 非洲南部之卡拉哈里沙漠 | 南北朝梁・沈約〈竹園詩〉 |
| 甜菜（莙薘菜） | *Beta vulgaris* L. var. *cicle* L. | 藜科 | 地中海沿岸 | 南北朝・齊・謝朓〈秋夜講解詩〉 |
| 豆蔻 | *Amomum cardamomum* L. | 薑科 | 中南半島 | 南北朝梁・蕭綱〈和蕭侍中子顯春別詩〉 |

有清熱去暑之效，遂稱「寒瓜」。詩詞典籍中最早出現西瓜的，應是南北朝梁．沈約〈行園詩〉：「寒瓜方臥壟，秋菰亦滿陂。」其後，唐詩亦有多首詩述及「寒瓜」。可見至遲在南北朝之前，西瓜就已引入中國。

甜菜又名莙薘菜（圖10），據《中國農業百科全書》所說，是西元五世紀從阿拉伯引入中國。南北朝齊．謝朓〈秋夜講解詩〉：「風振莙薘裂，霜下梧楸傷。」就提到了莙薘菜。南北朝齊的年代在西元四七八至五〇二年間，甜菜出現在中國的年代，與《中國農業百科全書》所言時期一致。

## 第四節　唐、五代（西元六一八～九六〇）

唐帝國的版圖大增，真正有效統治的區域也比漢代廣大。加上國勢強盛、文化發達，與西方文化交流也較前代頻繁。引進的植物種類很多，文獻記載也逐漸增多，外來植物普遍為人所用、所知。文學作品上新增的植物較多，甚至專業文獻上未曾載錄的外來植物種類，也能在《全唐詩》及《全五代詩》詩句中找到，藉此得知許多植物已在唐代之前，或至少在唐代時已經引進中國。例如茉莉原產印度及斯里蘭卡，多數文獻均認為引進中國的時期不會早於宋代。例如現代權威農業文獻《中國農業百科全書》就認為茉莉是在宋代引入中國。但在唐詩人皮日休的七律〈吳中言懷寄南海二同年〉中，已有「退公只傍蘇勞竹，移宴多隨末利花」詩句，其中「末利」即今之茉莉。除了「末利」，古詩詞還常以末麗、沒麗稱之。

表5羅列《全唐詩》新出現的外來植物種類，其中胡麻、胡桃係漢代張騫引自西域，而薏苡已出現在漢代文獻，其餘大都於唐代引入。其中與佛教經典相關的植物波羅蜜、優曇花、黃玉蘭、木棉等，均原產印度或印度鄰近國家，係陸續隨佛教東傳而進入中土。其中木棉屬熱帶植物，僅在華南栽植。原產印度或在印度栽培很久的黃瓜、綠豆、曼陀羅

圖 12　原產州的罌粟花在《全唐詩》中大量出現，多稱為米囊花。

圖 11　曼陀羅是古代的麻醉藥，原產印度，《全唐詩》已出現。

（圖11）、雞冠花、美人蕉等，大致在此時隨東西貿易及佛教興盛而引進。唐代之前，中國的衣料用纖維植物，不外大麻和苧麻兩種，棉花在唐代時已經在西南及西部邊緣地區栽種，並用以織衣。詩人王維的〈送梓州李使君〉詩句：「漢女輸橦布，巴人訟芋田」，充分說明詩中的橦就是棉花。

芡、黃葵等植物原產於熱帶亞洲的東南亞，以蔬菜用途引入中國。原產歐洲、地中海的罌粟，詩文謂之「米囊花」（圖12），在唐詩中大量出現，如郭震的〈米囊花〉一詩：「開花空道勝於草，結實何曾濟得民。卻笑野田禾與黍，不聞弦管過青春。」應是先傳入波斯、印度等地區，再漸次東傳入中國，引進目的是藥用，由於花色豔麗，也兼做觀賞。麗春花有時稱虞美人（圖13），引入供觀賞；萵苣則供為蔬菜，皆在唐時引入。

水仙有學者認為原產中國，但一直到唐詩才出現在古典文學作品中，應該是唐或唐代之前引進中

圖 13　草本花卉麗春花又稱虞美人，原產歐洲，《全唐詩》已有引述。

表5 《全唐詩》新出現的外來植物

| 植物名 | 學名 | 科別 | 原產地 | 引述作者 | 出現次數 |
|---|---|---|---|---|---|
| 胡桃 | *Juglans regia* L. | 胡桃科 | 歐洲東南部、亞洲西部 | 李白、貫休 | 2 |
| 木棉 | *Bombax ceiba* L. | 木棉科 | 印度、緬甸 | 李商隱、章碣、黃滔、皇甫松、孫光憲 | 7 |
| 優曇花 | *Ficus racemosa* L. | 桑科 | 印度、泰國、緬甸 | 龐蘊、貫休 | 6 |
| 黃玉蘭 | *Michilia champaca* L. | 木蘭科 | 印度、緬甸 | 顧況、盧綸、王建、劉禹錫、白居易等 | 22 |
| 茉莉 | *Jasminum sambac* (L.) Ait. | 木犀科 | 印度、斯里蘭卡 | 皮日休等 | 2 |
| 芡 | *Eurale ferox* Salisb. | 睡蓮科 | 東南亞 | 杜甫、錢起、王建、皮日休等 | 36 |
| 黃瓜 | *Cuvumis sativus* L. | 瓜科 | 印度北部 | 張祜、徐夤 | 2 |
| 棉 | *Gossipium* spp. | 錦葵科 | 印度、非洲、中南美洲 | 宋之問、王維、韓翃、張籍等 | 16 |
| 胡麻 | *Sesamum idicum* L. | 胡麻科 | 非洲或中亞 | 王績、王維、王昌齡、劉長卿等 | 28 |
| 綠豆 | *Vigna radiata* (L.) Wilczek | 蝶形花科 | 印度、非洲尼羅河流域 | 王梵志 | 1 |
| 罌粟 | *Papaver somniferum* L. | 罌粟科 | 歐洲南部及伊朗、土耳其一帶 | 郭震、錢起、張祜、雍陶等 | 5 |
| 麗春花 | *Papaver rhoeas* L. | 罌粟科 | 歐洲 | 杜甫 | 1 |
| 萵苣 | *Lactuca sativa* L. | 菊科 | 地中海沿岸 | 杜甫、盧仝 | 3 |
| 曼陀羅 | Datura stamonium L. | 茄科 | 歐洲 | 盧仝 | 1 |
| 黃葵 | *Abelmoschus moschatus* L. | 錦葵科 | 熱帶亞洲 | 李涉、唐彥謙、韋莊 | 4 |
| 雞冠花 | *Celosia cristata* L. | 莧科 | 中國或印度 | 羅鄴 | 1 |
| 美人蕉 | *Canna indica* L. | 美人蕉科 | 印度 | 駱賓王、皇甫冉、王建、柳宗元、皇甫松、孟郊、白居易等 | 31 |
| 薏苡 | *Coix lacryma-jobi* L. | 禾本科 | 東南亞熱帶 | 陳子昂、劉長卿、王維、杜甫、權德輿等 | 16 |
| 燕麥 | *Avena sativi* L. | 禾本科 | 地中海、西亞、中國（？） | 李白、齊己 | 2 |
| 水仙 | *Narucissus tazetta* L. | 石蒜科 | 地中海沿岸 | 來鵠、劉兼 | 2 |

國。水仙屬全世界共十四種，除水仙花（*N. tazetta* L. var. *chinensis*）被有些學者認為是原產中國外，其餘十三種均分布於地中海沿岸及附近地區。以植物地理學觀點而言，單一種類出現在遠至數千公里外的相關種分布中心，應非天然形成。水仙引進中國年代甚久，成為古代至今中國年節的應時花卉，且逸出野外成為野生植物，或許因此而被誤認是原產中國的植物。

## 第五節 宋代（西元九六〇～一二七〇）

宋代經濟活動極為旺盛，雖然外患很多，偏安的南宋亦能以其蓬勃的經濟實力立足於南方，且以其經濟實力控制北方的武力強權。經濟能力具體反映在農業、商業的發達及國際貿易的興盛上。此時，引進的植物種類亦多，食用及觀賞植物兼具。引進地區除沿襲唐代的印度、東南亞地區外，亦有遠自伊朗（波斯）、地中海地區引進的植物（表6）。

圖 14 熱帶果樹餘甘原產東南亞，宋詩詞開始出現。

餘甘是產自東南亞地區的熱帶果樹（圖14），詩文提到的「庵摩勒」就是餘甘。餘甘果實稍酸澀，但入口後漸漸變甘，故有餘甘之稱，目前仍是東南亞地區及兩廣、雲南地區的主要果樹。另外一種果樹，詩詞稱為「巴欖」，為原產中亞、西亞地區的乾果類，今名「巴旦杏」，在中國西北地區及新疆地區多有栽培。

醋梨即今之茶藨子，產於華北以北的溫帶地區，以及中國境內的高山地帶，屬於溫帶至寒帶的灌木。大部分種類的成熟果實均可食用，唯多為小型果實，不具經濟生產價值。宋詩中提到的「醋梨」應為原產歐洲或中亞細亞的大果種，至今仍為歐洲

圖 15 「醋梨」宋代引入，應為原產歐洲或中亞細亞的大果種。

重要的果用植物之一（圖 15）。

此時出現在詩詞中的觀賞植物有灌木類的夾竹桃；草本花卉類的金盞花（圖 16）、雁來紅等。這些花卉，今日仍是中國庭園及公園的主要觀賞植物。

圖 16　金盞花應在宋代或之前就已引進中國。

**表 6　宋代古典文學新出現的外來植物**

| 植物名 | 學名 | 科別 | 原產地 | 引述作者舉例 | 備註 |
|---|---|---|---|---|---|
| 餘甘 | *Phyllanthus emblica* L. | 大戟科 | 中南半島、中國南部（？） | 張方平 | 庵摩勒、菴摩羅果 |
| 巴旦杏 | *Prunus amydalus* Stokes | 薔薇科 | 小亞細亞、中亞 | 楊萬里 | 巴欖 |
| 茶藨子 | *Ribes* spp. | 茶藨子科 | 歐洲溫寒帶 | 釋師觀 | 醋梨 |
| 夾竹桃 | *Nerium indicum* Mill. | 夾竹桃科 | 伊朗、印度、尼泊爾 | 李覯 | |
| 雁來紅 | *Amaranthus tricolor* L. | 莧科 | 亞洲熱帶地區 | 楊萬里 | |
| 金盞花 | *Calendula officinalis* L. | 菊科 | 歐洲南部、地中海 | 姜特立 | |
| 菠菜 | *Spinacia oleracea* L. | 藜科 | 伊朗 | 蘇東坡 | |
| 茼蒿 | *Chrysanthemum coronarium* L. | 菊科 | 地中海沿岸 | 趙長卿 | |
| 豌豆 | *Pisum sativum* L. | 蝶形花科 | 地中海；中亞 | 蘇東坡、楊萬里 | 漢代已引入（？） |
| 蠶豆 | *Vicia faba* L. | 蝶形花科 | 亞洲南部至北非 | 楊萬里 | 新石器時代已有（？） |
| 扁豆 | *Lablab purpureus* (L.) Sweet | 蝶形花科 | 亞洲、印度 | 司馬光、楊萬里 | 漢晉時傳入 |
| 懷香 | *Foeniculum vulgare* Mill. | 繖形花科 | 地中海沿岸 | 黃庭堅 | |
| 冬瓜 | *Benincasa hispida* (Thunb.) Cogn. | 瓜科 | 印度、中國（？） | 張景 | |

菠菜的原產地是伊朗，根據文獻記載七世紀時已傳入中國，但文學作品在宋詩才出現。大概是引進之初未能普遍，宋代以後才成為嘉蔬。其他至今仍是主要蔬菜的茼蒿、豌豆、蠶豆、扁豆、空心菜、懷香（茴香）、冬瓜等，皆大量在宋詩、宋詞出現，顯示已是當時常見的蔬菜。

空心菜原產東南亞或華南，但唐詩未曾述及，估計應在宋代隨貿易進入中國。由於其生長迅速、繁殖容易，熱帶、亞熱帶水澤、濕地均可生長，且迅速蔓延。華南地區野生的植群應是栽培，或食遺枝條逸出而形成。

## 第六節　元、明代（一二七一～一六四四）

元朝僅延續九十餘年，很難在植物引進史上獨立成章。但由於元軍西征南討，版圖曾經橫跨歐亞兩大洲。雖文獻未確定元代曾有計畫引進植物，但有少數原產歐洲、非洲的植物出現在元詩及元詞中（表7），例如原產非洲的蓖麻。引進蓖麻的原因不明，但後來用於醫藥上。《本草綱目》已記載有蓖麻，用來「消腫、退膿、拔毒」，以及治療「半身不遂、頭痛、頭風」等病症。

苦瓜原產熱帶亞洲，何時引入中國，記載語焉不詳。《中國農業百科全書》只說：「明代《救荒本草》一四〇六年已有記載。」由元代馬臻〈新州道中〉詩句：「車道綠緣酸棗樹，野田青蔓苦瓜苗」可知，最遲在元代，苦瓜已經成為中國餐桌上的菜餚，在中國是一般人所熟悉且經常食用的蔬菜。明代的詩詞及繪畫，苦瓜出現的次數逐漸增多。

絲瓜是近代華南地區極其普遍的蔬菜，與苦瓜同時在元詩開始出現，兩者引進中國的時期應相距不遠。

芫荽又稱胡荽，即今之香菜，原產於地中海沿岸。元・范德機〈百丈春日記懷〉：「東風久不到新堂，生意雖微未卒荒。草上葫荽偏挺特，花間蘆菔故高長。」詩中已提到，足見當時已為常蔬。但是否為元代引進，不敢定論，也可能與前述宋代的懷香等植物同期間引入中國。

圖 17 紫茉莉原產熱帶美洲，明代詩文已有載錄。

明代的國際貿易也相當興盛。明成祖曾派鄭和下西洋，鄭和的艦隊也曾駐紮在今印尼的爪哇島及印度等地。明詩所言的蘋婆、香櫞、望江南等，可能係鄭和當初從這些地區引進中國（表8）。

圖 18 原產南美祕魯的馬鈴薯。

西洋蘋果依《中國農業百科全書》所說，是一八七一年由美國傳教士引入山東煙臺。但在此之前的明詩已有載錄，表示當時已引種蘋果。美國傳教士後來引進中國的蘋果，當屬果實大型的品種。

**表7 元代古典文學作品新出現的外來植物**

| 植物名 | 學 名 | 科別 | 原產地 | 引述作者舉例 | 備註 |
|---|---|---|---|---|---|
| 絲瓜 | *Luffa cylindrica* (L.) Roem. | 瓜科 | 熱帶亞洲 | 郝經 | 六世紀初傳入中國 |
| 苦瓜 | *Momordica charantia* L. | 瓜科 | 熱帶亞洲 | 馬臻 | |
| 蓖麻 | *Ricinus communis* L. | 大戟科 | 非洲 | 馬臻 | 南北朝有記述 |
| 芫荽 | *Coriandrum sativum* L. | 繖形科 | 地中海沿岸及中亞 | 貢師泰 | 漢時張騫引入 |

**表8 明代古典文學作品新出現的外來植物**

| 植物名 | 學名 | 科別 | 原產地 | 引述作者舉例 | 備注 |
|---|---|---|---|---|---|
| 西洋蘋果 | *Malus pumila* Mill. | 薔薇科 | 歐洲 | 王世貞 | |
| 蘋婆 | *Sterculia nobilis* Smith | 梧桐科 | 中南半島、印尼、中國南部 | 蘭陵笑笑生 | 《金瓶梅》 |
| 香櫞 | *Citrus medica* L. | 芸香科 | 印度 | 屈大均 | |
| 紫茉莉 | *Mirabilis jalapa* L. | 紫茉莉科 | 美洲熱帶 | 王屋 | |
| 望江南 | *Cassia occidentalis* L. | 蘇木科 | 亞洲熱帶 | 蘭陵笑笑生 | 《金瓶梅》 |
| 馬鈴薯 | *Solanum tuberosum* L. | 茄科 | 南美祕魯等地 | 蘭陵笑笑生 | 《金瓶梅》 |
| 落花生 | *Arachis hypogaea* L. | 蝶形花科 | 南北玻利維亞的安地斯山麓 | 蘭陵笑笑生 | 《金瓶梅》 |

哥倫布發現新大陸在一四九二年，適值明代中葉後期，中南美洲原產植物陸續被引至歐洲。明代末葉已有新大陸植物引入中國，明詩、詞、曲已出現的原產美洲植物包括紫茉莉、馬鈴薯、落花生等。

紫茉莉（圖17）原產熱帶美洲；馬鈴薯（圖18）原產南美洲祕魯等地；落花生原產玻利維亞的安地斯山麓。均首先被引至歐洲，稍後再引種到中國。

## 第七節 清代（一六四四～一九一一）

清代原實施閉關自守的鎖國政策，但最終擋不住西洋的船堅砲利，被迫開放口岸，與世界各國進行貿易。許多前人未見的外來植物於此時期引進，本期植物的引進紀錄已開始完備，許多清代寫成的農書、本草書或植物專書，如《廣群芳譜》、《植物名實圖考》等，已多有載錄。但詩文作品亦有敘述，可作為專業文獻的補充或註腳。

綜觀本期各時期的代表詩文，出現前代詩詞未述及的外來植物種類見表9。本期新出現的植物，包括歐亞大陸的舊世界及南北美洲的新世界植物。從舊世界引進的植物有：原產中南半島至印度的蘇木，原產北非的咖啡（圖19），來自馬來西亞的檸檬，原分布中亞、土耳其、地中海沿岸的無花果（圖20），產於歐洲法國、西班牙、德國等地的番紅花（圖21），以及地中海沿岸的紫羅蘭等。

蘇木是製造染料的喬木，在眾多引種植物之中，這是一種較為特殊的植物。咖啡則是世界三大飲料之一（其他二大飲料為茶及可可），原產北非，由歐洲人引入熱帶殖民地推廣栽種，在中、南美洲及亞洲的印尼成立專業產區和工廠，製造咖啡供應西方世界。中國人原不喝咖啡，清代詩文中也多以茶為飲料。

圖19 咖啡果實。

直到清代中葉以後，才偶見有「咖啡」詩，如樊增祥的〈邠州刺史饋梨五十顆賦謝〉詩句：「桑園待種咖啡子，上林時見檸檬株。」不但種咖啡，也喝咖啡，「炳燭治文書，瓶笙響清夜。毋將咖啡來，減我龍團價」。

檸檬和無花果是「特殊食用水果」。檸檬果實具高含量的檸檬酸，原作為食物調料，後來製成飲料。無花果需要傳粉小蜂傳播花粉，才得以結實，清代詩文所述應為加工過的果乾，活體植物即使當時已經引進中國，也無法生產果實。番紅花兼具藥用及觀賞價值，咸信清代引進時是以用作藥材為主。

從新世界引進中國的植物，包括：辣椒（原產南美洲祕魯）、甘藷（原產墨西哥至委內瑞拉）、菸草（原產北美洲）、仙人掌（原產美洲乾旱地區）、大理花（原產墨西哥）、含羞草（原分布熱帶美洲）、向日葵（原產北美洲）、玉米（原產墨西哥及中美洲）等。

辣椒明詩未見，清詩才出現（圖22）。剛開始，詩句中均稱「番椒」，如鄭珍〈黃焦石〉詩句：「秋分摘番椒，夏至區紫茄。」後期才稱「辣椒」。甘藷據稱是明萬曆年間引進，稱番薯、紅薯，《中國農業百科全書》說甘諸「十六世紀中傳入中國」。

向日葵的名稱，事實上是來自中國古老的「葵藿傾葉」的說法。「傾葉」之「葵」，原來是指錦葵科的冬葵，葉會隨太陽升落而移動，用以象徵臣子對君王的忠心，就像「冬葵葉之向日」。「葵」在文中含意是指植物體細胞富含黏液，吃起來口感滑柔的植物，如落葵、鳧葵（蓴

圖 20　原產地中海沿岸的無花果。

圖 21　番紅花是藥用植物也是觀賞花卉，清代詩文已提及。

菜的別稱）和冬葵等。向日葵為菊科植物，植物體絕不滑柔，只是因花序會逐日而動，後人不採「葵」的原意，逕以稱北美引進的這種植物為「向日葵」。

菸草英文為tabaco，引入中國時尚未有適當名稱，詩人逕以英文名譯之，稱「淡巴孤」或「淡巴菰」（圖23）。根據記載，菸草在明萬曆年間（一五七三～一六二〇年）即已引進，但是明代詩文出現極少，可見當時菸草尚未普及，吸菸習慣還未深植民間。清代提到

圖22　辣椒原稱番椒，從新世界引入，至清末才稱辣椒。

**表9　清代古典文學作品新出現的外來植物**

| 植物名 | 學名 | 科別 | 原產地 | 引述作者舉例 | 備注 |
|---|---|---|---|---|---|
| 蘇木 | *Caesalpinia sappan* L. | 蘇木科 | 中南半島至印度 | 丁耀亢 | |
| 咖啡 | *Coffea arabica* L. | 茜草科 | 北非 | 盧前、樊增祥 | |
| 檸檬 | *Citrus limon* (L.) Burm.f. | 芸香科 | 馬來西亞 | 樊增祥 | |
| 無花果 | *Ficus carica* L. | 桑科 | 中亞、土耳其、地中海沿岸 | 樊增祥 | |
| 番紅花 | *Crocus sativas* L. | 鳶尾科 | 法國、西班牙、德國等地 | 趙翼 | |
| 辣椒 | *Capsicum annuum* L. | 茄科 | 南美洲祕魯 | 鄭珍、李調元 | 稱「番椒」 |
| 甘藷 | *Ipomoea batatas* (L.) Lam. | 旋花科 | 墨西哥至委內瑞拉 | 楊无恙、鄭珍 | |
| 菸草 | *Nicotiana tabacum* L. | 茄科 | 北美洲 | 蔣士銓、黃遵憲、樊增祥、趙翼、錢振鍠 | 明萬曆年間引入，初稱「淡巴孤」 |
| 仙人掌 | *Cactus* spp. | 仙人掌科 | 北美洲旱區 | 沈蕙端 | |
| 大理花 | *Dahlia* spp. | 菊科 | 墨西哥 | 盧前 | |
| 含羞草 | *Mimosa pudica* L. | 含羞草科 | 熱帶美洲 | 蔣士銓 | |
| 向日葵 | *Helianthus annus* L. | 菊科 | 北美洲 | 趙翼 | 16到17世紀引入 |
| 紫羅蘭 | *Matthiola incana* (L.) R. Br. | 十字花科 | 地中海沿岸 | 金天羽 | |
| 高粱 | *Sorghum bicolor* (L.) Moench. | 禾本科 | 非洲 | 牟峨 | 《博物志》，稱「蜀黍」 |
| 玉米 | *Zea mays* L. | 禾本科 | 墨西哥及中美洲 | 李調元、馬國翰、王彰、鄭珍 | 明1511年《穎州志》已有記載，稱「番麥」 |

圖 23　菸草在清代引進，早期詩文稱「淡巴孤」。

「淡巴孤」的詩人和詩句開始增多，例如蔣士銓〈題王湘洲畫塞外人物〉的詩句：「爺方鼻飲淡巴菰，匿笑忍噎堪盧胡。」和黃遵憲〈番客篇〉詩句：「舊藏淡巴菰，其味如詹唐。」清代末葉已見栽培，如周馥〈閔農〉詩句：「山居宜種淡巴菰，葉鮮味厚價自殊。」這個時期詩人的詩句已經有「菸味」了，如樊增祥（一八四六～一九三一）之「不噓煙草防鬚燎，久食冰蔬覺胃清」句，用「煙草」代「淡巴孤」。錢振鍠（一八七五～一九四四）的〈伊耆婦盧氏行〉所描寫清末城市的生活：「鄉人初入城，所見皆驚奇。君不見光宣之季，女學生口含卷菸腳露脛。」一連女生都抽卷菸，中國已進入近代了。

玉米初引進中國，被稱為「番麥」，如李調元〈番麥〉詩：「山田番麥熟，六月挂紅絨。皮裹層層筍，苞纏面面椶。」敘述玉米開花和結實的形態。馬國翰的〈宿馬蹄掌偶吟〉：「一徑入深窌，方知風景殊。披棱露魚脊，樹癭偃牛胡。番麥高撐杵，香蒿細綴珠。晚投村店宿，時有怪禽呼。」描寫的是鄉間山坡種玉米的情景。到了清末王彰的〈題畫豆玉蜀黍〉詩，已稱「玉蜀黍」；而著名詩人陳三立的〈雨夜遣興用樊山布政午彝翰林唱酬韻〉詩句：「所冀餘力田甫田，務鋤驕莠穫玉黍。」「玉黍」已是近代的稱法了。

# 參考文獻

## 第一章 緒論

南朝陳・徐陵 玉臺新詠 台北世界書局2001年吳兆宜注排印本
李佳行 2004 國學經典・曲 北京出版社
李炳海 2005 中國文學講座 卷一 遠古至南北朝 香港中華書局
李維琦 2002 春秋公羊傳譯注 台北建安出版社
李維琦 2002 春秋穀梁傳譯注 台北建安出版社
李景林、王素玲、邵漢明 1997 儀禮譯注 台北建安出版社
吳洋 2004 國學經典・詞 北京出版社
林尹 1972 周禮今註今譯 台灣商務印書館有限公司
南懷瑾、徐芹庭 1984 周易今註今譯 台灣商務印書館
姜義華 1997 新譯禮記讀本 台北三民書局股份有限公司
烏恩溥 1994 四書譯注 台北建宏出版社
張秋爽 2005 中國文學講座 卷三 宋、金、元 香港中華書局
陳克炯 2002 左傳譯注 台北建安出版社
陳浩治 2004 國學經典・賦 北京出版社
陳蒲清、徐朝華 2002 孝經譯注、爾雅校注 台北建安出版社
黃壽祺、張善文、周秉鈞 1999 周易尚書譯註 台北建安出版社
華蓮圃 1934 花間集注（原五代趙崇祚輯） 台北天工書局 1992年印本
冀湖散人 1991 唐詩三百首集釋（原清・孫洙輯） 台北藝文印書館
魏強 2005 中國文學講座 卷二 唐、五代 香港中華書局
錢仲聯等編 1999 中國文學大辭典 台北建宏出版社
竇可陽 2005 中國文學講座 卷四 明、清 香港中華書局

## 第二章 歷代詩詞歌賦的植物概說

清・沈德潛 古詩源 台北廣文書局1982年影印本
清・吳之振、呂留良、吳自牧 宋詩抄（一至四冊） 北京中華書局排印本
清・顧嗣立 元詩選（上）（下）冊 台北世界書局1982年影印本
清・朱彝尊 明詩綜（上）（下）冊 台北世界書局1989年影印本
清・李調元 全五代詩附補遺（一至四冊） 台北新文豐出版公司商務函海本1984年影印本
民國・逯欽之 先秦漢魏晉南北朝詩 台北學海出版社1991年排印本
民國・徐世昌 清詩匯（一至八冊） 台北世界書局1982年影印本
民國・隋樹森 全元散曲（一）（二）冊 台北漢東文化事業有限公司1973年排印本
北京大學古文獻研究所 1991-1998 全宋詩（一至七十二冊） 北京大學出版社
周明初、葉曄 2007 全明詞補編（一）（二）冊 浙江大學出版社
唐圭璋 1965 全宋詞（一至五冊） 北京中華書局
唐圭璋 1979 全金元詞（上）（下）冊 北京中華書局
張璋等 2004 全明詞（一至六冊） 北京中華書局
閻鳳梧、康金聲 1999 全金遼詩（上）（中）（下）冊 山西古籍出版社
曹朝岷、曹濟平、王兆鵬、劉尊明 1999 全唐五代詞（上）

（下）冊　北京中華書局
黃鈞等校點　1998 全唐詩（一至八冊）　湖南岳麓書社
費振綱、胡雙齊、宗明華輯校　1993 全漢賦　北京大學出版社
謝伯陽　1994 全明散曲（一至五冊）　山東齊魯書社
謝伯陽、凌景埏　2006 全清散曲增補版　（上）（中）（下）冊　山東齊魯書社

## 第三章　詩經植物

日．岡元鳳　約 1784 毛詩品物圖考　台北廣文書局 1985 年影印本
宋．朱熹　詩經集註（仿古字版）　台北萬卷樓圖書有限公司 1991 年影印本
元．徐謙　詩經傳名物鈔　商務印書館 1937 年排印本
清．徐鼎　毛詩名物圖說　北京清華大學 2006 年點校排印本
清．陳大章　詩經名物集覽　台灣商務印書館四庫全書影印本
王巍　2004 詩經民俗文化闡釋　北京商務印書館
李湘　1999 詩經名物意象探析　台北萬卷樓圖書有限公司
周嘯天主編　1993 詩經鑑賞集成　（上）（下）冊台北五南圖書出版公司
耿煊　1996 詩經中的經濟植物　台灣商務印書館股份有限公司
揚之水　2000 詩經名物新證　北京古籍出版社
陳溫菊　2001 詩經器物考釋　台北文津出版社
潘富俊　2001 詩經植物圖鑑　台北貓頭鷹出版社
陸文郁　1974 詩草木今釋　台北長安出版社
遲文浚主編　1998 詩經百科辭典（上）（中）（下）　遼寧人民出版社
劉毓慶　2000 詩經圖注（國風）　高雄麗文文化事業股份有限公司
劉毓慶　2000 詩經圖注（雅頌）　高雄麗文文化事業股份有限公司

## 第四章　楚辭植物

宋．洪興祖　楚辭補注　台北大安出版社 1995 年排印本
清．吳仁傑　離騷草木疏　台灣商務印書館 1979 年排印本
金開誠、董洪利、高路明　1996 屈原集校注（上）（下）　北京中華書局
周嘯天主編　1993 楚辭鑑賞集成　台北五南圖書出版公司
馬茂元主編　1999 楚辭注釋　湖北人民出版社
張壽平　1988 九歌研究　台北廣文書局
湯炳正　1991 楚辭類稿　台北貫雅文化事業有限公司
熊良智　2002 楚辭文化研究　成都巴蜀書社
潘富俊　2002 楚辭植物圖鑑　台北貓頭鷹出版社
蕭兵　2000 楚辭與美學　台北文津出版社有限公司

## 第五章　章回小說的植物

元．施耐庵、羅貫中　水滸傳　台北建宏出版社 1994 年客與堂本排印本
明．吳承恩　西遊記　台北聯經出版事業公司 1991 年排印本
明．蘭陵笑笑生　金瓶梅　台北三民書局股份有限公司 1999 年排印本
明．羅貫中　三國演義　台北國學出版社 1976 年排印本
清．吳敬梓　儒林外史　台北大中國圖書公司 1984 年排印本
清．曹雪芹　紅樓夢　馮其庸校注　台北里仁書局 1983 年排印本
清．西周生　醒世姻緣傳（上）（下）冊　袁世碩、鄒宗良校注　台北三民書局股份有限公司 2000 年排印本
清．劉鶚　老殘遊記　台北桂冠圖書股份有限公司 1986 年排印本
沈伯俊、譚良嘯　2007 三國演義大辭典　北京中華書局
陳詔　1999 紅樓夢小考　上海書店出版社
陳詔　1999 金瓶梅小考　上海書店出版社
陸遜主編　2004 紅樓夢鑑賞辭典　上海世紀出版集團漢語大辭

典出版社
陸遜主編 2005 金瓶梅鑑賞辭典 上海世紀出版集團漢語大辭典出版社
馮其庸、李希凡主編 1990 紅樓夢大辭典 北京文化藝術出版社
潘富俊 2001 紅樓夢植物圖鑑 台北貓頭鷹出版社
鄧雲鄉 1989 紅樓夢俗譚 台灣中華書局

## 第六章 中國成語典故與植物

王劍引等 1987 中國成語大辭典 上海辭書出版社
王兆鵬、劉尊明主編 2003 宋詞大辭典 南京鳳凰出版社
朱祖延等 2002 漢語成語大辭典 北京中華書局
呂薇芬 2001 全元曲典故辭典 湖北辭書出版社
周勛初主編 2003 唐詩大辭典 南京鳳凰出版社
范之麟主編 1996 全宋詞典故辭典（上）（下） 湖北辭書出版社
范之麟、吳庚舜主編 2001 全唐詩典故辭典（上）（下） 湖北辭書出版社
陸尊梧、李志仁 1998 歷代典故辭典 台北建宏出版社
楊任之 1999 中國典故辭典 台北五南圖書出版公司
劉萬國等 1999 中華成語辭典 台北建宏出版社
潘富俊 2002 成語植物圖鑑 台北貓頭鷹出版社

## 第七章 國畫中的植物

王耀庭等編 2007 新視界・郎世寧與清宮西洋風 國立故宮博物院
王耀庭等編 2007 故宮書畫菁華特集 國立故宮博物院
何恭上 1995 隋唐五代繪畫 藝術圖書公司
何恭上 1996 兩宋名畫精華 藝術圖書公司
何恭上 1996 元朝名畫精華 藝術圖書公司
何恭上 1972 中國明清繪畫 藝術圖書公司
李毅華、關佩貞編 1990 明代吳門繪畫 台灣商務印書館有限公司
陳允鶴等編 1995 中國歷代藝術 繪畫篇（上） 台灣大英百科股份有限公司
陳允鶴等編 1995 中國歷代藝術 繪畫篇（下） 台灣大英百科股份有限公司
陳復生、張蔚星編 2000 中國花鳥畫・唐宋卷 廣西美術出版社
陳復生、張蔚星編 2000 中國花鳥畫・元明卷（上） 廣西美術出版社
陳復生、張蔚星編 2000 中國花鳥畫・元明卷（下） 廣西美術出版社
陳復生、張蔚星編 2000 中國花鳥畫・清代卷（上） 廣西美術出版社
陳復生、張蔚星編 2000 中國花鳥畫・清代卷（下） 廣西美術出版社
馮作民 2002 中國美術史・再版 藝術圖書公司
紫都、鄔愛華 2004 文徵明 中央編譯出版社
紫都、耿靜 2004 仇英 中央編譯出版社
紫都、耿靜 2004 祝允明 中央編譯出版社
楊崇政等編 2004 晉唐兩宋繪畫、花鳥走獸 商務印書館（香港）有限公司
楊建峰編 2009 中國歷代書畫名家經典大系・文徵明（上卷） 江西美術出版社
楊建峰編 2009 中國歷代書畫名家經典大系・文徵明（下卷） 江西美術出版社
楊建峰編 2009 中國歷代書畫名家經典大系・元四家（上卷） 江西美術出版社
楊建峰編 2009 中國歷代書畫名家經典大系・元四家（下卷） 江西美術出版社
譚怡令編 1985 呂苑花鳥畫特展 國立故宮博物院

## 第八章　古典文學中的植物名稱


中國科學院研究所　1996 新編拉漢英植物名稱　北京航空工業出版社

李衍文主編　2004 中草草藥異名詞典　北京人民衛生出版社

范建明譯　2005 中華名物考（外一種）（日・青木正兒原著）北京中華書局

高明乾主編　2006 植物古漢名圖考　河南大眾出版社

程超寰、杜漢陽　2004 本草藥名匯考　上海古籍出版社

趙存義、趙春塘　2000 本草名考　北京中醫古籍出版社

鄭恢主編　2003 事物異名分類詞典　黑龍江人民出版社

謝宗萬主編　2001 常用中藥名與別名手冊　北京人民衛生出版社

諶發文主編　1998 漢拉英中草藥名大辭典　西安世界圖書出版公司


## 第九章　易於混淆的植物名稱


高明乾主編　2006 植物古漢名圖考　河南大眾出版社

程超寰、杜漢陽　2004 本草藥名匯考　上海古籍出版社

趙存義、趙春塘　2000 本草名考　北京中醫古籍出版社

鄭恢主編　2003 事物異名分類詞典　黑龍江人民出版社

謝宗萬主編　2001 常用中藥名與別名手冊　北京人民衛生出版社

Bretschneider, E. 1892 Botanicon Sinicum : Notes on Chinese Botany from Native and Western Sources. Part II The Botany of the Chinese Classics. Kelly and Walsh, Limited, Shanghai.

Bretschneider, E. 1895 Botanicon Sinicum : Notes on Chinese Botany from Native and Western Sources. Part III Botanical Investigations into the Materia Medica of the Ancient Chinese. Kelly and Walsh, Limited, Shanghai.

Rend, B. E. 1982 Chinese Medicine Series 6: Famine Food in the Chiu Huang Pen Ts' ao. Southern Materials Center, INC., Taipei.


## 第十章　植物特性與文學內容


余彥文　1999 花草情趣　湖北科學技術出版社

何小顏　1999 花與中國文化　北京人民出版社

林淑貞　2002 中國詠物詩「託物言志」析論　台北萬卷樓圖書有限公司

長風、黃建民　2000 植物大觀　江蘇少年兒童出版社

柏原　2004 談花說木　天津百花文藝出版社

殷登國　1985 草木蟲魚新詠　台北世界文物出版社

梁中民、廖國楣　1989 花棣百花詩箋注　廣東高等教育出版社

張萬佛　1995 花木綴談　台北地景企業股份有限公司

張萬佛　2004 花木續談　台北地景企業股份有限公司

童勉之　1997 中華草木蟲魚文化　台北文津出版社有限公司

黃意明　2004 菊文化　北京中國農業出版社

游琪、劉錫誠　2001 葫蘆與象徵　北京商務印書館

楊啟德、潘傳瑞、劉鑰晉　1983 花海拾貝　四川科學出版社

楊啟德、劉鑰晉、潘傳瑞　1986 花海拾貝續集　四川科學出版社

廖國棟　1990 魏晉詠物賦研究　台北文史哲出版社

賴慶芳　2003 南宋詠梅詞研究　台灣學生書局

蕭瑞峰　1996 多情自古傷別離－古典文學別離主題研究　台北文史哲出版社

蕭翠霞　1994 南宋四大家詠花詩研究　台北文津出版社有限公司


## 第十一章　古代禮儀的植物


宋・陳元靚　歲時廣記　台北新文豐出版公司 1984 年影印本

明・李時珍　本草綱目　台南第一書店 1985 年張紹棠刊本影印

清・李斗　揚州畫舫錄　台北世界書局 1963 年排印本

民國・鄧之誠　東京夢華錄注（南宋・孟元老原著）台北世界書局

王毓榮　2005 荊楚歲時記校注（南朝梁・宗懍原著）台北文

津出版社有限公司
李景林、王素玲、邵漢民　1997 儀禮譯注　台北建宏出版社
林尹　1972 周禮今註今譯　台灣商務印書館
姜義華　1997 新譯禮記讀本　台北三民書局
高明　1984 大戴禮記今註今譯　台灣商務印書館
聞人軍　2008 考工記譯注　上海古籍出版社
趙睿才　2008 唐詩與民俗關係研究　上海古籍出版社
潘富俊　2001 詩經植物圖鑑　台北貓頭鷹出版社
潘富俊　2002 楚辭植物圖鑑　台北貓頭鷹出版社
錢玄、錢興亭　1998 三禮辭典　江蘇古籍出版社

## 第十二章　文學與植物色彩

晉．嵇含　304 南方草木狀　上海商務印書館 1955 年排印本
唐．徐堅等　初學記（上）（下）冊　北京中華書局 1962 年排印本
宋．周密　乾淳歲時記清順治丁亥（4年）兩浙督學李際期刊本
宋．周師厚 1082 洛陽花木記《古今圖書集成》上海文藝出版社 1999 年影印本
宋．姚寬　西溪叢話　明崇禎庚午（3年）虞山毛氏汲古閣本
元．程棨　三柳軒雜識　清順治丁亥（4年）兩浙督學李際期刊本
明．李時珍　本草綱目　台南第一書店 1985 年張紹棠刊本影印
清．汪灝等　1708 廣群芳譜　台北新文豐出版公司 1980 年佩文齋索引本影印
清．富察敦崇　燕京歲時記　清光緒三十二年 (1906) 刊本
清．陳淏子　1658 花鏡　北京農業出版社 1962 年伊欽校注排印本
伊欽恆　1985 群芳譜詮釋（原著 1621 年王象晉《群芳譜》）北京農業出版社
陳植　1984 長物志校注（明．文震亨原著）江蘇科學技術出版社

## 第十三章　文學與野菜

晉．張華　博物志　祝鴻杰譯注　台灣古籍出版社有限公司 1997 年排印本
宋．范成大　石湖詩集　台灣商務印書館文淵閣四庫全書影本
宋．任淵、史容、史季溫　1155 山谷詩集注（宋．黃庭堅原著）上海古籍出版社 2003 年排印本
宋．陶穀　清異錄　台灣商務印書館文淵閣四庫全書影本
宋．蘇東坡　蘇軾詩集　北京中華書局 1986 年孔凡禮校本
明．潘之恆 1647 廣菌譜　順治丁亥（4年）兩浙督學李際期刊本
明．李時珍　本草綱目　台南第一書店 1985 年張紹棠刊本影印
王仁湘　1993 飲食與中國文化　北京人民出版社
王學泰　1993 華夏飲食文化　北京中華書局
李曙軒等　1990 中國農業百科全書．蔬菜卷　北京農業出版社
邱龐同　2010 中國菜餚史　青島出版社
倪根全、張翠君　2010 救荒本草校注（明．朱橚原著）台北宗河文化出版有限公司
馬纓、劉東譯　2003 中國食物（美．E.N. Anderson　原著 The Food of China）江蘇人民出版社
游修齡等　1995 中國農業百科全書．農業歷史卷　北京農業出版社
潘富俊　2001 詩經植物圖鑑　台北貓頭鷹出版社
潘富俊　2002 楚辭植物圖鑑　台北貓頭鷹出版社

## 第十四章　古典文學中的蔬菜

後魏．賈思勰　齊民要術　台灣中華書局 1980 年影印本
晉．郭璞　爾雅注疏　台北商務印書館景印摛藻堂四庫全書薈要
宋．蘇頌　本草圖經　安徽科學技術出版社 1994 年排印本
明．李時珍　本草綱目　台南第一書店 1985 年張紹棠刊本影印
王學泰　1993 華夏飲食文化　北京中華書局
伊欽恆　1985 群芳譜詮釋（原著 1621 年王象晉《群芳譜》）

北京農業出版社
任百尊主編 1999中國食經 上海文化出版社
金善寶等 1991中國農業百科全書・農作物卷（上）（下） 北京農業出版社
李曙軒等 1990中國農業百科全書・蔬菜卷 北京農業出版社
邱龐同 2010中國菜餚史 青島出版社
姜義華 1997新譯禮記讀本 台北三民書局股份有限公司
潘富俊 2001詩經植物圖鑑 台北貓頭鷹出版社
潘富俊 2002楚辭植物圖鑑 台北貓頭鷹出版社

## 第十五章 文學中的瓜果

曲澤洲、王永蕙編 2003中國果樹志・棗卷 北京中國林業出版社
沈雋等 1993中國農業百科全書・果樹卷 北京農業出版社
周沛雲、姜王華 2003中國棗文化大觀 北京中國林業出版社
張加廷、周恩主編 1988中國果樹志・李卷 北京中國林業出版社
葉靜淵主編 1991中國農學遺產選集 常綠果樹（上） 北京農業出版社
葉靜淵主編 2002中國農學遺產選集 落葉果樹（上） 北京中國農業出版社
詹德浚 1979中國果樹分類學 北京農業出版社
潘富俊 2001詩經植物圖鑑 台北貓頭鷹出版社
潘富俊 2001唐詩植物圖鑑 台北貓頭鷹出版社
潘富俊 2002楚辭植物圖鑑 台北貓頭鷹出版社
褚孟媛主編 1999中國果樹志・梅卷 北京中國林業出版社
劉孟軍主編 1998中國野生果樹 北京中國農業出版社

## 第十六章 穀類

宋・羅願 1124爾雅翼 台灣商務印書館文淵閣四庫全書影印本
明・陳世元 金薯傳習錄 北京農業出版社 1982年升尺堂藏版影印
于景讓譯註 1958栽培植物考 國立台灣大學農學院
何炳棣 1969黃土與中國農業的起源 香港中文大學
高志鈞 1986名醫別錄輯校本（梁・陶弘景原著） 北京人民衛生出版社
馬宗中 2008農桑輯要譯注（元・大司農司著） 上海古籍出版社
潘富俊 2001詩經植物圖鑑 台北貓頭鷹出版社
潘富俊 2002楚辭植物圖鑑 台北貓頭鷹出版社
Plach, M. and F. Rumawas (eds) 1996 Plant Resources of South-East Asia 9: Plants Yielding Non-seed Carbohydrates. Backhuys Publishers, Leiden.
Grubben, G. J. H. and S. Partohardjono (eds) 1996 Plant Resources of South-East Asia10: Cereals. Backhuys Publishers, Leiden.

## 第十七章 藥用植物

唐・蘇敬 659新修本草 日・岡西為人輯本 國立中國醫藥研究所 1959年出版
宋・唐慎徽 1108經史証類大觀本草 國立中國醫藥研究所 1970年影印本
宋・寇宗奭 1116本草衍義 台北廣文書局 1981年清陸心源重刻版影印本
明・李時珍 本草綱目 台南第一書店 1985年張紹棠刊本影印
王瓊玲 1997鏡花緣中的醫藥 古典文學14：373-408
杏林居士 1987中醫中草藥趣談 台北中國瑜伽出版社
高志鈞 1986名醫別錄輯校本（梁・陶弘景原著） 北京人民衛生出版社
班兆賢 2006古典醫藥詩詞欣賞 北京中醫古籍出版社
陳重明、黃勝白 2005本草學 南京東南大學出版社
曹元宇輯註 1987本草經（原東漢《神農本草經》） 上海科學技術出版社

潘富俊 2001 詩經植物圖鑑 台北貓頭鷹出版社
潘富俊 2002 楚辭植物圖鑑 台北貓頭鷹出版社
錢仲聯 2005 劍南詩稿校注（一至八冊）（宋・陸游原著） 世紀出版集團、上海古籍出版社
鄭金生 2005 藥林外史 台北東大圖書股份有限公司

## 第十八章 庭園景觀植物

李祖清、李瑜、立英、甘霖 1995 中國花鳥魚蟲薈萃 四川科學出版社
余彥文 1999 花草情趣 湖北科學技術出版社
何小顏 1999 花與中國文化 北京人民出版社
侯迺慧 2010 宋代園林及其生活文化 台北三民書局股份有限公司
陳植 1988 園冶注釋（明・計成原著） 北京中國建築工業出版社
陳俊愉、程緒珂主編 1990 中國花經 上海文化出版社
陳俊愉等 1996 中國農業百科全書・觀賞園藝卷 北京農業出版社
舒迎瀾 1993 古代花卉 北京農業出版社
殷登國 1985 草木蟲魚新詠 台北世界文物出版社
Valder, P. 1999 The Garden Plants of China. Florilegium, St. Balmain NSW2041, Australia

## 第十九章 歷代植物專書與辭典

晉・嵇含 304 南方草木狀《百川學海》明弘治刻本
晉・郭璞 爾雅注疏 台北商務印書館景印摛藻堂四庫全書薈要
漢・班固 漢書・藝文誌 台灣中華書局 1962 年排印本
漢・許慎等 BC122 淮南子 高誘註 台北藝文印書館 1974 年淮南鴻烈解影印本
三國魏・張揖 廣雅 台北商務印書館景印摛藻堂四庫全書薈要
唐・歐陽詢 624 藝文類聚 上海古籍出版社 1999 年排印本
唐・段成式 860 酉陽雜俎 台北漢京文化事業有限公司 1983 年排印本
唐・長孫無忌等 隋書 北京商務印書館 1955 年排印本
唐・徐堅等 728 初學記 北京中華書局 1962 年排印本
宋・李昉等 978 太平廣記 台北古新書局 1980 年排印本
宋・李昉等 984 太平御覽 河北教育出版社 1994 年排印本
宋・周師厚 1082 洛陽花木記《古今圖書集成》上海文藝出版社 1999 年影印本
宋・沈括 1091 夢溪筆談 上海書店出版社 2003 年排印本
宋・羅願 1124 爾雅翼 台北商務印書館景印摛藻堂四庫全書薈要
宋・陸佃 約 1125 埤雅 台北商務印書館景印摛藻堂四庫全書薈要
宋・陳景沂 1225 全芳備祖 北京農業出版社 1982 年影印本
明・王圻、王思義 1607 三才圖會 上海上籍出版社 1988 年排印本
明・鮑山 1622 野菜博錄 山東畫報出版社 2007 年排印版
明・徐光啟 1633 農政全書（一至四冊） 台北新文豐出版公司 1975 年平露堂版影印本
明・宋應星 1637 天工開物 台北世界書局 1962 年排印本
清・潘永因 1669 宋稗類鈔 書目文獻出版社 1955 年排印本
清・陳夢雷 1706 古今圖書集成・草木典 上海文藝出版社 1999 年影印本
清・汪灝等 1708 廣群芳譜 台北新文豐出版公司 1980 年影印本
清・張英等 1710 淵鑒類函 康熙四十九年（1710 年）內府刻本
清・吳其濬 1748 植物名實圖考 台北世界書局 1960 年排印本
清・吳其濬 1748 植物名實圖考長編 台北世界書局 1975 年排印本
民國・徐珂 1917 清稗類鈔（一至十二冊） 北京中華書局 1986 年排印本
伊欽恆 1981 援時通考輯要（清・郭肅泰等原著） 北京農業

出版社

伊欽恆　1985 群芳譜詮釋（原著1621年王象晉《群芳譜》）北京農業出版社

苟萃華、汪子春、許維樞　1989 中國古代生物學史　北京科學出版社

倪根全、張翠君　2010 救荒本草校注（明・朱橚原著）台北宗河文化出版有限公司

高恩廣、胡輔等　1991 馬首農言注釋（清・祁寯藻原著）北京農業出版社

高明乾等　2006 植物古漢名圖考　河南大眾出版社

鄒介正等　1989 三農記校注（清・張宗法原著）北京農業出版社

劉君燦　1987 天工開物導讀　台北金楓出版社

繆啟愉、繆桂龍　2009 齊民要術譯注（後魏・賈思勰原著）上海古籍出版社

繆啟愉、繆桂龍　2008 東魯王氏農書譯注（元・王禎原著）上海古籍出版社

繆啟愉　1981 四時纂要校譯（唐五代・韓鄂原著）北京農業出版社

繆啟愉　1988 元刻農桑輯要校釋（元・暢師文、孟祺原著）北京農業出版社

## 第二十章　文學植物與植物引進史

漢・司馬遷　史記・大宛列傳

中國植物學會　1994 中國植物學史　北京科學出版社

方健 2010 南宋農業史　北京人民出版社

吳玉貴釋譯　1996 佛國記（東晉・法顯原著）佛光文化事業有限公司

李曙軒　1990 中國農業百科全書・蔬菜卷　北京農業出版社

沈雋等　1993 中國農業百科全書・果樹卷　北京農業出版社

季羨林等　1987 大唐西域記校注（唐・玄奘辯機原著）台北新文豐出版公司

金善寶　1991 中國農業百科全書・農作物卷（上）（下）北京農業出版社

陳俊愉等　1996 中國農業百科全書・觀賞園藝卷　北京農業出版社

游修齡等　1995 中國農業百科全書・農業歷史卷　北京農業出版社

曾雄生　2008 中國農學史　福建人民出版社

# 索引

## 九畫

## 十二畫

二十一畫以上

# 學名對照

## 二畫

七姊妹 *Rosa Multiflora* var. *carnea*
七葉樹 *Aesculus indica*
刀豆 *Canavalia gladiata*

## 三畫

大豆 *Glycine max*
大果榆 *Ulmus macrocarpa*
大理花 *Dahlia* spp.
大野豌豆 *Vicia gigantea*
大麥 *Hordeum vulgare*
大蔥 *Allium fistulosum*
小白菜（普通白菜） *Brassica campestris* spp. *chinensis*
小米 *Setaria italica*
小巢菜 *Vicia hirsute*
小麥 *Triticum aestivum*
小葉丁香（四季丁香） *Syringa microphylla*
小葉楊 *Populus simonii*
小蘗 *Berberis* spp.
山茱萸 *Cornus officinalis*
山楊 *Populus davidiana*
山藍 *Strobilanthes cusia*

## 四畫

丹芝 *Ganoderma lucidum*
什錦丁香 *Syringa x chinensis*
巴旦杏 *Prunus amydalus*
日日紅 *Gomphrena globosa*
月季花 *Rosa chinensis*
木瓜（木瓜海棠） *Chaenomeles sinensis*
木耳 *Auricularia auricular*
木芙蓉 *Hibiscus mutabilis*
木香花 *Rosa banksiae*
木棉 *Bombax ceiba*
木藍 *Indigofera tinctoria*
木蘭 *Magnolia denudata*
毛竹屬 *Phylostachys* spp.
毛葉木瓜 *Chaenomeles cathayensis*
水仙 *Narcissus tazetta* var. *chinensis*
水芹 *Oenanthe javanica*
水蔥 *Scirpus validus*
水蓼 *Polygonum hydropiper*
牛尾蒿 *Artemisia subdigitata*

## 五畫

仙人掌 *Cactus* spp.
冬瓜 *Benincasa hispida*
冬葵 *Malva verticilata*
可可椰子 *Cocos nucifera*
台灣赤楊 *Alnus formosana*
玉米 *Zea mays*
玉簪花 *Hosta plantaginea*
瓜 *Cucumis melo*
甘蔗 *Saccharum sinensis*
甘藷 *Ipomoea batatas*
田字草 *Marsilea quadrifolia*
白朮 *Atractylodes macrocephala*
白皮松 *Pinus bungeana*
白草 *Pennisetum centrasiaticum*
白草 *Pennisetum flaccidum*
白菜 *Brassica pekinensis*
白楊 *Populus tomentosa*
白蒿 *Artemisia sieversiana*
白蘇 *Perilla frutescens*
石楠 *Photinia serrulata*
石榴 *Punica granatum*
石龍芮 *Ranunculus sceleratus*

## 六畫

向日葵 *Helianthus annus*
合歡 *Albizia julibrissin*
竹芋 *Maranta arundinacea*
羊蹄 *Rumex japonicas*
羊躑躅 *Rhododendron molle*
肉桂 *Cinnamomum cassia*
西瓜 *Citrullus lanatus*
西谷椰子 *Metroxylon sagu*
西洋蘋果 *Malus pumila*

## 七畫

佛手柑 *Citrus medica* var. *sarcodactylis*
吳茱萸 *Evodia rutaecarpa*
含羞草 *Mimosa pudica*
夾竹桃 *Nerium indicum*
旱柳（蒲柳） *Salix matsudana*
李 *Prunus salicina*
杏 *Prunus armeniaca*
杖藜 *Chenopodium giganteum*
沉香 *Aquillaria agallocha*
牡蒿 *Artemisia jajonica*
芒草 *Miscanthus sinensis*
芋 *Colocasia esculenta*
芍藥 *Paeonia lactuflora*
豆蔻 *Amomum cardamomum*
赤小豆 *Triticum aestivum*
赤松 *Pinus densiflora*
赤楊類 *Alnus* spp.
車前草 *Plantago asiatica*
辛夷、紫玉蘭 *Magnolia liliflora*

芎藭 *Ligusticum chuaxiong*

## 八畫

咖啡 *Coffea arabica* .
孟宗竹（毛竹） *Phyllostachys pubescens*
板栗 *Castanea mollissima*
松口蘑 *Tricholoma matsutake*
油松 *Pinus tabulaeformis*
泡桐屬 *Poulownia* spp.
空心菜 *Ipmoea aquatic*
花椒 *Zanthoxylum bungeanum*
芥菜 *Brassica juncea*
金盞花 *Calendula officinalis*
金橘 *Fortunella crassifolia*
長豇豆 *Vigna sesquipedalis*
青楊 *Populus cathayana*
青蒿 *Artemisia apiacea*
芫荽 *Coriandrum sativum*
芡 *Euryale ferox*

## 九畫

南瓜 *Cucurbita moschata*
・長南瓜 var. *toonas*
・圓南瓜 var. *melonaeformis*
扁豆 *Lablab purpureus*
映山紅 *Rhododendron simsii*
柿 *Diospyuros kaki*
枸杞 *Lycium ctinense*
柏 *Cupressus funebris*
柏 *Thuja orientalis*
柏木 *Cupressus funebris*
柞木 *Xylosma congestum*
柳樹類 *Salix* spp.
珊瑚樹 *Viburnum odoratissimum*
珍珠粟（御穀） *Pennisetum glaucum*
秋海棠 *Begonia* spp.
紅豆樹 *Ormosia hosiei*
紅松 *Pinus koreiensis*
紅花（紅藍花） *Carthamus tinctorius*
紅蓼 *Polygonum orientale*
美人蕉 *Canna indica*
美味牛肝菌 *Boletus edulis*
胡桃（核桃） *Juglans regia*
胡麻 *Sesamum indicum*
胡椒 *Piper nigrum*
茅 *Imperata cylindrical*
苦瓜 *Momordica charantia*
苦竹 *Pleioblatus amarus*
苦菜（苦苣菜） *Sonchios oleraceus*
茄 *Solanum melongena*
・圓茄 var. *esculentum*
・長茄 var. *serpentinum*
・矮茄 var. *depressum*
茉莉 *Jasminum sambac*
苜蓿 *Medicago sativa*
重樓 *Paris* spp.
重瓣空氵泡 *Rubus rosaefolius* var. *coronarius*
韭菜 *Allium tuberosum*
食茱萸 *Zanthoxylum ailanthus*
香菇 *Lentinus edodes*
香椿 *Toona sinensis*
香蒲 *Typka latifoloa*
香榧 *Torreya grandis*
香櫞 *Citrus medica*
枳殼 *Poncirus trifoliate*
枳椇 *Hovenia dulcis*

## 十畫

剛竹 *Phyllostachys bambusoides*
唐棣（枎移） *Amelanchier sinica*
桂花 *Osmanthus fragrans*
桑 *Morus alba*
桑寄生 *Taxillus chinensis*
桃 *Prunus persica*
栓皮櫟 *Quercus variabilis*
海棠 *Malus spectabilis*
海棗 *Phoenix dactylifera*
烏桕 *Sapium sebiferum*
臭椿 *Ailanthus altissima*
荔枝 *Litchi chinensis*
茵陳蒿 *Artemisia capillaries*
馬尾松 *Pinus massoniana*
馬鈴薯 *Solanum tuberosum*
馬齒莧 *Portulaca oleracea*
馬藻 *Potamogeton crispus*
馬蘭 *Kalimeris indicus*
高粱 *Sorghum vulgare*
茭 *Zizania latifolia*
茜草 *Rubia cordifolia*
茼蒿 *Chrysanthemum coronarium*

## 十一畫

側柏 *Thunja orientalis*
匏 *Lagenarica siceraria*
曼陀羅 *Datura stamonium*
望江南 *Cassia occidentalis*
梓樹 *Catalpa ovata*
梧桐 *Firmiana simplex*
梅 *Prunus nume*
梔子花 *Gardenia jasminoides*
梨 *Pyrus bretschneideri*
牽牛花 *Ipomea nil*
甜瓜 *Cucumis melo*
甜菜 *Beta vulgaris* var. *cicla*
甜橙 *Citrus sinensis*
甜薯 *Dioscorea esculenta*
莽草 *Illicium lanceolatum*
荷包牡丹 *Dicentra spectabilis*
荷花 *Nelumbo nucifera*
荻 *Triarrhena sacchariflora*
莧菜 *Amaranthus albus*
野豌豆 *Vicia sepium*
麻竹 *Dendrocalamus latiflorus*
麻櫟 *Quercus acutissima*
莕菜（荇菜） *Nymphoides peltatum*

## 十二畫

棕櫚 *Trachycarpus fortunei*
棠梨 *Pyrus*

*betulaefolia*
棗 *Zizyphus jujuba*
棉 *Gossypium* spp.
無花果 *Ficus carica*
猴頭菇 *Hericium erinaceus*
番紅花 *Crocus sativas*
短豇豆 *Vigna sinensis*
結球白菜 *Brassica campestris* spp. *pekinensis*
紫丁香（華北紫丁香） *Syringa oblate*
・白丁香 var. *alba*
紫芝 *Ganoderma japonicum*
紫茉莉 *Mirabilis jalapa*
紫薇 *Lagerstroemia indica*
紫羅蘭 *Matthiola incana*
紫藤 *Wisteria sinensis*
紫蘇 *Perilla frutescens*
絲瓜 *Luffa cylindrical*
菩提樹 *Ficus religiosa*
菸草 *Nicotiana tabacum*
菠菜 *Spinacia oleracea*
華山松 *Pinus armadii*
菱 *Trapa bispinosa*
・四角菱 *T. quadrispinosa*
・兩角菱 *T. bispinosa*
・圓角菱 *T. natans* var. *inermis*
菊 *Chrysanthemum morifolium*
菟絲 *Cuscuta chinensis*
越瓜 *Cucumis melo* var. *conomon*
雁來紅 *Amaranthus tricolor*
雲南松 *Pinus yunnanensis*
黃玉蘭 *Michelia chempaca*
黃瓜 *Cucumis sativus*
黃刺玫（蘼） *Rosa xanthunia*
黃荊 *Vitex negundo*
黃連木 *Pistacia chinensis*
黃榆 *Ulmus macrocarpa*
黃葵 *Abelmoschus moschatus*
黃獨 *Dioscorea bulbifera*
黍 *Panicum milaceum*
黑麥 *Secale cereal*

## 十三畫

圓柏 *Juniperus chinensis*
椰子 *Cocos nucifera*
楊梅 *Myrica rubra*
楊樹屬 *Populus* spp.
楓 *Liquidambar formosana*
榆 *Ulmus pumilus*
落花生 *Arachis hypogaea*
落葵 *Basella rubra*
落葵（藤菜） *Basella alba*
葛藤 *Pueraria lobata*
萵苣 *Lactuca sativa*
葡萄 *Vitex vinifera*
蜀葵 *Althaea rosea*
楸樹 *Catalpa bungei*
稗 *Echinocloa crusgalli*
榅桲 *Cydonia oblonga*

## 十四畫

榕樹 *Ficus microcarpa*
榛 *Corylus heterophylla*
槐 *Sophora japonoica*
綠豆 *Vigna radiata*
蒿屬 *Artemisia* spp.
蒲草 *Schoenoplectus triqueter*
蒜 *Allium satuvam*
蒼朮 *Atractylodes lamcea*
蒼耳 *Xanthium strumarium*
辣椒 *Capsicum annum*
酸棗 *Ziziphus jujibe* var. *spinosa*
酸模 *Rumex acetosa*
銀耳 *Tremella fuciformis*
銀杏 *Ginkgo biloba*
鳳仙花 *Impatiens balsamina*
鳳尾竹 *Bambusa multiplex* var. *rivierum*
鳳凰竹 *Bambusa multiplex*
蒟蒻 *Amorphaphallus paeoniifolius*
蒺藜 *Tribulus terrestris*
藺草 *Scirpus cyperinus*
蓖麻 *Ricinus communis*

## 十五畫

槭樹 *Acer* spp.
稻 *Oryza sativa*
蔓菁 *Brassica rapa*
蔥 *Allium fistulosum*
蝴蝶戲珠 *Viburnum plicatum*
豌豆 *Pisum sativum*
醋栗（茶藨子）屬 *Ribes* spp.
餘甘 *Phyllanthus emblica*
槲樹 *Quercus dentate*
蔊菜 *Rorippa indica*
蓴 *Brasenia schreberi*
蔞蒿 *Artemisia selengensis*
蔞藤（荖藤） *Piper betle*

## 十六畫

橘 *Citrus reticulata*
樹薯 *Manihot esculenta*
橄欖 *Canaricum album*
澤蘭 *Eupatorium japonicum*
瓠（蒲瓜） *Laganaria siceraria*
蕨 *Pteridium aquilinum*
蕪菁 *Brassica rapa*
錦葵 *Malva sinensis*
龍眼 *Dimocarpus longana*
龍腦香 *Dryobalanops aromatica*
穇 *Eleusine coracana*
蕎麥 *Fagopyrum esculentum*

## 十七畫

優曇花 *Ficus racemosa*
繁穗莧 *Amaranthus paniculatus*
薑 *Zingiber officinale*
薔薇（玫瑰） *Rosa rugosa*

薔薇屬　*Rosa* spp.
薯蕷　*Dioscorea batatas*
薏苡　*Coix lacryma-jobi*
蕗蕎　*Allium chinense*

## 十八畫

檳榔　*Areca catechu*
檸檬　*Citrus limon*
藍丁香　*Syringa neyeri*
薺菜　*Capsella buzsa-pastoris*
雞舌丁香　*Syzygium aromaticum*
雞冠花　*Celosia cristata*
雞葼（雞肉絲菇）　*Termitomyces albuminosus*
藎草　*Arthraxon hispidus*

## 十九畫

懷香　*Foeniculum dulce*
羅勒　*Ocimum basilicaum*
臘梅　*Chimonanthus praecox*
麗春花（虞美人）　*Papaver rhoeas*
藨草　*Scirpus triqueter*
藜　*Chenopodium album*

## 二十畫

懸鈎子薔薇　*Rosa rubus*
罌粟　*Papaver somniferum*
蘑菇　*Agaricus campestris*
蘆葦　*Phragmites communis*
蘋婆（鳳眼果）　*Sterculia nobilis.*
蘇木　*Caesalpinia sappan*
蘇合香　*Liquidambar orientalis*
蘇鐵　*Cycas revolute*
獼猴桃　*Actinidia chinensis*

## 二十一畫以上

櫻桃　*Prunus pseudocerasus*
蘘荷　*Zingiber mioga*
籟蕭　*Anaphalis* spp.
蘿蔔　*Raphanus sativus*
蠶豆　*Vicia faba*
鬱金　*Curcuma domestica*